Fleetwood Kisses 2

Zwei sind einer zu viel

Martina Gercke

Impressum

Fleetwood Kisses Band 2 – Zwei sind einer zu viel

martinagercke@web.de
www.martinagercke.com
Besuchen Sie mich auf Facebook:
www.facebook.com/pages/martinagerckeautor

Covergestaltung: Catrin Sommer www.rausch-gold.com
1. Durchgang Korrektorat: Martina König
2. Durchgang Lektorat: Sanda Nyklasz
Martina Gercke wird vertreten durch die Literatur-Agentur
AVA München

Vorwort

Liebe Leserinnen und Leser,

die Geschichte rund um das kleine Ferienhotel *Fleetwood on Sea* geht weiter. Ich hoffe, euch gefällt der zweite Band meiner *Fleetwood Kisses* und ihr schließt die Menschen dort genauso in euer Herz, wie ich es getan habe.

Viel Spaß und gute Unterhaltung.

Eure

Martina Gercke

♥ ROMANE

1. Kapitel

Der Mini Cooper brauste über die Küstenstraße nach Fleetwood Cove. Zur linken Seite breitete sich das Grün der Landschaft bis zum Horizont aus. Wildblumen, deren bunte Blüten wie verstreutes Konfetti zwischen dem Gras leuchteten, säumten die Straße. Rechts fielen die Felsen steil ins Meer. Eine falsche Lenkbewegung und man lief Gefahr, in den Abgrund zu stürzen. Jools reduzierte die Geschwindigkeit, obwohl sie es kaum noch abwarten konnte, ihr Ziel zu erreichen.

Zwei Monate hatte Jools auf diesen Augenblick gewartet und nun war sie hier, in ihrer neuen Heimat – einem kleinen Dorf an der Küste von Wales. Für eine waschechte New Yorkerin war der Umzug nach Großbritannien ein Quantensprung.

Den ganzen Flug von New York bis London hatte sie mit klopfendem Herzen in ihrem Sitz gesessen und nach draußen in die Dunkelheit gestarrt, während die meisten Passagiere geschlafen hatten. Sie hatte an das Leben gedacht, das sie in New York zurückließ. Hätte ihr jemand vor einem Vierteljahr gesagt, dass sie ihren gut bezahlten Job als PR-Managerin hinschmeißen würde, um ein kleines Hotel an der Südwestküste von Wales zu leiten, hätte sie demjenigen den Vogel gezeigt. Und doch war sie hier.

Ein Lächeln huschte über ihr Gesicht. Das Leben hatte einen anderen Weg für sie eingeschlagen, als sie es für möglich gehalten hätte. Alles war in geregelten Bahnen verlaufen, bis ihr Millie, die uneheliche Halbschwester ihres verstorbenen Vaters, ein Hotel vermacht hatte – das *Fleetwood on Sea*. Niemals hätte sie auch nur ansatzweise geahnt, dass genau dieses Erbe alles infrage stellen würde, woran sie bis dato geglaubt hatte: Erfolg, Reichtum und Karriere.

Damals war sie mit dem festen Ziel, das Hotel zu verkaufen, nach Fleetwood Cove aufgebrochen. Schon nach wenigen Tagen hatte sie sich entgegen ihrer Erwartung Hals über Kopf in das Hotel und seine Angestellten verliebt. Zunächst hatte sie an ihrer Entscheidung festgehalten und den Kaufvertrag und damit ihren Verzicht auf das Erbe unterschrieben. Doch bereits kurz nach ihrer Rückkehr nach New York war ihr bewusst geworden, dass der Aufenthalt in Wales sie verändert hatte. Sie hatte sich nach der Ruhe und der Gelassenheit gesehnt, die sie in Fleetwood Cove erfahren hatte, und sich im hektischen New York plötzlich deplatziert gefühlt. Die Frage, was im Leben wirklich wichtig war, war wochenlang durch ihren Kopf gegeistert.

Nach einer Aussprache mit Dean war ihr klar geworden, dass er nie der Mann an ihrer Seite sein würde, den sie sich wünschte, und sie hatte sich von ihm getrennt. Zeitgleich hatte sie den Entschluss gefasst, sich von ihrem bisherigen Leben zu verabschieden und noch einmal ganz von vorn anzufangen. In letzter Minute hatte sie den Verkauf des Hotels gestoppt und den Verzicht auf ihr Erbe rückgängig gemacht.

Die Umrisse von Fleetwood Cove tauchten in der Ferne unter ihr auf. Die schroffen Felsen fielen steil in den hellen Sand und die bunten Fassaden der Häuser schmiegten sich in die Bucht. Die Hafenmole ragte lang gezogen wie eine Schwertspitze aufs Meer hinaus. Es war ein windiger Tag und Schaumkronen tanzten wie weiße Kreisel auf den Wellen. Ein strahlend blauer Himmel spannte sich über die Landschaft und tauchte alles in sein freundliches Licht. Sie folgte der Kurve und fuhr langsam den Hügel hoch, bis sie das Plateau erreicht hatte, auf dem *Fleetwood on Sea* wie eine Perle inmitten des Grüns herausstach. Jools' Herz machte bei dem Anblick ihres neuen Zuhauses einen freudigen Hüpfer.

Der Kies knirschte unter den Reifen, als sie die letzten Meter der Einfahrt zum Hotel entlangfuhr. Die blütenbeladenen Zweige einer kleinen Hecke, seitlich des Weges, streckten sich in die Höhe. Dazwischen leuchtete das weiße Mauerwerk des Gartencottages durch, in dem Emily Johnson und ihre Tochter Melee lebten.

Jools liebte das kleine Häuschen mit seinen rustikalen Steinmauern und den hellblau gestrichenen Fenstern.

Sie reckte sich in ihrem Sitz, als der Eingang des *Fleetwood on Sea* in ihr Sichtfeld kam. Bedauernd stellte sie fest, dass der Blauregen, der am Haus wuchs, seine Blüten verloren hatte. Ansonsten sah das doppelstöckige Hotel genauso aus, wie sie es in Erinnerung hatte. Der aus verblichenen Schiffsplanken zusammengezimmerte Zaun begrenzte das Hotelgelände. Dahinter schimmerte das Meer wie ein blaues Samtband. Ihr Puls schnellte in die Höhe, als sie Lucas Harley Davidson auf dem Parkplatz entdeckte.

Luca Castano war der geniale Koch des *Fleetwood on Sea*, der sie nicht nur mit seinen Kochkünsten, sondern auch mit seinem exzellenten Kaffee um den Finger gewickelt hatte. Sie dachte an jenen legendären Abend, als Luca sie auf seiner Harley mitgenommen und in das *Smuggler's Nest*, einen winzigen Pub im Nachbarort, entführt hatte. Das berauschende Gefühl, als sie hinter Luca auf seinem Motorrad gesessen und sie mit hoher Geschwindigkeit über die Küstenstraße gefahren waren, würde sie so schnell nicht vergessen.

Ob er wohl da war, um sie in Empfang zu nehmen?

Sie stellte den Motor ab und stieg aus dem Wagen. Sofort füllten sich ihre Lungen mit der frischen Seeluft, die sich mit dem süßlichen Duft der Rosen mischte, die in dichten Büschen entlang der Fassade wuchsen. Endlich war sie daheim.

Ihr Blick fiel auf den riesigen Apfelbaum im Vorgarten. Die Äste bogen sich schwer unter der Last der heranreifenden Äpfel nach unten. Bei ihrem letzten Besuch hatte der Baum in voller Blüte gestanden. Eine Gruppe Möwen flog kreischend über ihren Kopf hinweg und ließ sie hochschrecken. Sie folgte ihnen mit den Augen, bis sie hinter der Klippe verschwanden.

»Jools!« Emily kam mit beschwingten Schritten auf sie zu. Sie war die Geschäftsführerin des *Fleetwood on Sea*. Millie hatte Emily bei sich aufgenommen, als sie mit knapp achtzehn Jahren mit Melee schwanger gewesen war.

Soweit Jools wusste, hatte Melees leiblicher Vater sie verlassen, kurz nachdem er von der Schwangerschaft erfahren hatte. Emily sprach nicht gern über diese Zeit. Sie hatte lediglich erwähnt, dass sich ihre Eltern nach der Bekanntgabe ihrer Schwangerschaft ebenfalls von ihr abgewandt hatten. Bis zu Melees Geburt hatte sich Emily mit Gelegenheitsjobs als Kellnerin über Wasser gehalten.

Durch einen Zufall hatten Millie und ihr Mann James das Restaurant aufgesucht, in dem Emily gearbeitet hatte, und sie in ein Gespräch verwickelt. Als Emily am nächsten Tag wieder zur Arbeit erschienen war, hatten Millie und James bereits auf sie gewartet und ihr einen Job als Geschäftsführerin bei sich im Hotel angeboten. Zunächst hatte sie gezögert, doch als Millie sie ein paar Tage später angesprochen und ihr Angebot wiederholt hatte, war ihr Emily nach Fleetwood Cove gefolgt. Seitdem wohnte sie im Gartencottage. Millie war für Emily im Laufe der Jahre so etwas wie eine Ziehmutter geworden.

»Du weißt gar nicht, wie froh ich bin, endlich hier zu sein.« Jools beugte sich nach vorn und gab Emily einen Kuss auf die Wange. Sofort hatte sie den zarten Jasminduft in der Nase, der Emily wie eine zweite Haut umgab.

»Das beruht auf Gegenseitigkeit. Schön, dass du da bist«, lächelte Emily. »Hat ja lange genug gedauert.«

Ihre wilden roten Locken waren zu einem unordentlichen Knoten zusammengebunden. Einige Strähnen hatten sich gelöst und hingen ihr widerspenstig ins Gesicht. Wie immer baumelten riesige Kreolen an ihren Ohren und der Ring im rechten Nasenflügel blitzte im Sonnenlicht. Sie trug ein leuchtend buntes Kleid, das ihr bis über die Knie reichte, und dazu flache Riemchensandalen.

»Du siehst toll aus.« Jools pfiff anerkennend.

»Das Kompliment kann ich nur zurückgeben«, sagte Emily. »Wie eine waschechte Businessfrau aus New York.« Sie deutete auf Jools' schmal geschnittenen Bleistiftrock und die hellblaue Bluse. Dazu trug sie nudefarbene Pumps und an ihren Arm schwang eine *Michael-Kors*-Handtasche.

»Ich bin eine echte New Yorkerin«, protestierte Jools gespielt.

»Nicht mehr!« Emily hob ermahnend den Zeigefinger.

»Womit du recht hast.« Jools grinste schief. »Daran muss ich mich erst noch gewöhnen.«

»Jooools!«, ertönte ein glockenheller Schlachtruf. Melee kam mit einem breiten Lachen auf dem Gesicht auf sie zugerannt.

»Süße!« Sie schloss die Arme um den schlaksigen Teenager.

»Ich habe dich gar nicht gehört«, plapperte Melee atmenlos drauflos. »Sonst wäre ich gleich gekommen. Wie lange bist du schon da? Wo ist dein Gepäck? Wie war dein Flug?«

»Lass Jools doch erst einmal ankommen, bevor du sie mit Fragen bombardierst«, ermahnte Emily ihre Tochter.

»Ist okay«, lächelte Jools.

Wenn sie sich eine Tochter hätte wünschen können, dann wäre sie genau wie Melee. Aufgeschlossen, lustig, hübsch und mit einer guten Portion Humor ausgestattet. Rein äußerlich war Melee die junge Ausgabe ihrer Mutter. Die gleichen rotblonden Locken, die strahlend blauen Augen, die hohen Wangenknochen, das energische Kinn und die geschwungenen Lippen.

»Ich freue mich so, dass du da bist«, flüsterte Melee in Jools' Ohr. »Endlich eine Erwachsene, mit der man reden kann.«

»Vielen Dank für die Lorbeeren, aber lass das nicht deine Mutter hören.« Jools zwinkerte ihr verschwörerisch zu.

»Der Keks hat vor lauter Aufregung die ganze Nacht nicht geschlafen.« Emily strich ihrer Tochter über den Kopf.

»Dann sind wir schon zu zweit«, grinste Jools. »Ich habe auch kein Auge zugetan und mir die Nacht im Flugzeug damit vertrieben, blöd aus dem Fenster zu starren.«

»Mum, du sollst mich nicht Keks nennen«, maulte Melee. »Ich bin schließlich fast sechzehn.«

»Aber eben nur fast.« Emily legte die Hand auf Jools' Arm. »Dein Zimmer steht bereit, du kannst dich also jederzeit hinlegen.«

»Ich glaube, ich bin viel zu aufgekratzt, um zu schlafen!«

»Das kann ich mir vorstellen«, nickte Emily.

»Wie war der Flug?« Melee musterte Jools interessiert.

»Wahnsinnig *laaangweilig*.« Sie verdrehte die Augen. Melee kicherte vergnügt. »Wisst ihr was?! In Wirklichkeit ist *Fleetwood on Sea* noch schöner als in meinen Träumen.«

Seit Jools Fleetwood Cove verlassen hatte, hatte sie jede Nacht davon geträumt. Ihr Blick wanderte über den frisch gemähten Rasen zum Hotel und wieder zurück.

»Ja, wir hatten bisher einen ziemlich schönen Sommer und genau die richtige Menge an Regen, was ja bekanntlich nicht immer der Fall ist.« Emily warf einen Blick zu Jools' Wagen. »Hast du Gepäck dabei?«

»Nur einen Koffer. Meine übrigen Sachen kommen in drei Wochen mit dem Schiff.«

Vor drei Tagen hatte sie die restlichen Habseligkeiten aus ihrem kleinen Appartement in SoHo geräumt und damit einen Schlussstrich unter die letzten sechs Jahre ihres Lebens gezogen. Bis auf wenige Möbel hatte sie fast alles verkauft. Sie wollte ihr neues Leben ohne großen Ballast aus der Vergangenheit beginnen. Die verbleibenden zwei Nächte hatte sie bei Susan und Barron im Gästezimmer geschlafen.

Susan Fisher war Jools' beste Freundin in New York. Die beiden Frauen hatte schon eine innige Freundschaft verbunden, lange bevor Susan den berühmten Talkshow-Moderator Barron Fisher geheiratet hatte. Mittlerweile war Susan Mutter zweier entzückender Mädchen und lebte im noblen Westend in einem Haus direkt am Central Park. Eine Zeit lang hatte es so ausgesehen, als würden sich die beiden Freundinnen aus den

Augen verlieren, aber nachdem Jools aus Fleetwood Cove zurückgekehrt war, war ihre Freundschaft wieder enger geworden.

»Melee, sagst du Luca Bescheid, dass Jools da ist?«, bat Emily.

»Nein, warte«, hielt Jools sie zurück. »Ich würde ihn gern selbst überraschen.«

»Na klar«, nickte Emily.

»Ich komme mit!«, grinste Melee.

Jools hob den Daumen in die Höhe, um ihr zu signalisieren, dass sie einverstanden war.

Der weiße Dielenboden knarrte unter ihren Füßen, als sie das Hotel betraten. Es roch angenehm nach Blumen. Mit einem glückseligen Lächeln auf den Lippen ging Jools zur Rezeption. Die Wände waren in einem zarten Türkiston gestrichen, was den mediterranen Charakter des Zimmers unterstrich. Die blauen Polster der Sitzecke vor dem Kamin waren durch die jahrelange Sonneneinstrahlung ausgebleicht. Den Mittelpunkt des Raumes bildete der Empfang, auf der ein prächtiger Rosenstrauß stand. Beim Anblick des uralten Rechners auf dem Tresen musste Jools schmunzeln. Das elektronische Zeitalter hatte in *Fleetwood on Sea* nur bedingt Einzug gehalten. Wichtige Telefonate wurden nach wie vor mit dem Festnetzanschluss geführt, da das Handynetz meist nicht ausreichte, um über das Smartphone zu telefonieren.

Über dem Empfangsbereich hing ein Ölgemälde, auf dem eine Meerjungfrau abgebildet war. Das Lächeln erinnerte Jools sehr an das der Mona Lisa im Louvre.

Das Telefon klingelte. Emily eilte hinter den lang gestreckten Holztresen, um das Gespräch anzunehmen. Jools signalisierte ihr mit einem Handzeichen, dass sie schon mal vorgehen würde.

Emily nickte, während sie sich eine Buchung notierte.

Mit jedem Schritt, den sie sich der Küche näherte, klopfte ihr Herz schneller. Leises Klappern war hinter der verschlossenen Tür zu hören. Wahrscheinlich war Luca gerade dabei, das Abendessen vorzubereiten.

Jools fuhr sich mit den Fingern durch die Haare. »Wie sehe ich aus?«, flüsterte sie.

»Wunderschön«, entgegnete Melee mit schwärmerischem Gesichtsausdruck.

Jools lächelte den Teenager liebevoll an. »Danke.« Dann holte sie tief Luft und drückte die schwere Holztür zur Küche auf.

Das Erste, was sie sah, war Luca, der mit einem Beil in der Hand vor der Arbeitsplatte stand, auf der ein gerupftes Huhn und ein Berg Gemüse lagen. Als er das Klicken der Tür hörte, hob er den Kopf.

»Jools!« Er sprach ihren Namen aus, als wäre er eine köstliche Nachspeise. Mit einem Ruck senkte er den Arm und das Beil traf zielgenau auf den Hals des Geflügels. *Klack!* Der Kopf des Huhns rollte zur Seite.

»Na das nenne ich mal eine Begrüßung«, bemerkte Jools trocken. »Ich hoffe, das sollte nicht deine Gefühle für mich ausdrücken.«

Ein Lächeln umspielte seinen Mund. Er sah genauso gut aus, wie sie ihn in Erinnerung hatte. Wie immer trug er eine dunkle Jeans und dazu ein einfaches schwarzes T-Shirt, das über seinen breiten Schultern spannte. Luca wischte sich die Hände an der Schürze ab, die er sich um seine schmale Hüfte gebunden hatte. Die feine Narbe auf seiner Stirn glänzte silbern auf der sonnengebräunten Haut. Seine Haare waren zu einem Knoten am Hinterkopf zusammengebunden. Sie dachte daran, wie gut er mit offenen Haaren aussah.

»Madonna!« Mit wenigen Schritten war er bei ihr.

Seine Augen suchten die ihren. Als sie sich trafen, setzte Jools' Herz für einen Wimpernschlag aus und die Zeit stand still. Das Gefühl der Vertrautheit, das sie vom ersten Moment an in seiner Gegenwart gehabt hatte, war augenblicklich wieder da. Sie bewunderte im Stillen seine römischen Gesichtszüge.

»Jools«, wiederholte er mit rauer Stimme. »Endlich.«

»Ja, endlich«, entgegnete sie glücklich, ohne die Augen von ihm zu lassen.

Er streckte die Hand nach ihr aus. »Du bist noch schöner geworden, wenn das überhaupt möglich ist.«

»Du alter Charmeur!« Sie lächelte scheu und reichte ihm die Hand. »Wohl eher müde.«

Mit einem Ruck zog er sie an sich und ehe sie etwas sagen konnte, drückte er ihr einen Kuss auf den Mund. Es war kaum mehr als eine flüchtige Berührung, aber eine heiße Welle flutete ihr Gesicht dort, wo er sie geküsst hatte.

»Ich kann dir gar nicht sagen, wie sehr ich mich freue, dass du wieder da bist«, flüsterte er ihr ins Ohr.

»Hör auf, du machst mich ganz verlegen«, schimpfte sie scherzhaft. Ihr Blick fiel auf Melee, die noch immer in der Tür stand und die ganze Szene interessiert beobachtete.

»Stronzo – Unsinn! Ich sage nur die Wahrheit.« Lucas Augen musterten sie liebevoll. »Du siehst etwas müde aus. Soll ich dir einen Cappuccino machen?« Er zwinkerte ihr zu. Kaffee war von der ersten Minute an das Bindeglied zwischen ihnen gewesen.

»Kannst du Gedanken lesen?«

»Nein, aber ich kenne dich«, entgegnete er.

»Ein Cappuccino wäre wundervoll!«, erwiderte sie dankbar. »Ich habe die ganze Fahrt von London hierher von deinem Kaffee geträumt!«

»Gib es zu, du bist nur wegen meines Kaffees zurückgekommen!«, schmunzelte er und legte seine weißen Zähne frei.

»Ich habe in ganz New York keinen Cappuccino getrunken, der mit deinem mithalten könnte. Insofern hast du nicht ganz unrecht.« Sie war ein absoluter Kaffeejunkie. Es kam nicht selten vor, dass sie am Tag fünf bis sechs Tassen davon trank.

Vorsichtig befreite sie sich aus Lucas Armen. Sie wollte nicht, dass Melee einen falschen Eindruck bekam, schließlich war Jools die Hoteleigentümerin und wollte die Gerüchteküche unter den Angestellten nicht unnötig anfachen.

»Hey, Keks, was stehst du da so still in der Ecke rum?« Luca warf Melee ein umwerfendes Lächeln zu. Für Melee war er in den letzten Jahren zu einer Art Ersatzvater geworden.

»Hallo, Luca, ich habe Jools begleitet.« Schüchtern stellte sie sich zu ihnen.

»Umso besser!« Luca trat einen Schritt zurück und deutete auf den kleinen Tisch in der hinteren Ecke der Küche. »Warum setzt ihr euch nicht, anstatt mir im Weg zu stehen?«

Jools legte den Kopf leicht schräg. »Eigentlich wollte ich kurz auf mein Zimmer, um mich etwas frisch zu machen und die Klamotten zu wechseln.«

»Wolltest du nicht gerade noch einen Cappuccino trinken?« Luca schüttelte den Kopf. »Ihr Frauen seid so wankelmütige Wesen. Eine Tasse, und dann kannst du gehen.«

»Überredet.« Müde ließ sie sich auf den Stuhl sinken. Melee nahm ihr gegenüber Platz.

»So schnell kann man dich überzeugen«, neckte Luca sie.

»Nicht ›man‹, nur du!« Jools schwang die Beine nach oben auf den Tisch. Ihre Zehen fühlten sich an, als wären sie abgestorben.

»Melee, möchtest du einen Kakao?«

»Das wäre cool«, nickte der Teenager begeistert.

»Prego! Einen Kakao für die bezaubernde Signorina und einen Kaffee für die wunderschöne Signora.«

Luca ging zur Arbeitsfläche gleich neben dem Tisch, wo das chromfarbene Monster stand. Die Kaffeemaschine war eine echte *La Marzocco* und Lucas ganzer Stolz. Er hatte sie extra aus Italien nach Fleetwood Cove kommen lassen und hütete sie wie seinen Augapfel. Niemand außer ihm durfte die Maschine bedienen.

Belustigt beobachtete sie, wie er die Milch in die metallene Kanne goss und einen der unzähligen Knöpfe drückte. Fauchend wie eine Wildkatze, sprang der Apparat an.

»Wie war deine Anreise?« Er warf Jools einen kurzen Seitenblick zu.

»Gut. Alles lief wie am Schnürchen und im Gegensatz zum letzten Mal bin ich auf der richtigen Seite gefahren.«

Luca drückte einen weiteren Knopf und die braune Flüssigkeit lief in die Tasse, die er darunter gestellt hatte.

Jools' Blick wanderte durch die Küche. Der Raum war nichts Besonderes, aber mit allem ausgestattet, was für den Restaurantbetrieb nötig war.

»Wenn du dich erst mal hier eingelebt hast, wirst du gar nicht mehr wissen, wie es ist, auf der anderen Seite zu fahren.« Er goss die aufgeschäumte Milch in den Becher mit dem Kakao. »Für den Lieblingskeks.« Zwinkernd reichte er Melee den Becher. Luca war der Einzige, der sie ungestraft bei ihrem Spitznamen nennen durfte. Dieses Mal bildete keine Ausnahme.

Mit einem glücklichen Lächeln nahm sie einen Schluck.

»Yummy.« Ein dünner brauner Strich glänzte auf ihrer Oberlippe, als sie wieder hochsah.

»Du hast da was.« Jools deutete auf die Stelle.

»Oh.« Hektisch wischte Melee mit dem Handrücken über ihren Mund.

»Nun bin ich gespannt, ob er dir immer noch so gut schmeckt. Meine Mutter hat mir eine Packung Kaffee aus Italien geschickt.«

Sie zog überrascht die Augenbraue nach oben. Luca hatte seine Mutter bisher mit keinem Ton erwähnt. Sie war davon ausgegangen, dass seine Eltern verstorben waren.

»Von deiner Mutter! Dann ist er etwas ganz Besonderes.« Sie schnupperte an ihrem Becher. »Wenn der Kaffee so schmeckt, wie er riecht, verbringe ich den Tag heute hier.«

»Prego!« Er reichte ihr die dampfende Tasse. »Vorsicht, heiß!«

Mit spitzem Mund nippte sie am Kaffee. Sofort hatte sie den herrlich starken Röstgeschmack im Mund.

»Perfekt!«, strahlte sie. »Du kannst deiner Mutter sagen, dass ich begeistert bin.«

»Der Kaffee stammt aus einer der ältesten Röstereien der Toskana, Manaresi. Früher habe ich meinen Kaffee immer von dort bezogen, heutzutage bin ich froh, wenn ich ab und zu mal eine Packung von zu Hause zugeschickt bekomme.« Luca ließ sich auf dem freien Stuhl neben ihr nieder. Seine Augen ruhten auf ihr.

Stumm nahm Jools einen weiteren Schluck. Melee wippte vergnügt mit den Füßen. Von Emily wusste sie, dass die Küche einer ihrer Lieblingsplätze im Hotel war.

»Was war der Grund, dass du es dir anders überlegt hast?«, fragte er unvermittelt.

Jools hätte sich fast verschluckt. Die Frage kam unerwartet.

»Du meinst, mit dem Hotel und meinem Leben in New York?« Er nickte. Melee sah interessiert zu ihr hoch. »Als ich zurück in New York war, erschien mir plötzlich alles greller und lauter als zuvor. Die vielen Menschen, die Arbeit, der Druck, die Oberflächlichkeit und … Dean.« Sie machte eine Pause. »Ich habe erkannt, dass es nicht das ist, was ich will.« Seine Augen brannten sich in ihr Gesicht. »Ich wollte endlich frei und mein eigener Herr sein.«

Luca nickte, ohne die Augen von ihr zu nehmen.

»Hey, ihr merkt schon, dass ich auch noch da bin?«, unterbrach Melee sie.

»Wie könnten wir das vergessen?«, lächelte Jools.

Die Tür ging auf und Emily streckte den Kopf hinein. »Na, wie ich sehe, habt ihr es euch ohne mich gemütlich gemacht.«

»Möchtest du auch einen Cappuccino?« Luca sah Emily fragend an.

»Da würde ich nicht Nein sagen«, strahlte Emily.

»Komm, setz dich zu uns.« Luca deutete auf seinen Stuhl.

»Danke.« Emilys Blick fiel auf den Becher in Jools' Hand. »Solltest du nicht lieber schlafen, damit du heute Abend fit bist?«

»Wollte ich auch, aber als Luca mir einen seiner legendären Cappuccinos angeboten hat, bin ich schwach geworden.«

Emily schielte rüber zu Melee. »Kakao?«

Melee nickte und leckte sich mit der Zungenspitze über die Oberlippe.

»Du sollst den Keks nicht so verwöhnen«, schimpfte Emily.

»Mum.« Melee verdrehte die Augen.

Jools kicherte leise.

»Du weißt doch, ich bin Italiener«, grinste Luca schief und deutete auf seine Brust. »Ich kann nicht anders. Wenn ich eine hübsche Frau sehe, muss ich sie einfach verwöhnen.«

»Und was ist mit mir?« Rose Mackenzie stand plötzlich in der Küche. Sie hatte die Hände in die Hüften gestemmt.

»Rose!« Jools sprang von ihrem Stuhl auf. Rose war die Hausdame des *Fleetwood on Sea*. Eine gestandene Schottin mit dem Herz am rechten Fleck, die schon so manches erlebt hatte und die gute Seele des Hotels war. Jools hatte Rose mit ihrer direkten und herzlichen Art seit ihrer ersten Begegnung ins Herz geschlossen.

»Wie schön, Sie zu sehen!«

»Das kann ich zurückgeben.« Sie reichte der Schottin die Hand.

»Eigentlich bin ich noch böse mit Ihnen«, fuhr Rose mit ernster Miene fort.

»Um Gottes willen! Was ist passiert?«, fragte Jools bestürzt.

»Sie haben mir einen ganz mächtigen Schrecken eingejagt, als Sie einfach abgereist sind und verkündet haben, dass Sie das Hotel nicht übernehmen«, sagte die Hausdame mit starkem schottischen Akzent und ihre grauen Augen funkelten angriffslustig. Rose war Mitte vierzig und die Älteste von ihnen. Wie immer trug sie ein schlichtes knielanges Kleid und flache Schuhe dazu. Um die Hüften hatte sie sich eine Schürze gebunden, die mit Spitze verziert war. Rein äußerlich entsprach sie dem Bild der perfekten Hausdame. Ihre braunen Haare waren mit feinen silbernen Strähnen durchwirkt und zu einem lockerem Knoten am Hinterkopf zusammengefasst.

»Rose, es tut mir so leid«, stammelte Jools überrascht, »aber …«

Rose brach in schallendes Gelächter aus. Ihr ganzer ausladender Körper bebte.

»Ähm?« Jools verstand nur Bahnhof. Ehe sie sich versah, hatte Rose sie an ihre Brust gedrückt.

»Ich bin so froh, dass Sie es sich anders überlegt haben!«

»Puh«, atmete Jools erleichtert aus. »Ich hatte schon Angst, Sie würden mir gleich den Kopf abreißen.«

»Das hätte ich auch am liebsten getan, als Sie so einfach aus Fleetwood abgereist sind«, gestand Rose. »Umso glücklicher bin ich, dass Sie es sich anders überlegt haben. Herzlich willkommen in *Fleetwood on Sea*.«

»Danke, Rose. Als ich zurück in New York war, hatte ich schrecklich Sehnsucht nach *Fleetwood on Sea*. Da war mir klar, dass ich zurück muss.«

»Das hätte ich dir gleich sagen können.« Emily wippte gut gelaunt mit den Füßen.

»Ich unterbreche dieses nette Treffen nur ungern, aber an der Rezeption steht ein Pärchen, das ein Zimmer für heute Nacht buchen möchte.« Rose' Blick wanderte zu Emily, die es sich auf dem kleinen Holztisch bequem gemacht hatte.

»Schon gut, ich habe verstanden.« Seufzend sprang Emily von der Tischplatte. »Da will man einmal einen Cappuccino trinken und schwupp sind die Gäste da. Melee, bist du so lieb und zeigst Jools ihr Zimmer?«

»Natürlich. Jools, du wirst sehen, Mum hat dir das schönste Zimmer überhaupt gegeben.«

»Emily, was soll das? Wir hatten doch besprochen, dass ich in das freie Gästezimmer ziehe«, schimpfte Jools.

»Das ist das schönste Zimmer!«, entgegnete Emily mit verschmitztem Gesichtsausdruck.

»Mum, du lügst!« Melee sah ihre Mutter entrüstet an. »Sie hat dir ihr Zimmer überlassen.«

»Du alter Verräter!« Eine leichte Röte überzog Emilys ebenmäßiges Gesicht. »Das hat man davon, wenn man das Kind zur Ehrlichkeit erzieht. Es fällt der eigenen Mutter in den Rücken.« Sie lächelte verlegen. »Ich habe bereits seit geraumer Zeit mit dem Gedanken gespielt in das andere Zimmer zu ziehen und war nur zu bequem dazu.«

»Du schwindelst mich an, oder?« Jools beäugte ihre Freundin misstrauisch.

»Nein. So bin ich direkt am Badezimmer und wecke niemanden, wenn ich morgens aufstehe.« Emily schüttelte den Kopf. »Du brauchst also kein schlechtes Gewissen zu haben.«

»Einverstanden. Aber wenn du es zurückhaben möchtest, sagst du Bescheid«, verlangte Jools.

»Versprochen.« Emily hob die Hand in die Luft. »So, jetzt muss ich aber los.«

»Ich sollte auch weitermachen«, stimmte Rose ihr zu.

»Sehen wir uns später noch?«, fragte Jools.

»Das würde ich gern, aber heute ist Freitag und ausgerechnet da ist das Frauenkomitee bei uns zu Gast«, erklärte Emily. »Ich weiß nicht, ob ich Zeit habe.«

Das Frauenkomitee von Fleetwood Cove traf sich regelmäßig zu ihren Meetings am Freitagabend im Restaurant des *Fleetwood on Sea*, seit Luca in der Küche angefangen hatte. Die Vorsitzende des Komitees, Betty, hatte Jools bereits bei ihrem ersten Besuch kennengelernt. In ihren Augen war die Frau ein schreckliches Tratschweib, das sich selbst und seine Position innerhalb des Dorfes völlig überbewertete.

»Ich bin in der Küche beschäftigt.« Luca zuckte mit den Schultern.

»Bei mir ist es das Gleiche«, sagte Rose entschuldigend. »Wenn die Frauen vom Komitee zu Gast sind, habe ich immer alle Hände voll zu tun.«

»Ja, klar, das habe ich total vergessen«, sagte Jools, darum bemüht, sich ihre Enttäuschung nicht anmerken zu lassen. Sie hatte fest damit gerechnet, den Abend mit Luca, Emily und Melee zu verbringen. »Kann ich euch vielleicht helfen?«, fragte sie hoffnungsvoll. Sie hatte keine Lust, ihren ersten Abend in ihrem neuen Zuhause allein zu sein.

Emily, Rose und Luca tauschten kurze Blicke miteinander, die Jools nicht zu deuten wusste.

»Das kommt überhaupt nicht infrage«, sagte Rose in einem Ton, der keine Widerrede zuließ.

»Hm, was hältst du davon, wenn du mich später an der Rezeption abholst? Die letzten Gäste kommen heute gegen fünf Uhr an. Das bedeutet, wenn nichts dazwischenkommt, könnten wir zumindest zusammen einen Sundowner im Wintergarten zu uns nehmen«, schlug Emily vor.

»Das klingt nach einer vorzüglichen Idee«, freute sich Jools.

»Gut. Wahrscheinlich bist du bald froh, mal einen Abend für dich allein zu haben.« Emily lachte.

»Niemals«, widersprach Jools energisch. »Ich kann mir nicht vorstellen, jemals genug von dir und dem Keks zu bekommen.« Jools fuhr Melee durch die Haare.

»Hey, jetzt fängst du auch schon an wie meine Mum!«, protestierte Melee.

»Das war doch nur ein Spaß«, grinste Jools.

Emily eilte zur Tür. »Bis später.«

»Ich sollte auch lieber los« sagte Rose. »Brauchen Sie noch etwas?«

»Nein, vielen Dank«, murmelte Jools.

Rose eilte zur Tür.

»Ach, Rose«, rief Jools sie zurück.

»Ja?« Rose sah sie fragend an.

»Ich habe mir überlegt, dass es gut wäre, wenn wir uns morgen bei einer Tasse Kaffee in Ruhe zusammensetzen und alles besprechen bezüglich des Hotels.« Sie machte eine Pause. »Jetzt, wo ich hier bin, möchte ich so schnell wie möglich loslegen und brauche ein kurzes Update.«

»Selbstverständlich. Wenn ich einen Vorschlag machen dürfte?«

»Natürlich, Rose.«

»Ich würde es am besten finden, wenn wir uns in der Mittagspause treffen. In dieser Zeit ist im Hotel am wenigsten los.«

»Das ist eine gute Idee.« Jools' Blick fiel auf Luca, der die ganze Zeit schweigend neben ihr gestanden hatte. »Ich bin mir sicher, dass unser Starkoch uns ein paar Sandwiches machen kann, damit wir nicht verhungern.«

»Va bene«, nickte Luca. »Das lässt sich einrichten. Du weißt doch, wir Italiener halten viel von kleinen Häppchen.«

»Ich hatte gehofft, dass du das sagen würdest«, lächelte sie.

»Gut, dann sehen wir uns spätestens morgen in der Mittagspause.« Um Rose' graue Augen bildeten sich kleine Lachfältchen. »Ich kann Ihnen gar nicht sagen, wie sehr ich mich freue, dass Sie wieder hier sind.«

»Mir geht es genauso!«, sagte Jools aufrichtig.

Rose verschwand aus der Küche.

»Wo ist dein Gepäck?«, fragte Luca.

»Noch im Auto.« Trotz des Kaffees machte sich langsam eine bleierne Müdigkeit in Jools breit. Sie hatte Mühe, die Augen offen zu halten.

»Dann komme ich mit und trage es dir in dein neues Zuhause«, bot Luca an.

»Du bist ein Schatz!«

»Ich weiß.« Er legte seine Schürze auf die Arbeitsplatte. »Deswegen bist du ja auch hier.«

Jools folgte ihm nach draußen.

Das Gartencottage lag nur knapp einhundert Meter vom Hotel und ungefähr zweihundert Meter von der Klippe am Rande des Grundstücks entfernt. Vom Hotel aus war das Cottage so gut wie uneinsehbar, da rund um das Gebäude riesige Rosenbüsche wuchsen, die den Einblick verwehrten. Jools' Absätze klapperten leise auf den Steinplatten des schmalen Wegs.

Melee lief gut gelaunt voraus, Luca folgte ihnen mit dem Koffer. Als ihr neues Zuhause endlich vor ihnen auftauchte, schlug Jools' Herz freudig schneller.

Das Cottage war ein entzückend aussehendes Gebäude mit hellen Steinmauern und winzigen Fenstern. Auf dem Reetdach war ein Schornstein, der so schief stand, dass Jools befürchtete, er könnte jeden Moment auf sie herabstürzen.

Von den Rosenbüschen ging ein betörender Duft aus und überall summten die Bienen.

»Da wären wir«, sagte Melee strahlend und drückte die Eingangstür auf.

Neugierig, ob sich etwas verändert hatte, trat Jools ein.

Im Gegensatz zum Haupthaus waren die Wände des Cottages naturbelassen. In New York hätte man eine Menge Geld dafür bezahlt, um diesen Stil zu kopieren. Die alten Dielen im Flur waren weiß geölt, sodass man die Maserung des Holzes darunter noch erkennen konnte. Die Decke war niedrig und Jools musste sich bücken, um sich beim Eintreten nicht den Kopf zu stoßen. Gleich neben der Eingangstür stand ein schmaler Tisch mit einer Tonschale darauf. Hier lagerte Emily die Schlüssel für das Auto und das Hotel.

Ein zarter Jasminduft lag in der Luft – unverkennbar Emilys Parfüm. Ein Lächeln huschte über Jools' Gesicht. Die Wand im Flur war mit Schwarz-Weiß-Fotografien, die hauptsächlich Emily und Melee zeigten, überzogen. Von der Decke hingen einfache Glaslampen, die Jools an umgedrehte Einmachgläser erinnerten.

Das Erdgeschoss bestand aus Wohnzimmer, Küche, Emilys Büro und einem Gäste-WC. Eine schmale Steintreppe führte in das obere Stockwerk, wo sich die Schlafzimmer befanden. Jools folgte Melee nach oben.

»Das ist mein Zimmer«, sagte Melee stolz und drückte die Tür auf. Neugierig trat Jools ein.

Melees Zimmer war ein großer Raum, dessen Wände in einem mädchenhaften, weichen Roséton gestrichen waren. Die Möbel waren schlicht. Das Bett war auf einer Art Empore errichtet worden. Um hineinzugelangen, musste man vier Stufen nehmen. Rechts und links fielen weiße Gardinen von der Decke bis zum Boden, in die Hunderte von winzigen Lichtern eingearbeitet waren. An der gegenüberliegenden Wand stand der Kleiderschrank. Rechts davon befand sich ein Bücherregal. Der weiße Holzboden war mit hellen Tierfellen bedeckt. An der Wand entdeckte Jools mehrere Bilder, die Melee und Emily zeigten. Unter der breiten Fensterfront befand sich ein Schreibtisch, der genügend Platz für einen Computer und Melees Schulsachen bot.

»Sieht ganz schön ordentlich aus«, nickte Jools anerkennend. Sie konnte sich noch gut daran erinnern, wie unordentlich sie selbst in Melees Alter gewesen war.

»Mum hat mich gezwungen, aufzuräumen«, grinste Melee schief.

»Aha.«

»Ich möchte euch nicht stören, aber ich muss zurück in die Küche.« Luca streckte seinen Kopf durch die Tür.

»Entschuldige bitte. Natürlich.«

Sie eilten nach draußen.

»Das ist Mums Zimmer.« Melee deutete auf den Raum neben dem Badezimmer. »Und das hier ist dein Zimmer.« Melee stieß die Tür auf.

Als Jools eintrat, schnappte sie laut nach Luft.

Das Zimmer war weit größer, als sie es erwartet hatte. Durch die Fensterfront zum Meer schien die Sonne hell hinein und tauchte die Wände in einen zarten Champagnerton. Die langen hellblauen Vorhänge hingen bis zum Boden. Die Lampe an der Decke war ein Designerstück und bestand aus mehreren Glasschirmen in einem hellen Rosaton, die wie Tropfen nebeneinander hingen und in der Mitte zusammengebündelt waren. Der Holzboden war mit Kuhfellen bedeckt, was dem Ganzen einen etwas rustikalen Charakter verlieh. Rechts vom Fenster befand sich ein schlichter weißer Kleiderschank mit großen Schiebetüren.

Die eigentliche Sensation jedoch war das riesige Boxspringbett an der Stirnseite des Raumes, das mit einer Unzahl an Kissen in rosa, lila, blauen und grauen Pastelltönen übersät war. Jools hatte Emily gebeten, ihr ein Bett zu besorgen, und ihr dabei freie Hand gelassen. Allein der Anblick der Matratze ließ Jools' Herz schneller schlagen.

»Und, gefällt es dir?«, fragte Melee.

»Ob es mir gefällt?« Jools breitete die Arme aus. »Es ist wunderschön!«

»Mum und ich haben uns auch Mühe gegeben.« Die Augen des Teenagers leuchteten.

»Das sieht man. Es ist einmalig schön. Ich hätte es selbst nicht besser machen können«, sagte Jools mit Tränen in den Augen. Verdammt, sie war in letzter Zeit wirklich nah am Wasser gebaut. Sie blinzelte, schließlich sollten die beiden sie nicht für eine Heulsuse halten.

Luca stellte den Koffer neben der Tür auf den Boden. »Brauchst du mich noch?«, fragte er höflich.

»Nein, vielen Dank. Alles, was ich brauche, ist eine Mütze Schlaf.«

Luca nickte. »Bis später.«

»Ja, bis später.« Ihre Augen trafen sich und Jools spürte erneut dieses leise Kribbeln. Irritiert wandte sie sich ab. Als sie wieder hochsah, war er verschwunden.

»Handtücher liegen im Badezimmer für dich bereit«, holte Melee sie aus ihren Gedanken. »Mum hat gesagt, du sollst dich wie zu Hause fühlen.«

Jools legte ihre Handtasche auf den Tisch und nahm Melee in den Arm. »Danke, ich freue mich so, bei euch zu sein.«

»Gut«, nickte Melee. »Ich geh dann mal nach unten. Wenn du etwas brauchst, kannst du mich einfach rufen. Ich muss noch Hausaufgaben machen.« Melee verzog das Gesicht zu einer Grimasse.

»Hausaufgaben! Brrrr, scheußlich! Ich bin froh, dass ich nicht mehr zur Schule gehen muss.« Jools lachte.

»Ja, wem sagst du das? Bis später.« Melee warf ihr einen Kuss zu und ging nach draußen.

Leise fiel die Tür ins Schloss. Blitzschnell streifte Jools die Pumps von ihren Füßen und ließ sich mit einem begeisterten Schrei auf die Matratze fallen. Sofort wurde sie von einer Flut weicher Kissen umschlossen. Herrlich. Sie konnte sich nicht daran erinnern, wann sie sich das letzte Mal so auf ein Bett gefreut hatte. Müde glitten ihre Augen durch den Raum.

Eine laue Brise wehte durch das offene Fenster und die Vorhänge flatterten. Auf dem Schreibtisch direkt darunter standen eine Flasche Wasser und ein Glas.

Sie richtete sich auf und nahm ihr Handy aus der Tasche am Bettende, um den Wecker zu stellen. Sie runzelte die Stirn, als sie auf der Anzeige ihres Displays einen Balken für den Netzempfang sah. Bei ihrem letzten Besuch hatte der schlechte Empfang sie fast zur Verzweiflung getrieben, jetzt empfand sie es als Befreiung, nicht ständig erreichbar sein zu müssen. Kein Termindruck, keine E-Mails, die sie checken und beantworten musste, keine Anrufe von hysterischen Stars oder Prominenten. Hier in Fleetwood Cove gingen die Uhren langsamer.

Sie legte das Handy auf den kleinen Nachttisch neben ihrem Bett. Eine geradezu bleierne Müdigkeit überkam sie. Sie schaffte es gerade noch, sich den Rock und die Bluse auszuziehen. Sie kuschelte sich unter die Decke und schloss die Augen. Angenehme warme Dunkelheit umgab sie. Sekunden später war sie mit einem seligen Lächeln auf den Lippen eingeschlafen.

2. Kapitel

Das Klingeln des Handys riss sie aus dem Schlaf. Benommen tastete sie mit der Hand auf dem Nachttisch und stellte den Wecker aus. Ihre Augen geisterten orientierungslos durch den Raum. Die letzten Lichtstrahlen fielen durch das Fenster und warfen ihre Schatten an die Wände. Es war mucksmäuschenstill. Keine störenden Sirenen der Rettungskräfte, weder Stimmen, die zu ihr drangen, noch das stete Rauschen der Autos. Die einzigen Geräusche waren das leise Donnern der Brandung im Hintergrund und das Rascheln der Bäume, wenn der Wind durch die Blätter fuhr.

Fleetwood on Sea, schoss ihr der Name durch den Kopf. Der Gedanke, dass sie tatsächlich hier war und ein winziges Hotel an der Küste von Pembrokeshire leiten würde, kam ihr noch immer unwirklich vor.

Sie dachte an die fassungslosen Blicke, die sie in New York geerntet hatte, als sie von ihrem Plan, Millies Hotel zu übernehmen, erzählt hatte. Die meisten hatten erstaunt den Kopf geschüttelt und es als Spleen, die verrückte Idee einer PR-Managerin, abgetan. Erst als sie ihren Job gekündigt hatte, hatte man ihr geglaubt.

Bis zu guter Letzt hatte ihr Chef versucht, sie zum Bleiben zu überreden. Er hatte ihr sogar die langersehnte Partnerschaft im Unternehmen angeboten, aber Jools hatte abgelehnt. Lange genug hatte sie ihr Privatleben geopfert und sich voll und ganz auf ihre Karriere konzentriert. Nun war es an der Zeit, endlich an sich zu denken und an das, was im Leben wirklich wichtig war.

Das Holz knarrte leise, als jemand an ihrem Zimmer vorbeiging. Melee?

Jools hatte geradezu wunderbar fest geschlafen, dementsprechend erholt fühlte sie sich. Die Matratze war genau richtig – nicht zu weich, aber auch nicht zu hart. Sie lag wie auf Wolken gebettet. Träge hievte sie ihren Körper aus dem Bett und tapste zu ihrem Koffer, um sich frische Unterwäsche und ihren Kulturbeutel zu holen. Sie hatte nur das Nötigste für die erste Zeit eingepackt, der Rest ihrer Garderobe befand sich in dem Überseecontainer, der frühestens in drei Wochen hier eintreffen würde. Ein paar warme Pullover, zwei Jeans, drei Blusen, ein Sommerkleid, Shorts, Unterwäsche, mehrere T-Shirts und eine kleine Auswahl an Schuhen. Diesmal hatte sie sogar an eine warme Outdoorjacke gedacht, um dem Wetter an der Küste mit seinen kalten Winden zu trotzen.

Noch immer verschlafen, schleppte sie sich in den Flur. Jemand hatte das Licht eingeschaltet, sodass sie den Weg ins Badezimmer mühelos fand.

Der verhältnismäßig kleine Raum war mit dem Nötigsten ausgestattet. Die Regenwasserdusche war nachträglich eingebaut worden und befand sich in einer künstlich angelegten Nische gegenüber vom Waschbecken. Auf eine Badewanne hatte man in dem engen Raum verzichtet. Auch hier hatte man das Mauerwerk nicht verputzt und die Wände stattdessen naturbelassen. Das große Fenster zeigte in den hinteren Teil des Gartens. Auf der Fensterbank lag ein Sammelsurium aus Muscheln, die Emily und Melee am Strand gefunden hatten.

Jools zog die Unterwäsche aus und schlüpfte unter die Dusche. Das Wasser prasselte angenehm warm auf ihre Haut und verscheuchte die Müdigkeit. Gut gelaunt nahm sie das Duschgel zur Hand und fing an, sich damit einzuschäumen.

Eingehüllt in einen zarten Duft nach Orangenblüten mit einem Hauch Vanille, stieg sie kurze Zeit später aus der Dusche. Sie wickelte sich das Handtuch um die Brust und stellte sich vor den Spiegel, der wie ein Gemälde von einem goldenen Rahmen umschlossen wurde.

Ihre hellblauen Augen blickten ihr skeptisch entgegen. Eine Woche vor ihrer geplanten Abreise nach Fleetwood Cove war sie beim Friseur gewesen und hatte sich einen modischen Long Bob schneiden lassen, der es ihr erlaubte, das Haus zu verlassen, ohne großen Aufwand betreiben zu müssen. Dazu hatte sie sich blonde Highlights färben lassen, die ihre haselnussbraunen Haare farblich etwas auflockerten.

Sie hatte in den letzten Wochen an Gewicht verloren und ihre hohen Wangenknochen traten noch stärker als gewöhnlich hervor. Ihre Haut hatte die typische Blässe, die Menschen zu eigen war, die den Großteil des Tages in abgeschlossenen Räumen zubrachten. Ein Lächeln huschte über ihr Gesicht. Hier in Fleetwood Cove würde sich das schnell ändern. Das letzte Mal hatte eine Woche ausgereicht, um ihr einen gesunden goldbraunen Teint zu verleihen.

Der Gedanke, dass sie nun für immer hierbleiben sollte, war ihr noch ein wenig fremd. Aber sie war zuversichtlich, dass es nicht lange dauern würde, bis sie sich vollständig in Fleetwood Cove eingelebt haben würde.

Sie liebte das alte Gartencottage mit den hellen Möbeln und dem Landhausstil schon jetzt und war sich sicher, dass sie, Melee und Emily gut miteinander auskommen würden. Eine echte Mädels-WG war immer ihr Traum gewesen. In New York hatte sich nie die Gelegenheit dazu geboten und so war sie nach dem Studium gleich in ihr eigenes winziges Appartement in SoHo gezogen. Nicht dass sie sich beklagt hätte, aber abends, wenn sie nach einem langen Tag im Büro nach Hause gekommen war, hätte sie sich öfter gewünscht, jemanden anzutreffen, mit dem sie einfach entspannt reden und lachen konnte. Das würde sich jetzt ändern und sie freute sich darauf. Gut gelaunt machte sie sich fertig.

Als sie eine halbe Stunde später nach unten kam, war alles still.

»Melee?«, rief sie in den Flur.

Keine Antwort.

Sie ging ins Wohnzimmer. Der einladende Raum lag gegenüber von der Wohnküche. Von hier aus hatte man einen direkten Zugang zu der kleinen Terrasse, die unmittelbar davorlag und einen wunderbaren Blick auf die Klippen von Fleetwood Cove bot.

Ein zusammengerolltes schwarzes Fellknäuel lag vor dem Kamin und musterte sie mit großen grünen Augen.

»Miss Maple«, begrüßte Jools die zierliche Katze. »Dich hatte ich ja ganz vergessen.«

Die Katze schüttelte sich und kam auf Samtpfoten zu ihr getapst. Schnurrend strich sie an Jools' Bein vorbei. Sie ging in die Knie und streichelte das weiche Fell zwischen den Ohren, was Miss Maple mit einem Schnurren quittierte. Jools hatte sich als Kind immer eine Katze gewünscht. Leider hatten ihre Eltern ihren Wunsch nie erfüllt und ihr stattdessen ein Aquarium zu Weihnachten geschenkt. Jools war damals weinend in ihr Zimmer gelaufen, was ihre Eltern als Undankbarkeit ausgelegt hatten. Das Aquarium hatte bis zum Tod ihres Vaters im Wohnzimmer gestanden.

»Hast du eine Ahnung, wo die anderen sind?«

Miss Maple hob träge den Kopf und sah sie mit ihren grünen Augen an, als wollte sie sagen: *Keine Ahnung, man hat mich hier zurückgelassen.*

Lächelnd richtete sich Jools wieder auf. Ihr Magen meldete sich knurrend zu Wort. Seit ihrem Abflug aus New York hatte sie kaum etwas gegessen. Es wurde Zeit, dass sie etwas zu sich nahm. Sie freute sich schon seit Tagen auf Lucas exzellentes Essen.

»Bis später, Miss Maple.« Sie strich der Katze ein letztes Mal über das Fell.

Jools schnappte sich den Haustürschlüssel aus der Schale im Flur und ging nach draußen. Gut gelaunt folgte sie dem kleinen Weg durch den Garten zum Hoteleingang. Im Hintergrund hing die Sonne glühend rot am Horizont und ließ das Meer aussehen, als würde es in Flammen stehen. Die dunklen Felsen sahen aus wie stumme Wächter. Ehrfürchtig blieb sie stehen, um den Anblick ein wenig auf sich wirken zu lassen. Hier draußen war das Tosen der Brandung allgegenwärtig, lediglich unterbrochen durch die heiseren Schreie der Möwen. Es war unglaublich schön und einmal mehr fühlte sie sich in ihrer Entscheidung, nach Fleetwood Cove zu ziehen, bestärkt.

Als sie das Hotel betrat, roch es köstlich nach Essen. Aus der Küche drang lautes Klappern in den Flur. Ansonsten war es erstaunlich ruhig.

Die honigfarbenen Dielen quietschten unter ihren Schritten, als sie zur Rezeption ging. Emily stand ganz allein hinter dem Tresen und tippte auf die Tastatur des Computers ein. Als sie Jools' Schritte hörte, hob sie den Kopf.

»Da bist du ja! Ich hatte schon Angst, du könntest verschlafen.«

»Ich habe mir diesmal den Wecker gestellt«, entgegnete Jools schmunzelnd. Bei ihrem letzten Besuch war sie am Ankunftstag völlig erschöpft ins Bett gefallen und erst am nächsten Tag wieder aufgewacht.

»Na dann!« Emily schaltete den Computer aus.

»Wo sind denn alle?«, fragte Jools.

»Wieso?«

»Es ist so ruhig.«

»Ach, wir sind nicht sonderlich voll und außer dem Komitee sind kaum Gäste im Restaurant«, zuckte Emily gleichgültig mit den Schultern. »Die haben wahrscheinlich alle Angst vor Betty und sind lieber ruhig.«

»Ach so.« Eigentlich hatte sie erwartet, dass das Hotel gut gebucht sein würde.

»Wollen wir?« Emily hakte sich bei ihr unter.

Gemeinsam gingen sie durch den Flur zum Aufenthaltsraum. Hier konnten die Gäste es sich auf dem Sofa vor dem Kamin mit einem Buch gemütlich machen und dabei ein Glas Wein genießen.

Heute jedoch war es zu warm für ein Kaminfeuer. Zu Jools' Erstaunen war auch hier keine Menschenseele zu sehen. Wo steckten nur alle?

Sie durchquerten den Raum, vorbei an der kleinen Bar, an der die Gäste für gewöhnlich einen abendlichen Absacker zu sich nahmen, bevor sie sich in ihre Zimmer zurückzogen. Zu ihrer Überraschung waren die Schiebetüren zum Wintergarten weit geöffnet, doch das Licht war aus.

»Vielleicht ist die Sicherung durchgebrannt?« Jools sah Emily fragend an.

Dieser Teil des Hauses war im Nachhinein angebaut worden, um der wachsenden Zahl der Gäste gerecht zu werden. Normalerweise war der Wintergarten ein beliebtes Plätzchen, um zusammen mit anderen Gästen einen Drink zu sich zu nehmen und sich dabei in gepflegter Atmosphäre zu unterhalten.

»Vielleicht!« Ein Lächeln huschte über Emilys Gesicht. »Das lässt sich ganz einfach überprüfen.«

Mit einem leisen Klick betätigte sie den kleinen weißen Schalter an der Wand. Zeitgleich wurde es hell. Jools blinzelte.

»Herzlich willkommen zu Hause!«, ertönte es aus Dutzenden Kehlen.

Jools starrte verdutzt in den hell erleuchteten Raum. Jemand hatte eine Girlande über den Eingang gehängt, auf der in goldenen Buchstaben *Herzlich willkommen, Jools* geschrieben stand. Über die gesamte Fläche der Decke waren Lichterketten gespannt, die den Wintergarten in ihr magisches Licht tauchten. Im Hintergrund lief leise Musik. Die Belegschaft des Hotels und einige Gäste hatten sich vor dem Kamin versammelt. Alle Augen waren auf Jools gerichtet.

»Oh mein Gott!« Jools schlug überwältigt die Hände vor dem Gesicht zusammen.

»Hast du wirklich gedacht, dass du einfach so im Bett verschwinden kannst, ohne dass wir deine Rückkehr feiern?«, lachte Emily aus vollem Hals.

»Ich weiß nicht, was ich gedacht habe, aber damit habe ich definitiv nicht gerechnet.« Tränen brannten in ihren Augen. Sie blinzelte hektisch.

»Jools!« Lily kam mit langen Schritten auf sie zu. Sie hatten sich bei einem von Jools' Streifzügen durch Fleetwood Cove durch Zufall kennengelernt und waren sich vom ersten Moment an sympathisch gewesen. Lily besaß eine kleine Kunstgalerie in Fleetwood Cove, in der sie ihre selbst gemalten Bilder ausstellte und an Touristen verkaufte. Jools hatte damals ein Bild für Dean gekauft, der ein begeisterter Kunstsammler war.

Bei dem Gedanken an Dean zuckte sie unbewusst zusammen. Sie waren dreieinhalb Jahre ein Paar gewesen, bis sie gemerkt hatte, dass sie nicht zusammenpassten. Eine verdammt lange Zeit. Später hatte sie sich mehrfach gefragt, warum ihr nicht schon früher aufgefallen war, dass sie und Dean völlig verschiedene Ansprüche hatten. Während er glücklich mit seinem Leben als erfolgreicher Geschäftsmann war, hatte ihr immer etwas gefehlt, das man nicht durch eine Karriere ersetzen konnte.

»Lily, wie schön, dich zu sehen!« Die beiden Frauen fielen sich in die Arme.

»Coole Überraschung, was?« Lily grinste über das ganze Gesicht. Ihre blonden Haare lagen locker auf den Schultern auf. In dem leichten Sommerkleid mit den zarten Rüschen an den Ärmeln sah sie absolut bezaubernd aus.

»Ich bin ziemlich platt«, gestand Jools. »Ich dachte wirklich, dass alle ausgeflogen wären.« Sie versetzte Emily einen sanften Stoß in die Seite. »Du bist eine echte Ratte, weißt du das? Mich hier so ahnungslos in den Wintergarten zu lotsen!«

»Genau das war der Plan. Ich hatte die ganze Zeit Angst, dass du wieder verschläfst und wir dich wecken müssen«, zwinkerte Emily ihr zu.

Rose kam mit einem Tablett Champagnergläser auf sie zu.

»Dass Sie mit dieser heuchlerischen Bande unter einer Decke stecken, hätte ich nicht gedacht«, schimpfte Jools gespielt.

»Ich hoffe, Sie sind nicht böse auf mich«, stammelte Rose und ihre Wangen wurden von einem dunklen Rotton überzogen.

»Doch, das bin ich, wenn Sie mich nicht sofort beim Vornamen nennen«, sagte Jools und ihre Mundwinkel zuckten. Sie musste sich alle Mühe geben, nicht in schallendes Gelächter auszubrechen. Rose sah aus, als ob man sie geohrfeigt hätte.

»Aye. Ganz wie Sie … ähm, du es wünschst«, nickte Rose und ihre Wangen wurden noch eine Stufe röter.

»Gut so.« Jools nahm ein Glas in die Hand.

»Ich bin eben Schottin. Wir sind nicht so vertrauensselig,« holte Rose hörbar Luft.

»Das kann ich verstehen«, nickte Jools. »Aber ich denke, wir sind über die Phase des Kennenlernens hinweg. Was meinst du?«

»Aye«, nickte Rose sichtlich erleichtert.

»Seid ihr fertig?«, fragte Lily. »Ich bin nämlich am Verdursten.« Sie wedelte mit ihrem Glas in der Luft. Ein Tropfen schwappte über und landete auf Emilys Kleid.

»Hey, übertreib es nicht!«, schimpfte Emily und wischte sich mit der Hand über den Fleck.

»Endlich jemand, der ein Machtwort spricht«, drang eine samtene Stimme an Jools' Ohr. Sie drehte sich abrupt um und blickte geradewegs in Aidan Turners markantes Gesicht. »Herzlich willkommen in Fleetwood Cove, schöne Frau.«

Beim Klang seiner Stimme zog sich ihr Magen zusammen und ihr ganzer Körper prickelte. Machte er sich über sie lustig?

»Meinst du etwa mich?«

Ihre Blicke trafen sich. Für einen Moment hatte Jools das Gefühl, in den grünen Seen seiner Augen zu versinken. Ihr Herz schlug ihr bis zum Hals. Er war wahrscheinlich der bestaussehende Mann, dem sie jemals begegnet war.

Wobei er nicht im klassischen Sinn gut aussah. Es war die Mischung aus seinem männlichen Gesicht und seiner Ausstrahlung, die sie in seinen Bann zog. Seine dunkelblonden Haare schimmerten fast golden im Licht. Im Gegensatz zu sonst waren sie ordentlich gekämmt. Der Dreitagebart lag wie ein Schatten um seinen Mund. Das schwarze Hemd saß wie angegossen und betonte seine breiten Schultern. Er hatte lässig die Ärmel hochgekrempelt und gab den Blick auf seine gebräunten, muskulösen Unterarme frei. Die dunkle Jeans lag eng um seine schmale Hüfte.

»Wen könnte ich sonst meinen?«, entgegnete er. Ein Lächeln umspielte seinen Mund. Sie konnte nicht anders und musste auf die wohlgeformten Lippen starren, die so wunderbar küssen konnten.

Hör auf mit dem Mist, ermahnte sie sich. *Es war nur ein einziger Kuss.*

Aidan war der größte Macho, den Fleetwood Cove jemals hervorgebracht hatte. Er war überheblich und vollkommen von sich überzeugt, was im krassen Gegensatz zu seinem eher naturverbundenen Beruf als Fischer lag. Die Frauen lagen ihm scharenweise zu Füßen. Sie war selbst Zeuge davon geworden, wie sich ihm die Frauen geradezu an den Hals warfen und um seine Gunst buhlten.

»Ich nehme das jetzt mal als Kompliment.« Sie lächelte ihn an.

»Das sollst du auch!« Er zwinkerte ihr mit seinen von der Sonne gebleichten Wimpern zu. Immer wenn sie ihn sah, fiel ihr ein einziges Wort ein, um seine Erscheinung zu beschreiben: *Wikinger*. Er sah aus, als wäre er gerade mit seinem Schiff vor Anker gegangen, um die Küste und die Frauen von Wales zu erobern.

Fast war sie versucht, sich durch sein Kompliment geschmeichelt zu fühlen – aber eben nur fast. Männer seines Schlags hinterließen reihenweise gebrochene Herzen und sie hatte nicht vor, ihm ihres zu opfern. Außerdem war sie nicht nach Fleetwood Cove gekommen, um sich dem erstbesten Kerl an den Hals zu werfen, sondern um ein Hotel zu leiten.

»Und ich dachte, du bist wegen mir hier«, mischte sich Lily in die Unterhaltung ein und kuschelte sich an Aidan.

Lily und Aidan waren vor Jahren ein Paar gewesen, doch die Beziehung hatte unglücklich geendet. Lily war Hals über Kopf nach Frankreich gefahren, um dort an der *Sorbonne* Kunst zu studieren, und hatte Aidan zutiefst verletzt zurückgelassen.

»Lily, die ganze Welt dreht sich nicht nur um dich«, entgegnete Aidan und nahm einen tiefen Schluck aus seiner Bierflasche.

Lily verzog das Gesicht und rückte einen Schritt von ihm ab.

»Hey, hey! Bitte keinen Streit, ihr beiden«, bat Jools. »Das ist schließlich mein erster Abend im *Fleetwood on Sea*, und den möchte ich genießen!«

»Wir streiten uns nicht!« Lily und Aidan sahen sie mit großen Augen an. »Das ist doch nur Spaß.«

»Okay, dann möchte ich nicht dabei sein, wenn ihr euch streitet«, schmunzelte Jools.

Luca gesellte sich zu ihnen. Er hatte seine Schürze abgelegt. In der Hand hielt er eine Flasche seines Lieblingsgetränks *Dandelion and Burdock*. Eine wilde Mischung aus Löwenzahn und Klette, die zu einer Limonade verarbeitet war. Jools, die ein paarmal bei Luca davon probiert hatte, hatte selbst Gefallen an diesem ungewöhnlichen Getränk gefunden.

Er begrüßte Lily, die ihn sofort in ein Gespräch verwickelte.

»Du hast es dir also doch anders überlegt«, sagte Aidan mit gesenkter Stimme, sodass die anderen ihn nicht hören konnten.

»Ja, so könnte man sagen. Als ich abgereist bin, war ich in dem festen Glauben, nie wieder an diesen wunderbaren Ort zurückzukehren.« Sie wickelte nachdenklich eine Strähne um ihren Zeigefinger. »Aber als ich wieder in New York war, wusste ich, dass mein Leben dort auf einem sehr wackligen Fundament gebaut war.«

»Gib zu, du hattest einfach Sehnsucht nach mir.« Er lächelte sie lässig an und brachte ihre ganze Selbstsicherheit ins Schwanken. Mist!

»Jetzt bist du es aber, der sich ein bisschen zu wichtig nimmt«, entgegnete sie keck. Die sexuelle Spannung zwischen ihnen war fast greifbar.

»Vielleicht«, zuckte er gleichgültig mit den Schultern.

»Wie läuft das Geschäft?«, fragte Jools, darum bemüht, das Gespräch auf unverfängliche Bahnen zu lenken.

Aidan hatte zusätzlich zu seinem Boot noch einen Fischereibedarf am Hafen, wo der moderne Bootsbesitzer alles fand, was er brauchte. Obendrein belieferte er sämtliche Restaurants der Umgebung mit frischem Fisch.

»Ich kann nicht klagen. Wir hatten bisher eine gute Saison.« Aidan schwieg bedeutsam. Offenbar war er nicht bereit, ihr mehr zu erzählen.

»Dann hätten wir das Geheimnis deines Erfolgs auch gelüftet.«

Sie starrten sich an. Ihr ganzer Körper prickelte und sie konnte an nichts anderes denken als an einen Kuss. Wahrscheinlich war sie einfach müde oder hatte einen Hormonschub oder beides.

»Ich habe deine Schlagfertigkeit schon fast vermisst«, grinste er.

»Ach ja?« Seine Augen hielten sie gefangen. »Als ob es dir an Frauen mangeln würde«, platzte es aus ihr heraus.

Im nächsten Moment wünschte sie sich, sie hätte den Mund gehalten. Aidan fing an zu lachen. Ein leises, sexy Lachen, das ihren gesamten Körper in Aufruhr versetzte. Hilflos sah sie zu Luca, der noch immer in sein Gespräch mit Lily vertieft war. Von dieser Seite war keine Unterstützung zu erwarten.

»Ich hatte von Schlagfertigkeit geredet, nicht von Frauen. Zumindest nicht so, wie du es gemeint hast. Aber um dich zu beruhigen: Ich kann mich tatsächlich nicht beklagen.« Er lächelte selbstgefällig. »Ich hatte eine gute Saison, nicht nur im Fischefangen.«

»Wie schön für dich.« Bei dem Gedanken, dass Aidan sich mit anderen Frauen vergnügt hatte, verspürte sie einen leichten Stich in der Magengegend.

»Das kann dir doch eigentlich egal sein. Du willst doch eh nichts von mir!«, schien er ihre Gedanken zu erraten.

»Womit du absolut richtigliegst!« Sie verschränkte die Arme vor der Brust.

Er grinste frech. Es schien ihm ein sichtliches Vergnügen zu bereiten, sie zu ärgern. »Da hat aber jemand Haare auf den Zähnen. Bist du immer so kratzbürstig, wenn du zu wenig geschlafen hast?«

»Nein, aber ich hatte dich charmanter in Erinnerung«, schoss sie zurück.

»Ich bin ja auch ein charmanter Kerl – zumindest ist das die allgemeine Meinung.«

»Ist das so? Kerl vielleicht, aber charmant ...« Sie verzog das Gesicht. »Scheint mir eher eine verklärte Sicht der Dinge zu sein.«

»Oder die zufriedener Frauen«, lächelte er arrogant.

»Du bist ganz schön selbstbewusst!«

»Das ist Teil meines Charmes«, prostete er ihr zu.

»So könnte man es auch bezeichnen.«

»Hallo ihr zwei, was habt ihr denn so Wichtiges zu besprechen?« Lily drängte sich zwischen sie.

»Aidan hat mir gerade erklärt, dass es Teil seines Charmes ist, sich Frauen gegenüber wie ein richtiges Arschloch zu benehmen.« Sie schenkte Aidan ein bezauberndes Lächeln.

»Erzähl mir mal was Neues«, stimmte Lily ihr zu.

»Gut, dass ihr beiden Single-Frauen euch einig seid. Das erklärt einiges.« Sein Blick wanderte zu einer Gruppe Frauen, die sich vor dem Kamin versammelt hatten. Betty, die Besitzerin des Cafés und Komitee-Vorsitzende, war auch unter ihnen. Als sie Aidan sah, winkte sie ihn freudig zu sich.

»Die Pflicht ruft«, zuckte Aidan mit den Schultern und deutete mit dem Kopf auf Betty.

»Na dann will ich dich nicht länger aufhalten«, entgegnete Jools, darum bemüht, sich ihre Enttäuschung nicht anmerken zu lassen. Sie hatte sich ihr Wiedersehen mit Aidan anders vorgestellt. In New York hatte er sie in ihren Träumen verfolgt.

»Man sieht sich.« Aidan tippte sich mit den Fingern gegen die Schläfe und ging mit langen Schritten auf Betty zu, deren Augen bei seinem Anblick aufleuchteten.

Seufzend wandte Jools sich von ihm ab.

»Lass dich nicht ärgern. Im Grunde seines Herzens ist Aidan ein Guter.« Lily tätschelte ihr beruhigend die Schulter.

»Du musst es ja schließlich wissen.«

»Mich und Aidan verbindet eine lange Geschichte. Ich glaube, keiner kennt ihn so gut wie ich.« Das Lächeln aus Lilys Gesicht verschwand.

»Entschuldige bitte. Ich bin müde und da sage ich manchmal Dinge, die ich eigentlich nicht so meine. Es geht mich nichts an, was zwischen dir und Aidan war.«

»Du lebst jetzt in Fleetwood Cove, schon vergessen?« Lily grinste schelmisch. »Da weiß sowieso jeder von jedem alles.«

»Da hast du recht«, nickte Jools und hob ihr Glas in die Luft. »Auf Fleetwood Cove und seine Geheimnisse, die keine sind.«

»Auf Fleetwood Cove.«

Sie stießen an. Jools stürzte ihren Champagner mit einem großen Schluck hinunter. Er prickelte herrlich und schmeckte angenehm fruchtig. Emily und Luca stellten sich zu ihnen.

»Was hast du jetzt vor?« Lily sah sie fragend an.

Jools zog die Augenbrauen hoch. »Meinst du, mit dem Hotel?«

»Natürlich! Deswegen bist du doch hier, oder?«

»Es weiterführen!«, scherzte sie.

»Guter Plan!« Luca prostete ihr zu. »Und damit du gestärkt an die Arbeit gehen kannst, habe ich ein kleines Buffet vorbereitet. Ich möchte schließlich nicht, dass du umfällst, bevor du richtig angefangen hast.«

»Du alter Schleimer!«, kicherte Lily hinter vorgehaltener Hand.

»Ich bin Italiener. Wir werden so geboren.« Lucas Augenbrauen zuckten.

»Darum lieben wir dich ja.« Emily gab ihm einen sanften Stups.

Einmal mehr fiel Jools die Vertrautheit auf, die zwischen den beiden herrschte. Es war immerhin fast drei Monate her, dass sie in Fleetwood Cove gewesen war, und somit lag es durchaus im

Bereich des Möglichen, dass die beiden sich in der Zwischenzeit nähergekommen waren.

»Vielleicht solltest du ein paar Worte zur Eröffnung des Buffets sagen«, schlug Emily vor.

»Das kann ich machen.«

Als PR-Managerin war sie den Umgang mit Menschen gewohnt und das Sprechen vor Gruppen hatte für sie noch nie ein großes Problem dargestellt.

Emily klopfte mit einem Stift gegen ihr Glas. Augenblicklich herrschte Stille und alle Augen richteten sich auf Jools. Sie räusperte sich.

»Liebe Freunde, liebe Nachbarn, ich muss sagen, ich bin ganz gerührt, all die bekannten Gesichter hier zu sehen, nachdem ich von meinen …«, es fiel ihr schwer, Emily, Rose und Luca als ihre Angestellten und nicht als Freunde zu bezeichnen – denn das waren die drei eindeutig für sie, »*Kollegen* derart getäuscht wurde.«

Alle Anwesenden lachten.

»Als ich gestern in New York ins Flugzeug gestiegen bin, konnte ich an nichts anderes denken als an Fleetwood Cove, seine wunderschöne Landschaft und vor allem die Menschen, die ich hier kennenlernen durfte.« Sie machte eine kurze Pause und ließ ihren Blick durch die Runde wandern. »Ich bin sehr froh, dass mich das Schicksal hierhergeführt hat und ich all das kennen und schätzen lernen konnte.« Beifälliges Raunen war zu hören. »Ihr habt mich mit offenen Armen empfangen und ich hoffe, dass wir Freunde werden. *Fleetwood on Sea* ist das Lebenswerk von Millie und James und als solches soll es auch weiterbestehen. Auf Millie und James!« Sie hob ihr Glas in die Höhe.

»Auf Millie und James!«, ertönte es aus unzähligen Kehlen.

Jools lächelte glücklich.

»Hiermit erkläre ich das Buffet für eröffnet.« Sie machte eine einladende Handbewegung in Richtung Wand, wo der Tisch mit dem Essen und dem Geschirr aufgebaut war. »Ich wünsche euch einen guten Appetit und bin mir sicher, dass Luca sich mächtig ins Zeug gelegt hat, um euch zu verwöhnen.«

»Bravo!« Einige der Gäste klatschten begeistert.

»Ich habe einen Bärenhunger«, sagte Jools an Luca gewandt.

»Ich auch.« Lily hakte sich wie selbstverständlich bei ihr unter. Ihre braunen Augen funkelten vergnügt. »Ich freue mich, dass du da bist. Als du gefahren bist, war ich echt traurig. In diesem Nest gibt es nicht viele Frauen, mit denen ich mich treffen möchte.«

Lily machte eine Kopfbewegung zum Kamin, wo Betty und die anderen Frauen des Komitees Aidan mit ihren Fragen belagerten.

»Ich weiß, was du meinst.« Jools' Gesicht verzog sich zu einem Lächeln. »Der arme Kerl. Fast könnte er einem leidtun …« Sie kicherte. »Aber eben nur fast!«

»Du sagst es«, fiel Lily in ihr Lachen ein.

Sie gingen langsam zum Buffet. Rose hatte mehrere Holztische zusammengestellt und mit einer weißen Tischdecke überzogen. Teller standen sorgfältig übereinandergestapelt bereit. Daneben lag das Besteck, in hellblaue Servietten eingerollt, sodass sich jeder Gast einfach bedienen konnte.

Luca hatte sich einmal mehr selbst übertroffen. Es gab Salat, der portionsgerecht in Einmachgläser geschichtet worden war. Auf schlichten weißen Platten wurden verschiedene Köstlichkeiten angeboten. Vitello Tonnato, Carpaccio mit grünem Spargel, Parmaschinken mit Melone, Bruschetta, Hühnchenspieße in Koriander und Kokos gewälzt, Quinoa-Salat mit Walnüssen und Ziegenkäse, Risottokugeln mit Minzsoße. Die Auswahl war reichhaltig. Allein beim Anblick der Leckereien lief ihr das Wasser im Mund zusammen. Luca hatte sogar Ciabatta, wahlweise mit Oliven, Tomaten oder Kräutern, gebacken, das aufgeschnitten auf Holzbrettern lag.

Auf Warmhalteplatten warteten die Hauptspeisen darauf, gegessen zu werden. Neugierig hob Jools die Deckel an. Es gab Lamm mit Rosmarin in einer dunklen Sauce, in Buttermilch gebratenes Hähnchen, unterschiedlich belegte Pizzen, in appetitlichen Häppchen zugeschnitten, und ein vegetarisches Curry mit Tofu. Alles sah einladend aus und duftete absolut verführerisch.

»Oh Gott, ich kann mich nicht entscheiden«, stöhnte Jools.

»Ich probiere einfach alles «, grinste Lily.

»Ich verstehe nicht, wie eine kleine Person wie du so verfressen sein kann«, sagte Jools. »Wo steckst du das alles hin?«

Lily war gertenschlank, mit einer Taille, die ein erwachsener Mann mit seinen Händen umfassen konnte.

»Ich habe einen guten Stoffwechsel.« Zur Bekräftigung ihrer Worte schnappte sie sich eine Gabel, auf die Parmaschinken aufgespießt war, und schob sie sich in den Mund.

»Du Tier!« Emily gesellte sich zu ihnen.

Jools hob den Deckel des letzten Gerichts in der Reihe an. Ein Lächeln huschte über ihr Gesicht, als sie den Inhalt sah. In dem Topf brutzelte Hughs berühmtes Stew.

Hugh war der Wirt des *Smuggler's Nest*, eines winzigen Pubs im Nachbarort, der für sein hausgemachtes Stew in der ganzen Gegend berühmt war. Luca hatte mehrfach versucht, dem Wirt das alte Familienrezept zu entlocken – leider ohne Erfolg. Erst Jools war es bei einem gemeinsamen Besuch gelungen, nachdem sie den bestehenden Rekord im Stew-Essen um eine Schüssel übertroffen hatte. Seitdem war Jools so etwas wie eine kleine Legende unter den Dorfbewohnern.

Ihre Augen wanderten durch den Raum, um Luca zu suchen. Als ob er es geahnt hätte, stand er plötzlich neben ihr.

»Du hast es tatsächlich gekocht!«, lächelte sie ihn an.

»Nur für dich«, raunte er.

Ihr Herz machte einen Hüpfer.

»Das muss ich natürlich probieren!« Sie nahm sich einen der tiefen Teller vom Stapel.

»Ist das der berühmte Eintopf von Hugh?« Emily schielte neugierig in den Topf.

»Allerdings, und ich werde jetzt den ultimativen Test machen, ob er wirklich so schmeckt wie das Original.« Sie tat sich eine ordentliche Portion auf. »Es riecht schon mal gut.«

Sie tauchte den Löffel in das Stew und schob ihn sich in den Mund. Sofort hatte sie den deftigen Geschmack nach Fleisch und Gemüse im Mund.

»Hammer!«, rief sie zwischen zwei Bissen. »Das schmeckt genauso gut, wenn nicht sogar besser, als das von Hugh. Hast du da etwas am Rezept verändert?« Sie sah hoch zu Luca.

Ein Lächeln huschte über sein Gesicht. »Ich habe es ein wenig mit Gin verfeinert.«

»Gin!« Jools nahm einen weiteren Bissen. »Auf die Idee wäre ich niemals gekommen. Einsame Spitze!«

»Das freut mich.« Luca nickte zufrieden. »Das ist dein Verdienst.«

»Ach Blödsinn«, winkte sie ab. »Ich bin mir sicher, du hättest das Geheimnis von Hughs Rezept auch ohne meine Hilfe gelöst.«

Rose kam mit rotem Kopf auf sie zu. »Luca, könntest du mir kurz helfen? Einige Gäste hätten gern einen Kaffee, außerdem ist das Brot alle.«

»Die Pflicht ruft. Wenn du mich kurz entschuldigen würdest?« Er warf Jools einen fragenden Blick zu.

»Selbstverständlich. Ich laufe nicht weg. Es könnte allerdings passieren, dass ich noch einen Teller von dem köstlichen Stew esse.« Sie schmunzelte.

»Wenn es weiter nichts ist! Bitte bedien dich.« Luca eilte mit Rose davon.

Jools' Blick wanderte durch den Wintergarten, wo die Gäste in kleinen Grüppchen zusammenstanden und sich angeregt miteinander unterhielten. Es wurde gelacht, gescherzt und das gute Essen gelobt. Ein Gefühl des Stolzes überkam sie.

Fleetwood on Sea war ihr Hotel! All diese Menschen hatten sich hier zusammengefunden, weil es ihnen gefiel. Sie dachte an Millie, die sich mit dem *Fleetwood on Sea* einen Lebenstraum verwirklicht hatte. Nun lag es an ihr, diesen Traum weiterzuführen.

Tränen stiegen ihr in die Augen. Das Schicksal hatte ihr eine zweite Chance geschenkt und sie würde all ihre Energie hineinstecken, um sie zu nutzen.

»Was schaust du denn so verklärt in die Runde?« Emily kam zu ihr.

»Ich habe gerade gedacht, was für ein Glück ich doch habe.« Sie sah ihrer Freundin direkt ins Gesicht. »Ich habe ein wunderschönes Hotel und die liebsten Menschen, die ich mir vorstellen kann, arbeiten zusammen mit mir hier. Ich wünschte, Millie könnte das sehen.« Sie machte eine ausladende Handbewegung. »Meinst du, es würde ihr gefallen?«

Emily schlang den Arm um Jools' Taille. »Ich glaube, sie wäre sehr, sehr glücklich, wenn sie dich jetzt sehen könnte.«

»Das hoffe ich.«

3. Kapitel

Jools wurde durch die Sonne geweckt. Sie hatte wunderbar geschlafen und fühlte sich nach dem langen Tag gestern deutlich erholt.

Die letzten Gäste waren erst nach Mitternacht gegangen. Zu diesem Zeitpunkt war Jools bereits so müde gewesen, dass sie kaum noch die Augen hatte offen halten können. Rose hatte sie kurzerhand aus dem Wintergarten verbannt, und zusammen mit Luca und Emily angefangen, alles aufzuräumen. Dankbar war Jools in ihr Bett gekrochen und innerhalb von Minuten eingeschlafen.

Nachdem sie sich geduscht hatte, machte sie sich daran, ihren Koffer auszupacken. Es war ein herrlich sonniger Tag und der Himmel war bis auf ein paar wenige Wolken, die wie Schleierfetzen am Horizont schwebten, strahlend blau. Dazu blies ein kräftiger Wind. Die Bäume im Garten beugten sich unter den Böen. Ein Schwarm Möwen flog über das Haus hinweg, um sich dahinter auf der Suche nach Beute in die Tiefen des Wassers zu stürzen.

Das Meer glitzerte dunkelblau im Hintergrund. Weiße Schaumkronen leuchteten auf den Wellenkämmen wie Sprühsahnehäubchen. In weiter Entfernung waren die aufgeblähten Segel eines Fischerbootes zu erkennen. Unwillkürlich musste sie an Aidan denken.

Er war in Begleitung von Lily kurz vor Mitternacht gegangen. Die beiden hatten sehr vertraut ausgesehen, als sie Arm in Arm hinausgeschlendert waren. Bahnte sich zwischen Lily und Aidan eine neue Liebe an? Unsinn! Lily hatte mehrfach betont, dass sie kein Interesse mehr an ihm hatte.

Eigentlich hatte Jools vorgehabt zu frühstücken, aber beim Anblick des Meeres, überkam sie eine plötzliche Sehnsucht danach, nach draußen zu gehen. Entschlossen zog sie ihre Joggingsachen an und band die Haare zusammen zu einem lockeren Pferdeschwanz. Bei ihrem letzten Besuch war sie morgens am Strand entlanggejoggt und hatte es sehr genossen, sich von der frischen Luft durchpusten zu lassen. In New York war ihr der Luxus, im Freien Sport zu treiben, nur selten vergönnt gewesen. Meist war sie zu spät aus dem Büro gekommen und war gezwungen gewesen, ihren Sport im klimatisierten Fitnessstudio zwischen schwitzenden Managern zu treiben. Wenn sie schon ein neues Leben anfing, warum nicht gleich mit einer neuen Angewohnheit beginnen? Die morgendliche Runde hinunter zum Strand, bis zum Dorf und wieder zurück zu laufen, würde ihr guttun.

»Guten Morgen«, wurde sie fröhlich von Emily begrüßt, als sie die Küche betrat. Der alte Holztisch in der Mitte des Raumes war bereits gedeckt.

»Ihr seid schon fertig?« Jools deutete auf die leeren Teller.

»Hey, Melee, ich glaube, wir haben uns einen kleinen Morgenmuffel als Mitbewohnerin eingefangen«, witzelte Emily. Im Gegensatz zu Jools sah Emily wie das blühende Leben aus. Keine Spur von Müdigkeit war in ihrem Gesicht zu entdecken. Stattdessen spielte ein Lächeln um ihren Mund, als wäre es das Schönste auf der Welt, morgens um halb sieben aufzustehen.

»Ja, sieht ganz so aus.« Melee grinste frech.

Der Teenager lümmelte, noch mit seinem Schlafanzug bekleidet, auf dem Stuhl. Im Hintergrund lief leise Musik, die aus dem Radio kam, das auf dem Küchenschrank stand. Miss Maple war ebenfalls da und döste zusammengerollt zwischen den Kräutertöpfen auf der Fensterbank.

»Ohne mein Koffein morgens bin ich nur ein halber Mensch!«, sagte Jools und ließ sich auf den Stuhl neben Melee fallen. »Durch meine Adern fließt Kaffee.«

»Oh Gott, ein Kaffee-Vampir!« Melee verzog gespielt das Gesicht.

»Haha, sehr witzig. Pass auf, dass ich dich nicht annage.« Jools fletschte die Zähne.

»Mum, ich bin dafür, dass Jools wieder ins Hotel zieht«, rief der Teenager fröhlich.

»Von wegen. Ich bleibe!«, konterte sie.

»Moment, ich weiß Abhilfe.« Emily holte einen Becher aus dem Küchenschrank neben dem Herd und goss die dunkelbraune Flüssigkeit aus der Thermoskanne hinein. »Hier. Aber sei vorsichtig, der …«

»Danke!« Jools nahm einen kräftigen Schluck. Kochend heißer Kaffee füllte ihren Mund. »Autsch!« Sie hatte sich den Gaumen verbrannt.

»… ist heiß«, vollendete Emily ihren Satz.

»Wer nicht hören will, muss fühlen«, leierte Melee. Offenbar bediente sich ihre Mutter häufig dieses Ausspruchs.

»Was bist du überhaupt für eine freche Kröte?«, schimpfte Jools. »Bis eben dachte ich, du bist ein ganz netter Teenager.«

»So kann man sich täuschen«, entgegnete Melee keck.

Jools pustete in den Becher, bevor sie einen weiteren Schluck nahm. »Seid ihr immer so früh auf?«, fragte sie und stellte den Kaffee vor sich auf den Tisch.

»Im Gegensatz zu dir haben wir anderen einen Job, den wir erfüllen müssen. Wenn ich nicht pünktlich zur Arbeit erscheine, kriege ich Ärger mit meinem Boss, und Melee muss den Schulbus in einer halben Stunde nehmen«, neckte Emily sie. »Für unsere Verhältnisse sind wir heute spät dran.«

»Mhm.« Jools knabberte an ihrer Unterlippe. Ihr Pflichtbewusstsein machte sich mit einem schlechten Gewissen bemerkbar. Sie hatte nicht darüber nachgedacht, dass die

Angestellten wahrscheinlich nicht ausschlafen würden wie sie. »Tut mir echt leid, dass ich euch gestern nicht mehr geholfen habe. Habt ihr lange gebraucht?«

»Ach was. Mach dir deshalb keine Gedanken«, winkte Emily ab. »Luca, Rose und ich sind ein eingespieltes Team. Eine Stunde später war alles erledigt und aufgeräumt.«

»Ich habe mir eingebildet, ich hätte in der Nacht Lucas Stimme aus dem Wohnzimmer gehört«, sagte Melee fröhlich.

»Ja, wir haben uns ein wenig unterhalten.« Emilys Wangen färbten sich rot.

»Aha.« Melee warf ihrer Mutter einen vielsagenden Blick zu.

»Ich wollte mich noch einmal bei dir bedanken. Das war ein wirklich wunderschöner Abend gestern.« Jools nippte erneut am Kaffee. »Wäre ich nicht derart müde gewesen, wäre ich bestimmt ewig geblieben.«

»Ich finde, du hast ganz schön lange durchgehalten, dafür, dass du einen Nachtflug hinter dir hattest«, schmunzelte Emily. Ihr Blick wanderte zu Jools' Turnschuhen. »Ist das dein neues Fleetwood-Outfit oder willst du eine Runde joggen gehen?«

»Ich dachte mir, ein bisschen frische Luft würde mir guttun«, nickte Jools. »Oder brauchst du mich?«

»Hey, ich habe das Hotel die letzten Monate allein geleitet, auf einen Tag mehr oder weniger kommt es auch nicht an«, lächelte Emily milde.

»Danke. Ich muss mich erst mal daran gewöhnen, dass ich jetzt ein Teil von *Fleetwood on Sea* bin. Im Moment fühlt es sich so an, als wäre ich ein Gast.«

»Nicht ganz.« Emily lachte laut auf. »Wenn es dir hilft, wiederhole ich es gerne für dich: Du bist die Hoteleigentümerin!«

»In der Rolle bin ich noch nicht wirklich angekommen. In meinem Kopf bin ich die PR-Managerin aus New York und warte auf den nächsten Anruf eines Kunden, der mich dringend braucht.«

»Das geht schneller, als du denkst. Du wirst sehen, in ein paar Wochen hast du das Gefühl, nie etwas anderes gemacht zu haben.«

»Dann verlasse ich mich mal auf dein Wort.« Jools stand auf und wippte auf den Zehenspitzen auf und ab. »Ich schätze, ich bin in einer Stunde wieder zurück.«

»Alles klar. Verlauf dich nicht!«

»Niemals.« Jools strubbelte Melee durch die wilden roten Locken. »Kommst du mit?«

»Ich habe Schule! Schon vergessen?« Melee schüttelte entsetzt den Kopf. »Außerdem: Sport ist Mord.«

»Na, ganz so schlimm ist es auch nicht«, lachte Jools. »Wir sehen uns nachher beim Meeting.«

»Ja, bis später«, rief Emily ihr hinterher.

Lächelnd lief Jools den Flur entlang zur Haustür. Als sie nach draußen trat, schlug ihr der kalte Wind entgegen und der Geschmack von Meer und Salz legte sich auf ihre Zunge. Wenn sie daheim in SoHo aus der Tür getreten war, war sie vom Lärm der Autos empfangen worden. Die Luft in New York war im Sommer häufig zum Schneiden schwer und es stank nach Abgasen.

Es kam ihr unwirklich vor, dass sie erst vor knapp vierundzwanzig Stunden am Flughafen Abschied von ihrer Mutter und Susan genommen hatte. Die beiden Welten, in denen sie lebte, könnten unterschiedlicher nicht sein. Einmal die Großstadt mit all ihren Vorzügen, aber auch Nachteilen, und nun Fleetwood Cove, ein kleines, verschlafenes Nest in Wales.

Langsam setzte sie sich in Bewegung und lief den Weg ums Haus herum bis zu der steinernen Trockenmauer, die den hinteren Teil des Grundstücks umrandete. Das Gras raschelte leise im Wind, als sie den Garten durchquerte. Die Wildblumen kamen ihr wie alte Bekannte vor. Sie entdeckte Ringelblumen, Löwenzahn und Gänseblümchen. In der Mitte der Mauer war ein Durchgang, durch den man das Grundstück verlassen konnte. Vorsichtig drückte sie den verrosteten Griff nach unten und das hölzerne Türchen sprang, begleitet von einem qualvollen Quietschen, auf.

Von hier aus führte ein schmaler Sandweg durch das unwegsame Gelände bis zu den schroff nach unten abfallenden Klippen. Sie musste bei jedem Schritt darauf achten, nicht über einen Stein oder Wurzeln zu stolpern, und passte ihren Rhythmus dementsprechend an. Ihr Herz schlug unter der Anstrengung heftig in ihrem Brustkorb, als sie die Klippe erreichte.

Am Ende des Weges war eine Treppe in den Fels gehauen, die nach unten an den Strand führte. Geschickt hangelte sich Jools nach unten. Dabei hielt sie sich mit den Händen an dem dicken Tau fest, das mithilfe von Ösen im Fels befestigt war und den Abstieg erleichtern sollte.

Als sie die letzte Stufe erreicht hatte, sprang sie mit einem Satz in den weichen Sand. Mit federnden Schritten lief sie zur Wasserlinie und verfiel dort in einen gleichmäßigen Rhythmus. Mit jedem Atemzug füllten sich ihre Lungen mit der frischen Luft und sie spürte, wie die Energie durch ihre Adern floss.

Mehrere Strandläufer hetzten auf ihren dünnen Stelzen auf der Suche nach Würmern und anderem Getier über den nassen Sand. Das Meer war durch den Wind aufgewühlt und die Wellen klatschten donnernd gegen die Felsen der kleinen Bucht.

Jools liebte die raue Natur der Küste. Im Gegensatz zu Cornwall mit seinem mediterranen Klima, wo Palmen wuchsen und die Strände übervölkert mit Touristen waren, war es in Fleetwood Cove deutlich kühler und die Strände fast menschenleer. Die meisten Besucher, die hierherkamen, genossen die Einsamkeit bei langen Spaziergängen. Viele davon waren Segler, die mit ihren prachtvollen Yachten von Hafen zu Hafen tingelten.

Der Wind pfiff in ihren Ohren und zerrte an ihren Haaren. Vor ihr tauchten in der Ferne die ersten Dächer von Fleetwood Cove auf. Die Hafenmole mit den vor Anker liegenden Booten war ebenfalls zu erkennen. Enttäuscht stellte sie fest, dass Aidans Boot nicht dabei war.

Ihr Blick fiel auf das winzige Fischerboot draußen auf dem Meer, das sich durch die Wellen kämpfte. Die Netze waren bereits hochgezogen und hingen seitlich wie dunkle Flügel am Boot.

Jools folgte der Biegung der Bucht. Das leise Läuten der Kirchenglocke ließ sie nach oben schauen. Das Gelände, auf dem sich die Kirche und der kleine Friedhof befanden, lag etwas oberhalb des Dorfes auf einem Plateau. Sie war erst einmal dort oben gewesen, um Millies Grab zu besuchen.

Spontan schlug sie einen Haken und folgte dem Weg am Ortseingang nach oben zur Kirche. Der Anstieg war steiler, als sie es in Erinnerung hatte. Ihr Herz hämmerte wie verrückt und sie fluchte leise. Sie war noch nie eine große Sportlerin gewesen und ihre Kondition im Joggen war nicht gerade die beste.

Sie kämpfte sich das letzte Drittel des Weges hoch, bis sie endlich auf dem Plateau angekommen war. Leicht außer Atem blieb sie stehen. Winzige Schweißperlen standen ihr auf der Stirn. Sie wischte sich mit dem Handrücken über das Gesicht. Der Ausblick von hier oben war einfach fantastisch und entschädigte für die Strapazen.

Das Plateau war etwas zurückgesetzt und die Klippen ragten seitlich davon in die Höhe und hielten so auf natürliche Weise den Wind ab. Der Blick von hier oben auf die gesamte Küste war geradezu spektakulär.

Eine kniehohe Trockensteinmauer umrandete den kleinen Friedhof, der ungefähr dreihundert Meter entfernt von der Kirche lag. Die Mauer musste sehr alt sein, denn die Steine waren bereits stark verwittert und aus den Fugen wuchs grünes Moos. Das Gelände rund um den Friedhof und die Kirche war in saftiges Grün getaucht. Dazwischen wuchs das Heidekraut in dichten Büscheln entlang des schmalen Weges, der am *Fleetwood on Sea* vorbeiführte.

Sie wartete einen Moment, bis sich ihr Herzschlag wieder beruhigt hatte. Ihr Blick wanderte über das Wasser.

Die Boote draußen auf dem Meer wurden wie Spielzeuge zwischen den Wellen hin und her geworfen. Bei dem Anblick verspürte Jools ein leichtes Unwohlsein im Magen.

Ihre Eltern hatten sie als junges Mädchen auf einen Ausflug nach Liberty Island mitgenommen, um ihr das Wahrzeichen der Stadt, die berühmte Freiheitsstatue, aus der Nähe zu zeigen. Schon nach wenigen Metern auf dem Wasser hatte sie eine starke Übelkeit überkommen. Das Ende vom Lied war gewesen, dass sie die gesamte Fahrt auf der Toilette verbracht hatte. Seitdem hatte Jools kein Schiff mehr betreten. Allein der Gedanke, da draußen auf dem schwankenden Deck zu stehen, verursachte ihr Übelkeit.

Sie wandte sich ab und überquerte den Friedhof, bis sie vor Millies Grab stand. Der helle Grabstein leuchtete unschuldig zwischen den verwitterten Gräbern hervor. Emily hatte einen Rosenbusch ans Kopfende gepflanzt, dessen Blüten einen betörenden Duft verströmten. Eine Hummel flog summend an Jools' Gesicht vorbei und setzte sich auf eine der rosafarbenen Blüten.

Nachdenklich betrachtete Jools den Grabstein, auf dem die Silhouette zweier Liebender abgebildet war. Darunter waren folgende Worte eingraviert worden:

Wir hatten das große Glück, uns zu begegnen.
Gemeinsam sind wir durch das Leben gegangen,
nun sind wir in der Ewigkeit liebend vereint.
Mildred und James

Wenn sie den Erzählungen der Dorfbewohner glauben konnte, war die Liebe zwischen Millie und James etwas Einmaliges gewesen. Egal, wen sie dazu gesprochen hatte, alle waren sich einig, dass die beiden das Glück gehabt hatten, die Liebe ihres Lebens in dem anderen zu finden. Ein Umstand, der nur wenigen Menschen vergönnt war.

Lange Zeit hatte Jools gedacht, in Dean ihren Seelenverwandten gefunden zu haben, aber letztendlich war ihre Beziehung zu ihm eine einzige Selbstlüge gewesen.

»Hallo, Millie«, murmelte Jools leise. »Hier bin ich wieder.« Ihr Blick wanderte über den Grabstein hinweg in die Ferne. »Du hattest recht: Ich hatte mich verloren.«

Millie hatte ihr zum Abschied einen Brief geschrieben, in dem sie Jools ihre Vermutung mitgeteilt hatte, dass diese sich auf dem Weg vom Mädchen zur Frau verloren hatte. Jools hatte sich in den letzten Wochen oft gefragt, was Millie dazu bewogen hatte, ausgerechnet ihr das Hotel zu vermachen.

Millie war die uneheliche Halbschwester von Jools' Vater. Bis zum Tod ihres Großvaters hatte ihr Dad nichts von Millies Existenz gewusst. Auf der Beerdigung waren sich die beiden Halbgeschwister das erste Mal begegnet. Jools konnte nur ahnen, welcher Schock es für ihren Vater gewesen sein musste, als ihm plötzlich eine junge Frau gegenübergestanden und behauptet hatte, seine Halbschwester zu sein.

Vielleicht hätten die zwei Geschwister eine Chance gehabt, sich besser kennenzulernen, wenn Jools' Großvater nicht sein gesamtes Erbe seiner unehelichen Tochter Millie vermacht hätte. Die Testamentsvollstreckung war für Jools' Dad ein Schlag ins Gesicht gewesen und er hatte bis zu seinem Tod damit gehadert. Millie hatte lange Zeit versucht, den Kontakt zwischen ihnen aufrechtzuerhalten, war aber letztendlich an der Verbitterung und Unnachgiebigkeit, mit der Jools' Dad sie für den Fehler ihres Vaters verantwortlich gemacht hatte, gescheitert.

Am Anfang, als ihr der Notar Maximilian Stein mitgeteilt hatte, dass sie Millies Alleinerbin war, hatte sie es zunächst nicht verstanden. Immer wieder hatte sich ihr die Frage aufgedrängt, warum Millie ausgerechnet sie dafür ausgesucht hatte. Erst in den letzten Wochen war ihr klar geworden, was Millie damit bezweckt hatte: eine späte Wiedergutmachung für die Fehler, die ihr Vater in seiner Jugend begangen hatte.

Jools ging in die Knie und strich mit den Fingerspitzen über den kühlen Stein. Der goldene Ring an ihrem Finger blitzte im Sonnenlicht auf. Es war Millies Ehering, den sie Jools hinterlassen hatte. James hatte ihn für seine Frau anfertigen lassen. Beim genauen Hinsehen erkannte man die kleine Meerjungfrau, deren Schwanz sich zu einem Ring schloss. Das Gesicht der Nixe sah zur Seite. Die langen Haare fielen in weichen Wellen bis zu ihrer Hüfte und bedeckten die Brüste. Die winzigen Schuppen auf dem Fischschwanz waren so naturgetreu gearbeitet, dass es aussah, als würden sie sich bewegen, wenn man den Ring drehte. In ihren Händen hielt die Nixe einen herzförmigen Diamanten. In der Innenseite befand sich eine Inschrift.

In ewiger Liebe. James

Seit Millie ihr den Ring geschenkt hatte, hatte Jools ihn nicht mehr abgelegt. Er war zu ihrem Talisman geworden.

Eine Windböe fegte über das Gras und fuhr ihr durch die Kleider. Sie fröstelte und eine Gänsehaut bildete sich auf ihren Armen. Es wurde Zeit, dass sie sich wieder auf den Weg machte, bevor sie vollständig auskühlte.

Sie drückte ihre Lippen auf ihre Handfläche und presste die Hand anschließend auf den Grabstein.

»Danke für alles. Ich verspreche dir, ich werde alles dafür tun, dass das *Fleetwood on Sea* weiterlebt.«

Langsam setzte sie sich wieder in Bewegung. Ihr Blick huschte zum Meer. Aidans Boot tuckerte gemütlich in den Hafen ein. Eine Gruppe Schaulustiger hatte sich bereits an der Hafenmole versammelt, um das Boot in Empfang zu nehmen und den Fang zu bewundern. Einen Teil seiner Ausbeute würde Aidan direkt an die Touristen verkaufen, der Großteil jedoch wanderte in die Küchen der umliegenden Restaurants.

Für einen Moment war sie versucht, nach unten zu laufen, um zu sehen, was Aidan gefangen hatte. Doch dann entschied sie sich dagegen. Er würde sich einbilden, dass sie seinetwegen gekommen war.

Das letzte Mal, als sie ihm im Hafen begegnet war, hatte er sie vor allen Leuten lächerlich gemacht und noch dazu geküsst. Hastig wandte sie sich ab und lief, so schnell sie konnte, zurück zum Hotel.

Das ist mein erster Tag als Hoteldirektorin, dachte Jools, während sie tief einatmete, um die aufkeimende Panik zu unterdrücken. Sie schaute von ihren Unterlagen auf und blickte geradewegs in die gespannten Gesichter von Emily, Luca und Rose. Eigentlich gab es keinen Grund, nervös zu sein, schließlich war das hier nicht irgendein Komitee, vor dem sie stand und sich rechtfertigen musste, sondern ihre Freunde. Zumindest hoffte sie, dass sie sie als Freundin wahrnahmen und nicht als die neue Chefin. Die Doppelrolle war ungewohnt für sie und sie verspürte eine leichte Unsicherheit, wenn sie darüber nachdachte.

Sie hatten sich im Wintergarten zusammengefunden. Um diese Uhrzeit schien die Sonne durch das Glasdach und es war angenehm warm. Rose hatte die Schiebetür zum Garten geöffnet.

Luca hatte sich, Emily und Jools einen Cappuccino zubereitet. Rose, die einzige bekennende Nicht-Kaffeetrinkerin unter ihnen, nippte an einer Tasse Tee. Dazu gab es kleine Sandwiches, die mit Schinken, Käse und selbst gezüchteten Tomaten aus dem Garten belegt waren. Natürlich hatte Luca es sich nicht nehmen lassen und eine kleine Raffinesse in Form von selbstgemachtem Pesto hinzugefügt. Der Duft nach Basilikum und frischen Tomaten war allgegenwärtig und Jools musste sich zusammenreißen, nicht sofort eines der köstlich aussehenden Brote zu essen.

»Als Erstes möchte ich mich bei euch für die fantastische Arbeit, die ihr in den letzten Monaten geleistet habt, bedanken. Ihr seid diejenigen, die *Fleetwood on Sea* zu dem machen, was es ist und was unsere Gäste so an diesem Ort schätzen: ein wundervoller Platz, um zur Ruhe zu kommen und sich dabei kulinarisch verwöhnen zu lassen.« Sie lächelte warmherzig in die kleine Runde. »Ohne euch würden wir nicht so dastehen und dafür bin ich euch sehr dankbar. Als ich sagte, ich würde nicht wiederkommen, habt ihr nicht einfach alles hingeschmissen, sondern habt weitergemacht und darauf vertraut, dass ich einen würdigen Käufer finde, der das Hotel so weiterleiten würde, wie Millie es sich gewünscht hätte. Das werde ich euch nie vergessen.« Jools holte tief Luft. Im Raum herrschte absolute Stille. »Nun hat sich alles anders entwickelt als geplant und ihr sitzt mit mir als Eigentümerin fest.«

»Stimmt, darüber habe ich noch gar nicht nachgedacht!«, gaggerte Emily. »Ich möchte sofort jemand anderen.«

Jools lachte.

»Madonna! Ich habe schon überlegt, ob ich dich mit dem Motorrad aus New York holen soll.« Luca schenkte ihr einen Blick, der Schokolade zum Schmelzen bringen würde.

»Aye! Wehe, du läufst noch einmal weg! Dann komme ich hinterhergeflogen, um dich zurückzuholen«, giggelte Rose.

»Ach, ihr seid so lieb.« Ihr Blick wanderte zu Rose. »Sollte ich in einem Anfall von Wahnsinn beschließen zurückzufliegen, erteile ich dir hiermit die Erlaubnis, mich davon abzuhalten – im Notfall mit Gewalt!«

Sie lachten.

»Ich habe mir in den letzten Tagen in Ruhe die Zahlen angesehen und wir können sehr zufrieden mit dem Ergebnis sein. *Fleetwood on Sea* hat letztes Jahr einen satten Gewinn eingefahren und wie es aussieht, werden wir ihn dieses Jahr noch einmal steigern können.« Sie machte eine kurze Pause, um das Gesagte sacken zu lassen. »Wie ihr wisst, habe ich keine Ahnung von Buchführung oder der Verwaltung eines Hotels. Es wäre ein leichtes Spiel, mich übers Ohr zu hauen …«

»Mist, sie hat es gemerkt«, unterbrach Emily sie frech. Luca und Rose grinsten ebenfalls.

»Vorsicht!« Jools hob mahnend den Zeigefinger. »Ich bin ein schneller Lerner und kenne keine Gnade, wenn ich merke, dass man mich übervorteilt.«

»Ups!« Emily hielt sich die Hand vor den Mund.

»Nein, nun mal Spaß beiseite«, fuhr Jools fort. »Weswegen ich euch heute hierhergebeten habe, hat einen Grund. Ihr seid die drei Menschen, denen ich vertraue. Ihr seid einer der Gründe, warum ich mich entschlossen habe, meinem Leben in New York den Rücken zuzudrehen und hierherzukommen.« Sie machte eine Pause. »Ein weiterer Grund für meine Entscheidung ist das Hotel selbst. Ich habe mich von der ersten Minute an in *Fleetwood on Sea* und diesen wunderbaren Fleck Erde verliebt, auf dem es gebaut ist. Ich möchte in Zukunft keinen Fehler machen und Millies und James' Vermächtnis an mich in Ehren halten. *Fleetwood on Sea* soll auch in der Zukunft ein Ort sein, an dem unsere Gäste ihren inneren Frieden finden. Das kann ich aber nur mit euch an meiner Seite schaffen.« Sie ließ ihren Blick über die Gesichter ihrer drei Freunde gleiten. »Seid ihr dazu bereit, mit mir gemeinsam diesen Weg zu beschreiten?«

»Selbstverständlich sind wir dazu bereit. Und wie!« Emily war aufgesprungen und nahm Jools' Hand. »Ich stehe zu hundert Prozent hinter dir.«

»Jools, wir Schotten sind ein Volk, das sein Herz nicht allzu leichtfertig vergibt.« Rose' Augen schimmerten feucht, als sie entschlossen ihre Hand auf die von Emily legte. »Mein Herz gehört euch und ich gelobe, euch treu zur Seite zu stehen.«

Jools schluckte und sie spürte, wie ihr die Tränen in die Augen stiegen.

»Madonna, meine Loyalität hattest du vom ersten Moment, als du durch meine Küchentür getreten bist und einen Kaffee von mir wolltest.« Luca räusperte sich. Er war kein Mann der großen Worte. »Natürlich stehe ich an deiner Seite.« Er legte seine Hand auf die von Rose.

»Oh Gott, ich komme mir vor wie bei den drei Musketieren«, schniefte Jools lächelnd.

Luca nickte mit ernster Miene. »Einer für alle, alle für einen.«

»Einer für alle und alle für einen!«, wiederholten Emily, Rose und Jools mit feierlicher Stimme.

Für ein paar Sekunden sagte keiner von ihnen ein Wort. An den ernsten Gesichtern konnte Jools sehen, dass sich jeder der Anwesenden dieses besonderen Augenblicks bewusst war. Sie waren ab jetzt ein Team mit einem gemeinsamen Ziel. Noch nie in ihrem Leben hatte Jools eine so starke Verbundenheit zu anderen Menschen gespürt, abgesehen von Susan. Diese kleine eingeschworene Mannschaft war ab heute ihre Familie.

»Puh.« Emily wedelte mit der Hand vor dem Gesicht. »Ein weiteres Wort und ich hätte angefangen, zu heulen.«

Rose nickte und tupfte sich verlegen mit einem Taschentuch die Augen.

»Aber das war noch nicht alles, wieso ich euch zusammengerufen habe«, nahm Jools den Faden wieder auf.

»Oh Gott, noch mehr …« Emily sah sie mit großen Augen an.

»Ja, ich hatte in New York genügend Zeit, mir Gedanken zu machen. Wie ihr wisst, hat mir Millie eine beachtliche Summe hinterlassen, um die anfallenden Arbeiten am Hotel vornehmen zu können«, leitete sie geschickt in den eigentlichen Grund des heutigen Meetings über. »Keiner kennt das Hotel so gut wie ihr drei. Deshalb finde ich es wichtig, dass wir uns gemeinsam überlegen, wie wir das Geld am sinnvollsten einsetzen können. Was meint ihr?« Ihr Blick wanderte von Emily zu Rose und weiter zu Luca.

Alle drei nickten.

»Ich würde gern ein paar neue Möbel anschaffen, die in das Bild von *Fleetwood on Sea* passen.« Sie deutete auf die Sitzecke im Aufenthaltsraum, deren blaue Polster stark abgewetzt und durchgesessen waren. »Die ist schon ganz schön in die Jahre gekommen. Außerdem würde ich gern einen Teil der Vorhänge durch moderne Rollos ersetzen.«

»Ms Miller.« Rose hob die Hand wie ein Schulmädchen.

»Ja bitte, Rose«, nickte Jools ihr freundlich zu.

»Rollos mögen praktischer und moderner sein, aber hier sind Vorhänge besser. Wir haben manchmal ziemliche Stürme und die

Erfahrung hat gezeigt, dass Rollos nur allzu gern zerknittern oder kaputt gehen, wenn der Wind auf sie trifft«, erläuterte Rose.

»Mhm. Darüber hatte ich mir ehrlich gesagt keine Gedanken gemacht. Sehen die anderen das genauso?« Sie sah fragend in die kleine Runde.

»Rose hat recht«, nickte Emily. »Millie hat es auch mal mit Rollos probiert und ist sehr schnell zu Gardinen zurückgekehrt.«

»Einverstanden. Aber dann würde ich vorschlagen, dass wir weg von dem Blau …« Jools deutete auf die schweren Stoffbahnen an den Fenstern. »… und zu hellen Vorhängen übergehen.«

»Hell klingt prima«, strahlte Rose. »Ich war noch nie ein Fan von den dunklen Farben.«

»Gut, dann sind wir uns ja einig.« Jools holte tief Luft. »Da ist eine weitere Überlegung, zu der ich gern eure Meinung hätte. Da ich ja bei Emily im Gartencottage wohne, stehen die beiden Zimmer von Millie leer. Mein Vorschlag wäre, dass wir Millies Appartement ausräumen und dem Hotel zuführen. Mit zwei zusätzlichen Zimmern könnten wir unser Kontingent an Gästen erhöhen, ohne dass wir großen Aufwand betreiben müssten.«

»Das stimmt«, nickte Emily. »Darüber habe ich auch schon nachgedacht.«

Die Idee mit Millies Appartement war ihr etwa zwei Wochen vor ihrer geplanten Abreise nach Fleetwood Cove gekommen. Susan war begeistert gewesen, als sie ihr davon erzählt hatte.

»Warum eigentlich nicht.« Rose legte nachdenklich den Kopf leicht schräg. »Mit ein bisschen Farbe und neuen Möbeln könnten wir die beiden Zimmer in wahre Schmuckstücke verwandeln.«

»Naturalmente. Es wäre eine Schande, die Zimmer einfach leer stehen zu lassen«, stimme Luca ihr zu.

»Gut. Dann ist das beschlossene Sache. Es gibt doch bestimmt im Dorf einen Betrieb oder jemanden, den wir für Malerarbeiten und dergleichen einstellen können?« Sie warf einen fragenden Blick in die Runde.

»Natürlich. Wenn du möchtest, suche ich dir die Nummer später raus.«

»Gern. Wobei ich mir mit dem Ausräumen Zeit lassen möchte, bis ich mich ein wenig besser eingelebt habe.«

»Das ist absolut verständlich«, nickte Emily.

»Gibt es von eurer Seite etwas, das euch auf dem Herzen liegt oder von dem ihr denkt, wir sollten es in Angriff nehmen?«

»Wie du weißt, ist unser kleiner Restaurantbetrieb in der letzten Saison ziemlich an seine Grenzen gekommen. Nicht, dass es nicht zu schaffen wäre, aber es wäre äußerst hilfreich für mich, wenn ich während der Saison einen Küchengehilfen und eventuell einen Sous-Chef dazubekommen könnte«, meldete sich Luca zu Wort.

Emily nickte zustimmend.

»Das Einstellen eines weiteren Küchengehilfen und eines Sous-Chefs sollte kein Problem darstellen. Emily hatte bereits am Telefon so etwas angedeutet«, lächelte Jools. »Ich kümmere mich in den nächsten Tagen darum.«

»Das eilt nicht. Die Saison geht dem Ende entgegen und die Buchungslage entspannt sich mit jeder Woche, die wir in Richtung Winter gehen.«

Jools nickte. »Mir ist es trotzdem lieber, wir kümmern uns rechtzeitig darum. Wer weiß, wie lange wir brauchen, bis wir eine passende Hilfe für dich gefunden haben. Schließlich ist Fleetwood Cove nicht mit Cornwall zu vergleichen.«

»Das stimmt. Bei uns ist es viel schöner«, sagte Emily eifrig.

»Das ist nicht das, was ich meinte«, korrigierte Jools sie. »Ich möchte um nichts auf der Welt mit Cornwall tauschen. Aber wir sind eben nicht der Touristenmagnet und können nicht mit dem Standard an Restaurants, Bars und dem mediterranen Klima locken.«

»Okay. Das lasse ich gelten.« Emily nickte.

»Ich hätte einen Vorschlag zu machen.« Rose' Wangen waren vor Aufregung gerötet.

»Bitte, Rose.« Jools lächelte ihr aufmunternd zu.

»Ich würde unseren Betrieb im Sommer gern noch etwas mehr ins Freie auslagern. Ich habe immer davon geträumt, eine Sommerterrasse für die Gäste anzubieten, um bei schönem Wetter draußen eine Tasse Tee oder Kaffee zu genießen. Dafür müssten wir nur ein paar Tische und Stühle kaufen, die wir im Garten aufbauen könnten.«

»Ich muss sagen, die Idee klingt absolut reizvoll.« Jools sah aus dem Fenster nach draußen. »Wir könnten zusätzlich Windlichter in den Baum hängen und dort auch einen Sun Downer anbieten. Ach, es gibt so viele Möglichkeiten.« Vor ihren Augen tauchte ein Bild des Gartens auf, wie sich die Windlichter sanft im Baum wiegten, während sich einige Gäste darunter versammelt hatten und einen Cocktail tranken.

»Was hältst du von Kuhfellen?« Emily sah sie erwartungsvoll an.

»Ähm … Kuhfelle?« Jools schüttelte fragend den Kopf. »Im Garten?«

Emily lachte laut auf. »Entschuldige, für die Gästezimmer natürlich!«

»Ach so!«, grinste Jools. »Solange du mir kein Hirschgeweih an die Wand hängst, bin ich einverstanden.«

»Blöde Kuh!« Emily versetzte ihr einen sanften Stoß.

»Kleiner Scherz.« Jools schnappte sich eines der Sandwiches und nahm einen herzhaften Biss. »Mhm, lecker.« Sie leckte sich mit der Zunge über die Lippen. »Das erinnert mich an meinen ersten Tag hier, als Emily mir deine selbstgemachten Sandwiches aufs Zimmer gestellt hat, nachdem ich das Abendessen verpasst hatte. Das waren die leckersten Sandwiches meines Lebens.« Sie schenkte Luca ein strahlendes Lächeln.

»Das war alles Teil des Plans, dich zu bestechen«, grinste er schief.

»Und die Motorradfahrt?«, neckte sie ihn.

»Vielleicht.« Lucas Grinsen wurde breiter.

»Zum Glück bin ich für Bestechung völlig unempfänglich«, entgegnete Jools betont fröhlich.

Luca nickte jedoch, ohne die Augen von ihr zu lassen.

4. Kapitel

Die nächsten drei Wochen flogen nur so dahin. Alles war wie neu und Jools kam aus dem Staunen nicht mehr heraus. Jeder Tag stellte eine neue Herausforderung dar. Sie verbrachte Stunden an der Rezeption, um Emily über die Schulter zu schauen. Sie lernte, Buchungen entgegenzunehmen oder zu stornieren und dabei die Wünsche der Gäste zu berücksichtigen. Emily erwies sich als geduldiger Lehrmeister und wurde nicht müde, ihr die Sachen, die sie nicht verstand, immer und immer wieder zu erklären. Am Ende des Monats konnte sie selbstständig Abrechnungen vornehmen und wusste, worauf sie bei den Buchungen zu achten hatte.

Ihr Handy vibrierte in ihrer Tasche. Erschrocken zuckte Jools zusammen. Noch vor wenigen Wochen wäre es absolut selbstverständlich für sie gewesen, dass jemand sie anrief oder ihr eine Mail schickte. Zu manchen Zeiten in der Agentur *Starlight* hatte sie bis zu zweihundert E-Mails am Tag erhalten, wovon sie die Hälfte nur kurz überflogen hatte, bevor sie sie endgültig gelöscht hatte. Als PR-Managerin von Prominenten war es für sie unerlässlich gewesen, vierundzwanzig Stunden am Tag erreichbar zu sein. Als Direktorin eines kleinen mittelständischen Hotels krähte kein Hahn nach ihr. Wenn es etwas zu regeln gab, sprach man sie direkt an. Hier draußen in Fleetwood Cove hatte das moderne Zeitalter nur bedingt Einzug gehalten, was zum Teil auch daran lag, dass die Verbindung meist schlecht oder gar nicht vorhanden war. Deshalb arbeitete Emily an der Rezeption fast ausschließlich mit einem herkömmlichen Telefon. Ein Zustand, den es unbedingt zu ändern galt, wie Jools fand.

Sie hatte sich fest vorgenommen, eine Internetseite für das *Fleetwood on Sea* aufzubauen und das Hotel so für ein breiteres

Publikum zugänglich zu machen. Der bisherige Internetauftritt des Hotels beschränkte sich auf einige wenige Artikel von Reisenden, die durch Zufall auf das *Fleetwood on Sea* gestoßen waren. Das würde sich in Zukunft ändern.

Das Handy klingelte erneut. Hektisch zog sie es aus der Tasche. Ein Blick auf das Display genügte.

»Mum«, meldete sich Jools. »Ist alles in Ordnung bei dir?«

»Hallo, Schätzchen! Mir geht es prima. Ich wollte nur mal hören, wie es dir geht. Hast du dich gut eingelebt? Wie ist dein Zimmer?«, überschüttete ihre Mutter sie mit Fragen.

»Mir geht es bestens und ich fühle mich wunderbar. Wir haben herrliches Sommerwetter«, schwärmte sie.

»Wie schön«, sagte ihre Mutter hörbar erleichtert. »Was treibst du denn den ganzen Tag, jetzt, wo du keiner geregelten Arbeit mehr nachgehen musst?«

»Mum, ich leite ein Hotel! Das macht man nicht so einfach nebenbei. Ich stehe den ganzen Tag mit Emily an der Rezeption und lerne. Außerdem musste ich erst einmal eine Menge regeln und mich einleben, bevor ich loslegen konnte.«

»Entschuldige, Liebes, so war es nicht gemeint. Ich wollte auf keinen Fall deine Arbeit schmälern.«

»Schon gut«, sagte Jools versöhnlich. »Manchmal wünschte ich mir, ich hätte Dads Geschäftssinn geerbt.« Wenn es um zwischenmenschliche Beziehungen ging, war ihr Vater ein Versager gewesen, aber wenn es darum ging, Geld zu verwalten, hatte es kaum jemanden gegeben, der mehr Überblick gehabt hatte.

»Ich bin mir sicher, dass du das Richtige tust, Schätzchen«, entgegnete ihre Mutter. »Gib dir Zeit.«

Das Verhältnis zwischen Jools und ihrer Mum war nicht immer einfach gewesen. Nach der Trennung ihrer Eltern hatte Jools lange Zeit ihrer Mutter die Schuld dafür gegeben, da diese quasi über Nacht ausgezogen war und Jools zurückgelassen hatte. Erst nach dem Tod ihres Vaters waren sie sich wieder etwas nähergekommen. Bevor Jools nach Fleetwood Cove aufgebrochen war, hatte sie sich mit ihrer Mutter ausgesprochen und erkannt, dass das Verhältnis ihrer Eltern nicht leicht gewesen war. Die Verbitterung ihres Vaters hatte die Beziehung stark belastet und letztendlich zum Zerbrechen gebracht. Ihre Mutter hatte ihr Glück in ihrem Heimatort gefunden und lebte mittlerweile seit knapp zehn Jahren mit einem um wenige Jahre jüngeren Mann zusammen.

»Danke, Mum. Sobald ich mich richtig eingelebt habe und alles normal läuft, musst du mich unbedingt besuchen kommen. Ich bin mir sicher, du wirst von der Gegend und den Menschen begeistert sein«, schwärmte sie.

»Versprochen. Hast du etwas von Susan gehört?«

»Susan und Barron sind zurzeit mit den Kindern auf den Bahamas. Sie müsste übermorgen wieder in New York sein.«

»Meine Güte, die Frau hat wirklich ihr Glück gefunden«, seufzte ihre Mutter. »Ich bin gespannt, wann du den Mann fürs Leben finden wirst. Ich möchte schließlich auch irgendwann mal meine Enkelkinder durch die Gegend schieben.«

»Mum, du hörst dich an, als wäre ich ein hoffnungsloser Fall«, stöhnte sie. »Ich bin zweiunddreißig Jahre alt. Da fangen die meisten Frauen überhaupt erst an, darüber nachzudenken, ob sie Kinder haben wollen.«

»Schätzchen, deine biologische Uhr tickt – ob du es wahrhaben willst oder nicht. Ich habe gerade einen Bericht gelesen, in dem es hieß, dass die Fruchtbarkeit einer Frau ab dreißig geradezu dramatisch sinkt«, schnaubte ihre Mutter durch den Hörer.

»Ich habe mich erst vor knapp drei Monaten von Dean getrennt und bin vor ein paar Wochen nach Wales gezogen. Parallel leite ich ein Hotel. Ich habe echt andere Sachen zu tun, als einen geeigneten Vater für meine nicht geborenen Kinder zu finden.«

»Dass du immer so schrecklich nüchtern sein musst.«

»Ich bin nicht nüchtern, wie du es nennst, sondern lediglich realistisch.«

»Im Moment würde ich dich eher als widerspenstig bezeichnen.«

»Willst du dich mit mir streiten?«

Es herrschte eine kurze Pause zwischen ihnen. Sie hörte, wie ihre Mutter am anderen Ende schwer atmete. »Entschuldige bitte«, sagte sie schließlich. »Ich fürchte, ich habe etwas übertrieben. Aber als Mutter macht man sich eben seine Gedanken.«

»Kein Thema, Mum«, erwiderte Jools versöhnlich. »Du hast mir noch gar nicht erzählt, wie es dir geht.«

»Ich kann nicht klagen. Meine Knie machen mir etwas Beschwerden, ansonsten geht es mir prima.«

»Das freut mich, zu hören.«

»Was steht bei dir auf dem Plan für heute? Ich kann mir gar nicht vorstellen, was man als Hoteldirektorin den ganzen Tag macht.«

Jools lachte. »Irgendwie bin ich hier rund um die Uhr beschäftigt. Es gibt immer irgendetwas zu besprechen, zu planen oder zu entscheiden. Dazu kommen die Gäste, die sich freuen, wenn sie sich mit dem Hoteldirektor unterhalten können. Wir plaudern dann über das Wetter, wie schön es hier ist, und ich höre mir ihre kleinen Sorgen an.«

»Wer hätte das gedacht – meine Tochter, die Hoteldirektorin. Ich freue mich für dich.« Stolz schwang in ihrer Stimme mit.

»Hättest du mir vor einem Jahr gesagt, dass ich mal ein Hotel an der Küste von Wales leiten würde, hätte ich dir den Vogel gezeigt und dich für verrückt erklärt«, schmunzelte Jools. »Aber soll ich dir etwas sagen? Ich finde es herrlich!«

Tatsächlich liebte sie ihre Arbeit im Hotel. Sie genoss es, sich mit den Gästen zu unterhalten, Pläne aufzustellen und Rose, Emily und Luca zur Hand zu gehen. Sie hatte sich noch nie so zufrieden gefühlt wie in den letzten Wochen hier im *Fleetwood on Sea.*

»Und was machst du gleich?«

»Ich wollte nach unserem Gespräch in den Nachbarort fahren und die Post abgeben.« Normalerweise war Emily dafür zuständig, aber heute waren einige Abreisen und Emily hatte alle Hände voll zu tun. Deshalb hatte sich Jools bereiterklärt, selbst nach Broad Haven zu fahren.

»Schätzchen, ich muss aufhören. Jemand klingelt an der Haustür«, sagte ihre Mutter gehetzt.

»Kein Problem, Mum. Es war schön, dich zu hören.«

»Ich hab dich lieb.«

»Ich dich auch, Mum.« Lächelnd legte Jools auf.

Gemächlich fuhr der Mini Cooper über die schmale Küstenstraße durch die Settland Hills nach Broad Haven. Links begrenzte ein undurchdringlicher Wall aus Büschen die Spur. Rechts fielen die Klippen keine zwei Meter entfernt steil ins Meer.

Es war ein sonniger Tag und Jools hatte die Fenster geöffnet. Draußen blies ein kräftiger Wind, wie es typisch für diese Jahreszeit war. Weiße Wolken trieben träge über den Horizont. Das Meer war aufgewühlt und sah von Weitem so aus, als würde es brodeln. Die bunten Schirme der Kiter flogen mit hoher Geschwindigkeit die Küste entlang.

Der Nachbarort Broad Haven besaß im Gegensatz zu Fleetwood Cove einen großen Supermarkt, eine Post, drei Pubs, ein Restaurant, ein Café, einen Schnellimbiss und eine Wassersportstation. Es gab eine Auswahl an gemütlichen Gästehäusern und Selbstversorgerappartements sowie einen Camping- und Caravan-Platz am Ortsrand. Das Einzige, was dem Ort fehlte, war der Charme von Fleetwood Cove mit seinen kleinen verwunschenen Plätzen und den bunten Häusern.

Die ersten Dächer von Broad Haven kamen in Sicht. Sie schaltete einen Gang runter und fuhr den Hügel hinunter ins Dorf. Der Strand war weitaus größer als der von Fleetwood Cove und dicht bevölkert. Einige Familien hatten Decken ausgebreitet und hielten ein Picknick ab. Eine Reihe von Kanus lag am Ufer und wartete darauf, ins Wasser gelassen zu werden. Die Wasserstation rechts des Hauptstrandes hatte seine Flaggen im Sand errichtet, um die Touristen anzulocken.

Jools setzte den Blinker und bog auf den Parkplatz gleich neben dem Supermarkt ein. Als sie ausstieg, schlug ihr die frische Meeresluft entgegen. In den ersten Wochen hatte sie häufig einen dünnen Pullover getragen. Mittlerweile hatte sie sich an die Temperaturen gewöhnt und trug lediglich ein T-Shirt und dazu eine kurze Hose, die ihre schlanken Beine zur Geltung brachte. Ihre Haare hatte sie zu einem einfachen Pferdeschwanz zusammengebunden.

Sie schnappte sich ihre Tasche und ging zur Post.

Nach knapp einer Viertelstunde hatte sie alles erledigt und stand etwas verloren vor dem Postgebäude. Ihr Blick wanderte zum Strand. Sie hatte in den letzten Tagen nur wenig Ruhe gefunden und von morgens bis abends im Büro gesessen, Pläne gewälzt und Rechnungen aufgestellt. Was sprach also dagegen, sich eine kurze Auszeit am Strand zu gönnen?

Kurzentschlossen ging sie zu dem kleinen Café an der Straßenecke und bestellte sich einen Kaffee zum Mitnehmen. Zufrieden und mit einem Becher bewaffnet, überquerte sie die schmale Durchgangsstraße zur Uferpromenade.

Obwohl die Schule in Großbritannien bereits wieder begonnen hatte, waren einige Familien am Strand. Viele der Besucher hatten Strandmuscheln aufgebaut, die in den letzten Jahren schwer in Mode gekommen waren und auf dem hellen Sand wie bunte Farbkleckse aussahen.

Es herrschte Ebbe, das Meer hatte sich weit zurückgezogen. Im flachen Wasser spielten vergnügt einige Kleinkinder. Mehrere Windsurfer schossen nicht weit vom Ufer entfernt über die Wellen. Weiter draußen zogen die Kiter ihre Bahnen. Der Sport war seit einigen Jahren sehr beliebt. Broad Haven hatte den Trend erkannt und eine Kite-Station etwas abseits der Schwimmerzone errichtet. Das Revier war von den Windverhältnissen her ideal und zog viele junge Leute an. Die Betreiber der Station hatten für die Zuschauer einige Liegestühle mit Tischchen im Sand aufgebaut. Jools zog die

Turnschuhe aus und stapfte durch den weichen Sand zur Kite-Station, um es sich in einem der Stühle gemütlich zu machen.

Sie hatte Glück und konnte einen der letzten freien Plätze neben einer jungen Frau ergattern. Seufzend ließ sie sich in den Stuhl sinken und nippte an ihrem Becher. Der Kaffee war zwar nicht so gut wie der von Luca, aber trotzdem lecker. Im Hintergrund lief leise Lounge-Musik und ließ bei Jools ein leichtes Urlaubsfeeling aufkommen. Für einen Moment schloss sie die Augen und genoss die Wärme auf der Haut. Die junge Frau neben ihr quietschte begeistert. Jools folgte neugierig ihrem Blick zum Wasser.

Ein Kitesurfer kam mit hoher Geschwindigkeit auf den Strand zugeschossen. Sein neongrüner Schirm leuchtete am blauen Himmel. Interessiert beobachtete Jools, wie der Kiter eine der Wellen nahm und meterhoch in die Luft sprang. Dabei machte er eine Pirouette und wechselte die Hände an der Stange, mit der er den Kiteschirm hielt, so schnell, dass sie ihm fast nicht mit den Augen folgen konnte. Kaum war er sicher gelandet, nahm er wieder Geschwindigkeit auf, um einen weiteren Sprung zu wagen. Dieses Spiel trieb er minutenlang, ohne eine Pause einzulegen. Ein tollkühner Luftsprung folgte dem nächsten und Jools fragte sich, woher er die Kraft nahm.

Sie bewunderte, mit welcher Eleganz er seinen Schirm lenkte und dabei über das Wasser zu fliegen schien. Der Mann hatte breite Schultern und wirkte in seinem schwarzen Neoprenanzug sehr sportlich.

Eine Windböe fegte über den Strand. Sand wurde aufgewirbelt und traf prickelnd auf Jools' nackte Waden. Sie zuckte überrascht zusammen. Die junge Frau, die neben ihr saß und sie beobachtet hatte, schmunzelte. Ein beachtlicher Bauch wölbte sich unter ihrem T-Shirt, woraus Jools schloss, dass sie schwanger war.

»Dein Kaffee wird kalt!« Die Frau deutete auf den Becher in Jools' Hand. Sie hatte kurze braune Haare und einen Mund, der stets zu lächeln schien.

»Danke«, nickte Jools und nahm einen kräftigen Schluck. »Ich bin so fasziniert von dem, was sich da auf dem Wasser abspielt, dass ich meinen Kaffee völlig vergessen habe.«

»Ich finde es auch immer wieder aufregend, was die Jungs da draußen machen«, sagte die Frau.

»Kitest du auch?«, fragte Jools.

»Im Moment mache ich Pause. Wir wollen schließlich nicht, dass dem kleinen Krümel etwas passiert.« Die Frau legte schützend ihre Hände auf den Bauch.

»Wann kommt denn das Baby?«, fragte Jools höflich.

»Mein Termin ist in sieben Wochen.« Ein seliges Lächeln huschte über das Gesicht der Frau. »Der mit dem roten Schirm ist mein Mann.« Sie deutete in die Ferne. »Wir haben uns beim Kiten auf Bali näher kennengelernt. Wir hatten unabhängig voneinander ein Surfcamp gebucht und haben uns im Flugzeug das erste Mal gesehen. Verrückt, wenn man bedenkt, dass Bryan und ich zur selben Schule gegangen sind.«

»Ihr wart auf derselben Schule?« Jools schüttelte ungläubig den Kopf.

»Ja«, nickte ihre Nachbarin eifrig. »Klingt komisch, ich weiß, aber wir hatten während der Schulzeit nie Kontakt. Bryan war zwei Klassen über mir. Ich habe ihn ein paar Mal auf dem Schulhof gesehen, aber nie ein Wort mit ihm geredet. Er hing meist mit den Jungs und Mädchen aus seiner Stufe zusammen. Uns jungen Hühner haben die gar nicht beachtet.« Sie grinste. »Wobei Bryan bis heute behauptet, dass er schon damals in mich verliebt war.«

»Das klingt nach einer guten Lovestory«, nickte Jools lächelnd.

»Allerdings. Zwischen Bryan und mir war es Liebe auf den ersten Blick. Ich habe von Bali nicht viel gesehen, außer unser Zimmer. Wir haben nach fünf Monaten geheiratet und einen Monat später war der Krümel unterwegs.« Das Lächeln der Frau wurde noch breiter und ihre veilchenblauen Augen strahlten, als ob jemand von innen eine Glühbirne angeknipst hätte.

»Du Glückliche. Das können die wenigsten Menschen behaupten«, sagte Jools mit Wehmut in der Stimme.

»Vielleicht. Aber ich glaube, die meisten Menschen haben einfach Angst, ihren Gefühlen zu trauen. Viele meiner Freunde sind schon seit Jahren zusammen und wagen nicht den nächsten Schritt. Dabei ist es so einfach.« Die Hände der Frau strichen über ihren gewölbten Bauch. »Man muss es nur tun. Eine Garantie für das Glück gibt es nie, ob man sich nun ein paar Wochen oder gar ein paar Jahre kennt.«

Unwillkürlich musste Jools an Dean denken. Von Susan wusste sie, dass er bereits eine neue Gespielin gefunden hatte. Es hatte ihr einen leichten Stich versetzt, wie schnell er sie gegen eine andere Frau ausgetauscht hatte.

Aus dem Augenwinkel sah Jools, wie der Kiter mit dem neongrünen Schirm mit reduzierter Geschwindigkeit auf das Ufer zufuhr. Irgendetwas an der Art, wie sich der Mann bewegte, kam ihr bekannt vor. Sie stutzte und kniff die Augen zusammen, um besser sehen zu können. Genau in diesem Moment senkte der Mann den Schirm und verdeckte somit den Blick auf sein Gesicht, als ob er geahnt hätte, dass sie ihn beobachtete.

Jools runzelte die Stirn.

Der Mann kam im kniehohen Wasser zum Stehen. Sie sah, wie er den Schirm zu sich zog und einrollte. Seine Armmuskeln spannten sich, als er das Board unter seine Achsel klemmte. Sie reckte ihren Hals, in der Hoffnung, einen Blick auf sein Gesicht zu erhaschen. Fehlanzeige!

»Kennst du Aidan?«, wollte ihre Sitznachbarin wissen.

»Aidan?!« Sie sah die Frau mit großen Augen an.

Diese nickte. »Ja klar. Der Mann, den du die ganze Zeit beobachtest – das ist Aidan Turner aus Fleetwood Cove. Ihm gehört der Fischereibetrieb im Ort. Versorgt die ganze Umgebung mit seinem Fisch. Der Schwarm aller Frauen, mich eingeschlossen. In der Schule war ich total in ihn verschossen.« Ein Lächeln huschte über das hübsche Gesicht der Frau.

»Ach.« Jools knabberte nervös an ihrer Unterlippe. Anscheinend war Aidan nicht nur in Fleetwood Cove bekannt wie ein bunter Hund.

Ihr Blick wanderte zurück zum Strand. Aidan hatte seinen Schirm zusammengelegt und kam direkt auf sie zu. Seine dunkelblonden Haare waren klatschnass und hingen ihm tropfend ins Gesicht. Ihr erster Impuls war, aufzuspringen und wegzulaufen, aber dafür war es schon zu spät. Aidan war keine fünfzig Meter mehr entfernt. Wenn sie jetzt ging, würde er denken, sie hätte Angst vor ihm.

In diesem Moment hatte er sie auch entdeckt. Ihre Augen trafen sich. Sofort hatte sie wieder dieses Flattern in der Magengegend, das sie immer verspürte, wenn Aidan in ihrer Nähe war.

»Da sieh mal einer an!«, rief Aidan schon von Weitem. Um seinen Mund spielte ein verwegenes Lächeln und seine Augen blitzten. »Die Chefin vom *Fleetwood on Sea* persönlich.« Es schien ihm sichtlich Spaß zu bereiten, sie zu foppen.

»Hallo, Aidan«, begrüßte sie ihn kühl. Er sollte nicht den Eindruck bekommen, dass sie ihn beim Kiten bewundert hatte.

»Du bist Jools Miller!«, hörte sie die Schwangere neben sich, als würde es sich dabei um eine Erleuchtung handeln.

Jools drehte sich zu ihr. »Ja, stimmt genau«, sagte sie freundlich. Ihr Herz schlug bis zum Hals.

»Entschuldige, ich hab mich noch gar nicht bei dir vorgestellt. Mein Name ist Sam.« Die Frau reichte ihr die Hand. »Ich hab bereits viel von dir gehört.«

»Ich hoffe, nur Gutes.« Jools zwang sich zu einem Lächeln.

»Aidan ist aus dem Schwärmen gar nicht mehr rausgekommen. Stimmt's?« Sam zwinkerte Aidan vergnügt zu.

»Ach wirklich?«, fragte sie belustigt. Er sah unverschämt gut aus, wie er vor ihr stand. In seinen dunklen langen Wimpern hingen feine Wassertröpfchen. Seine Haut glänzte golden und schimmerte feucht vom Wasser. Seine Wangen waren gerötet und sein Atem ging etwas schneller als normal.

»Blödsinn«, knurrte er. »Was treibt dich nach Broad Haven?«

»Ich habe die Post weggebracht. Emily hatte keine Zeit und ich hatte gerade Pause. Ziemlich schön hier.« Sie machte eine Handbewegung zum Strand.

»Ja, total.« Aidan spreizte die Finger seiner rechten Hand und fuhr sich durch die nassen Haare, als würde es sich dabei um einen Kamm handeln. Ohne Erfolg. Seine Haare standen wild von seinem Kopf ab, was seinem Aussehen jedoch keinen Abbruch tat – im Gegenteil. Sie fand, dass es ihm etwas Wildes verlieh. Seine Augen suchten die ihren. Wie immer, wenn er sie so direkt ansah, hatte sie das Gefühl, die Welt um sie herum würde stillstehen.

»Was hältst du davon, wenn wir zusammen einen Kaffee trinken und Frieden schließen?« Er warf ihr ein mörderisches Lächeln zu, was zur Folge hatte, dass ihre Knie weich wie Butter wurden.

»Ich wusste gar nicht, dass wir Krieg haben.« So schnell würde sie nicht einknicken.

»Ich weiß, dass du mir den Kuss immer noch übel nimmst.« Er baute sich vor ihrem Liegestuhl auf.

»Ihr habt euch geküsst?« Sams Blick wanderte von Jools zu Aidan und wieder zurück.

»Das ist eine lange Geschichte, und eigentlich war es gar kein richtiger Kuss«, winkte Jools verärgert ab.

»Ehrlich gesagt war es ein ziemlich guter Kuss«, grinste Aidan. Seine grünen Augen schienen Funken zu versprühen. »Vielleicht nicht ganz freiwillig – aber gut!«

»Wohooo! Ein Kompliment vom Meister persönlich. Darauf kannst du dir was einbilden, Jools.« Sams Augen funkelten vergnügt. »Wenn das kein Versöhnungsangebot ist, dann weiß ich auch nicht. Ich an deiner Stelle würde zusagen. Nicht, dass mich das etwas angeht.« Sam hob versöhnlich die Hände.

»Warum nicht?« Jools zuckte betont gleichgültig mit den Schultern, als wäre es ihr egal. Insgeheim freute sie sich über sein Kompliment zu ihrem Kuss, auch wenn sie es niemals zugeben würde.

»Prima. Ich muss mich nur kurz aus diesem Anzug befreien und abduschen, dann bin ich so weit«, bestätigte Aidan. »Zehn Minuten?«

»Ich warte hier«, erwiderte sie und wich dabei seinem Blick aus.

»Einverstanden.« Aidan eilte davon.

Sie sah ihm hinterher, wie er durch den Sand zur Kite-Station lief. Der schwarze Neoprenanzug saß hauteng und ließ keinen Raum für Spekulationen, was Aidans Figur anbelangte. Sie sah, wie er nach hinten griff und an der Verlängerungsschnur des Reißverschlusses zog. Mit einem Ruck riss er die schwarze Neonhaut nach unten. Wassertropfen fielen aus seinen Haaren auf die breiten Schultern. Bewundernd fuhren ihre Augen seinen Oberkörper entlang, der wirkte, als hätte ein Künstler aus der Antike ihn persönlich modelliert. Sie spürte ein plötzliches Verlangen, seine glatte Haut zu streicheln. Wie er sich wohl anfühlte?

»Du bist eine ganz schön harte Nuss, das muss man dir lassen. Andere Frauen wären ihm sofort begeistert um den Hals gefallen«, riss Sam sie aus ihren Gedanken.

»Genau das ist bei Männern wie Aidan der Fehler«, entgegnete sie lächelnd.

»Ich merke schon, ich habe es mit einem Profi zu tun. Ihr Amerikanerinnen seid immer so herrlich selbstbewusst«, bemerkte Sam. »Wie haben du und Aidan euch kennengelernt?«

»Ich bin zufällig vor Lilys Galerie in Aidan reingerannt«, antwortete sie wahrheitsgemäß.

»Reingerannt? Das klingt interessant«, bohrte Sam weiter.

»Ehrlich gesagt war es völlig unspektakulär. Ich habe bei meinem letzten Besuch in Fleetwood Cove für meinen Freund ein Bild in Lilys Galerie gekauft und als ich rauskam, sind Aidan und ich sinnbildlich ineinander gerannt. Anschließend haben wir uns bekannt gemacht.« Jools überlegte kurz. »Das war unser erstes offizielles Zusammentreffen. Wir sind uns vorher bereits einmal begegnet. Bei dieser Gelegenheit ist Aidan mit seinem Auto über mein Handy gefahren.« Bei dem Gedanken musste sie lächeln.

»Wie es aussieht, sind deine Begegnungen mit Aidan immer von etwas stürmischer Art.« Sam lachte und Jools stimmte mit ein. »Weißt du, eigentlich ist Aidan ein verdammt netter Kerl und echter Kumpel«, sagte Sam mehr zu sich selbst.

»Wie lange kennt ihr euch denn schon?«

»Wir sind zusammen in Haverfordwest zur Schule gegangen. Aidan war in derselben Stufe wie Bryan.« Sam kicherte hinter vorgehaltener Hand. »Er hatte damals noch diesen schrecklichen Topfschnitt, Pickel im Gesicht und eine goldene Brille.«

»Was?« Jools schüttelte ungläubig den Kopf. »Aidan hat eine Brille getragen?«

Es fiel ihr schwer, sich ihn als Nerd mit Brille und Pickeln im Gesicht vorzustellen.

Sam nickte. »Ein goldenes Monstrum mit Gläsern so dick wie der Boden einer Coca-Cola-Flasche. Ganz im Harry-Potter-Look.« Sie formte zwei Ringe mit den Fingern und legte sie auf ihre Augen, dabei blinzelte sie. »Das sah ungefähr so aus!«

Sam schüttelte sich vor Lachen und Jools stimmte mit ein. Der perfekte Aidan als Pickelgesicht mit Brille. Der Gedanke war wirklich erheiternd. Vielleicht verbarg sich hinter der selbstsicheren Fassade doch noch ein anderer, etwas verletzlicher Mann.

Sie hatte den Gedanken noch nicht zu Ende gedacht, als Aidan wie aus dem Nichts hinter ihr auftauchte.

»Was gibt es denn hier zu lachen?« Er hatte seinen Neoprenanzug gegen eine lässige Jeans und ein weißes T-Shirt eingetauscht. Dazu trug er Flipflops.

Jools hatte schon immer eine Schwäche für Füße gehabt, und Aidans Füße waren eine kleine Sensation. Gerade Zehen, schlank und sonnengebräunt.

»Ich sage nur: Coca-Cola-Gläser«, neckte Jools ihn.

»Oh nein, du hast ihr nicht die Geschichte mit meiner goldenen Brille erzählt, oder?« Wenn Blicke töten könnten, wäre Sam auf der Stelle umgefallen.

»Du darfst nicht böse mit mir sein.« Sam deutete mit der Hand auf ihren Bauch. »Ich bin schwanger! Alles, was ich fühle, fühlt auch mein Baby, und im Moment fühle ich Angst.«

»Das tut mir leid«, sagte Aidan sichtlich bestürzt.

»Das sollte es auch!« Sams Gesicht verzog sich zu einem breiten Grinsen.

»Na, das war ja sehr überzeugend«, grinste Aidan schief. »Ich wäre dir sehr dankbar, wenn du nicht alles über mich verraten würdest. Ich brauche ja schließlich noch ein paar Geschichten für mich, die ich Jools erzählen kann. Wo steckt eigentlich Bryan?«

»Wenn man vom Teufel spricht.« Sam deutete auf einen Mann, der auf sie zugelaufen kam. Er hatte dunkle Haare und freundliche braune Augen. Obwohl er sportlich war, wirkte er lange nicht so durchtrainiert wie Aidan.

»Bryan, schau mal, wen ich getroffen habe«, begrüßte Sam den Mann fröhlich. Er beugte sich zu ihr und gab ihr einen Kuss auf den Mund, woraus Jools folgerichtig schloss, dass es sich dabei um ihren Mann handeln musste.

Bryans Blick fiel auf Aidan. »Aidan! Ich dachte mir schon, dass ich dich draußen auf dem Wasser gesehen habe.« Er klopfte ihm auf die Schulter. »Aber du warst einfach zu schnell für mich!«

Beide Männer lachten. Verwundert stellte Jools fest, dass Aidan in Gegenwart seiner Freunde viel gelöster wirkte.

Bryans Augen musterten Jools interessiert. Sie öffnete den Mund, aber Aidan kam ihr zuvor.

»Darf ich vorstellen: Das ist Jools Miller, die neue Besitzerin vom *Fleetwood on Sea*.«

»Sehr erfreut.« Bryan reichte ihr die Hand. »Ich habe schon viel von dir gehört.«

»Das habe ich auch gesagt«, schmunzelte Sam.

»Neuigkeiten scheinen sich hier schnell herumzusprechen«, bemerkte Jools lächelnd.

»Schneller, als dir lieb ist«, entgegnete Sam und rollte die Augen. »Wir können ein Lied davon singen. Ich glaube, der Postbote wusste noch vor Bryan, dass ich schwanger bin.« Sams helles Lachen hallte durch die Luft.

»Das stimmt! Hier bleibt wirklich nichts geheim.« Bryan nickte.

»Dann sollte ich mich besser vorsehen, was ich sage.« Jools erhob sich leichtfüßig aus dem Liegestuhl.

»Was haltet ihr davon, wenn wir zusammen eine Kleinigkeit essen gehen?«, schlug Byran vor. »Ich bin am Verhungern.«

»Ich könnte auch einen Happen vertragen«, stimmte Aidan zu.

Jools sah auf ihre Uhr. »Ich weiß nicht … Eigentlich wollte ich nicht so lange wegbleiben.« Ihr Blick fiel auf Aidan.

»Nun komm schon, deine Angestellten werden ja wohl mal einen Nachmittag auf dich verzichten können«, drängte er. »Oder traust du dich nicht, mit mir zu essen?«

Jools zuckte leicht zusammen. Konnte der Mann Gedanken lesen?

»Du kannst ja sagen, dass du aufgehalten wurdest«, schlug Sam vor. »Ich würde mich freuen, wenn du mitkommst.«

»Okay, einverstanden«, sagte Jools schließlich. »Wohin gehen wir denn?«

»Schräg gegenüber gibt es ein Strandrestaurant. Die haben eine kleine, aber feine Karte und das beste Bier«, erklärte Bryan. »Außerdem gibt es Burger, Pommes und selbstgebackenen Kuchen mit köstlicher frischer Schlagsahne.« Bryan leckte sich über seine schmalen Lippen.

»Bryan Thomson, bei Alkohol sind ich und der Krümel raus«, sagte Sam entschieden. »Aber das solltest du doch eigentlich wissen.«

»Entschuldige, Schatz.« Bryan gab seiner Frau einen Kuss auf die Wange. »Manchmal vergesse ich, dass du schwanger bist!«

»Stimmt«, nickte Sam. »Das kann man auch total übersehen!« Schwerfällig richtete sie sich aus ihrem Liegestuhl auf und stupste mit ihrem Bauch gegen ihren Mann. »Aber bei Kuchen sind der Krümel und ich mit dabei. Wie sieht es mit dir aus, Jools?«

»Kuchen klingt gut. Wenn es dazu einen leckeren Kaffee gibt, bin ich zufrieden.«

»Das verspreche ich dir«, nickte Sam.

»Einverstanden.« Jools klopfte den Sand von ihren Beinen.

»Und du, Aidan?« Bryan musterte seinen Freund.

»Ich hätte nichts gegen ein kühles Bier und einen Burger einzuwenden«, antwortete Aidan.

»Dann ist es abgemacht. Vielleicht finden wir ja draußen einen Platz«, sagte Bryan freudig. »Ich ziehe mich nur kurz um.«

»Wir gehen schon mal langsam vor. Du weißt ja, bis ich sitze, dauert es ein bisschen.« Sam nahm ihre Decke in die Hand und faltete sie sorgfältig zusammen.

»Ich hole nur noch schnell meinen Kite und bringe ihn ins Auto«, warf Aidan ein und eilte davon.

Das Restaurant, von dem Bryan gesprochen hatte, lag auf einer kleinen Anhöhe mit einem Rundumblick auf den Strand. Es war ein typisches Beachrestaurant, wie man es in fast jedem Ferienort fand. Ein schlichter Backsteinbau mit hellen Fensterläden und einem einfachen Schieferdach. Das Besondere war die Holzveranda zum Strand, auf der mehrere Bänke und Tische standen, über die sich große weiße Schirme spannten. Jools und Sam gingen voraus. Bryan und Aidan liefen hinter ihnen.

»Anscheinend sind wir nicht die Einzigen, die hungrig sind«, sagte Jools und deutete auf die vielen Gäste draußen auf der Veranda.

»Ich bin mir sicher, dass wir ein Plätzchen finden. Im Notfall ziehe ich die Schwangerenkarte«, schmunzelte Sam. »Am besten, ihr lasst mich vorgehen.«

»Schwangerenkarte?« Jools zog die Augenbraue hoch.

»Das wirst du gleich sehen«, zwinkerte Sam ihr grinsend zu.

»Diese Frau ist wirklich unmöglich«, witzelte Bryan. »Aber genau deshalb liebe ich sie so.« Seine Augen streichelten das Gesicht seiner Frau liebevoll. Jools wurde ganz warm ums Herz. Es war in der heutigen Zeit selten, dass Paare so offensichtlich ineinander verliebt waren.

»Ihr seid ja noch schlimmer als jeder Liebesfilm«, lachte Aidan, der den Blick ebenfalls bemerkt hatte. »Du hättest Bryan mal erleben sollen, bevor er Sam kennengelernt hat. Der Mann war ein echter Frauenheld.«

»Ich kann dich hören!« Sam wedelte mit der Hand in der Luft.

»Du bist ja nur neidisch«, grinste Bryan und gab Aidan einen Stoß in die Seite.

»Das liegt durchaus im Bereich des Möglichen. Während du die Mädchen abgeschleppt hast, saß ich zu Hause und habe gelernt.«

»Ich habe kein Mitleid mit dir. Am Ende warst du mit der schärfsten Braut der ganzen Schule zusammen.«

»Wer war das?«, fragte Jools neugierig.

»Lily«, brummte Aidan.

Sam stand vor einem Tisch und winkte hektisch nach ihnen. Vier Gäste waren aufgestanden und verabschiedeten sich freundlich von den anderen vier Personen, die noch am Tisch saßen.

»Was für ein Glück«, strahlte Sam und ließ sich auf einem der freien Plätze nieder.

Bryan nahm neben seiner Frau Platz. Jools und Aidan setzten sich ihnen gegenüber hin.

Die Bank war nicht sonderlich groß und Aidan rückte noch dichter an sie heran, um nicht herunterzufallen. Von seinem Körper ging eine unglaubliche Wärme aus.

»Lily und Aidan waren das Traumpaar«, nahm Bryan den Gesprächsfaden wieder auf. »Jeder in der Schule hat die beiden um ihr Glück beneidet.«

»Und was hat es gebracht?«, unterbrach Aidan ihn. »Nichts. Lily ist nach Frankreich abgehauen und hat mich zurückgelassen.«

»Oh, eine Tüte Mitleid für Aidan«, gaggerte Sam.

An Aidans schmalem Mund sah Jools, dass er Mühe hatte, nicht die Fassung zu verlieren. Die Trennung von Lily musste ihm arg zugesetzt haben, anders konnte sie sich seine Reaktion nicht erklären.

»Das hat mir Lily auch erzählt«, nickte Jools. »Wie alt wart ihr damals eigentlich?«

»Es war, direkt nachdem wir unseren Abschluss am College gemacht haben. Wir wollten zusammen nach Thailand, um dort den Sommer zu verbringen. Ich hatte die Flüge bereits gebucht, als Lily mit der Idee ankam, in Frankreich zu studieren«, fing Aidan an, zu erzählen. Seine Finger spielten nervös mit den Bierdeckeln, die ihre Vorgänger auf dem Platz zurückgelassen hatten. »Ich dachte erst, es würde sich um eine der verrückten Ideen handeln, die sie ständig hat.« Sam und Bryan nickten eifrig. »Aber als sie plötzlich mit gepackten Koffern vor mir stand, war mir klar, dass sie es ernst meinte. Sie ist noch am selben Tag abgeflogen.« Aidan blickte düster in die Ferne.

»Aber das dürfte jetzt gut zehn Jahre her sein«, murmelte Jools leise, die im Kopf mitgerechnet hatte.

»Ja, das sind alte Kamellen. Wie sieht es aus, wollen wir bestellen?«, wechselte Aidan abrupt das Thema.

»Das klingt nach einem guten Plan«, brummte Bryan.

»Hast du die Kuchen gesehen?« Sam deutete auf eine kleine Vitrine im Schatten des Eingangs. »Ich muss diesen wahnsinnig lecker aussehenden Apple Crumble probieren. Seit ich schwanger bin, habe ich eine unglaubliche Lust auf Süßes entwickelt.«

»Das stimmt. Erzähl mal, was du letzte Woche zu mir gesagt hast …« Bryan zog eine Grimasse.

Aidan hob die Hand, um die Bedienung zu rufen.

»Was war letzte Woche?«, wollte Jools wissen.

»Ich stand mal wieder auf der Waage und habe festgestellt, dass ich viel mehr zugenommen habe, als ich wollte. Ich bin mittlerweile bei zusätzlichen achtzehn Kilo und habe noch sieben

Wochen vor mir. Weißt du, wie ich aussehe, wenn ich so weitermache? Deshalb habe ich Bryan gebeten, mich davon abzuhalten, Süßigkeiten zu kaufen.«

»Wir sind also in den Supermarkt gefahren, um unsere Vorräte aufzustocken. Als wir an der Kasse standen, sah ich, wie Sam mehrere Schokoriegel auf das Band packt. Ich, als braver Ehemann, drehe mich also zu ihr um und bitte sie, die Süßigkeiten wieder wegzupacken …«

»Du musst dazusagen, dass du es in einem ziemlich strengen Ton verlangt hast«, fiel Sam ihm ins Wort.

»Was du ja auch prompt mit einem beleidigten Gesichtsausdruck gezeigt hast«, grinste Bryan. »Ich stehe also an der Kasse, als plötzlich nichts mehr passiert. Die Kassiererin hört auf zu tippen, verschränkt die Arme vor der Brust und sieht mich mit bitterbösem Blick an. Auf die Frage, was los ist, antwortet mir die Frau: ›Ich kassiere Sie nicht mehr ab, wenn Sie so gemein zu Ihrer schwangeren Frau sind.‹ Daraufhin frage ich die Kassiererin, ob sie das wirklich ernst meint. Sie erwidert, ob sie aussehe, als würde sie Spaß machen. Und ich kann euch sagen, die Frau sah aus wie ein Racheengel auf dem Weg, einen Kreuzzug zu starten.« Jools kicherte vergnügt. »Anstatt mir zu Hilfe zu kommen, steht meine Frau nur da und grinst.« Bryans Augen funkelten angriffslustig.

»Das stimmt gar nicht. Ich habe der Frau gesagt, dass ich dich gebeten habe, mich davon abzuhalten, Süßigkeiten zu kaufen«, widersprach Sam.

»Ja, aber erst, als die Frau kurz davor war, die Polizei zu rufen.« Bryan verschränkte die Arme vor der Brust. »Ich kam mir vor wie ein Schwerverbrecher.«

Alle lachten.

»Du armer süßer Teddybär.« Sam beugte sich zu ihrem Mann und gab ihm einen zärtlichen Kuss.

»Ich kann euch sagen, die Schwangerschaft einer Frau ist nur etwas für harte Männer!«, stöhnte Bryan.

Die Bedienung kam zu ihnen an den Tisch. Eine Blondine in knappen Hotpants und einem T-Shirt, unter dem ihre Brustwarzen hervorblitzten. Eine Tatsache, die auch den umsitzenden Männern nicht entgangen war, denn alle Blicke waren darauf gerichtet. Kaum merklich drehte Jools den Kopf zur Seite. Zu ihrer Überraschung stellte sie fest, dass Aidan nicht dazugehörte. Seine Augen fixierten sie. Hastig senkte sie den Kopf, damit er nicht sah, dass sie rot wurde, und starrte angestrengt auf die Karte.

»Was kann ich euch bringen?«, fragte die Bedienung in einer Tonlage, die Glas zum Zerspringen bringen könnte. Jools verzog das Gesicht. Aus dem Augenwinkel sah sie, wie sich Aidans Mundwinkel belustigt kräuselten.

Bryan und Aidan bestellten einen Burger und Bier. Sam und sie nahmen den Apple Crumble und einen Kaffee dazu. Es war angenehm warm unter dem Sonnenschirm und dank der Lage auch windgeschützt. Jools merkte, wie sich ihre Muskeln langsam entspannten.

Sam und Bryan stellten sich als unterhaltsame Tischnachbarn heraus. Als das bestellte Essen kam, kannte Jools bereits ihre gesamte Lebensgeschichte. Es war herrlich erfrischend, mit Menschen zusammenzusitzen, die so entspannt wie Sam und Bryan waren.

»Lily hat mir erzählt, dass du gute Fortschritte machst.« Aidan klang ernsthaft interessiert.

Jools hatte Lily letzte Woche in der Galerie besucht und sich gemütlich bei einer Tasse Kaffee mit ihr unterhalten. Sie mochte Lily und war froh, sie als Freundin zu haben. Mit ihr ging nie der Gesprächsstoff aus und die Zeit in ihrer Gegenwart verging wie im Flug.

»Ja, die Arbeiten an der Rezeption habe ich mittlerweile drauf. Wobei ich nie so gut wie Emily sein werde. Die Frau ist einfach ein Genie im Umgang mit den Gästen. Immer freundlich, immer gut drauf.«

»Das stimmt, Emily ist ein Herz von Mensch. Bitte grüß sie ganz lieb von mir«, nickte Sam.

»Mache ich.«

»Und wie klappt es sonst so?« Aidan biss in seinen Burger. Ketchup lief ihm aus dem Mund, das er geschickt mit der Zunge ableckte.

»Manchmal habe ich so meine Zweifel, ob ich mir da nicht ein bisschen viel vorgenommen habe. Ich meine, ich war PR-Managerin in New York. Wenn man es genau nimmt, habe ich keine Ahnung von dem, was ich da tue«, gestand sie.

»Die Menschen wachsen mit ihren Aufgaben«, gab Bryan zu bedenken.

»Millie hat dir nicht ohne Grund vertraut. Ich bin mir sicher, wenn es jemanden gibt, der es schafft, dann bist du es!« Aidan griff nach einer Serviette.

Jools zog erstaunt die Augenbrauen hoch. Sie hatte erwartet, dass er sich lustig machen würde. Seine Antwort überraschte sie. Überhaupt war er in Anwesenheit seiner Freunde deutlich anders. Er wirkte entspannt und hatte sein Machogehabe abgelegt. Eine erfreuliche Entwicklung.

»Gott sei Dank habe ich ja noch Emily, Rose und Luca an meiner Seite. Ohne die drei wäre ich völlig aufgeschmissen.« Sie warf einen schnellen Seitenblick auf Aidan und wünschte sich im selben Moment, er wäre nicht so unfassbar sexy.

Seine dichten, vom Salzwasser ausgebleichten Haare, die leuchtend grünen Augen, die scharf gezeichneten Wangenknochen und die geschwungenen Lippen. Sie hätte ihn stundenlang dabei anstarren können, wie er seinen Burger kaute. Bedauerlich nur, dass er so ein Macho war.

Sie spießte ein Stück Apple Crumble auf die Gabel und steckte es sich in den Mund.

»Mhm.« Jools leckte sich genießerisch mit der Zungenspitze über die Lippen. »Ich muss sagen, ihr habt nicht übertrieben. Das ist wirklich der beste Apfelkuchen, den ich seit Langem gegessen habe«, quetschte sie mit vollen Backen hervor.

»Ich bin ganz deiner Meinung.« Sam hatte bereits die Hälfte ihres Kuchens verputzt. »Wie man sieht, schmeckt es mir auch. Aber das ist das Schöne, wenn man schwanger ist: Man kann so viel essen, wie man will, und hat immer eine Entschuldigung.«

Jools lachte. »Ich habe leider keine Ausrede, und meinen Hosen nach zu urteilen, die wie eine zweite Haut sitzen, sollte ich aufpassen. Luca kocht einfach zu gut. Daheim in New York bin ich fast ausschließlich essen gegangen oder habe mir eine Kleinigkeit nach Hause bestellt. Wenn Ruby, meine Sekretärin, nicht gewesen wäre und mir ab und zu etwas mitgebracht hätte, ich bin mir sicher, ich wäre verhungert.« Sie lächelte bei dem Gedanken an Ruby, die ihr bis zur letzten Minute treu zur Seite gestanden hatte.

»Uiii, das klingt aber nicht gut. Ist Luca der italienische Koch, von dem alle schwärmen?«

Jools nickte.

Aidans Augen zogen sich düster zusammen. War er eifersüchtig? Er und Luca waren miteinander befreundet und teilten sich die Wohnung. *Blödsinn*, schob sie den Gedanken beiseite.

»Über diesen Mann werden ja die reinsten Lobeshymnen gesungen«, sagte Sam.

»Und keine davon ist übertrieben. Das kann ich dir versprechen. Ihr müsst unbedingt mal vorbeikommen und bei uns essen«, lud sie die beiden ein. »Luca ist wirklich ein Meister seines Fachs und überrascht mich immer wieder mit köstlichen Gerichten.«

»Warum nicht?« Sam sah erst ihren Mann und dann Jools fragend an.

»Von mir aus gern«, lächelte er.

»Dann ist es abgemacht«, nickte Jools zufrieden.

Ihr Blick glitt über die Bucht. Es war das erste Mal seit ihrer Ankunft in Fleetwood Cove, dass sie entspannt in einem Restaurant saß und sich treiben ließ. Sie genoss jede Minute davon.

5. Kapitel

Es war spät am Nachmittag, als sie die Rechnung verlangten. Das Meer glitzerte wie eine Diamantendecke. Die Sonne stand tief am Horizont. Die kleine Mauer entlang der Uferpromenade warf ihre langen Schatten auf den goldgelben Sand. Die Flut hatte bereits eingesetzt und das Meer eroberte sich seinen Platz am Strand zurück. Die letzten Wasserratten packten ihre Sachen zusammen, um sich langsam auf den Heimweg zu machen. Es herrschte eine friedliche Stimmung.

»Was für ein glücklicher Zufall, dass wir uns getroffen haben«, sagte Sam lächelnd.

»Dabei wollte ich nur zur Post«, lächelte Jools. »Und schwupp, habe ich euch kennengelernt.« Dadurch, dass sie den ganzen Tag im Hotel verbrachte, war ihr Freundeskreis noch relativ klein. Genau genommen waren es nur Emily, Luca, Lily und Rose. Aidan hatte bisher nicht dazugehört.

»Merke: Du solltest öfter mal die Post wegbringen«, schmunzelte Aidan.

»Das scheint mir auch ganz so«, freute sie sich.

»Mist!«, rief Bryan plötzlich.

»Was ist los, Schatz?« Sam sah ihren Mann verwundert an.

»Ich habe meinen Neoprenanzug in der Umkleidekabine hängen gelassen.«

»Das ist wieder mal typisch.« Sam fuhr ihrem Mann durch die Haare.

»Ich glaube, ich sollte lieber schnell nach unten gehen, bevor sie die Station schließen.« Bryan stand auf. »Es war wirklich nett mit euch und ich hoffe, dass wir das bald wiederholen können.« Er reichte Jools die Hand zum Abschied.

»Ich komme mit.« Sam erhob sich schwerfällig von ihrem Stuhl. Sofort war Bryan an ihrer Seite, um ihr zu helfen. Es war rührend, wie er sich um seine schwangere Frau kümmerte.

Sam beugte sich zu Jools und gab ihr einen Kuss auf die Wange. »Es war schön, dich kennenzulernen.«

»Finde ich auch. Falls wir uns vorher nicht mehr sehen …« Jools deutete auf Sams Bauch. »Viel Glück.«

»Danke, aber bis dahin dauert es ja noch ein bisschen.« Sam strich mit einem seligen Lächeln über ihren Bauch.

»Es war cool, dich mal wieder auf dem Wasser zu treffen.« Bryan und Aidan klatschten sich mit den Händen ab.

»Geht mir genauso«, nickte Aidan lässig.

Bryan hakte sich bei seiner Frau unter. »Bis bald, Leute.« Und an seine Frau gewandt: »Komm, Ente.«

Kichernd gab Sam ihm einen Stoß. »Daran bist du schuld, also beschwer dich nicht!«

Unschlüssig blieb Jools stehen und sah den beiden hinterher.

»Und was machen wir zwei Hübschen jetzt?« Aidan sah sie fragend an.

»Ich wollte eigentlich zurück ins Hotel fahren.«

»Hast du Lust, diesen schönen Tag bei einem Glas Wein ausklingen zu lassen?«

Überrascht blickte sie zu ihm hoch. Ihre Augen trafen sich und sofort schnellte ihr Puls nach oben. Schon den ganzen Nachmittag war sie sich seiner Nähe nur allzu bewusst gewesen. Eine innere Stimme warnte sie davor, mit ihm zu gehen.

»Fragst du mich etwa nach einem Date?« Ihr Herz schlug schneller.

»Ich hätte es zwar nicht so bezeichnet, aber ja.« Seine Augen versenkten sich in ihre.

»Warum nicht?«, sagte sie schließlich entgegen aller Vernunft.

Ein Lächeln huschte über sein markantes Gesicht. Mist! Vielleicht hätte sie ihn doch länger zappeln lassen sollen, anstatt gleich einzulenken.

»Gut. Ich schlage vor, du fährst mir hinterher.«

»Wo willst du hin?« Sie hatte damit gerechnet, dass sie irgendwo in Broad Haven einkehren würden.

»Lass dich einfach überraschen.«

»Ich hasse Überraschungen.«

»Das macht nichts, damit kann ich leben.« Wieder dieses selbstsichere Lächeln.

»Aber ich nicht.« Sie stemmte die Hände in die Hüfte.

»Ach, stell dich nicht so an.« Er schnappte sich ihre Hand und zog sie hinter sich her.

»Hey, lass los. Ich komm ja schon«, protestierte sie lachend. Sofort lockerte sich sein Griff und sie glaubte, ein belustigtes Bedauern in seinen Augen zu erkennen.

Sie gingen zum Parkplatz.

»Wo ist eigentlich Max?« Max war Aidans Hund. Das letzte Mal, als sie hier gewesen war, war er seinem Herrchen nicht von der Seite gewichen.

»Bei meinem Vater.« Sie hatten den Parkplatz erreicht. »Ich kann Max unmöglich die ganze Zeit, während ich auf dem Wasser bin, allein am Strand lassen.«

»Klar.« Jools nickte. Sie hatte nie ein Haustier besessen, obwohl sie sich immer sehnlichst einen Hund gewünscht hatte. Ihre Eltern waren dagegen gewesen. Sie spielte mit dem Gedanken sich in absehbarer Zukunft einen Hund zuzulegen, aber dafür musste sie erst mit Emily darüber sprechen.

Aidans Rover stand keine zehn Meter von ihrem Mini entfernt.

»Gehört der Frosch dir?« Er machte eine Kopfbewegung in Richtung des knallgrün lackierten Minis. Seine Mundwinkel zuckten belustigt. Sie selbst war nicht begeistert von der Farbe gewesen, als die Frau vom Autoverleih ihr das Auto übergeben hatte, aber mittlerweile hatte sie sich daran gewöhnt.

»Der Frosch ist schneller, als du denkst.«

»Keine Chance gegen mein Baby hier.« Er lachte sein herrlich heiseres Lachen. Sein Blick fiel auf den Horizont. »Wenn wir es noch rechtzeitig bis zum Sonnenuntergang schaffen wollen, sollten wir uns beeilen.« Er deutete auf das Meer, wo die Sonne wie eine reife Orange am Himmel hing.

»Ich bin so weit und folge meinem Herrn und Meister, so schnell ich kann«, piepste sie und drückte den Rücken durch, sodass ihre Brüste vorteilhaft zur Geltung kamen.

»So ist es gut.« Aidan nickte zufrieden. Seine Augen ruhten auf ihrem Dekolleté, wie sie mit Genugtuung feststellte. »So mag ich die Frauen.«

»Manchmal kannst du ein richtiges Arschloch sein, weißt du das?«, entgegnete sie mit gespieltem Entsetzen.

»Und du eine richtige amerikanische Zicke«, konterte er grinsend.

»Gut, dann sehen wir uns gleich.« Sie ließ sich auf den Fahrersitz gleiten und schlug Aidan die Tür vor der Nase zu.

Er grinste sie schief durch die Scheibe an. Sie streckte ihm die Zunge raus. Kopfschüttelnd ging er davon.

Mit klopfendem Herzen startete sie den Motor, rollte langsam vom Parkplatz und folgte dem Rover. Ihr Blick fiel auf die Uhr im Armaturenbrett. Emily machte sich bestimmt schon Sorgen, wo sie blieb. Jools holte mit der freien Hand ihr Smartphone aus der Tasche und drückte auf die Wiederwahltaste.

Es klingelte.

»*Fleetwood on Sea*, Sie sprechen mit Emily. Was kann ich für Sie tun?«, flötete Emilys freundliche Stimme durchs Telefon.

»Em, hier ist Jools.«

»Wo steckst du? Ich habe mir Sorgen gemacht.«

»Entschuldige bitte, ich bin aufgehalten worden«, erklärte sie knapp.

»Aufgehalten?« Emily klang verwundert.

»Na ja«, druckste sie. »Ich habe Aidan am Strand getroffen und mit ihm und ein paar Freunden einen Kaffee getrunken.«

»Aha!« Sie konnte förmlich sehen, wie Emily das Gesicht verzog.

»Das war wirklich rein zufällig! Ich habe den Kitern am Strand zugeschaut und plötzlich kam er aus dem Wasser. Ich hatte keine Ahnung, dass er kitet.«

»Jetzt weißt du es«, entgegnete Emily trocken. »Wann kommst du nach Hause?«

»Deshalb rufe ich an. Aidan hat mich noch auf einen Wein eingeladen.«

»Interessant! Ich dachte, du kannst ihn nicht leiden«, stichelte Emily belustigt.

»Mach dich nur lustig über mich«, schnaubte sie. »Er hat mich gefragt, ob ich mit ihm einen Wein trinken gehe, und nicht, ob ich mit ihm ins Bett hüpfe.«

»Das kommt bei Aidan auf das Gleiche raus!«, kicherte Emily.

»Manchmal bist du echt bescheuert.«

»Du wirst sehen, dass ich recht habe!« Jools hörte leise Stimmen im Hintergrund. »Liebe Grüße von Luca.«

»Liebe Grüße zurück.« Sie verdrehte die Augen. Es wäre ihr lieber gewesen, wenn ihr Treffen mit Aidan unbemerkt geblieben wäre.

»Mache ich. Ich muss jetzt auflegen, da kommen gerade neue Gäste. Bis später.« Emily machte eine Pause. »Und tu nichts, was ich nicht täte!« Leises Kichern.

»Hey, was willst du denn damit sagen?«

»Genau das, was du denkst. Bis später!«

Jools legte auf. Nachdenklich sah sie nach vorn. Durch das Fenster konnte sie Aidans Kopf sehen. Sie dachte an Emilys Worte.

Hätte sie besser umkehren und seine Einladung ausschlagen sollen? *Blödsinn! Es ist doch nur ein Glas Wein*, wischte sie die Bedenken weg.

Keine zehn Minuten später hielt Aidan in dem Yachthafen von Fleetwood Cove. Jools warf einen kurzen prüfenden Blick in den Rückspiegel. Ihre Augen leuchteten ihr strahlendblau entgegen und um ihren Mund lag ein Lächeln. Sie hatte vergessen, sich mit Sonnenschutz einzucremen, und ihre Wangen und die Nasenspitze waren dementsprechend von der Sonne leicht gerötet. Mist! Ihr Make-up, mit dem sie den Schaden hätte vertuschen können, lag zu Hause.

Sie zupfte ein paar Haarsträhnen zurecht und stieg aus. Einige Spaziergänger schlenderten gemütlich die Hafenmole zum Strand entlang. Zu ihrer Erleichterung war niemand dabei, den sie kannte. In einem kleinen Dorf wie Fleetwood Cove würde sich die Neuigkeit, dass die Besitzerin des *Fleetwood on Sea* zusammen mit dem Eigentümer des *Fisherman's Supplies* gesichtet worden war, ausbreiten wie ein Lauffeuer. Sie wollte unnötigen Klatsch und Tratsch vermeiden.

»Wenn wir uns beeilen, schaffen wir es gerade noch rechtzeitig zum Sonnenuntergang.« Aidan kam auf sie zu.

»Was immer es ist, das du vorhast: Ich würde es ungern verpassen«, lachte sie.

Aidan nahm ihre Hand und zog sie zu sich. »Komm.«

Sie nickte stumm.

Er führte sie fast bis an das Ende der Hafenmole, wo die *Sea Gull* festgemacht war. Obwohl Aidans Fischerboot nicht die Eleganz eines Sportbootes hatte, wirkte es trotzdem schnittig. Der Rumpf war unterhalb der Wasserlinie in einem leuchtenden Blau gestrichen. Gummireifen waren seitlich am Rumpf befestigt, um zu verhindern, dass das Boot Schaden nahm, wenn es gegen die Mauer gedrückt wurde. Die weiße Kajüte war gut drei Meter hoch und befand sich im Heck. Zwei Holzmasten ragten in die Höhe, von denen unzählige Taue und Seile abgingen, deren Funktion Jools nicht kannte. Von dem größeren Mast vorn im Bug gingen zwei Bäume seitlich ab, an denen jeweils ein zusammengebundenes Fischernetz hing. Ganz oben auf der Mastspitze war ein Radar angebracht. Alles sah hochkompliziert aus und sie fragte sich, wie Aidan allein damit zurechtkam.

»Es ist zwar keine schicke Yacht«, hörte sie ihn sagen, »aber ein gutes Boot, das mir schon seit Jahren treue Dienste leistet.« Er ließ ihre Hand los und machte sich an dem Tau zu schaffen, das um den Poller gewickelt war.

»Was hast du vor?« Jools sah ihn mit großen Augen an.

»Wonach sieht es aus?« Er grinste sie breit an. »Ich wette, du hast noch nie den Sonnenuntergang vom Meer aus gesehen.«

Jools' Blick wanderte ungläubig zum Boot. »Hast du etwa vor, mit dem Ding da«, sie deutete auf das Boot, »aufs Wasser hinauszufahren?«

Der blaue Rumpf des Fischerbootes ragte zwei Handbreit aus dem Wasser und schaukelte sanft wie ein Wiege hin und her.

Aidan lachte herzhaft auf. »Was hast du denn gedacht? Ich bin jeden Tag mit dem *Ding*, wie du es nennst, auf dem Wasser.«

»Ich kann das nicht!« Sie schüttelte entsetzt den Kopf. »Ich werde auf der Stelle seekrank, wenn ich nur ein Boot betrete. Ich kann unmöglich mit dir da drauf. Tut mir leid.«

»Jools«, umgarnte seine samtweiche Stimme sie. »Ich verspreche dir, dass dir nicht schlecht wird.« Mit zwei Schritten war er wieder bei ihr.

»Wie willst du das verhindern?« Instinktiv hielt sie die Luft an.

»Dafür gibt es eine ganz einfache Methode!«, entgegnete er rau.

Bevor sie wusste, wie ihr geschah, schlang Aidan seinen Arm um ihre Taille und zog sie an sich. Ihre Augen trafen sich und die Welt um sie herum blieb stehen. Sie spürte, wie sein heißer Atem ihre Wangen streichelte, und das Blut rauschte in ihren Ohren. Das goldene Sonnenlicht spiegelte sich in seinen Augen wider, wie bei einer Raubkatze. Den Bruchteil einer Sekunde später drückte er seine Lippen auf ihre. Sie schnappte nach Luft und seine Zunge glitt in ihren Mund. Er schmeckte herrlich wild nach Bier und seinem ureigenen Geschmack. Sie vergaß die Menschen um sie herum, das Meer und den Grund, warum sie gekommen waren. Es gab nur noch sie und ihn. Ihre Zungen spielten miteinander. Seine Hand glitt ihren Rücken entlang nach unten bis zu ihrem Po, wo sie liegen blieb. Er hielt sie fest umschlungen und ihre Brüste wurden gegen seinen harten Oberkörper gepresst. Sie gab sich völlig den Gefühlen hin, die Aidan in ihr erweckte. Ihr ganzer Körper schien zu vibrieren.

So unerwartet, wie er sie in den Arm genommen hatte, so plötzlich ließ er sie wieder los. Sie blinzelte, um Fassung ringend. Alles um sie herum war verschwommen. Hätte er sie nicht gehalten, wäre sie gefallen. Ihre Augen suchten die seinen. Sie zuckte, als sie die Leidenschaft darin sah. Eine verräterische Wärme wanderte über ihr Gesicht und sie senkte den Kopf, damit er nicht sah, wie sie rot wurde.

»Das sollte genügen«, nickte Aidan zufrieden, als wäre der Kuss nur ein Spiel für ihn gewesen.

»Was?« Sie schüttelte verwirrt den Kopf.

»Um dich abzulenken.« Ein unverschämtes Lächeln spielte um seinen Mund.

»Aber …« Sie schnappte empört nach Luft.

»Los, komm!«, drängte Aidan und nahm ihre Hand. »Wenn wir uns nicht beeilen, verpassen wir den Sonnenuntergang.«

Stumm folgte sie ihm bis zum Rand der Mauer, immer noch damit beschäftigt, das Durcheinander ihrer Gefühle zu sortieren. Hatte er sie wirklich nur geküsst, um sie abzulenken? Oder war ihre Seekrankheit nur ein Vorwand gewesen, um sie zu küssen? Dieser Mann war mit allen Wassern gewaschen und sie musste aufpassen, dass sie nicht in sein Fahrwasser geriet. Aidan ließ ihre Hand los und sprang mit einem eleganten Satz auf das Boot.

»Jetzt du!«, winkte er sie zu sich.

Der Abstand zwischen Boot und Mauer betrug gut einen Meter. Dazwischen glitzerte das dunkelblaue Wasser. Sie zögerte.

»Komm schon«, rief er erneut. »Ich fang dich auf.«

Jools holte tief Luft, dann drückte sie sich mit den Füßen vom Boden ab. Aidans muskulöse Arme umfingen sie, als sie sicher auf dem Deck landete. Sofort schnellte ihr Puls in die Höhe.

»Willkommen auf der *Sea Gull.*« Er machte eine ausladende Handbewegung. »Ich bin gleich wieder bei dir. Fühl dich so lange wie zu Hause.«

Jools nickte. Ihre Augen wanderten über das Deck. Die Holzplanken glänzten golden in der Abendsonne. Alles wirkte blitzblank sauber. Ein leichter Geruch nach Fisch und Algen lag in der Luft, was sie nicht störte. Schließlich war es ein Fischerboot und es hätte sie irritiert, wenn es anders gerochen hätte.

»Dann wollen wir mal!« Aidan tänzelte spielerisch nach hinten zum Heck, wo sich die Kajüte befand, als würde er das Schwanken des Bootes gar nicht bemerken. »Halte dich lieber fest, damit du nicht fällst«, wies er sie an.

Sie umklammerte die Reling so stark, dass das Weiße ihrer Knöchel hervortrat. Unsicher folgte sie ihm zum Heck.

Ein schwaches Vibrieren ließ sie hochschrecken und Sekunden später sprang der Motor der *Sea Gull* mit sattem Brummen an.

»Jools!« Aidans Kopf tauchte über ihr hinter der Glasscheibe der Kajüte auf. Er signalisierte ihr, zu ihm zu kommen. Mit wackligen Schritten überquerte sie das Deck. Ihre Hände umklammerten das Geländer, als sie die Treppe nach oben ging. Der Raum war größer, als sie gedacht hatte. Mehrere elektronische Geräte standen nebeneinander in einem weißen Regal. In der Mitte befand sich das Steuer und gleich daneben, in das Pult eingelassen, das Navigationsgerät.

»Hier verbringst du also deine Tage«, lächelte sie.

»Hier und unter Deck«, nickte er, ohne den Blick vom Horizont zu nehmen. Die *Sea Gull* entfernte sich mit überraschender Geschwindigkeit von der Hafenmole. Eine Gruppe Möwen war durch das Geräusch aufgeschreckt worden und flog wütend kreischend, weil man sie in ihrer Ruhe gestört hatte, über das Boot hinweg. Jools' Blick glitt über das Wasser zum Strand. Die bunten Häuser von Fleetwood Cove leuchteten in der Abendsonne. Der Strand schimmerte golden. Einige Spaziergänger schauten interessiert in ihre Richtung. Wahrscheinlich fragten sie sich, warum das Fischerboot noch so spät in See stach. Ein Lächeln huschte über Jools' Gesicht.

»Bist du nie einsam?«, fragte sie leise. Sie musterte ihn verstohlen von der Seite. Das Licht fiel auf sein markantes Gesicht.

»Nein. Ich genieße die Stille und lausche dem Rauschen des Meeres.« Er drehte den Kopf und lächelte sie an. In seinen grünen Augen glitzerten kleine gelbe Punkte wie Gold. Ihr Blick glitt zu seinem Mund, der so wunderbar küssen konnte. Sofort fing ihr Herz wieder an, zu klopfen, und ihre Beine fühlten sich an wie aus Pudding. »Ich komme aus einer Generation von Fischern. Mein Urgroßvater war Fischer, mein Großvater und mein Vater. Meine Mutter hat immer gesagt, dass durch meine Adern mehr Meerwasser als Blut fließt und ich die Verbundenheit mit dem Meer bereits mit der Muttermilch eingesogen habe. Ich habe früher schwimmen als laufen gelernt. Für mich gibt es nichts Schöneres, als morgens aufs Meer hinauszufahren.« Sie bewunderte die Leidenschaft, mit der er sprach. »Dann spiegeln sich noch die Schatten der Nacht über der Bucht und der Nebel überzieht alles, was sich darin verbirgt, wie eine Decke.«

»Das würde ich gern einmal sehen«, sagte sie leise.

Aidan nickte. »Was macht eigentlich deine Übelkeit?«, wechselte er abrupt das Thema.

Jools stieß einen überraschten Laut aus. »Die habe ich total vergessen.« Für einen Moment hielt sie inne und horchte in sich hinein. »Nichts!« Sie lachte laut. »Ich merke nichts. Es geht mir fantastisch. Ich glaube, ich verspüre sogar einen leichten Hunger.«

»Jetzt wirst du aber übermütig!« Seine Augen funkelten vergnügt.

Sie hatten den Hafen hinter sich gelassen. Fleetwood Cove war nur noch ein kleiner bunter Fleck an der Küste. Der Bug der *Sea Gull* glitt gemächlich durch das Wasser.

Für einen Moment herrschte Schweigen zwischen ihnen, begleitet vom Tuckern des Motors. Jools merkte, wie sie sich langsam entspannte und ihr Atem ruhiger wurde. Aidans Blick war starr geradeaus gerichtet. Sie bewunderte seine schlanken Finger, die das Steuer umschlossen hielten.

»Sam und Bryan sind echt nett«, durchbrach Jools das Schweigen.

Aidan nickte. »Die beiden sind neben Emily und Lily meine ältesten Freunde. Bryan war die ganze Zeit an meiner Seite, nachdem Lily mich verlassen hat und meine Mutter gestorben ist. Ihr Tod hat mich ziemlich umgehauen.« Es war das erste Mal, dass er mit ihr über sein Privatleben sprach. Sie warf ihm einen kurzen Seitenblick zu, immer noch damit beschäftigt, die Informationen zu verarbeiten. Lily hatte mit keinem Ton erwähnt, dass Aidans Mutter in der Zeit ihrer Trennung gestorben war.

»Das tut mir leid … das mit deiner Mutter.« Sie suchte nach Worten, die das ausdrücken konnten, was sie gerade fühlte.

Aidan fuhr sich mit der Hand durch die Haare. »Es war für uns alle ein Schock, als die Diagnose Krebs kam. Meine Mutter war ein lebensbejahender, fröhlicher Mensch. Niemand hat damit gerechnet, dass es sie treffen würde.«

Der Schmerz um den Verlust seiner Mutter war ihm deutlich ins Gesicht geschrieben und es schnürte ihr die Kehle zu, ihn so traurig zu sehen. Instinktiv griff sie nach seiner Hand. Als sich ihre Finger berührten, zuckte sie zusammen. Seine Haut fühlte sich glatt und warm an. Ihre Augen suchten die seinen. Die Traurigkeit, die sie darin sah, traf sie mitten ins Herz. Es war die gleiche, die sie empfunden hatte, als ihr Vater gestorben war.

Aidan wandte sich abrupt ab. Jools ließ seine Hand los.

»Meine Eltern waren fünfundzwanzig Jahre miteinander verheiratet und kannten sich, seit sie Kinder waren«, fuhr er mit leiser Stimme fort. Sein Blick wanderte ins Leere. »Es war die große Liebe für beide.«

Jools nickte. »Mein Vater ist auch gestorben. Allerdings waren meine Eltern zu diesem Zeitpunkt bereits lange getrennt«, fing sie an, zu erzählen. »Manchmal glaube ich, dass ein Teil meines Vaters schon weit vorher gestorben ist.«

Aidan zog verwundert die Augenbraue nach oben. »Was meinst du damit?«

»Nachdem sich meine Mutter von ihm getrennt hat, war er nicht mehr derselbe. Es war, als ob sämtliche Fröhlichkeit und Unbeschwertheit aus ihm gewichen waren. Er war immer noch mein Dad, aber ich kam mir so hilflos dabei vor, mit ansehen zu müssen, wie er sich mehr und mehr von der Welt zurückzog. Alles, was von ihm übrig blieb, war ein verbitterter alter Mann.«

Überrascht stellte sie fest, dass sie sich noch nie mit jemandem darüber unterhalten hatte. Nicht einmal mit Dean oder Susan.

Aidan nickte. »Wenn ich eines gelernt habe, dann, dass man sein Leben genießen sollte, so gut man kann, denn man weiß nie, wann einen das Schicksal ereilt. Plötzlich sitzt du in einem Zug, von dem du nicht mehr abspringen kannst und der in eine Richtung fährt, in die du nicht willst.«

Jools nickte.

Aidan stoppte den Motor. Leicht schwankend blieb die *Sea Gull* im Wasser liegen. Im Gegensatz zu heute Nachmittag war es fast windstill.

»Thema ›Leben genießen‹. Ich gehe jetzt nach unten und hole uns etwas zu trinken. Möchtest du mitkommen oder willst du lieber oben bleiben?«

»Wenn du nichts dagegen hast, würde ich gern sehen, wie so ein Fischkutter von innen aussieht«, sagte sie fast schüchtern.

»Aber ich muss dich warnen: Ich bin nicht auf Frauenbesuch eingestellt.«

Sie sah ihn verwundert an. Eigentlich hatte sie damit gerechnet, dass Aidan des Öfteren mit seinen Eroberungen hierherkam.

»Das hier ist ein Fischerboot und keine Liebesfalle«, sagte er lächelnd, als ob er ihre Gedanken erraten hätte.

Sofort spürte sie ein verräterisches Brennen auf ihren Wangen.

Sie folgte ihm über eine kleine Treppe zum unteren Deck. Dabei bewunderte sie sein breites Kreuz und den wohlgeformten Po, der sich deutlich unter der Jeans abzeichnete. Ein wohliger Schauer lief über ihre Haut. Die Holzdielen knarrten leise unter ihren Schritten. Neugierig betrat sie die Kajüte.

Der Raum wirkte weitaus geräumiger, als sie es vermutet hatte. Die Wände waren mit Holz verkleidet und weiß gebeizt, sodass man die Struktur darunter noch erkennen konnte. Durch die zwei großen Bullaugen in den Seitenwänden fiel die Sonne schräg auf die Holzdielen und tauchte alles in weiches Licht. Wenige Schritte neben der Eingangstür befand sich eine gemütliche Sitzecke mit hellen Polstern und einem rustikalen Holztisch davor, der groß genug war, dass man bequem zu viert daran essen konnte. Gegenüber befand sich die kleine Küchenzeile. Die Fronten waren ebenfalls in schlichtem Weiß gehalten. Links davon stand ein Kühlschrank, von dem aus eine zirka zwei Meter lange Arbeitsplatte entlang der Bordwand verlief. In der Mitte der Arbeitsfläche unterhalb des Bullauges war eine Spüle in die Platte eingelassen. Am Ende der Küchenzeile befand sich ein einfacher Gasherd mit vier Kochplatten. Darüber war eine Leiste angebracht, an der die nötigen Küchenutensilien an Haken hingen, sodass sie auch bei stürmischem Wetter nicht durch die Gegend flogen. Jeder freie Zentimeter unter der Arbeitsplatte war mit Schränken ausgefüllt, in denen sie weiteres Kochzubehör vermutete. Seitlich der Küche war ein Regal an der Wand befestigt, in dem sich Teller, Tassen und Gläser befanden. Alles war ordentlich und sah aufgeräumt aus. Nirgends war dreckiges Geschirr zu entdecken, wie sie es eigentlich von einem Junggesellen wie Aidan erwartet hatte.

»Was möchtest du trinken?«, fragte er. »Ich hätte einen warmen Weißwein oder eisgekühltes Bier zur Auswahl.«

»Obwohl der warme Weißwein absolut verlockend klingt, hätte ich gern ein Bier«, schmunzelte sie. Er hatte Humor, das gefiel ihr.

»Dem schließe ich mich an.« Aidan öffnete den Kühlschrank und holte ihnen zwei Bier heraus. Es zischte leise, als er die Flaschen öffnete.

»Möchtest du ein Glas?« Er sah sie fragend an.

»Pah.« Sie schürzte verächtlich die Lippen. »Bier aus dem Glas geht gar nicht! Her mit der Flasche!« Sie machte eine fordernde Handbewegung.

»Ich sehe schon, ich hab es mit einem echten Profi zu tun«, grinste Aidan.

»Yep«, nickte Jools und streckte ihm ihre Flasche entgegen.

»Peilung, Achtung!« Aidan hob den Arm mit der Flasche an. Grinsend folgte Jools seinem Beispiel. »A. Null.« Aidan setzte die Flasche an den Mund.

»Halt!«, hielt sie ihn zurück.

Aidan stutzte.

»A. Null?« Jools runzelte die Stirn. »Was ist denn das für ein blöder Trinkspruch?«

»Den habe ich von meinem Vater, der ist in seiner Jugend bei der Marine zur See gefahren«, entgegnete Aidan mit ernstem Gesicht.

»Also da kenne ich einen besseren«, sagte Jools prompt.

»Und der wäre?«

»Bist du nach dem Kotzen blind, war zu stark der Gegenwind!« Jools grinste schief.

Aidan brach in schallendes Gelächter aus, das ihr Herz höherschlagen ließ. »Woher hast du denn den?«

»Den habe ich in einem Buch gelesen und fand ihn ziemlich gut. Deshalb habe ich ihn mir gemerkt.«

Klirrend stießen sie die Flaschen aneinander. Das Bier lief ihr herrlich kühl die Kehle hinunter.

»Ah. Das tut gut!« Zufrieden fuhr sie sich mit der Zunge über die Lippen.

Aidan warf einen Blick auf seine Uhr. »In zehn Minuten geht die Sonne unter«, teilte er ihr mit.

»Dann sollten wir uns mit dem Rundgang beeilen«, entgegnete sie.

»Na dann mal los.«

Er nahm sie an die Hand. Sie gingen durch einen schmalen Durchgang in den hinteren Teil der Kajüte.

»Hier ist das Badezimmer.« Aidan machte bei dem Wort mit den Fingern kleine Gänsefüßchen in der Luft. Er drückte eine Tür auf.

Neugierig streckte Jools den Kopf in den Raum. Das Bad war winzig klein und eine Kombination aus Toilette und Dusche. Gegenüber von der Tür befand sich ein Waschbecken und rechts davon eine Nasszelle zum Duschen. Die Toilette war links neben der Tür und bot gerade so viel Platz, dass man mit den Knien nicht an die Wand stieß, wenn man sich setzte. Ein winziges Bullauge sorgte für das nötige Licht im Raum.

»Nicht eben luxuriös, aber zum Waschen ausreichend.« Aidan klang fast entschuldigend.

Der Boden schwankte leicht und sie spürte, wie sich ihr Magen nervös zusammenzog. Sie schluckte hart.

»Alles okay mit dir?« Aidan sah sie besorgt an.

»Jaja. Mein Magen hat sich nur kurz zu Wort gemeldet.«

»Vielleicht sollte ich dich wieder küssen«, sagte Aidan zwinkernd.

»Lieber nicht«, winkte sie betont lässig ab. Sie hoffte, dass er das leichte Zittern in ihrer Stimme nicht bemerkte.

»Das hier ist meine Junggesellenhöhle.«

Sofort hatte sie Bilder von einem mit Spiegeln ausgekleideten Raum und roter Bettwäsche im Kopf. Aidan drückte die schmale Tür auf und sie betrat stattdessen einen kleinen Raum mit weißen Wänden und einem gemütlich aussehenden Bett in der Mitte.

»Du Witzbold.« Sie gab ihm einen sanften Stoß.

»Was hast du denn erwartet?« Seine Mundwinkel zuckten verdächtig. »Rote Bettlaken und eisgekühlten Champagner neben dem Bett?«

»Du weißt genau, was ich erwartet habe. Dein Ruf eilt dir schließlich voraus.«

»Aha«, war alles, was er sagte.

Er stand plötzlich sehr dicht bei ihr. Sie spürte die unglaubliche Wärme, die von seinem Körper ausging. Jools schluckte trocken. Was war nur los mit ihr? Unwillkürlich musste sie an den Kuss denken, was zur Folge hatte, dass ihr Magen kleine Kapriolen schlug und ihr Puls raste.

»Ich glaube, ich sollte wieder nach oben«, sagte sie hastig.

Aidan zog fragend die Augenbrauen hoch. »Ist dir schlecht?«

»Ein bisschen«, log sie.

»Dann lass uns lieber nach oben gehen, da ist es meist besser.«

Mit klopfendem Herzen folgte sie ihm an Deck.

»Wahnsinn!«, stieß sie überrascht aus, als sie nach draußen trat.

Die Sonne hing dicht über dem Horizont und der Himmel leuchtete von dunkelrot bis rosa. Die Oberfläche des Meeres glitzerte, als hätte jemand unzählige Wunderkerzen an der Oberfläche entzündet. Die Bucht von Fleetwood Cove war in einen Schleier aus Seenebel gehüllt. In der Ferne strahlte das Grün der Landschaft und mittendrin schimmerten die weißen Mauern vom *Fleetwood on Sea* wie eine Perle.

»Wow«, flüsterte sie ehrfürchtig beim Anblick der Schönheit der Landschaft. Aidan stand dicht hinter ihr. »Das ist …« Ihr fehlten die Worte.

»Du hast mich gefragt, ob ich manchmal einsam bin«, raunte er. »Für Momente wie diesen ist Einsamkeit ein geringer Preis.«

Er schlang seinen Arm um ihre Taille und zog sie an sich heran. Sie schmiegte sich mit dem Rücken gegen seinen Körper, ohne den Blick von dem Schauspiel zu nehmen, das die Natur ihnen bot. Ihr Herz hämmerte wie verrückt gegen ihre Brust, sodass sie Angst hatte, es könnte herausspringen. Regungslos standen sie aneinander gekuschelt, ohne ein Wort zu sagen, während die Sonne blutrot im Meer versank und die Helligkeit, die sie umgab, mit sich zog.

Sie spürte, wie sich sein Brustkorb beim Atmen hob und senkte. In ihrem ganzen Körper prickelte es. Sie sehnte sich nach seinem Kuss. Für den Bruchteil einer Sekunde fragte sie sich, wie sich seine Haut anfühlte.

Eine Möwe flog kreischend über sie hinweg. Jools folgte ihr mit den Augen, bis die Dämmerung die Konturen des Vogels vollends verschluckt hatte. Der letzte Rest der Sonne war verschwunden. Alles, was noch an sie erinnerte, waren die roten Streifen am Horizont.

»Und? Habe ich zu viel versprochen?«, flüsterte ihr seine Stimme ins Ohr.

Jools schüttelte stumm den Kopf. »Es ist einfach nur wunderschön.«

Seine Hand fuhr an der nackten Innenseite ihres Unterarms entlang, bis kurz vor ihren Achseln. Sie zitterte unter seinen Berührungen und konnte nur mit Mühe ein leises Stöhnen unterdrücken.

»Jools.« Es klang wie das Flüstern des Windes, als er ihren Namen aussprach.

Wie in Zeitlupe drehte sie sich zu ihm um. Seine Augen hatten die Farbe wie das Meer an besonders stürmischen Tagen. Die blonden Haare waren zerzaust und sie entdeckte winzige Salzkrusten in den Spitzen. Ohne ein Wort zu sagen, strich er ihr mit dem Zeigefinger über ihre Lippe. Ihre Lider flatterten, als sie erwartungsvoll die Augen schloss.

Küss mich, küss mich, flüsterte die Stimme in ihrem Kopf. Ihr Körper sehnte sich nach seinen Berührungen.

Seine Haarspitzen kitzelten sie auf der Wange, als er sich zu ihr beugte. Sie hörte, wie er tief die Luft einsog.

»Du riechst wie eine Sommerwiese voller Wildblumen.« Seine Lippen berührten sie sanft an der empfindlichen Stelle im Nacken. Schauer der Erregung liefen über ihre Haut. Sein warmer Mund strich ihren Hals entlang. Sie spürte, wie seine feuchte Zungenspitze eine kalte Spur auf ihrer Haut hinterließ.

Er schien die Kunst der Verführung nahezu perfekt zu beherrschen. Ihr Verstand riet ihr, ihn zu stoppen, aber stattdessen legte sie den Kopf leicht schräg, damit seine Lippen ihren Nacken fanden. Sein Mund wanderte zu ihrer Halsbeuge. Als er mit den Zähnen vorsichtig an der zarten Haut knabberte, entwich ihr ein leises Stöhnen. Ihr Puls schnellte in ungeahnte Höhen. Er neckte sie mit kleinen Bissen, um sie Sekunden später wieder zu küssen. Seine Hand glitt über ihren Nacken und packte ihre Haare. Sein Mund begann an ihrem Ohrläppchen zu saugen, und brachte sie damit fast um den Verstand. Ihre Ohren waren schon immer ihr Schwachpunkt gewesen. Seine Zunge spielte mit ihrem Ohrläppchen und fuhr die sanften Linien ihrer Ohrmuschel nach. Seine Liebkosungen ließen sie alles um sie herum vergessen. Seine freie Hand bewegte sich von ihrer Taille nach oben. Seine Fingerspitzen berührten die Rundungen an der Außenseite ihrer Brust. Sofort stellten sich ihre Brustwarzen erwartungsvoll auf, um ihn willkommen zu heißen. Sein Mund streifte ihren Nacken und bedeckte jeden Millimeter der zarten Haut mit heißen Küssen. Sein Daumen strich wie zufällig über ihre Brust. Jede Nervenfaser ihres Körpers war gespannt und erwartete freudig seine nächste Berührung. Sie spürte, wie sein stoppliges Kinn an ihrer weichen Haut entlangglitt. Sie stöhnte leise. Es schien fast, als hätte er Spaß daran, sie zu quälen und warten zu lassen. Seine Zunge leckte über ihren Hals. Überrascht sog sie die Luft ein. Eines musste man Aidan Turner lassen: Er wusste, wie er eine Frau gefügig machen konnte. Seine Küsse weckten in ihr das Verlangen nach mehr.

Völlig unerwartet ließ er ihre Haare los, die er die ganze Zeit fest in seiner Hand gehalten hatte, und sein Mund zog sich von ihr zurück. Sie brauchte einen Moment, bis sie verstand, dass er sein kleines Liebesspiel beendet hatte.

Regungslos blieb sie stehen, darum bemüht, ihren Herzschlag zu beruhigen. Wie in Trance öffnete sie blinzelnd die Augen. Bis auf das leise Plätschern des Wassers war es absolut still. Das wenige Restlicht ließ alles um sie herum zu einer konturlosen grauen

Masse verschwimmen. In der Ferne tanzten die Lichter von Fleetwood Cove wie Glühwürmchen in der Nacht.

Sie holte tief Luft und drehte sich langsam zu ihm, sodass sie sein Gesicht sehen konnte. Seine hellen Augen stachen aus der Dunkelheit, die sie umgab, hervor. Einem Impuls folgend, streckte sie die Hand aus und strich ihm sanft über die Wange. Sie spürte die feinen Stoppeln seines Dreitagebarts unter ihren Fingerspitzen. Ihr Körper brannte vor Verlangen nach ihm. Sie war noch völlig benommen von dem, was gerade zwischen ihnen passiert war. Ein Teil von ihr wollte mehr und der andere Teil hatte Angst davor, was folgen würde, wenn sie sich ihm hingab. Sie wollte keine Affäre mit einem Mann, der sie mit gebrochenem Herzen zurücklassen würde, wenn er ihrer überdrüssig war. Und Aidan war genau so ein Mann. Sie musste dem Ganzen ein Ende setzen, bevor ihre Hormone die Oberhand gewannen und sie nicht mehr klar denken konnte.

»Aidan …«, setzte sie an.

Er sah sie lächelnd an und sie fragte sich, ob er das gleiche Verlangen in ihren Augen sah.

»Ich denke, wir sollten aufhören«, stieß sie keuchend hervor. »Bevor etwas passiert, das wir beide bereuen könnten.«

Sie sah, wie seine Kiefermuskeln arbeiteten. Er sog scharf die Luft ein, dann entließ er sie abrupt aus seinen Armen. Sofort umfing sie die kühle Abendluft und sie vermisste seine Wärme fast schmerzlich.

»Wie kommst du darauf, dass zwischen uns etwas passieren könnte?«, stieß er mit zynischem Unterton hervor.

»Na ja, ich hatte den Eindruck, es würde dir gefallen«, stotterte sie leicht verunsichert.

»Stimmt, aber wir wissen doch beide, dass das nur ein Spiel ist.« Seine Augen zogen sich für den Bruchteil einer Sekunde zusammen.

»Ein Spiel. Richtig«, log sie. Ihre Wangen brannten vor Scham.

»Dann sind wir uns doch einig«, nickte er und machte auf dem Absatz kehrt.

Sie wollte ihm antworten, dass sie es nicht so gemeint hatte, aber Aidan war bereits in der Kajüte verschwunden. Sekunden später sprang der Motor an und die *Sea Gull* tuckerte in Richtung Hafen. Stumm blieb sie neben der Reling stehen und wartete darauf, dass ihr Herzschlag sich beruhigte.

Bis auf ein paar Belanglosigkeiten hatten sie kein Wort mehr miteinander gesprochen. Jools hatte neben der Reling gestanden und auf das Wasser gestarrt, während Aidan das Schiff sicher zurück in den Hafen gesteuert hatte. Die ersten Lichter des Ortes tauchten vor ihnen auf und Aidan drosselte den Motor.

Jools kniff die Augen zusammen, um etwas zu erkennen. Ein hochgewachsener Mann stand auf der Hafenmole, neben ihm saß ein Hund. Aidans Erzählungen nach musste das sein Vater sein. Anscheinend erwartete er sie schon.

Aidan legte seitlich der Mole an, stoppte den Motor und kam aus der Kajüte. Sofort eilte die Gestalt herbei und nahm das Tau entgegen, das Aidan ihr zuwarf.

»Hi, Dad!«, hallte Aidans Stimme über das Wasser.

Lautes Bellen ertönte. Offensichtlich hatte Max, Aidans Hund, die Stimme seines Herrchens erkannt.

Neugierig betrachtete sie den älteren Mann. Sie hatte ihn bereits einmal bei ihrem ersten Besuch in Fleetwood Cove gesehen, aber nicht gewusst, wer er war.

»Junge, was machst du so spät noch draußen?«

Jools sah, wie Aidans Vater das Tau mit geübten Bewegungen um den Poller wickelte. Es war deutlich zu erkennen, dass Vater und Sohn ein eingespieltes Team waren.

»Wir haben einen Ausflug gemacht«, erklärte Aidan knapp.

»Wir?« Aidans Vater runzelte die Stirn.

Jools stand noch immer am Heck, geschützt durch die Kajüte.

»Ich würde dir gern meinen alten Herrn vorstellen.«

Sie nickte erleichtert. »Klar.«

Sie sah, wie die Augen von Aidans Vater freudig aufleuchteten, als er Jools an der Seite seines Sohnes erblickte.

Aidan ging als Erster von Bord, um ihr beim Aussteigen behilflich zu sein. Galant reichte er ihr die Hand und fing sie auf. Max kam bellend zu ihnen. Aidan strich dem australischen Schäferhund über sein geschecktes Fell.

»Darf ich vorstellen, Dad, das ist –«

»Jools Miller. Die neue Besitzerin des *Fleetwood on Sea*. Ich weiß«, nickte Aidans Vater, und an sie gewandt: »Es ist mir eine Freude, dass wir uns endlich kennenlernen. Ich bin Ben.«

Die Ähnlichkeit zwischen Vater und Sohn war kaum zu übersehen. Die gleichen markanten Gesichtszüge und die gleichen ausdrucksvollen Augen. Die einzigen Unterschiede waren die unzähligen Fältchen, die das Gesicht des Mannes wie das Netz einer Melone überzogen, und die grau melierten Haare.

»Hab schon viel von dir gehört.« Lächelnd reichte der ältere Mann ihr die Hand. Sie spürte die Schwielen, wie sie nur Menschen hatten, die ihr Leben lang körperlich gearbeitet hatten.

»Hallo Ben. Das ist der Nachteil, wenn man neu in einer Stadt ist. Jeder scheint einen zu kennen, nur man selbst hat keine Ahnung.« Sie lachte laut auf.

Der alte Herr schmunzelte. »Fleetwood Cove ist ein winziges Fischerdorf, in dem nichts geheim bleibt.«

»Das ist mir auch schon aufgefallen.« Sie warf einen kurzen Seitenblick zu Aidan, der interessiert das Gespräch zwischen ihr und seinem Vater verfolgte.

»Du hast also einen Ausflug mit meinem Sohn gemacht …« Aidans Vater musterte sie neugierig.

»Der Ausflug war Aidans Idee«, erklärte sie. »Er wollte mir den Sonnenuntergang vom Meer aus zeigen.«

»Gut gemacht, Junge.« Ben klopfte Aidan wohlwollend auf die Schulter. »Hübsches Mädel für einen Ausflug aufs Meer.«

»Dad!« Aidans Stimme klang vorwurfsvoll.

Jools musste sich Mühe geben, nicht zu lachen. Es war herrlich, mit anzusehen, wie aus dem selbstbewussten Mann in der Gegenwart seines Vaters plötzlich ein kleiner Junge wurde.

»Ist doch wahr.« Aidans Vater gab seinem Sohn einen Stoß.

Jools konnte nicht anders und brach in schadenfrohes Gelächter aus.

»Ich weiß gar nicht, was daran so komisch ist«, brummte Aidan.

Max kam zu ihr und presste sich Aufmerksamkeit heischend gegen ihr Bein.

»Na, mein Hübscher«, murmelte sie und ging in die Hocke. »Erinnerst du dich noch an mich?«

Sie fuhr ihm mit der Hand über das weiche Fell am Rücken. Max wedelte freudig mit dem Schwanz, als ob er sie verstanden hätte.

»Max wäre ein ziemlich dummer Hund, wenn er eine schöne Frau wie dich vergessen würde.« Ben lächelte und seine Augen blitzten vergnügt.

»Wenn du mir weitere Komplimente machst, werde ich rot.« Sie schenkte ihm ihr bezauberndstes Lächeln.

»Dass ich alter Knochen eine Frau wie dich zum Erröten bringe, ist für mich eine Auszeichnung.« Ben lachte, dabei bebte sein ganzer Körper.

»Alles in Ordnung bei dir, Dad?«, schaltete sich Aidan in die Unterhaltung ein.

»Könnte nicht besser sein. Ich habe gerade das Abendbrot vorbereitet. Ich würde mich freuen, wenn ihr mir Gesellschaft leisten würdet.«

»Jools wollte eben gehen«, kam ihr Aidan zuvor. Ben sah ihn überrascht an.

»Ehrlich gesagt würde ich gern mit zu Abend essen«, fiel sie ihm in den Rücken. Sie sah, wie Aidans Mundwinkel zuckte.

»Ich würde mich freuen.« Ben tätschelte Jools am Arm. Sie schluckte. Der ältere Mann erinnerte sie ein wenig an ihren eigenen Vater.

»Ich fühle mich geehrt.« Jools grinste Aidan siegessicher an. Wenn er gedacht hatte, er könnte sie so einfach loswerden, hatte er sich geschnitten.

»So ist es gut«, nickte Ben zufrieden. »Erwarte nichts zu Großes. Es gibt nur etwas Brot und Käse.«

»Ich liebe Brot und Käse«, lächelte Jools und nahm die Hand, die Ben ihr reichte. Vielleicht würde es doch noch ein interessanter Abend werden.

6. Kapitel

Das Cottage von Aidans Vater lag nur wenige Meter vom Hafen entfernt. Es war ein typisches Steinhaus mit Reetdach, wie man es entlang der Küste häufig fand. Aus dem schiefen Schornstein stieg weißer Rauch auf. Davor wuchsen Rosenbüsche in dem kleinen Vorgarten.

Überrascht stellte sie fest, dass das Haus nicht abgeschlossen war, als sie, ohne einen Schlüssel zu benutzen, eintraten. Ein leichter Rauchgeruch hing in der Luft, der jedoch keinen der Männer zu beunruhigen schien. Die Holzdielen im Flur knarrten bei jedem Schritt, als wollten sie sich über die Last beschweren, die sie tragen mussten.

Ben führte sie schnurstracks in den hinteren Teil des Hauses, wo sich die große Wohnküche befand. Beim Betreten hatte Jools das Gefühl, in eine andere Zeit gesprungen zu sein. Die groben Steinwände waren naturbelassen. Der Boden war im Gegensatz zu den übrigen Räumen mit grauen Steinplatten bedeckt. An der langen Seitenwand befand sich eine Küchenzeile mit einem alten Herd, der noch mit Holz befeuert wurde und seine Rauchspuren an der Wand hinterlassen hatte. Kupferne Töpfe und Pfannen hingen mit Haken befestigt darüber. Ein Kamin war gegenüber der Küchenzeile in die Wand eingelassen und diente im Winter als Heizung. Max hatte es sich auf einer Decke davor gemütlich gemacht. Vor dem kleinen Fenster hingen weiße Gardinen und auf der Fensterbank darunter standen mehrere Töpfe mit Kräutern. Den Mittelpunkt des Raumes jedoch bildete der Esstisch aus rustikalem dunklen Holz, um den vier Stühle standen. Über dem Tisch baumelte eine einfache Lampe mit einem weiß-blauen Stoffschirm. Es duftete angenehm nach Kräutern und Rauch.

»Willkommen in meinem bescheidenen Heim.« Ben machte eine einladende Handbewegung. »Bitte nimm doch Platz!«

»Es ist wunderschön, und so gemütlich«, sagte sie und ließ sich auf den Stuhl fallen. Der Tisch war bereits für zwei Personen gedeckt. In der Mitte befand sich ein großer weißer Teller mit Cheddar, Stilton-Käse, Schinken und aufgeschnittenem Roastbeef. Daneben standen ein Glas Gurken und unter einer Glashaube ein großes Stück Butter. Auf einem großen Holzbrett lagen ein Laib Brot und ein großes Messer.

Ben holte ein Holzbrett und Besteck aus dem Schrank und legte es zusammen mit einer Serviette vor Jools auf den Tisch.

»Was möchtest du trinken?«, fragte Aidans Vater. »Ich habe Bier im Kühlschrank.«

»Bier ist prima«, nickte sie lächelnd.

»Für dich auch, Junge?«

»Lass, Dad. Ich mach das schon. Setz dich hin und leiste unserem Gast Gesellschaft«, forderte er seinen Vater mit sanftem Nachdruck auf.

Ben ließ sich am Tischende nieder. Aidan holte das Bier aus dem Kühlschrank und stellte die Flaschen auf den Tisch.

»Jools, erweist du uns die Ehre und sprichst das Tischgebet?« Ben sah sie erwartungsvoll an.

»Ähm, ich bin nicht …« Hilfe suchend blickte sie zu Aidan.

Sie war bereits vor Jahren aus Überzeugung aus der Kirche ausgetreten. Das letzte Mal, dass sie eine Kirche aufgesucht hatte, war zur Beerdigung ihres Vaters gewesen. Sie hatte sich immer gefragt, was erwachsene Menschen dazu bewog, in ein von Menschen erbautes Haus zu gehen, in der Hoffnung, dort Linderung für ihre Leiden zu finden oder ihre Sünden verziehen zu bekommen. Es war nicht so, dass sie nicht an Gott glaubte, aber sie weigerte sich, ihren Glauben an überholten Regeln von alten Männern festzumachen.

»Los, Jools«, lächelte Aidan belustigt, der ihren hilflosen Blick aufgefangen hatte. Entschlossen nahm er ihre Hand und mit der anderen die seines Vaters. »Ich bin gespannt, wie ihr Amerikaner das macht.«

Mistkerl.

Beide Männer schlossen die Augen. Jools folgte halbherzig ihrem Beispiel.

»Herr, wir danken dir für diese Mahlzeit.« Aidans Mundwinkel zuckten verdächtig, was sie nur noch wütender machte. »Segne dieses Haus und seine Bewohner. Amen.«

Beide Männer öffneten die Augen und schlugen ein Kreuz, wie sie es schon häufig bei Betenden beobachtet, selbst jedoch nie gelernt hatte. Hastig folgte sie ihrem Beispiel.

»Bitte bedient euch!«, forderte Ben sie auf.

Aidan nahm das Brotmesser in die Hand und schnitt mit der Präzision einer Schneidemaschine mehrere Scheiben davon ab. Anschließend legte er das Brot auf das Brettchen und bot es erst ihr und dann seinem Vater an.

Dankbar nahm sie eine Scheibe und legte sie sich auf den Teller. Aidan reichte ihr die Aufschnittplatte. Sie säbelte sich ein Stückchen von dem Cheddar ab.

»Hier.« Ben schob die Butter zu ihr. »Du siehst aus wie eine Frau, die gern isst.«

Jools schmunzelte. Sie wusste, wie er es gemeint hatte.

»Dad!« Aidan warf seinem Vater einen vorwurfsvollen Blick zu. Es war ihm offensichtlich peinlich, dass Ben kein Blatt vor den Mund nahm und sagte, was er dachte.

»Das ist okay«, winkte Jools ab. »Ich war schon immer etwas rund.«

»Blödsinn«, brummte Aidan.

Erstaunt sah sie hoch. Ihre Augen trafen sich. Es war erstaunlich, welche Wirkung sein Blick auf sie hatte. Sofort stellten sich die kleinen Härchen auf ihren Armen auf und sie musste aufpassen, ihn nicht anzustarren.

»Richtig so«, stimmte Ben ihm zu. »Wie war euer Tag heute?« Sein Blick wanderte von Jools zu Aidan und wieder zurück.

Mit melodischer Stimme fing Aidan an, seinem Vater von seinem Ausflug nach Broad Haven und der zufälligen Begegnung mit Jools zu erzählen.

»Vielen Dank für diesen bezaubernden Abend und den leckeren Käse«, verabschiedete sich Jools von Ben. »Ich habe es wirklich sehr genossen.«

Es war schon nach elf Uhr. Der Mond stand hoch am Himmel und die Sterne funkelten von oben auf sie herab.

»Ich auch. Ist lange her, dass ich eine Frau zum Essen im Haus hatte.« Der alte Herr reichte ihr die Hand. »Würde mich freuen, wenn du bald wieder mal vorbeikommst.« Er drückte fest ihre Hand.

»Versprochen«, nickte Jools freudig.

Aidans Vater hatte sich als unterhaltsamer Tischnachbar herausgestellt, der sie mit Geschichten aus der Seefahrt unterhalten hatte. Sie hatten viel gelacht und die Stimmung am Tisch war entspannt gewesen. Fast bedauerte sie, dass sie aufbrachen. Aidan würde bei Sonnenaufgang aufs Meer hinausfahren und sie selbst hatte einen Berg Arbeit, der auf sie wartete. Es wurde höchste Zeit, dass sie ins Bett kam.

»Gute Nacht, Junge.« Ben umarmte Aidan zum Abschied. »Wir sehen uns morgen früh.«

»Gute Nacht, Dad, und vielen Dank für das Essen.« Aidan pfiff leise. Sofort kam Max angetrottet und stellte sich neben sein Herrchen. »Ich bringe dich noch zum Auto«, sagte er an Jools gewandt.

»Okay.« Jools lächelte in der Dunkelheit. Im Laufe des Abends hatte sich die angespannte Stimmung zwischen ihnen gelegt. Jetzt war sie mit einem Schlag wieder da.

Schweigend gingen sie den schmalen Weg bis zum Parkplatz. Max trottete neben ihnen her und blieb gelegentlich stehen, um an etwas zu schnuppern. Es gab kein Licht, das den Weg beleuchtete, und sie musste aufpassen, nicht über einen der Steine oder

Wurzeln zu stolpern. Aidan hatte seinen Blick starr geradeaus gerichtet. Am Tisch mit seinem Vater hatte er viel erzählt und mit ihr gescherzt. Jetzt war er schweigsam wie ein Grab. Sie fragte sich, was er wohl gerade dachte. Fühlte er das Gleiche wie sie? Musste er auch immer wieder an den Kuss denken? Oder spielte er nur mit ihr, wie er es mit den anderen Frauen in seinem Leben getan hatte?

Das Meer rauschte leise im Hintergrund und irgendwo in der Ferne blökte ein Schaf. Im Dorf war keine Menschenseele zu sehen. Lediglich im *Stinky Rose* brannte noch Licht.

Sie blieben vor dem Mini stehen. Aidan musste nicht mehr fahren. Sein Haus, das er zusammen mit Luca bewohnte, war keine hundert Meter vom Parkplatz entfernt.

»Jools, ich wollte –« Seine Hand lag plötzlich auf ihrem Arm.

»Vielen Dank für den schönen Tag und den wundervollen Abend«, unterbrach sie ihn.

»Bekomme ich denn keinen Abschiedskuss?«, neckte er sie und seine Augen blitzten gefährlich.

Sie hatte heute bereits zugelassen, dass sie etwas Unüberlegtes tat. Das durfte nicht noch einmal passieren. Es war wichtig, dass Aidan kapierte, dass sie nicht eine dieser Frauen war, die ihm hinterherliefen und mit denen er spielen konnte.

»Zwei Küsse an einem Tag reichen.«

Mühsam riss Jools den Blick von ihm und zog den Autoschlüssel aus ihrer Tasche. Ein leises Piepen verkündete, dass sie die Autotür entriegelt hatte. Für einen kurzen Augenblick glaubte sie, eine Spur von Enttäuschung in seinen Augen zu sehen. Dann hatte er sich wieder im Griff.

»Gute Nacht, Jools.«

Er nahm ihre Hand und hauchte einen Kuss darauf. Obwohl es nur eine winzige Berührung war, versetzte es ihren ganzen Körper in Aufruhr. Das Verlangen, ihn zu küssen, war geradezu allmächtig. Hastig wandte sie sich ab und ließ sich auf den Sitz sinken. Ohne ihn noch einmal anzusehen, trat sie auf das Gaspedal und fuhr davon. Erst als sie außer Reichweite war, atmete sie tief durch. Sie hatte unbewusst die Luft angehalten.

»Du bist spät dran«, empfing Emily sie mit vorwurfsvollem Ton.

Sie trug bereits einen ihrer geliebten *Onesies* – einen formlosen Overall aus Sweatstoff mit lustigen Einhörnern darauf. Ihre Füße steckten in Hausschuhen, die aussahen, als hätte Emily sie selbst gestrickt. Ihre Haare waren zu einem unordentlichen Knoten zusammengebunden.

»Und du bist immer noch wach«, entgegnete Jools und stellte ihre Tasche auf dem kleinen Tisch neben dem Eingang ab.

»Die Neugier hat mich wach gehalten«, grinste Emily. »Wie war es denn?«

»Aidans Vater hat mich zum Abendessen eingeladen.«

»Soso. Du und Ben«, neckte Emily sie.

»Nein, Aidan war natürlich mit dabei.«

»Natürlich!« Ein breites Grinsen lag auf Emilys Gesicht.

»Blöde Kuh!« Jools streckte ihr die Zunge raus.

Sie lachten beide.

»Hast du Lust, noch einen Wein zu trinken?«, fragte Emily.

»Eigentlich ist es reichlich spät.«

»Ach komm schon. Ein Glas Wein, dann hüpfen wir ins Bett«, bettelte Emily. »Ich möchte jedes schmutzige Detail des heutigen Abends wissen.«

»Okay, aber wirklich nur ein Glas«, gab Jools lächelnd nach.

»Wunderbar!«

Sie gingen ins Wohnzimmer. Emily hatte bereits ein paar Kerzen über dem Kamin angezündet. Im Hintergrund lief leise Musik aus der uralten Stereoanlage, die gleich neben dem Kamin stand und für heutige Verhältnisse riesengroß war. Auf dem kleinen Couchtisch neben dem Sofa wartete ein halb volles Glas Rotwein. Daneben lag ein aufgeschlagenes Buch.

»Wie ich sehe, hast du es dir gemütlich gemacht«, stellte Jools fest.

»An der Rezeption war heute nicht viel los. Ich kann mich gar nicht daran erinnern, wann ich das letzte Mal bei einem Glas Wein ein Buch gelesen habe. Muss eine Ewigkeit her sein.«

»Ich glaube, ich hatte schon seit Jahren kein Buch mehr in der Hand«, gestand Jools und ließ sich auf das Sofa fallen.

»Möchtest du auch einen Rotwein? Ich habe auch noch Weißwein im Kühlschrank.« Emily wedelte mit der Rotweinflasche in der Hand.

»Rotwein klingt prima.«

Emily holte ein Glas aus der Vitrine und schenkte ihr ein. »Und?« Sie sah Jools erwartungsvoll an.

»Was?« Jools nippte an ihrem Glas. Der Rotwein schmeckte wunderbar nach reifen Beeren.

»Mensch, lass dir doch nicht so die Würmer aus der Nase ziehen«, schimpfte Emily.

Jools kicherte. »Du bist wirklich der neugierigste Mensch, den ich nach meiner Mutter und Betty kenne.«

»Mit dem Unterschied, dass ich nichts weiterplappere!« Emily hob den Zeigefinger.

»Das stimmt!« Jools lehnte sich entspannt zurück, das Glas in der Hand haltend. Mit leiser Stimme fing sie an, Emily von ihrem Ausflug und der Begegnung mit Aidan zu erzählen.

»Du hast Bryan und Sam getroffen?«, rief Emily begeistert. »Ist Sam nicht ein Schatz? Wie geht es ihr? Wie sieht sie aus? Meine Güte, ich wollte mich schon seit einer Ewigkeit bei den beiden melden.«

»Um deine Fragen zu beantworten: Sam geht es prima. Das Baby kommt in sieben Wochen. Sie hat die ganze Zeit gestrahlt und Bryan kümmert sich rührend um sie. Ich habe sie eingeladen, bei uns vorbeizukommen.«

»Ach, die zwei haben sich wirklich gesucht und gefunden.« Emily nahm einen Schluck aus ihrem Glas.

»Den Eindruck hatte ich auch«, nickte Jools. »Aidan erzählte, dass Bryan sein ältester Freund ist.«

»Ich schätze, schon.« Emily zuckte mit den Schultern. »Als ich nach Fleetwood Cove gezogen bin, waren Bryan und Aidan wie siamesische Zwillinge. Hingen den ganzen Tag aufeinander, quasi unzertrennlich. Sie sind jedes Wochenende zusammen auf dem Wasser gewesen und unter der Woche hat man sie häufig bei Al angetroffen. Erst durch Sam ist die Freundschaft zwischen den beiden ein bisschen abgekühlt. Ich glaube, die erste Zeit hat es Aidan ganz schön zu schaffen gemacht, dass sein bester Kumpel keine Zeit mehr für ihn hatte.« Emily leckte nachdenklich mit der Zunge über den Rand des Weinglases.

»Mhm.« Unwillkürlich musste Jools an Susan denken. Bis Barron in ihr Leben getreten war, hatten sie fast jede freie Minute miteinander verbracht. Oft hatten sie nächtelang zusammengesessen und über Männer philosophiert. Sie hatten sogar schon darüber nachgedacht, zusammenzuziehen. Dann war Barron auf der Bildfläche erschienen und hatte das Herz ihrer Freundin im Sturm erobert. Eine Zeit lang war Jools allein durch die Clubs gezogen, bis Dean ihr begegnet war. Während Susan geheiratet und Kinder bekommen hatte, hatte Jools weiter ihre Karriere verfolgt. Fast hätte ihr Ehrgeiz sie die Freundschaft mit Susan gekostet.

»Aber nun erzähl weiter«, bat Emily. »Was war mit Aidan?«

Jools fuhr mit ihrer kleinen Berichterstattung fort. »Dieser Mistkerl hat es tatsächlich wieder geschafft, mich zu überrumpeln und zu küssen.« Sie grinste schief.

»Aidan hat dich wieder geküsst?!« Emily war aus dem Sofa aufgesprungen. Mit Riesenaugen sah sie Jools an. »Und du hast es zugelassen?«

Jools nickte erneut.

»Ich fasse es nicht.« Emily schüttelte mit hochgezogener Augenbraue den Kopf. »Wie war der Kuss? Ist Aidan ein guter Küsser? Hattet ihr Sex?«

»Sex? Nein! Ich bin keine von diesen Frauen, die sofort mit einem Mann ins Bett hüpft, nur weil er gut küssen kann«, protestierte sie. Aber daran gedacht hatte sie schon. Eigentlich dachte sie an nichts anderes, wenn sie ganz ehrlich war. Aber das behielt sie für sich. »Ich würde sagen, auf einer Skala von Eins bis Zehn war der Kuss eine glatte Elf!«

»Unfassbar! Ich dachte, du kannst den Typen nicht leiden. Warst nicht du es, die mir erzählt hat, dass Aidan ein ziemliches Machoarschloch ist und du jede Frau bedauerst, die auf seine Masche reinfällt?«

»So habe ich ihn nicht genannt«, brummte Jools.

»Hast du«, beharrte Emily fröhlich.

»Also küssen kann er jedenfalls.« Sie lächelte bei dem Gedanken an den Kuss. Er hatte ihre Welt auf den Kopf gestellt.

»Dachte ich mir«, sagte Emily trocken. »Bei der Übung, die der Mann hat, wäre es verwunderlich, wenn er es nicht gelernt hätte.«

»Du musst mir ja nicht gleich auf die Nase binden, was für ein Weiberheld Aidan ist. Das weiß ich selbst.« Jools nahm einen kräftigen Schluck. »Außerdem hatte der Kuss nichts zu bedeuten.«

»Wirklich?« Es war deutlich zu hören, dass Emily anderer Ansicht war.

»Also beim ersten Mal hat er mich überrascht«, entgegnete sie heftiger, als sie wollte.

»Und beim zweiten Mal?«

»Auch!«

»Blödsinn!« Emily schürzte verächtlich die Lippen. »Du bist eine miserable Lügnerin.«

»Bin ich nicht. Eigentlich zählt der zweite Kuss nicht.«

»Wie kann ein Kuss nicht zählen?« Emily runzelte die Stirn.

»Ich habe den Sonnenuntergang beobachtet und plötzlich war Aidan da und hat mich am Hals geküsst.«

»Also Mund zählt als Kuss und Hals nicht?«

»Allerdings! Das ist eher ein Vorspiel zum Kuss.«

»Gut zu wissen …«

»Was soll das denn nun wieder heißen?«

»Weißt du, dass es schon ziemlich lange her ist, dass mich ein Mann geküsst hat?«

Jools richtete sich auf. »Nicht dein Ernst.«

»Doch. Nicht, dass es mir an Bewerbern gemangelt hätte. Ich meine, wenn man wie ich an der Rezeption arbeitet, lernt man jede Menge Männer kennen …« Sie machte eine nachdenkliche Pause. »Wobei die meisten davon natürlich verheiratet sind. Aber es gab schon den einen oder anderen attraktiven unverheirateten Mann, der sich für mich interessiert hat.«

»Und warum hast du nicht zugeschlagen?«

»Ehrlich gesagt hatte ich keine Zeit. Ich bin Mutter einer pubertierenden Tochter. Ich kann mich nicht einfach meinen Gefühlen hingeben und meinem Kind jedes halbe Jahr einen neuen Mann präsentieren.«

»Aber sehnst du dich nicht manchmal nach Sex?«

»Da gibt es Gott sei Dank mittlerweile genug Wege, wie man sich als moderne Frau behelfen kann.« Emily grinste zweideutig. »Ich sage nur *Womanizer*. Mit dem Ding hast du Orgasmen, von denen du bisher nicht geahnt hast, dass du dazu fähig bist.«

»Lalalalalala. Zu viel Information!« Jools presste ihre Hände gegen die Ohren.

»Ich dachte, ihr New Yorkerinnen wärt ein aufgeschlossenes Völkchen, das an nichts anderes als Klamotten und Sex denkt«, lachte Emily.

»Du hast eindeutig zu viel *Sex and the City* gesehen.«

»Ich liebe *Sex and the City*. Ich habe immer davon geträumt, einen Mann wie Mister Big zu treffen«, gestand Emily.

»Dean war mein Mister Big.« Jools räusperte sich. »Wenigstens am Anfang.«

»Wie war Dean eigentlich? Du hast mir nie von ihm erzählt.«

»Mhm.« Jools strich sich nachdenklich eine Haarsträhne hinters Ohr. Es war schwer, in Worte zu fassen, was sie für Dean empfunden hatte. »Als ich Dean kennengelernt habe, war ich gerade dabei, die Karriereleiter bei der *Starlight* nach oben zu klettern. Ich hatte zwei harte Jahre hinter mir. Mein Dad war gestorben und außer Susan hatte ich kaum Freunde. Dean hat mir mit seiner selbstsicheren und überlegenen Art imponiert. Ich habe mich in seiner Nähe sicher gefühlt. Wenn ich in seinen Armen lag, hatte ich das Gefühl, dass niemand mir etwas anhaben kann. Er war so etwas wie mein sicherer Hafen. Zumindest dachte ich das. Wie ich später erfahren habe, hat er das völlig anders gesehen.« Sie lachte bitter auf. »Es hat mich dreieinhalb Jahre gekostet, bis ich endlich herausgefunden habe, dass er zu keinem Zeitpunkt vorhatte, ein gemeinsames Leben mit mir zu führen. Alles, was Dean in mir gesehen hat, war die Annehmlichkeit einer Affäre.« Sie trank den Rest des Glases mit einem Zug aus. »Wenn ich daran denke, wie verliebt ich damals war …«

»Hat nicht jeder von uns einmal einen Dean in seinem Leben gehabt?« Emily tätschelte ihre Hand. »Als ich Melees Vater kennengelernt habe, dachte ich, er wäre die Liebe meines Lebens. Nachts, wenn ich allein im Bett lag, habe ich immer seinen Nachnamen an meinen Vornamen gehängt und ihn leise geflüstert. *Emily Washburn.*«

Jools lachte laut auf. »Washburn? Wirklich?«

»Grauenvoll, ich weiß. Damals jedoch war der Name Musik in meinen Ohren. Ich war so verliebt. Als ich gemerkt habe, dass ich schwanger bin, habe ich mich gefreut. Kannst du dir das vorstellen?!« Emily schüttelte den Kopf, als könne sie selbst nicht glauben, was sie gerade gesagt hatte. »Ich habe mir ausgemalt, wie wir gemeinsam unser Kind großziehen. Die Ernüchterung kam ziemlich schnell, als ich ihm die freudige Nachricht überbracht habe und er keine Woche später verschwunden ist. Einfach weg, ohne ein Wort des Abschieds. Meine Welt ist zusammengebrochen. Ich hatte das Gefühl, dass ich nie wieder einen Mann lieben könnte.« Emily schwieg mit zusammengepressten Lippen.

»Und, hast du jemals wieder einen Mann geliebt?«

»Nicht so, wie ich Jay geliebt habe. Die Liebe, die ich für ihn empfunden habe, hatte etwas Unschuldiges. Verstehst du, was ich meine?«

Jools nickte.

»Ich war damals so naiv. Hinzu kam, dass meine Eltern von mir verlangten, das Kind abzutreiben. Immer wieder betonten sie, wie wichtig es für mein Leben sei, dieses Kind nicht zu bekommen und dass ich später noch viele Kinder haben könne. Sie wollten einfach nicht verstehen, dass dieses Kind der einzige Grund war, warum ich noch leben wollte.« Emilys Augen schimmerten feucht.

Jools nahm ihre Freundin in den Arm. »Ich bin froh, dass dein Leben so verlaufen ist, denn sonst hätten wir uns vielleicht nicht getroffen.«

»Du bist süß. Ehrlich gesagt glaube ich auch, dass es Schicksal war. Ich habe ein wunderbares Leben und dazu eine wundervolle Tochter. Ich habe schon vor langer Zeit meinen Frieden mit Jay gemacht.«

»Was ist eigentlich mit dir und Luca?« Sie hatte immer das Gefühl gehabt, dass zwischen Emily und dem Koch mehr war als nur Freundschaft.

»Wie meinst du das?« Emily zog die Augenbraue nach oben.

»Na ja, ich habe den Eindruck, dass du Luca sehr gern hast«, formulierte sie ihre Gedanken vorsichtig.

»Als Luca vor knapp vier Jahren nach Fleetwood Cove kam, war er sehr ruhig und in sich gekehrt. Es war schwer, an ihn heranzukommen. Im ersten Jahr haben wir kaum mehr als ein paar Worte miteinander gewechselt. Nur bei Melee ist er aufgetaut. Sie war vom ersten Moment ganz vernarrt in ihn. Er hat sich rührend um sie gekümmert und stundenlang mit ihr gespielt, wenn ich arbeiten musste oder krank war. Viele Gästen dachten, dass er Melees Vater ist.« Sie machte eine nachdenkliche Pause, als würde sie nach den richtigen Worten suchen. »Er ist einer der liebsten Menschen, die ich kenne, und immer für mich da.« Emily fuhr sich mit der Hand übers Kinn. »Allerdings hat er mir gegenüber in all der Zeit keine Andeutung gemacht, dass er für mich mehr empfindet als nur Freundschaft.«

»Hast du ihn mal darauf angesprochen?«

»Nein.« Emily schüttelte energisch den Kopf. »In dieser Hinsicht bin ich altmodisch.«

»Mhm.« Jools gähnte verstohlen. »Es besteht doch die Möglichkeit, dass er keine Ahnung hat, dass du Gefühle für ihn hast.«

Emily lächelte gequält. »Das ist lieb, dass du das sagst, aber ich glaube, dass Luca durchaus in der Lage ist, die Gefühle seiner Mitmenschen zu erkennen. Es gab mehr als eine Gelegenheit, in der er die Initiative hätte ergreifen können und es nicht getan hat.« Emily nahm einen Schluck aus ihrem Glas. »Manche Dinge sollen einfach nicht sein. Vielleicht ist es auch ganz gut so, schließlich arbeiten wir zusammen und ein Verhältnis zwischen uns würde die Sache nicht leichter machen.«

»Und es stört dich nicht, wenn Luca mit anderen Frauen flirtet?«

»Nein«, entgegnete Emily heftig. »Wieso sollte es? Er hat sein Leben und ich meins. Luca kann machen, was er will.«

Jools schwieg. Nachdenklich musterte sie das verschlossene Gesicht ihrer Freundin. Sie wurde das Gefühl nicht los, dass Luca Emily nicht ganz so gleichgültig war, wie sie behauptete.

»Was steht morgen auf dem Programm?«, wechselte Emily das Thema.

»Gut, dass du mich das fragst. Ich bin morgen Abend zum Treffen des Frauenkomitees eingeladen. Betty höchstpersönlich hat mich angerufen.«

Emily verzog mitleidig das Gesicht. »Du Arme.«

»Dabei wollte ich dich gerade bitten mitzukommen.«

»Ich wüsste spontan tausend Sachen, die ich lieber täte«, grinste Emily.

»Hey, ich bin dein Boss. Ich bestehe darauf, dass du mitkommst«, sagte Jools mit gespieltem Ernst.

»Das kannst du nicht.« Emily wippte mit den Füßen. »Treffen mit dem Komitee gehören nicht zu meinem Aufgabengebiet.«

»Dann mache ich das einfach zu deinem Aufgabengebiet«, entgegnete Jools.

»Bitte tu mir das nicht an.« Emily legte ihre Handflächen aneinander und hob dabei die Arme, als würde sie beten.

»Du willst mich ganz allein den Hyänen zum Fraß vorwerfen?«

»Bin ich die PR-Fachfrau oder du? Das dürfte doch für dich ein Kinderspiel sein, alle um den Finger zu wickeln.«

»Und wenn ich dich ganz lieb bitte?« Jools klapperte mit den Augendeckeln.

»Das wirkt bei mir nicht. Ich bin gegen deinen sexy Bambi-Blick immun«, gaggerte Emily.

»Du rothaarige Hexe! Was habe ich mir nur dabei gedacht, dich als meine Managerin einzustellen?«

»Hast du gar nicht! Das waren Millie und James.«

»Eins zu null für dich. Würdest du trotzdem als mein Wingman mitkommen?«, bat sie.

»Wingman klingt gut. Wenn ich dabei ein bisschen lästern darf«, nickte Emily.

»Warum hast du das nicht gleich gesagt? Dass ich lästern kann, ist der einzige Grund, warum ich zu diesem blöden Treffen gehe.«

»Weil ich es schön finde, dich betteln zu sehen«, prustete Emily los.

»Na vielen Dank auch.« Jools rekelte sich genüsslich und gähnte dabei herzhaft.

»Betty führt bestimmt was im Schilde«, mutmaßte Emily.

»Was meinst du damit?«

»Wenn ich eines im Laufe der Jahre über Betty gelernt habe, dann, dass diese Frau nichts Uneigennütziges macht.«

Jools gähnte erneut. »Ich sollte wirklich ins Bett.«

»Ich komme mit.« Emily stand auf.

»In mein Bett?!« Jools schüttelte entrüstet den Kopf. »Auf keinen Fall!«

»Spießerin!«

»In der Hinsicht schon.« Jools erhob sich ebenfalls und streckte ihre müden Glieder. »Weißt du, an was ich gerade denken muss?«

Emily schüttelte den Kopf und pustete die Kerzen aus.

»Wie schön Fleetwood Cove heute Abend vom Meer ausgesehen hat.« Sofort hatte Jools den roten Himmel und das Glitzern des Meeres wieder vor Augen. »Bei dem Anblick habe ich mich einmal mehr bestätigt gefühlt, die richtige Entscheidung getroffen zu haben.«

»Ja, Fleetwood Cove ist einfach einmalig. Was meinst du, warum ich hier seit knapp siebzehn Jahren festhänge?«

»Und jetzt auch noch mit mir«, grinste Jools.

»Es gibt schlimmere Schicksale.« Emily stieß ihr freundschaftlich in die Seite.

»Wohl wahr.« Jools lächelte zufrieden.

Unruhig warf sich Jools von einer Seite des Bettes auf die andere. Im Haus war es still, alle schliefen – alle außer ihr. Es war bereits weit nach Mitternacht. Sie hatte einen leichten Brummschädel vom Alkohol. Sie war schon immer anfällig für Kopfschmerzen gewesen und die Mischung aus Bier und Wein war in dieser Hinsicht nicht förderlich. Aber das war nicht der Grund, warum sie noch wach lag. Sobald sie die Augen schloss, tauchte Aidans Gesicht hinter ihren geschlossenen Lidern auf und ihr Herz fing an, zu rasen. Die Erinnerungen an den Ausflug aufs Meer und den damit verbundenen Kuss waren allgegenwärtig.

Sie spürte seinen brennenden Mund auf ihrer Haut. Seine Berührungen waren elektrisierend gewesen und sie fühlte die Erregung, die sie dabei erfasst hatte. Was hatte dieser Mann nur an sich, dass er sie derart aus der Fassung brachte? Sie dachte daran, wie er sie angesehen hatte, als er über Lily gesprochen hatte. In seinen Augen hatte verletzter Stolz gelegen, was bei ihr die Frage aufgeworfen hatte, ob er Lily vielleicht noch immer liebte. Schließlich war nicht er es gewesen, der die Beziehung beendet hatte. Aber warum hatte er sie dann geküsst? Die Art, wie seine Lippen sie liebkost hatten – zärtlich und fordernd zugleich –, hatte ihr Blut in Wallung gebracht. Bei dem Gedanken wurde ihr heiß und kalt. Das Verlangen, das sie in seinen Armen gespürt hatte, war wieder da.

Mit jedem Herzschlag hörte sie seinen Namen.

Wumm. Aidan.

Wumm. Aidan.

Wumm. Aidan.

Was war nur los mit ihr?

Sie schüttelte sich, als könnte sie den Gedanken an ihn abschütteln wie eine lästige Fliege.

An diesem Tag war ein ganz anderer Aidan zum Vorschein gekommen – fürsorglich, hilfsbereit und liebenswert. Ohne Macho-Allüren. Es hatte sie überrascht, ihn so zu sehen. Niemals hätte sie hinter seiner Fassade aus Selbstbewusstsein und Arroganz einen weichen Kern vermutet, wie er ihn heute Abend gezeigt hatte. Es verwirrte sie. Das Bild, das sie sich von ihm gemacht hatte und das zugleich der Schutzwall ihrer Gefühle war, hatte Risse bekommen. Das durfte nicht passieren. Sie war nach Fleetwood gekommen, um ein Hotel zu leiten und ihr Leben neu zu ordnen, und nicht, um sich kopfüber in ein Liebesabenteuer zu stürzen. Sie würde in Zukunft besser aufpassen, wenn sie in seiner Nähe war.

Missmutig knüllte sie das Kissen unter ihrem Kopf zusammen und schloss die Augen.

7. Kapitel

Irgendwann am frühen Morgen war sie in einen unruhigen Schlaf gefallen. Dementsprechend gerädert fühlte sie sich, als sie gegen neun Uhr zum Hotel ging.

»Du siehst ja schrecklich aus.« Emily sah sie bedauernd an.

»Danke für die Blumen«, entgegnete Jools mit düsterem Blick.

»Hey, ich sage nur die Wahrheit.«

»Es wäre mir lieber gewesen, du hättest mich angelogen«, knurrte Jools.

»Oh, da hat jemand schlechte Laune!«

»Ich bin nur müde, und außerdem hatte ich noch keinen Kaffee.«

»Luca ist in der Küche und macht dir sicher den Spezialkaffee.«

»Spezialkaffee?«

»Doppelter Espresso«, grinste Emily.

»Gut. Dann weißt du ja, wo du mich finden kannst. Deine Haare sehen toll aus.« Jools deutete auf die roten Locken, die Emily in Kaskaden über die Schultern fielen.

»Danke, Boss.« Emilys Mundwinkel kräuselten sich verdächtig. »Ich habe mir heute Morgen etwas mehr Zeit im Bad genommen.«

»Ich bin in der Küche und versuche wach zu werden. Ruf mich, wenn du mich brauchst.«

»Okay, Boss.« Emily salutierte lachend.

»Du mich auch!« Jools drehte Emily den Rücken zu und hob im Gehen den Mittelfinger, sodass Emily ihn sehen konnte.

»Ich hab dich auch lieb«, rief Emily ihr hinterher, was trotz ihrer schlechten Laune ein Lächeln auf Jools' Lippen zauberte.

Sie ging den schmalen Gang entlang bis zur Küche. Als sie die Tür aufmachte, stand Luca lässig in Jeans und T-Shirt an den Tresen gelehnt und trank einen Espresso.

»Buongiorno!«, begrüßte er sie.

Ohne ihn zu beachten, ging sie zur Kaffeemaschine. »Der Kaffee ist leer«, stellte sie mit Todesmiene fest und hielt Luca die leere Kanne entgegen.

»Si!« Seine Augen musterten sie amüsiert.

»Ich brauche Kaffee, sonst breche ich auf der Stelle zusammen.«

Luca machte keine Anstalten, sich zu bewegen. Stattdessen verschränkte er die Arme vor der Brust.

Jools sah ihn irritiert an. »Was?«

Sie sah, wie sich seine Augen zusammenzogen. »Hattest du einen schönen Abend?«

Aidan hatte also mit Luca gesprochen. Natürlich! Aidan und Luca waren Freunde.

»Warum fragst du?« Sie versuchte, gleichgültig zu klingen, was ihr nicht so recht gelingen wollte.

»Aidan hat mir erzählt, dass ihr mit seinem Boot rausgefahren seid.« Sein italienischer Akzent kam stärker durch als gewöhnlich.

»Wir haben uns durch Zufall getroffen und Aidan hat mich zu sich aufs Boot eingeladen, um mir den Sonnenuntergang zu zeigen«, entgegnete sie fast trotzig.

»Mhm.« Luca strich sich nachdenklich mit der Hand über das Kinn. Seine schokoladenbraunen Augen klebten auf ihr. Obwohl er es nicht sagte, spürte sie deutlich, dass er mit ihrer Verbindung zu Aidan nicht einverstanden war.

»Hey, Aidan und ich sind Freunde. Mehr nicht!« Eine winzige Notlüge, die sie im selben Moment bereute, in dem sie die Worte ausgesprochen hatte. Sie hasste es, zu lügen, und noch mehr hasste sie sich dafür, dass sie es bei Luca getan hatte. Luca war ihr Freund und Vertrauter. Es bestand kein Grund, ihn zu belügen, und doch hatte sie es getan. »Stell dir vor, ich habe Ben kennengelernt. Ein netter Mann.«

»Mhm«, grunzte er.

»Was heißt *Mhm*?« Sie spielte nervös mit einer Haarlocke. »*Mhm*, ich benehme mich weiter wie ein italienischer Idiot, oder

Mhm, ich mache dir jetzt einen Kaffee?« Sie zwang sich zu einem Lächeln. »Wobei mir die Kaffeevariante lieber wäre.«

»Scusa – entschuldige!« Luca sah sie zerknirscht an.

»Schon gut«, winkte sie ab.

»Cappuccino?«

Sie massierte sich mit den Fingerspitzen die Schläfen. »Den stärksten, den du machen kannst, ohne dass er unter das Drogengesetz fällt!«

Ein dumpfer Kopfschmerz hatte sich hinter ihren Augen breitgemacht – die Quittung für den wenigen Schlaf und den Alkohol.

Sie beobachtete, wie Luca sich an seiner geliebten Kaffeemaschine zu schaffen machte. Begleitet von lautem Zischen schäumte er die Milch auf und goss sie in das Glas zum Espresso.

»Kann ich einen doppelten haben?«, bat sie ihn.

»Madonna!«, seufzte er. »Ich dachte, du hast mit Aidans Vater zu Abend gegessen. So wie du dich verhältst, könnte man meinen, du hast die Nacht durchgesoffen.«

»Blödsinn. Ich habe zwei Bier getrunken und mit Emily noch ein Glas Wein. Ich weiß auch nicht, warum ich diese beschissenen Kopfschmerzen habe.« Sie holte tief Luft.

Luca reichte ihr den dampfenden Becher. »Vorsichtig, der Kaffee ist ….«

Gierig nahm sie einen Schluck. Die heiße Flüssigkeit brannte in ihrem Mund. Erschrocken stieß sie einen winzigen Schrei aus. »Mist, ist der heiß!«

»Ich wollte dich warnen.« Seine Augen ruhten auf ihr. Jools schluckte nervös. »Du bist ja völlig verspannt.« Mit zwei Schritten war er bei ihr und stellte sich hinter sie. »Relax.«

Er legte seine kräftigen Hände auf ihre Schultern und fing an, sie mit sanften Bewegungen zu massieren. Sie stöhnte leise auf, als seine Daumen über ihre Schultern hoch zu ihrem Nacken fuhren. Kleine wohlige Schauer rieselten über ihren Rücken.

»Gut so?« Seine melodische Stimme drang an ihr Ohr. »Oder soll ich aufhören?«

Sie nickte. »Untersteh dich.«

Er lachte heiser. Sie spürte seinen warmen Atem auf ihrem Nacken, als er ihre Haare auf die Seite strich, sodass ihr Hals frei lag. Mit genau der richtigen Mischung aus Druck und Sanftheit massierte er ihre Muskelstränge seitlich des Halses. Genießerisch schloss sie die Augen und überließ sich ganz seinen Händen. Sie hörte seinen Atem und merkte, wie seine Muskeln arbeiteten, während er massierte. Es war, als wären seine Hände überall auf ihrem Rücken. Fast war sie versucht, sich umzudrehen, um nachzuschauen, ob ihm vielleicht ein zusätzliches Paar Arme gewachsen war.

Seine Daumen glitten seitlich ihres Halses hoch in den Nacken, wo sie minutenlang auf dem Druckpunkt unterhalb des Schädelansatzes verharrten, um sich dann in kreisenden Bewegungen langsam wieder nach unten zu arbeiten. Sie seufzte genüsslich, während Luca das Spiel seiner Fingern fortsetzte. Sie wusste nicht, wie lange er ihre verhärteten Muskeln im Nacken und an den Schultern bearbeitete. Die Minuten flossen dahin. Alles, was sie spürte, war sein Atem, der ihre Haut wie ein samtener Handschuh streichelte.

»Bellissima!«, flüsterte seine melodische Stimme in ihr Ohr.

Jools drehte den Kopf leicht zur Seite und sah genau in Lucas Gesicht. Sein Mund war keinen Zentimeter von ihrem entfernt. Eine winzige Bewegung mit dem Kopf und ihre Lippen würden sich berühren. Instinktiv hielt sie die Luft an.

In diesem Moment flog die Küchentür auf. Ertappt sprang Jools einen Schritt zur Seite.

Emily stand im Raum. Ihre Stirn war in Falten gelegt, gleichzeitig versuchte sie, die Situation zu erfassen.

»Emily«, stieß Jools hervor. Sie räusperte sich verlegen. Aus dem Augenwinkel sah sie, wie Luca sich mit der Hand durch die Haare fuhr.

»Störe ich etwa?« Der spitze Unterton in Emilys Stimme war nicht zu überhören.

»Nein«, murmelte Jools. »Natürlich nicht.« Sie ärgerte sich über sich selbst. Sie wollte nicht, dass Emily dachte, dass zwischen ihr uns Luca etwas lief. Luca war ein guter Freund – mehr nicht. »Luca hat mir netterweise den Nacken massiert«, fügte sie schnell hinzu, um die Situation zwischen ihnen zu entschärfen.

»Ach so.« Emilys Augen ruhten auf Luca.

»Ich wollte sowieso gerade gehen.« Jools schnappte sich ihren Becher und ging zur Tür. Bevor sie die Küche verließ, drehte sie sich noch einmal um. »Danke für den Kaffee.«

»Es war mir eine Freude«, nickte er. Seine Augen blitzten.

»Ähm, bis später.« Sie eilte aus der Küche.

Emily folgte ihr und packte sie am Arm. »Hey, was war denn da drin gerade los? Ihr habt beide ausgesehen, als ob ich euch beim Naschen erwischt hätte.« Emily beäugte sie misstrauisch.

»Blödsinn. Luca meinte, ich wäre verspannt, und hat die Muskulatur etwas gelockert«, winkte Jools ab. »Sag mal, hast du eine Kopfschmerztablette für mich?«, versuchte sie, vom Thema abzulenken.

»Ja klar«, murmelte Emily nachdenklich.

Jools konnte förmlich sehen, wie es hinter Emilys Stirn arbeitete. Wahrscheinlich dachte sie darüber nach, ob es stimmte, was Jools ihr gerade erzählt hatte. Sie würde in Zukunft vorsichtiger sein müssen, um Emilys Gefühle nicht zu verletzen.

»Prima. Dann bist du wieder meine Lebensretterin.« Jools hakte sich bei Emily unter. »Was hältst du davon, wenn wir uns zusammensetzen und die Buchungen für nächste Woche durchgehen?«

„Das klingt absolut verlockend. Ich wüsste nicht, wie ich da Nein sagen könnte“, lachte Emily versöhnlich.

„Dachte ich es mir“, grinste Jools und gab ihr einen freundschaftlichen Schubs mit der Hüfte. Es war schön eine

Freundin wie Emily an ihrer Seite zu haben und sie würde alles dafür tun, dass es auch so blieb.

Jools' Handy klingelte. Sie stand bewaffnet mit einem Maßband vor dem großen Fenster im Aufenthaltsraum. Für den heutigen Tag hatte sie sich vorgenommen, die Maße aller Fenster zu nehmen, um spätestens Ende der Woche die neuen Vorhänge zu bestellen. Stirnrunzelnd legte sie das Maßband beiseite und zog das Handy aus der Hosentasche. Auf dem Display lachte ihr Susans Gesicht entgegen.

»Hi, Su.«

»Hallo, Fremde.« Es knackte. Wie immer war die Verbindung hier draußen äußerst bescheiden. Allerdings hatte Jools in den letzten Wochen einen Platz im hintersten Winkel des Gartens entdeckt, wo der Empfang meist besser zu sein schien.

»Bleib dran, ich muss nach draußen«, bat sie. Hastig lief sie quer durch den Wintergarten in den hinteren Teil. »So. Jetzt bin ich bei dir.«

Sie ließ sich auf der kleinen Holzbank nieder, die sie extra für diesen Zweck dort aufgestellt hatte. Emily nannte sie scherzhaft ›die Telefonbank‹.

»Ich wollte mich schon die ganze Woche bei dir melden, aber ständig ist etwas dazwischengekommen«, meldete sich Jools mit schlechtem Gewissen. Sie hatte sich tatsächlich mehrfach vorgenommen, Susan anzurufen, war aber immer wieder abgelenkt worden. Erschwerend kam der Zeitunterschied von fünf Stunden hinzu. »Wie geht es dir?«

»Mir und den Kindern geht es prima. Barron ist ziemlich beschäftigt. Er und sein Team arbeiten gerade an einem neuen Konzept für die Show. Du weißt ja, wenn man im Business bestehen will, muss man sich immer wieder neu erfinden.« Susan seufzte.

»Mitunter kommt es mir total unwirklich vor, dass ich ein Teil dieser Welt des Showbiz war. New York und mein Leben dort scheinen so weit weg zu sein. Hier in Wales ticken die Uhren langsamer, und ganz besonders in Fleetwood Cove.« Sie lachte leise. »Manchmal kann ich es selbst nicht glauben, dass ich wirklich hier lebe.«

»Das kann ich mir gut vorstellen.« Im Hintergrund war das leise Brabbeln von Susans jüngster Tochter zu hören.

»Was machen meine entzückenden Patenkinder?« Jools lächelte.

Zoe und Apple waren zwei absolut bezaubernde Wesen, die ihren Eltern nur Freude bereiteten.

»Ihrer Mutter den letzten Nerv rauben«, stöhnte Susan. »Apple zahnt und schläft keine Nacht durch. Ich bin völlig fertig. Und Zoe war diese Woche das erste Mal in der Kita.«

»Und wie hat es ihr gefallen?«

»Gut. Sie lernt echt viel. Seit Neuestem kennt sie Worte wie ›Arschloch‹ und ›Pisser‹.«

Jools kicherte. »Die Allgemeinbildung läuft demnach.«

»Aber nun erzähl mal, wie es dir geht«, drängte Susan.

»Das ist eine lange Geschichte.« Jools spielte gedankenverloren mit einer Haarsträhne zwischen ihren Fingern.

»Ich habe Zeit. Also schieß los.«

»Wenn man mal von meinem Liebesleben absieht, eigentlich ganz gut.«

»Was soll das denn heißen?«

»Na ja.« Jools leckte sich über die Lippen. »Aidan hat mich geküsst.«

»Der heiße Fischer?«

Sie hatte Susan nach ihrer Ankunft in New York einen ausführlichen Bericht von ihren Erlebnissen in Fleetwood Cove gegeben und Aidan mehrfach darin erwähnt. Damals hatte sie noch gedacht, dass sie ihn nie wiedersehen würde.

»Genau der.« Jools knabberte nervös an ihrer Unterlippe.

»Und wie war es? Ich muss alles wissen.«

Jools schloss für einen Moment die Augen. Sofort tauchte Aidans Gesicht hinter ihren Lidern auf. »Es war unglaublich schön.«

»Wow. Du hast immer so ein Glück! Schnappst dir den heißesten Typen aus der Umgebung nach nur knapp einem Monat, den du dort lebst.«

»Mhm. Eigentlich hat er sich mich geschnappt, und außer dem Kuss ist auch nicht viel mehr passiert. Ich habe ihn gestoppt.« Sie sah nach unten zum Meer. Der Himmel war leicht bewölkt und es wehte ein kräftiger Wind. Das Meer hatte die Farbe dunkler Tinte. Weiße Katzenköpfe hatten sich darauf gebildet. Kein Schiff befand sich auf dem Wasser.

»Nicht dein Ernst! Er hat dich geküsst und du hast gekniffen?«, schnaubte Susan. »Das hört sich so gar nicht nach der Frau an, die ich kenne.«

»Vielleicht, aber wie ich bereits sagte: Ich will keine Affäre. Schon gar nicht mit einem stadtbekannten Weiberhelden.«

»Hör mal, du hast dich vor knapp zwei Monaten von Dean getrennt. Was spricht dagegen, dir einen Rebound-Guy, einen Lückenbüßer, zuzulegen, bis dir der Richtige über den Weg läuft?«

»So einfach ist das nicht!«

»Warum? Ich finde, du solltest dein Leben endlich mal genießen.«

»Na ja, weil es außer dem Aidan-Problem noch ein klitzekleines Luca-Problem gibt«, murmelte sie.

»Deine Sorgen möchte ich haben«, kicherte Susan.

»Su, das ist nicht lustig. Luca sieht mich seit ein paar Tagen so komisch an.«

»Der Mann ist Italiener, schon vergessen? Italiener sehen alle Frauen komisch an.« Susan kicherte anzüglich.

»Nein, du verstehst das nicht. Da ist etwas in seinem Blick …« Sie dachte daran, wie er sie in der Küche angesehen hatte. »Ich glaube, er ist ein bisschen in mich verliebt.«

»Und du?«

»Ich weiß es nicht. In Lucas Nähe fühle ich mich geborgen. Wenn Aidan mich ansieht, denke ich nur noch an Sex.« Sie holte tief Luft.

»Auch nicht schlecht. Ich wüsste, was ich tun würde«, frohlockte Susan.

»Und das wäre?«

»Ich würde mich von dem Italiener bekochen lassen und hätte anschließend wilden Sex mit dem Fischer.«

»Du Tier, du!« Nun musste auch Jools kichern.

»Ja, aber diese Zeiten sind bei mir endgültig vorbei«, seufzte Susan. »Aber jetzt mal im Ernst: Ich finde, du machst dir viel zu viele Gedanken. In den letzten Jahren hat sich alles bei dir nur um deinen Job gedreht und noch dazu hattest du den Langweiler Dean an deiner Seite. Du bist doch schließlich nach Fleetwood Cove gezogen, um einen Neuanfang zu wagen. Also tu es auch und stürz dich endlich mal ins Leben, anstatt immer so vernünftig zu sein.«

Apple fing leise an, zu weinen. Jools hörte, wie Susan beruhigend auf das Baby einredete.

Vielleicht hatte Susan recht und sie sollte die Dinge mehr auf sich zukommen lassen.

Apples Weinen ging in hysterisches Schreien über.

»Du, ich glaube, ich muss Schluss machen. Apple ist völlig fertig«, hörte sie ihre Freundin sagen.

»Ich ruf dich später noch mal an«, versprach Jools.

»Alles klar. Fühl dich gedrückt.«

»Zurück, und grüß Barron von mir.«

»Küsschen.« Susan legte auf, begleitet durch lautes Weinen ihrer Tochter.

Nachdenklich sah Jools zum Hotel. Ein Ehepaar mittleren Alters hatte es sich draußen auf der Veranda gemütlich gemacht. Die beiden plauderten angeregt miteinander. Während die Frau sprach, ruhten die Augen des Mannes liebevoll auf ihr. Jedes Wort und jede Geste, die sie miteinander austauschten, zeugte von großer Verbundenheit.

Sofort musste sie an Aidan denken. Ein Sturm widerstreitender Gefühle tobte in Jools. Ihr Herz schlug wie die Faust eines Boxers gegen ihre Brust. *Es war doch nur ein harmloser Kuss*, versuchte sie, sich zu beruhigen. Im Grunde wusste sie, dass sie sich damit selbst belog. Den halben Morgen hatte sie auf ihr Handy gestarrt und auf ein Lebenszeichen von Aidan gewartet. Irgendwie hatte sie geglaubt, dass er sich nach dem Abend bei ihr melden würde. Fehlanzeige. Vielleicht wäre es besser, sie würde ihn eine Zeit lang nicht sehen, bis sich ihre Gefühle wieder etwas beruhigt hatten.

Seufzend stand sie auf und ging zurück ins Hotel.

»Man merkt, dass der Sommer langsam zu Ende geht«, sagte Jools und zog ihre Jacke enger. Es dämmerte bereits und die Luft war deutlich kühler als im Hochsommer. Der Wind hatte noch etwas an Stärke zugelegt und zerrte an ihren Kleidern. Dunkle Wolken mit dicken Bäuchen, die aussahen, als würden sie jeden Moment platzen, trieben über den Horizont. Das Meer brandete mit voller Wucht gegen die Felsen. Es herrschte Flut und das Wasser leckte gierig am Strand. Die wenigen Straßenlaternen entlang der Uferpromenade waren in Betrieb und tauchten die Umgebung in ihr gelbes Licht.

»Es wird nicht mehr lange dauern und die ersten Stürme setzen ein«, sagte Emily mit einem Blick in den Himmel.

Sie passierten den Pub. Al hatte die Bänke hochgeklappt. Heute würde keiner der Gäste draußen sitzen. Die paar Touristen, die noch in Fleetwood Cove waren, hatten sich nach drinnen in den Schankraum verkrochen, um in behaglicher Atmosphäre ihr Pint zu genießen. Leise Stimmen drangen zu ihnen nach draußen.

»Ich bin gespannt, was Betty uns zu erzählen hat«, überlegte Jools laut. Das heutige Treffen des Frauenkomitees fand in *Betty's Tearoom* statt, der knapp zweihundert Meter vom Pub entfernt lag.

Emily hatte sich bei Jools untergehakt.

»Vielleicht will sie bekannt geben, dass sie schwanger ist«, kicherte Jools.

»Du bist eine böse Frau«, lachte Emily mit erhobenem Zeigefinger. »Ich glaube, Betty und ihr Mann hatten noch nie Sex miteinander. Wahrscheinlich liegen die wie Brüderchen und Schwesterchen zusammen im Bett und fragen sich, was andere Ehepaare so treiben.«

»Oder sie treiben es von morgens bis abends«, sagte Jools trocken.

»Gott bewahre. Das möchte ich mir nicht vorstellen.« Emily verzog das Gesicht. »Ehrlich gesagt könnte ich mir vorstellen, dass sie die Werbetrommel für die anstehende Bürgermeisterwahl rühren möchte. Ihr Mann ist schließlich seit fünfzehn Jahren in Folge der Bürgermeister von Fleetwood Cove und ich könnte mir vorstellen, dass Betty nicht bereit ist, auf diese wertvolle Position in ihrem Leben zu verzichten.«

»Mhm. Damit könntest du vielleicht sogar recht haben.«

Sie hatten das kleine Café erreicht. Von außen war *Betty's Tearoom* ein unscheinbares Gebäudc mit weißer Fassade und hellblau gestrichenen Fensterläden. Ein leises Klingeln kündigte die neuen Besucher an.

Die meisten Frauen waren bereits eingetroffen, standen in Grüppchen zusammen und unterhielten sich angeregt miteinander. Als sie eintraten, verstummten die Gespräche für einen Atemzug. Alle Augen waren auf Jools und Emily gerichtet. Die Frauen musterten sie mit einer Mischung aus Neugierde und Misstrauen. Jools legte ihr PR-Manager-Gesicht auf und trotzte den Blicken der Frauen mit einem professionellen Lächeln. Eine junge Frau mit einem Tablett in der Hand bot ihnen Prosecco zur Begrüßung an. Dankend nahmen Jools und Emily ein Glas.

»Auf einen amüsanten Abend!«, prostete Emily ihr zu.

»Das wird es mit Sicherheit, wenn ich mich hier so umgucke.« Jools' Blick glitt über die Köpfe der Anwesenden hinweg. »Wer sind die alle? Ich habe die Hälfte der Frauen noch nie gesehen! Wo haben die sich alle versteckt?«, raunte sie.

»Tagsüber werden sie in der Küche angekettet und nur abends dürfen sie sich frei bewegen.« Emily giggelte. »Mal im Ernst: Das liegt daran, dass du bisher nie bei einem der Treffen vom Komitee dabei warst. Die meisten der Frauen sind berufstätig oder haben Kinder, um die sie sich kümmern.«

Jools nickte. Ihr Blick fiel auf eine kleine Gruppe von fünf Frauen, die sie mit unverhohlener Neugierde musterten. »Wer ist das?«, flüsterte sie und deutete mit einer Kopfbewegung in die Richtung.

Emily folgte ihr mit den Augen. »Die Große mit dem Mausgesicht ist Maddy. Sie lebt mit ihrem Mann gleich am Dorfeingang und arbeitet tagsüber an der Supermarktkasse. Neben ihr steht Karen. Sie ist Bettys Cousine und ein schreckliches Tratschweib.«

»Scheint in der Familie zu liegen«, bemerkte Jools trocken.

Die Ähnlichkeit zwischen den Cousinen war nicht zu übersehen. Das gleiche runde Gesicht und der gleiche spitze Mund.

Emily nickte, ohne den Blick von der Gruppe zu lösen. »Die kleine Dicke gleich neben Karen ist Sue. Ihrem Mann gehört der Souvenirshop.«

»Meinst du den neben dem Supermarkt?«

Emily nickte. »Genau den. Sue ist wirklich nett. Sie hat mir ein paarmal ausgeholfen, als Melee noch klein war. Ihr Mann Frank ist ein freundlicher Kerl mit einer Riesennase, der keiner Seele etwas zuleide tun würde.«

Aus dem Augenwinkel sah Jools, wie sich der weißblonde Haarschopf von Betty den Weg durch die Frauen bahnte. »Achtung!« Sie tippte Emily warnend auf den Arm. »Der Feind naht!«

Sie hatte den Satz kaum ausgesprochen, als Betty mit ausgebreiteten Armen auf sie zukam.

»Da ist ja mein Ehrengast des Abends«, flötete sie mit glockenklarer Stimme. Ehe Jools es verhindern konnte, hatte Betty sie in ihren Fängen und drückte sie so fest gegen ihre üppige Brust, dass sie fürchtete, keine Luft mehr zu bekommen. Emily würdigte sie mit keinem Blick. »Wie schön, dass du gekommen bist.«

»Ja, ähm, ich freue mich auch, hier sein zu dürfen. Ich habe mir erlaubt, Emily mitzubringen.« Jools deutete auf ihre Managerin.

»Emily«, begrüßte Betty sie mit einem knappen Kopfnicken.

»Betty, wie schön, dich zu sehen«, säuselte Emily mit übertriebener Freundlichkeit.

»Wie läuft es im Hotel?«, fuhr Betty fort. Dabei drehte sie Emily leicht den Rücken zu.

»Sehr gut. Danke. Ich kann nicht klagen. Dank meines hervorragenden Teams läuft alles wie bisher«, schmunzelte Jools.

»Wunderbar. Solltest du weitere Hilfe brauchen, kannst du mit der Unterstützung des Frauenkomitees rechnen. Schließlich sind wir in Fleetwood Cove eine große Familie, die alles miteinander bespricht«, sagte Betty in einer Lautstärke, dass alle Umstehenden mithören konnten. Mehrere der Frauen nickten beifällig.

»Vielen Dank für das nette Angebot, aber ich denke, im Moment bin ich bestens versorgt.«

»Ja, ähm …« Es war Betty deutlich anzusehen, dass sie nicht mit dieser Antwort gerechnet hatte. Es entstand eine kurze Pause. »Auf jeden Fall freue ich mich, dass ihr«, Betty betonte das Wort, »gekommen seid, um mich bei der Wahl meines Mannes zum Bürgermeister zu unterstützen.«

»Habe ich es dir nicht gesagt?«, flüsterte Emily.

»Den Zahn werde ich ihr ziehen«, zischte Jools. »Ich lasse mich doch nicht von dieser Frau einspannen, damit ihr Mann Bürgermeister wird und sie sich in den Vordergrund spielen kann.« Sie erhob ihre Stimme, sodass alle im Raum sie hören konnten. »Mein Besuch ist ein rein freundschaftlicher und hat nichts mit meiner Entscheidung zu tun, wen ich letztendlich als Bürgermeister unterstützen werde. Noch hatte ich keine Gelegenheit, mir ein Bild von den nominierten Kandidaten zu machen. Ich sage einfach: Möge der Bessere gewinnen«, entgegnete Jools kühl, ohne das Lächeln von ihrem Gesicht zu nehmen.

Im Raum herrschte absolute Stille. Man hätte eine Stecknadel fallen hören können.

»Bravo.« Emily klatschte in die Hände. »Gut gesprochen. Dem schließe ich mich an.«

Dankbar sah Jools ihre Freundin an. Ein zweites Klatschen ertönte aus der Reihe der Frauen, gefolgt von einem dritten. Sekunden später applaudierten die meisten der Anwesenden.

Jools nickte lächelnd. Bettys Augen hatten sich zu schmalen Schlitzen zusammengezogen. Jools sah, wie sie um Fassung rang.

»Nach diesen Worten, würde ich sagen, brauchen wir alle erst einmal eine kleine Stärkung. Deshalb erkläre ich das Buffet für eröffnet.« Betty deutete auf den Tresen rechts des Eingangs, wo ein Buffet aufgebaut worden war.

»Vielen Dank«, erwiderte Jools artig. »Ich bin mir sicher, dass das Essen vorzüglich schmecken wird. Ich habe noch die Scones von meinem letzten Besuch in Erinnerung und die waren wirklich ausgezeichnet.«

»Ach«, winkte Betty geziert ab. Ihre Mundwinkel zogen sich nach oben, was Jools als Lächeln deutete. »Das war doch gar nichts. Wenn ihr mich kurz entschuldigen würdet, ich werde gebraucht.« Mit diesen Worten rauschte sie davon.

»Eins zu null für dich«, raunte Emily. »Du bist dir darüber im Klaren, dass du dir Betty gerade zum Feind gemacht hast?«

Jools nickte. »Vielleicht, aber ich lasse mir nicht vorschreiben, was ich tue. Die Frau ist schlimmer als die Polizei.«

»Wem sagst du das? Seit ich nach Fleetwood Cove gezogen bin, macht sie mir das Leben schwer. Eine Frau, die mit achtzehn schwanger wird, und noch dazu unverheiratet, ist moralisch verwerflich für sie. Das hat sie mich mehr als einmal spüren lassen. Manchmal glaube ich, dass sie keinen anderen Sinn im Leben hat, als den, die Geheimnisse ihrer Mitmenschen aufzudecken und sich in ihr Leben einzumischen.«

»Wahrscheinlich liegst du damit gar nicht so falsch«, nickte Jools. »Komm, lass uns einen Platz aussuchen, wo wir einen guten Überblick haben und der Getränkenachschub gewährleistet ist.«

»Kannst du Gedanken lesen?« Emily lachte laut auf.

»Nein, aber anders lässt sich dieser Abend nicht ertragen«, kicherte Jools und rollte die Augen.

Sie gingen in den hinteren Teil des Raumes, vorbei an dem kleinen Tresen, hinter dessen Glasfront man einen Blick auf die gebackenen Köstlichkeiten werfen konnte, die Betty ihren Gästen servierte. Cupcakes mit bunten Cremehütchen standen einträchtig neben Brownies, Scones und selbstgemachten Cake-Pops. Alles war appetitlich auf silbernen Etageren angerichtet.

Dem Anlass und der Uhrzeit entsprechend, standen auf dem Tresen mehrere Platten mit Häppchen. Den Tisch daneben hatte man kurzerhand zur Bar umfunktioniert. Es gab Rot- und Weißwein zur Auswahl. Sie stellten ihre leeren Sektgläser ab und nahmen sich ein Glas Rotwein zur Hand.

»Hier ist es gut«, flüsterte Emily und deutete auf zwei Stühle in der hinteren Reihe.

»Vortreffliche Wahl«, nickte Jools.

Sie ließen sich auf den Holzstühlen nieder. Genau zur richtigen Zeit, denn Betty baute sich gerade in der Mitte des Raumes auf und schlug mit einem Löffel gegen ihr Glas. Sofort erstarb jedes Gespräch und alle Augen richteten sich auf die Gastgeberin und Vorsitzende des Komitees.

»Liebe Freundinnen, es ist mir eine außerordentliche Freude, euch alle heute hier in meinem kleinen bescheidenen Café begrüßen zu dürfen. Schön, dass ihr euch die Zeit genommen habt und so zahlreich erschienen seid.«

Applaus ertönte.

»Hiermit erkläre ich das Meeting für eröffnet«, sagte Betty wie ein Showmaster, der die nächste Nummer ankündigte. »Auf dem heutigen Programm stehen folgende Punkte …«

»Ich dachte, dieser Abend hört nie mehr auf. Diese Frau kann ohne Punkt und Komma reden«, stöhnte Jools gespielt. »Wahrscheinlich habe ich vom langen Sitzen Blasen am Hintern.«

Emily schmunzelte. »Du kannst nicht behaupten, dass ich dich nicht gewarnt hätte. Aber zumindest der Wein und das Essen waren gut, so viel muss man Betty lassen.«

Jools nickte. »Ohne den Alkohol wäre es auch nicht auszuhalten gewesen.« Langsam kämpften sie sich gegen den Wind die kleine Straße, die zum *Fleetwood on Sea* führte, hoch.

Eine hochgewachsene Gestalt mit einem Hund an der Seite kam ihnen entgegen. Jools' Herz setzte einen Schlag aus, als sie ihn erkannte. Aidan.

»Wen haben wir denn da?«

Max kam mit wedelndem Schwanz auf Jools zugelaufen. Sie ging in die Knie und begrüßte den Schäferhund freudig. Als sie sich wieder aufrichtete, stand Aidan direkt vor ihnen. Er hatte die Hände in den Hosentaschen und sah aus wie ein trotziger Junge.

»Hi, Emily.« Aidan beugte sich vor und gab ihr einen Kuss auf die Wange. Sein Blick fiel auf Jools, die schweigend neben ihr stand. »Hi, Jools.« Seine Stimme wurde eine Nuance dunkler.

Er machte keine Anstalten, sie zu küssen. Ein kurzes Kopfnicken war alles, was er ihr schenkte. Eigentlich hätte sie erleichtert sein sollen, schließlich führte der Flirt zwischen ihnen in eine Sackgasse. Stattdessen verspürte sie einen leichten Stich in der Herzgegend.

»Was macht ihr beiden noch so spät im Dorf?«, fragte er, den Blick auf Emily gerichtet. Anscheinend hatte er beschlossen, Jools komplett zu ignorieren.

»Wir waren zur Sitzung des Frauenkomitees eingeladen«, kam sie Emily mit der Antwort zuvor.

Aidan nickte langsam. »Dazu kann man euch nur sein Beileid aussprechen.«

»Wir haben es überlebt«, entgegnete Jools knapp.

Sie war verärgert und verwirrt. Sie dachte an die Art, wie er sie angesehen hatte, als sie auf dem Boot gewesen waren, an seine Zärtlichkeiten, die im krassen Gegensatz zu dem standen, wie er sich jetzt verhielt.

»Wo kommst du her?«, rutschte es ihr heraus.

Seine Haare waren zerzaust. Er hatte sich zum Schutz gegen den Wind einen blauen Troyer übergezogen, der ihm zugegebenermaßen ausgezeichnet stand.

»Lily hat eine neue Lieferung bekommen und mich gebeten, ihr behilflich zu sein, die Sachen ins Lager zu tragen.« Seine Mundwinkel zuckten kaum merklich.

Es versetzte ihr einen leichten Stich, zu hören, dass er bei Lily gewesen war, aber keine Zeit gefunden hatte, sich bei ihr zu melden. Die Message war eindeutig!

Aidan fuhr sich mit der Hand über das Kinn. Eine Geste, die sie schon ein paar Mal bei ihm beobachtet hatte.

»Ich wollte bei Al vorbeischauen. Habt ihr Lust, mitzukommen?« Sein Blick richtete sich direkt auf Jools. Instinktiv hielt sie die Luft an.

»Jools? Was meinst du?« Emily sah sie fragend an.

»Lily kommt auch noch«, schob Aidan hinterher.

Warum wollte er sie dabeihaben, wenn er mit Lily verabredet war? Höflichkeit? Verpflichtung?

»Nein, vielen Dank«, lehnte sie hastig ab. »Ich muss heute mal früher ins Bett.«

Aus dem Augenwinkel sah sie, wie Emily verwundert die Braue nach oben zog. Jools zuckte kaum merklich mit den Schultern. Sie hatte keine Lust, den ganzen Abend mit anzusehen, wie Aidan mit Lily flirtete und sie behandelte, als ob nie etwas zwischen ihnen vorgefallen wäre.

»Na, da kann man nichts machen.« Sein Blick ruhte auf Jools.

»Sieht ganz danach aus.« Er hatte sie in ihrem Stolz verletzt, indem er sich nicht gemeldet und Lily ihrer Gesellschaft vorzog.

»Bye, Aidan!«, winkte Emily ihm hinterher.

Aidans hohe Gestalt verschwand im Schatten der Häuser.

»Kannst du mir mal erklären, was das eben sollte?«, flüsterte Emily, kaum dass Aidan außer Hörweite war.

»Wieso? Ich habe keine Ahnung, was du meinst.« Mürrisch kickte Jools einen Stein weg.

»Gestern erzählst du mir noch, wie toll Aidan küssen kann, und jetzt siehst du ihn an wie die Eiskönigin persönlich.«

»Du hast doch gesehen, wie er mich behandelt hat«, murmelte sie grimmig. »Dem Typ bin ich völlig egal.«

»Das ist doch Quatsch. Ich habe bemerkt, wie er dich angeschaut hat. Glaub mir, Aidan findet dich gut. Der kann nur nicht aus seiner Haut.«

»Und was ist mit Lily?«

»Ach die«, winkte Emily ab. »Lily und Aidan hängen häufig zusammen ab. Ich glaube, dabei solltest du dir nicht allzu viel denken.«

»Mhm.«

»Ich finde, ihr würdet ein ziemlich gutes Paar abgeben. Die toughe Hoteleigentümerin und der charmante Fischer.«

Von der Seite sah sie, wie Emily schief grinste.

»Haha. Sehr witzig«, knurrte Jools. Eine Windbö wirbelte ihren Mantel hoch. Quietschend drückte sie ihn mit den Händen wieder runter.

»Ich denke, wir sollten uns beeilen, bevor es anfängt zu regnen.« Emily hakte sich bei ihr unter.

Gemeinsam kämpften sie sich den Weg bis zum *Fleetwood on Sea* hoch.

8. Kapitel

Gut gelaunt und bewaffnet mit mehreren Kartons, ging Jools die Treppe nach oben, um Millies kleines Appartement auszuräumen. In den letzten Wochen hatte sie zu viel um die Ohren gehabt, dass sie schlicht nicht dazu gekommen war. Tagsüber hatte sie entweder mit Emily hinter der Rezeption gestanden oder Rose bei ihren täglichen Runden durch das Hotel begleitet. Sie hatte einfach nicht die Muse gehabt, sich mit Millies Hinterlassenschaften auseinanderzusetzen.

Als sie das Zimmer betrat, schlug ihr der schwache Geruch von Millies Parfüm entgegen, der sich im Laufe der Jahre darin festgesetzt hatte. Alles sah noch genauso aus wie bei ihrem letzten Besuch. Obwohl die Einrichtung altmodisch war, strahlte der Raum eine Gemütlichkeit und Wärme aus, wie man es nur selten fand.

Sie stellte die Kartons an die Seite und öffnete einen der Schränke, um sich den Inhalt vorzunehmen. Dicke Bücher standen sorgfältig angeordnet nebeneinander. Sie packte sie nach einer kurzen Durchsicht in einen der Kartons und beschriftete ihn.

Als Nächstes entdeckte sie mehrere Kisten mit Fotografien. Millie hatte ihre Fotos archiviert und nach Entstehungsdatum sortiert. Zeugnisse einer glücklichen Kindheit an der Seite ihrer Mutter, die Jools niemals kennengelernt hatte.

Nachdenklich betrachtete sie die beiden Frauen. Millie hatte die gleichen dicken Haare wie ihre Mutter, die gleiche feine Nase und einen ähnlichen Körperbau. Aber sie entdeckte auch Ähnlichkeiten zu ihrem Vater in Millies Gesicht, ein Erbe des gemeinsamen Vaters.

Die beiden Familien hatten bis zum Tod von Jools' Großvater ein Parallelleben geführt, ohne voneinander zu wissen. Das Doppelleben ihres Großvaters hatte in beiden Familien Spuren hinterlassen. Bei Jools' Vater war die Verbitterung darüber, dass sein geliebter Vater die Familie betrogen hatte, geblieben. Sie war so weit gegangen, dass er bis zu seinem Tod den Kontakt zu seiner einzigen Halbschwester auf wenige Treffen reduziert hatte. Bei Millie war es die Trauer um den Bruder gewesen, der sie nie an sich herangelassen und stattdessen abgelehnt hatte. Einmal mehr wurde Jools von tiefem Bedauern darüber erfasst, dass das Schicksal ihr verwehrt hatte, Millie kennenzulernen.

In einer der Kisten fand sie Bilder von ihrem Vater, die aus dem Nachlass ihres Großvaters stammten. Eine leichte Wehmut überfiel sie beim Anblick ihres Vaters. Sie hatte ihn sehr geliebt und vermisste ihn bis heute schmerzlich. Vorsichtig packte sie die Bilder zurück in die Box. Sie würde die Fotografien zusammen mit den Schmuckstücken, die Millie ihr hinterlassen hatte, in ihrem Zimmer lagern.

Ihr Blick glitt durch den Raum. Die meisten von Millies Möbeln waren antike Stücke, die sie behalten und im Hotel verteilen würde. Sie mochte den Mix aus modernen und alten Sachen. Für sich selbst würde sie Millies alten Schreibtisch behalten. Ein wunderschöner schlichter Sekretär aus dunklem Holz mit Intarsien, der perfekt unter ihr Fenster passen würde. Das gute Stück stammte zweifellos aus der Regency-Epoche, in der Jane Austen gelebt hatte. Jools hatte eine Schwäche für diese Zeit und seine großartige Schriftstellerin.

Sie machte sich daran, die Fächer des Sekretärs auszuräumen. In den Schubladen lagerten hauptsächlich alte Postkarten von Freunden, Erinnerungsstücke und Schreibutensilien. Als sie die letzte Schublade öffnete, stieß sie einen überraschten Schrei aus. Ein Stapel Briefe lag darin, der mit einer roten Schleife wie ein Geschenk umwickelt war.

Mit spitzen Fingern öffnete sie die kleine Schleife und nahm den obersten Brief zur Hand. *Für meine geliebte Millie*, stand in energischer Handschrift darauf geschrieben.

Neugierig zog sie den Brief aus dem Umschlag.

Nun sind wir kaum drei Tage voneinander getrennt und ich vermisse dich bereits schmerzlich …

Ihre Augen flogen über die Zeilen. James hatte den Brief während der Zeit ihres Kennenlernens an Millie geschrieben. Aus jedem Satz sprach die tiefe Liebe, die er für seine Frau empfunden hatte. Unwillkürlich verglich sie ihr Leben mit dem von Millie. Ihre Beziehung zu Dean war durch ihre Berufe geprägt gewesen, aber von Liebe, wie sie Millie und James erlebt hatten, keine Spur.

Aidans Gesicht geisterte durch ihren Kopf. Erst letzte Nacht hatte sie von ihm geträumt. Er hatte sie liebevoll angesehen und sich zu ihr gebeugt, um sie zu küssen. Genau in dem Moment, als sich ihre Lippen berührten, war sie mit Herzklopfen aufgewacht. Danach hatte sie ewig wach gelegen und aus dem Fenster gestarrt, bis die Sonne aufgegangen war.

Ihr Blick wanderte nach draußen. Dicke Wolken jagten über den Himmel, als wollten sie sich ein Wettrennen liefern. Die Segel mehrerer Boote schimmerten weiß am Horizont. Wahrscheinlich war die *Sea Gull* eines von ihnen.

Seit ihrem zufälligen Zusammentreffen in Fleetwood Cove hatte sie Aidan nicht mehr gesehen. Es war, als ob er vom Erdboden verschluckt wäre. Sie war Ben bei einem ihrer Einkäufe im Dorf begegnet. Er hatte sie auf eine Tasse Tee zu sich eingeladen und Jools hatte die Einladung nur allzu gern angenommen. Sie mochte Aidans Vater mit seiner ruhigen und unerschütterlichen Art. Er hatte ihr erzählt, wie Aidan als sechsjähriger Junge seinen ersten großen Fisch an der Angel gehabt hatte und dabei fast kopfüber ins Wasser gefallen wäre. Sie hatten viel gelacht und als sie sich verabschiedet hatte, hatte er sie umarmt und gebeten, ihn bald wieder zu besuchen.

Sie schüttelte sich abrupt. Es hatte keinen Sinn, ihren Gefühlen für Aidan nachzuhängen. Er hatte mit seiner Aktion deutlich klargemacht, dass er nichts von ihr wollte.

Seufzend machte sie sich daran, Millies Kleider auszusortieren.

»Ich brauche dringend einen Kaffee«, begrüßte sie Luca ohne Umschweife.

Sie hatte Millies Wohnung komplett ausgeräumt und die Kisten mit den alten Kleidern ins Auto gebracht, um sie bei Gelegenheit nach Broad Haven zu bringen, wo es eine Sammelstelle von *Oxfam* gab. Emily hatte ihr davon erzählt. *Oxfam* war eine karitative Einrichtung, die es sich zur Aufgabe gemacht hatte, arme Menschen durch Verkäufe von Altkleidern und Gegenständen zu unterstützen. Jools war sich sicher, dass Millie bestimmt einverstanden damit gewesen wäre.

Luca sah sie lächelnd an. »Pronto.«

Stöhnend ließ sie sich auf den Stuhl fallen. »Gott sei Dank! Ich hatte schon Angst, du könntest Nein sagen!«

Sie schwang die Beine auf die Arbeitsplatte und wippte mit den Füßen.

»Niemals«, sagte Luca im Tonfall eines Richters, der sein Urteil fällte. »Wie geht es dir?«

»Gut. Warum fragst du?« Sie schluckte.

»Weil ich dich kaum noch zu Gesicht bekomme.« Er drehte sich zu ihr. »Den ganzen Tag bist du unterwegs und selbst zum Abendessen verschwindest du.«

Sie wechselten einen kurzen Blick. Anspannung lag in der Luft.

Luca füllte das Kaffeepulver in die Maschine. Er lehnte sich gegen den Tisch, ohne Jools aus den Augen zu lassen. »Hat es mit mir zu tun?«

»Nein, natürlich nicht«, log sie.

Sie drehte ihren Kopf zur Seite, unter dem Vorwand, aus dem Fenster zu schauen. Sie war eine schlechte Lügnerin. Ihre Mutter hatte immer gesagt, dass man es ihr von den Augen ablesen konnte, wenn sie log. Tatsächlich hatte sie es vermieden, mit ihm allein zu sein. Erstens hatte sie beschlossen, den Männern zu entsagen und sowohl Aidan als auch Luca aus dem Weg zu gehen, zweitens hatte sie genug mit dem Hotel um die Ohren. Ihr Liebesleben würde wohl oder übel warten müssen.

»Gut, dann bin ich froh.« Er sah sichtlich erleichtert aus. »Du siehst ein wenig müde aus.«

»Ich habe eine leichte Migräne. Das ist alles neu für mich und manchmal habe ich Angst, dass ich einen Fehler gemacht haben könnte«, schüttete sie ihm ihr Herz aus.

In den letzten Nächten hatte sie häufig wach gelegen und sich den Kopf zermartert, was sie tun sollte, falls ihr Plan mit dem Hotel nicht aufging.

»Du machst keinen Fehler, da bin ich mir ganz sicher. Millie wäre stolz, wenn sie sehen könnte, wie du ihren Traum und den ihres Mannes weiter verwirklichst. Niemand hat gesagt, dass es einfach werden würde. Ich weiß noch, wie es mir ging, als ich von Italien hierhergezogen bin. Ich kam mir am Anfang wie ein Alien vor. Andere Sprache, andere Kultur.«

Sie nickte. Bisher hatte sie sich darüber keine Gedanken gemacht, dass es Luca ähnlich wie ihr ergangen war. In ihrem Kopf gehörte Luca zu *Fleetwood on Sea* wie das Mobiliar.

Er reichte ihr den Becher. Der köstliche Duft von frisch gebrühtem Kaffee stieg ihr in die Nase.

»Spätestens wenn man deinen Kaffee trinkt, muss man sich einfach in dich verlieben«, rutschte es ihr heraus.

»Nur wegen des Kaffees?« Seine dunklen Augen flackerten.

Jools schluckte. Die Luft im Raum war geladen und es hätte sie nicht gewundert, wenn kleine Blitze durch die Küche gezischt wären. »Nein, aber würde ich dich nicht kennen, wäre dein Kaffee ein guter Grund dafür.«

Luca lehnte sich lässig gegen den Küchentresen. »Gut, dass du gekommen bist. Ich wollte dich sowieso sprechen.«

Überrascht stellte sie den Becher ab. »Das klingt gar nicht gut. Ist etwas passiert?«

»Nein. Ja. Doch.« Luca runzelte die Stirn. »Ich wollte es dir die ganze Zeit erzählen. Ich habe einen Brief von meinen Eltern erhalten.« Ihre Blicke kreuzten sich. »Es gab im vergangenen Monat in der Region, in der meine Eltern leben, mehrere Erdbeben.«

»Das tut mir leid! Ich hoffe, es ist ihnen nichts passiert.« Fernsehbilder von zerstörten Ortschaften tauchten in ihrem Kopf auf.

»Das Hotel meiner Eltern ist schon seit Generationen im Familienbesitz und nicht wie bei euch Amerikanern aus Holz, sondern aus solidem Stein gebaut. Es hat bereits eine Reihe von Erdbeben überlebt und wird auch noch weitere überleben. Trotzdem gibt es kleine Reparaturen, die erledigt werden müssen, und meine Eltern sind nicht mehr die Jüngsten. Sie haben mich um Hilfe gebeten.«

»Ich wusste gar nicht, dass deine Eltern ein Hotel haben«, rief sie erstaunt.

Luca fasste sich an den Hinterkopf und öffnete den Zopf. Eine Flut aus dunklen Haaren fiel auf seine Schultern. Sein Blick haftete unverwandt an Jools.

»Si. Das ist der Grund, warum ich Koch geworden bin. Schon als kleiner Junge war mein liebster Ort im Hotel die Küche. Dort roch es immer so herrlich nach Kräutern und Gewürzen. Meine Großmutter stand den ganzen Tag hinter dem Herd und hat gekocht. Wenn meine Mutter beschäftigt war, brachte sie mich zu meiner Großmutter und ich durfte vom Tisch aus zusehen, wie sie das Essen zubereitet hat. Das war nicht so, wie man es heute in modernen Fernsehsendungen sieht, sondern das war eine Kunst, die sie mit voller Inbrunst ausführte. Die Orecchiette-Nudeln, die meine Großmutter machte, waren kleine handgeformte Kunstwerke.« Über Lucas Gesicht huschte ein verzückter Ausdruck, als hätte er soeben eine Erleuchtung gehabt. »Wenn sie eine Pizza zubereitete, belegte sie sie, als würde es sich dabei um ein Bild handeln. Der Teig hatte genau die richtige Konsistenz und wenn er aus dem Ofen kam, schlug er Blasen. Ihre Tagliatelle mit Safran und Tintenfisch sind bis heute eine Legende bei uns im Dorf. Und die Panna Cotta, die du so liebst, ist nach einem Rezept meiner Großmutter zubereitet.«

Ein Lächeln breitete sich auf Jools' Gesicht aus. Lucas Panna Cotta war das Erste, was sie probiert hatte, als sie im *Fleetwood on Sea* angekommen war und ihn in der Küche besucht hatte.

»Irgendwann war ich alt genug«, fuhr Luca fort, »und durfte ihr helfen. Das sind bis heute meine schönsten Erinnerungen. Am Anfang nur ganz kleine Dinge, später immer mehr. Meine Großmutter hat mir beigebracht, wie man die köstlichsten Nudeln selbst macht. Sie hat mich auf dem Markt an den Tomaten riechen lassen, damit ich herausfinde, welche die Aromatischen sind. Ihr habe ich mein ganzes Wissen zu verdanken! Ihr größtes Geschenk jedoch war, dass sie mir gezeigt hat, wie man einen guten Espresso aufsetzt. Sie meinte immer zu mir: *Der Kaffee muss schwarz sein wie der Teufel, heiß wie die Hölle, rein wie ein Engel und süß wie die Liebe. Wenn du Kaffee so zubereiten kannst, musst du dir um die Liebe keine Sorgen mehr machen.*« Er lachte sein wunderbar heiseres Lachen.

»Deine Großmutter muss eine weise Frau gewesen sein«, fiel sie in sein Lachen mit ein.

»Es ist schön, dich lachen zu sehen«, sagte Luca schließlich. Seine Augen brannten auf ihrem Gesicht.

Jools nahm einen Schluck aus dem Becher – ganz klar eine Übersprunghandlung.

»Wann würdest du fahren?«, fragte sie.

»Montagmorgen in der Früh«, entgegnete er mit rauer Stimme.

»Das ist ja schon in vier Tagen!« Ihr Magen zog sich zusammen, als ob sie in eine Zitrone gebissen hätte. »Aber wo soll ich auf die Schnelle einen Koch finden?«

»Darum habe ich mich bereits gekümmert«, erklärte Luca ruhig. »Nach unserem Meeting an deinem ersten Tag habe ich meine Fühler ausgestreckt und mehrere Köche kontaktiert, die ich während meiner Reise durch Großbritannien kennengelernt habe. Ned Hayes hat sich bereiterklärt, für die Zeit meiner Abwesenheit einzuspringen. Natürlich vorausgesetzt, dass du einverstanden bist.«

»Mhm. Ned Hayes.« Schlürfend trank sie den Kaffee aus.

In ihrem Kopf herrschte ein leichtes Chaos und Lucas Offenbarung war aus dem Nichts gekommen. Sie spürte, wie sein Blick auf ihr ruhte.

»Ned hat in Frankreich gelernt und in mehreren Restaurants dort gearbeitet. Er ist wirklich gut und ein verdammt netter Kerl. Er meinte, dass er bleiben könnte, wenn du mit ihm zufrieden bist.«

»Dann hätten wir praktisch zwei Fliegen mit einer Klappe geschlagen«, sagte Jools und strich sich nachdenklich mit dem Finger über die Lippen.

»Ja. Wir sind nicht ausgebucht. Das wäre also eine gute Zeit, um einen neuen Koch einzuarbeiten.«

»Nur dass du nicht da bist, um ihn einzuarbeiten«, entgegnete sie.

»Nein. Aber ich bin mir sicher, dass Ned das Zeug dazu hat«, sagte Luca bestimmt. »Ich gehe nicht gern, hörst du? Aber ich muss. Es geht um niemand geringeres als meine Eltern.«

Sie nickte. »Einverstanden. Wenn es dein Wunsch ist, soll es mir recht sein. Aber du weißt schon, dass du Gefahr läufst, dass ich dich vielleicht gar nicht mehr will? Es wäre doch möglich, dass Ned besser ist als du.«

»Das solltest du dir gut überlegen«, grinste Luca schief. »Schließlich bist du ein Kaffee-Junkie.« Luca strich mit der Hand über das chromfarbene Gehäuse der Kaffeemaschine. »Ned trinkt, soweit ich weiß, nur Tee.«

»Oh. Dann würde ich sagen, warte ich doch lieber auf dich«, lachte sie schelmisch.

»Dachte ich es mir.«

»Das hast du ziemlich geschickt eingefädelt«, bemerkte sie.

»Ja, ich bin ja auch ein schlauer Italiener.«

»Ich werde dich vermissen. Ohne dich ist *Fleetwood on Sea* nicht dasselbe.« Ihre Augen trafen sich. »Wie lange bleibst du voraussichtlich weg?«

»Knapp zwei Wochen.«

»Mhm. So lange.«

»Italien ist nicht gerade um die Ecke und außerdem dauert bei uns alles etwas länger.« Er lächelte.

Sie erwiderte sein Lächeln.

»Würdest du mir einen Gefallen tun?«, fragte Luca sie völlig unvermittelt.

»Natürlich. Jeden.«

Eine dunkle Strähne fiel ihm ins Gesicht. Einem Impuls folgend, streckte sie die Hand aus und schob die Strähne hinter sein Ohr. Seine Haare fühlten sich genauso an, wie sie aussahen: seidig und zugleich kräftig. Überrascht sah Luca sie an. Seine Augen waren noch eine Nuance dunkler geworden.

»Und der wäre?«, nahm sie stammelnd den Faden wieder auf.

»Ich würde dich gern mit dem Motorrad zu einem kleinen Ausflug entführen.«

»Das klingt absolut verlockend, aber ich weiß nicht, ob ich das zeitlich hinbekomme«, antwortete sie ehrlich. Der Maler würde morgen kommen, um sich um Millies Zimmer zu kümmern.

»Wir müssen ja nicht morgens aufbrechen, sondern können erst gegen Abend los. Das bedeutet allerdings, dass du dir warme Sachen und festes Schuhwerk anziehen musst. Per favore, Madonna. Gib deinem Herzen einen Ruck.«

Unwillkürlich musste Jools lächeln. Immer wenn Luca emotional wurde, verfiel er in seine Muttersprache.

»Also wenn du mich so bittest, kann ich einfach nicht Nein sagen.«

»Brava!« Luca strahlte sie an. »Dann sehe ich dich spätestens morgen Nachmittag.«

Sie nickte.

»So, und nun raus aus meiner Küche, ich muss noch einiges erledigen.«

»Aber nur, wenn ich vorher einen Kaffee bekomme. Schließlich muss ich die nächsten Wochen ohne ihn auskommen.«

»Einen Espresso, dann verschwindest du aus meiner Küche.« Zu ihrem Bedauern band er seine Haare wieder zu einem Knoten am Hinterkopf zusammen.

»Ich sage es ja nur ungern, aber genau genommen ist das meine Küche«, gluckste sie vergnügt.

»Raus!« Luca deutete mit ausgestreckter Hand auf die Tür.

»Nicht ohne meinen Espresso!«

Seufzend schaltete Luca die Kaffeemaschine ein. »Typisch Frau! Nie hören sie auf das, was man ihnen sagt!«

»Genau so ist es!« Zufrieden wackelte sie mit den Zehen.

»Das ist nicht dein Ernst!« Emily sah sie entsetzt an. »Luca will für zwei Wochen nach Italien und sagt mir kein Wort davon?!«

»Hey, entspann dich. Ich habe es schließlich auch erst heute Nachmittag erfahren«, versuchte Jools, ihre Freundin zu beruhigen.

»Und was soll das für ein Ersatz sein?«

»Ned Hayes«, wiederholte Jools den Namen.

»Noch nie gehört.« Emily schüttelte ungläubig den Kopf.

»Ich auch nicht, aber wenn Luca behauptet, er ist gut, dann vertraue ich ihm.«

»Ich weiß nicht.« Emily wickelte gedankenverloren eine Haarlocke um ihren Finger. »Und wieso ausgerechnet jetzt?«

»Das habe ich doch alles schon erklärt«, sagte Jools geduldig.

»Und zum Abschied will er mit dir zu einem Date.« Emily verzog das Gesicht.

»Das ist kein Date«, widersprach Jools energisch. Sie wollte auf keinen Fall, dass Emily das Gefühl bekam, dass sich etwas zwischen ihr und Luca anbahnte. »Luca will mich auf einen Motorradausflug mitnehmen, mehr nicht.«

Sie saßen zusammen in Emilys Küche. Melee war bereits ins Bett gegangen. Miss Maple lag zusammengerollt auf Jools' Schoß, während sie die Katze zwischen den Ohren kraulte.

»Das ist ein Date!«, beharrte Emily.

»Ist es nicht«, seufzte sie. »Aber wenn dich der Gedanke stört, sage ich das Treffen ab.«

Sie hatte bewusst das Wort ›Date‹ vermieden.

»Nein, natürlich nicht.« Emily nahm einen Schluck aus ihrem Wasserglas.

Jools hatte sich eine Dose ihres geliebten *Dandelion and Burdock* aufgemacht und nippte daran.

»Ich meine es ernst, Em. Wenn du nicht möchtest, dass ich mich mit Luca treffe, bleibe ich hier oder frage ihn, ob er nicht mit uns im Cottage zu Abend essen möchte.«

»Blödsinn.« Emily schüttelte zur Bekräftigung ihre roten Locken, aber ihr Gesicht strafte sie Lügen. Es lag auf der Hand, dass sich Emily gern an ihrer statt mit Luca treffen würde.

»Ich mache mir aber Sorgen. Du bist meine beste Freundin und ich möchte nicht, dass etwas zwischen uns steht.«

Emily ergriff ihre Hand. »Alles okay. Ich freue mich für dich.«

»Du tust ja gerade so, als ob Luca und ich … also, als ob wir beide …« Sie holte tief Luft. »Na ja, du weißt schon …« Sie suchte Emilys Augen.

»Ich weiß nicht, was zwischen euch läuft. Aber es ist ziemlich offensichtlich, dass Luca ein Auge auf dich geworfen hat.« Ein zaghaftes Lächeln huschte über Emilys Gesicht.

»Blödsinn.« Sie wusste, dass Emily recht hatte. Ihr waren seine Blicke auch aufgefallen.

Für einen Moment herrschte eine unangenehme Stille zwischen ihnen. Jools spielte nervös an ihrem Wasserglas.

»Ich war ganz überrascht, zu hören, dass Lucas Familie ein Hotel besitzt. Er hat so davon geschwärmt, dass ich mich gefragt habe, warum er nicht zurückgeht.«

Tatsächlich war ihr der Gedanke gekommen, nachdem er ihr von seiner Familie und dem Hotel erzählt hatte.

»Ich glaube, die Geschichte von damals sitzt noch zu tief. Vielleicht hat er auch einfach Angst«, mutmaßte Emily.

Es war eher ungewöhnlich für einen italienischen Koch, in einem kleinen Dorf in Wales zu arbeiten. Bei Luca waren es die Umstände gewesen, die ihn hierhergeführt hatten. Er hatte es ihr bei ihrem letzten Besuch in einer vertrauten Minute erzählt.

Luca hatte in Italien als Koch gearbeitet und war mehr und mehr dem Alkohol verfallen. Aus einem Glas mit den Gästen waren jeden Abend mehr Gläser geworden, bis er angefangen hatte, auch tagsüber zu trinken. Nach und nach hatten sich seine Freunde von ihm abgewandt. Nur seine Verlobte Sophia hatte zu ihm gehalten. Eines Abends – Luca war ziemlich betrunken – sah er Sophia mit einem anderen Mann. Er rastete aus und schlug den Mann zusammen. Als er am nächsten Morgen in der Ausnüchterungszelle aufwachte, hatte er eine Strafanzeige wegen Körperverletzung am Hals und Sophia war aus der gemeinsamen Wohnung ausgezogen. Für Luca war der Zwischenfall ein Signal gewesen, sein Leben neu zu sortieren. Er unterzog sich einer Entziehungskur, setzte sich anschließend auf sein Motorrad und fuhr durch Europa, bis es ihn schließlich nach Großbritannien verschlug.

Millie hatte damals ein Stellenangebot für einen Koch in der Zeitung aufgegeben. Die beiden waren sich schnell einig geworden und seither arbeitete Luca im *Fleetwood on Sea*. Eine glückliche Fügung, denn das Hotel hatte dank Lucas Fähigkeiten als Koch einen ziemlichen Aufschwung bekommen. Und seit jenem unglückseligen Abend hatte Luca nie wieder einen Tropfen Alkohol angerührt.

»Und es ist wirklich okay für dich?«, vergewisserte sie sich ein weiteres Mal.

»Ein letztes Mal – ja«, knurrte Emily leicht genervt.

»Entschuldige bitte, Em. Ich wollte dich nicht verärgern.« Sie hob hilflos die Arme.

»Schon okay. Es ist nur, dass jeder in Fleetwood Cove zu denken scheint, dass Luca und ich das perfekte Paar wären. Nur wir beide nicht. Wenn er also mit dir zusammen sein will, werde ich die Letzte sein, die das verhindert. Denn genauso wie Luca ein guter Freund für mich ist, bist du eine gute Freundin.« Emily legte die Hand auf ihre. »Deshalb mach dir bitte wegen mir keine Gedanken.«

Jools nickte.

»So, und ich hätte jetzt gern noch einen Schluck Wasser.« Emily stand auf. »Wie sieht es mit dir aus?«

»Ich nehme auch ein Schlückchen«, lächelte Jools und sah zu, wie Emily einschenkte.

»Sag mal, was weißt du eigentlich über Rose?« Jools hob das Glas und prostete ihr zu.

»Rose ist kein Mensch, der über sein Privatleben redet.«.Emily spielte gedankenversunken mit einer Haarlocke.

»Das habe ich schon bemerkt«, nickte Jools. »Rose ist eher der schweigsame Typ. War sie mal verheiratet?«

»Ehrlich gesagt weiß ich auch nicht viel mehr von ihr. Soweit ich es verstanden habe, gab es mal einen Mann in ihrem Leben. Allerdings weiß ich nicht, ob sie verheiratet war. Eigenartig, wie wenig man über einen Menschen weiß, obwohl man seit Jahren zusammenarbeitet. Rose ist der zuverlässigste Mensch, den ich kenne. Sie ist nie krank, nie zu spät und sie beschwert sich nie.«

Jools nickte nachdenklich. »Das macht mich neugierig. Weißt du, was ich machen werde?«

Emily schüttelte den Kopf.

»Ich werde sie bald mal zum Tee einladen. Es wäre doch gelacht, wenn ich unsere Hausdame nicht zum Reden brächte.«

»Du vergisst, dass die Frau eine Schottin ist. Das sind für gewöhnlich keine gesprächigen Menschen. Zumindest die, die ich bisher kennengelernt habe.«

»Ach, das sind doch nur Vorurteile«, winkte Jools ab.

»Genau wie die Tatsache, dass Amerikaner oberflächliche Menschen sind«, giggelte Emily. »Und wir Engländer nur Tee trinken.«

»Wo du recht hast, hast du recht.« Jools hob ihr Glas. »Auf die Engländer, die Amerikaner und die Schotten!«

Lachend stießen sie an.

9. Kapitel

Luca holte sie pünktlich um fünf Uhr mit dem Motorrad ab. Als sie ihn die Einfahrt hochfahren sah, schlug ihr Herz schneller und ihre Handflächen wurden feucht vor Aufregung. Er brachte die Maschine zum Stehen, und das satte Brummen des Twin-Cam-Motors seiner Harley erstarb. Lässig zog er den Helm vom Kopf. Eine Flut dunkler Haare ergoss sich auf seine Schultern.

»Ciao bella.«

»Hi«, begrüßte sie ihn.

Die Seitentaschen der Harley waren prall gefüllt und Jools fragte sich, was sich darin verbarg.

»Wie ich sehe, bist du bereit.« Sein Blick scannte ihren Körper.

Auf sein Anraten hatte sie sich eine Jeans, ein T-Shirt und darüber einen Pullover angezogen. Ihre braune Lederjacke hatte sie sich unter den Arm geklemmt. Passend zur Jacke hatte sie schlichte braune Lederstiefel angezogen. Auf der Nase trug sie ihre geliebte blau verspiegelte Ray-Ban-Sonnenbrille. Ein modisches Accessoire, das sie sich in New York zugelegt hatte. Sie fand, dass sie damit unglaublich cool aussah.

»Jep! Von mir aus kann es losgehen.« Sie lächelte.

»Madonna, du siehst aus wie eine heiße Motorradbraut! Fehlt nur ein wichtiges Detail.« Er reichte ihr den schwarzen Helm.

»Danke«, seufzte sie. »Den hatte ich verdrängt.« Sie schlüpfte in ihre Lederjacke.

Luca lachte heiser. »Sicherheit geht vor.«

»Du hast mir immer noch nicht verraten, wohin es geht.«

»Ich dachte, wir machen eine kleine Spritztour entlang der Küste. Es gibt eine ganz besondere Stelle, die ich dir zum Abschluss gern zeigen würde«, erklärte er ihr.

»Einverstanden.« Sie grinste ihn breit an und zog sich den Helm über den Kopf. »Dann los, Cowboy!«

Sie nahm hinter ihm auf dem Motorrad Platz und kuschelte sich an ihn. Sofort hatte sie seinen herrlich ledernen, männlichen Duft in der Nase.

»Halt dich gut fest«, befahl er.

Sie nickte stumm und schlang ihre Arme um seinen Bauch. Unter ihren Händen spürte sie die Linien seiner Bauchmuskeln.

»Los geht's!«

Luca startete den Motor und die Harley machte einen Satz nach vorn. Instinktiv presste sie sich noch enger an ihn, während der Fahrtwind an ihr zerrte.

Sie brausten die schmale Küstenstraße entlang. Da die Schule wieder begonnen hatte und die meisten Touristen abgereist waren, herrschte kaum Verkehr. Ab und zu kam ihnen ein einsames Auto entgegen, ansonsten hatten sie die Straße ganz für sich. Sie fuhren an saftig grünen Wiesen, auf denen Schafe friedlich nebeneinander grasten, und verfallenen Bauernhäusern, deren Ruinen verwunschen inmitten der Landschaft standen, vorbei. Trockensteinmauern durchzogen die Felder wie ein Labyrinth.

Links von ihnen befanden sich meterhohe zerklüftete Klippen, deren Kuppen mit Gras bedeckt waren. Seevögel flogen kreischend über ihre Köpfe hinweg, um sich kurz darauf auf der Suche nach einem Fisch ins Meer zu stürzen. Die Sonne stand bereits tief, tauchte die wenigen Wolken am Horizont in ihr rosa Licht und ließ sie aussehen wie gemalt. Das Meer war spiegelglatt und tiefblau.

Instinktiv folgte sie Lucas Bewegung, als er sich in die Kurve legte. Ihre Arme umklammerten ihn fest und sie drückte ihren Kopf gegen seinen Rücken. Sie spürte die Anspannung in seinem Körper. Jeder Muskel schien zu arbeiten.

Das Motorrad lag so schräg, dass sie das Gefühl hatte, jeden Moment den Boden mit den Knien zu berühren. Ihr ganzer Körper kribbelte vor Aufregung und ihr Herz schlug ihr bis zum Hals. Unbewusst hielt sie die Luft an. Gerade als sie dachte, dass es nicht weiter ginge und sie stürzen würden, stellte Luca die Maschine wieder gerade. Das Vibrieren des Motors setzte sich in ihrem Bauch fort, als Luca beschleunigte, und Adrenalin schoss durch ihre Adern wie heiße Lava.

Fast schwerelos glitten sie über den Asphalt. Ein unglaubliches Glücksgefühl breitete sich in ihr aus. Am liebsten hätte sie die Arme ausgestreckt und laut gejubelt. Das Gefühl der Freiheit war unbeschreiblich schön. So mussten sich Vögel fühlen, wenn sie leicht wie Federn in der Luft schwebten.

Luca nahm eine Abzweigung. Rechts und links türmten sich Büsche auf und bildeten einen grünen Tunnel, an dessen Ende sie eine wunderschöne Graslandschaft mit sanften Hügeln empfing. Strommasten ragten in den Himmel und erinnerten daran, dass da draußen eine andere Welt existierte. Luca setzte den Blinker und folgte der Hauptstraße in Richtung Pembroke.

War die Landschaft an der Küste durch das Meer und seine schroffen Felsen geprägt, waren es hier weitläufige Felder, die die Umgebung wie ein buntes Schachbrett aussehen ließen. Sie passierten unzählige Ortschaften mit kleinen Läden und viktorianischen Häusern, bis sie schließlich einer schmalen Straße bis zur Küste auf der anderen Seite folgten.

Gerade als sie sich fragte, wohin Luca sie führte, bog er auf einen schmalen Schotterweg ab, an dessen Seite ein kleines Holzschild mit der Aufschrift *St Gonvan's Chapel* stand.

Nach knapp fünfhundert Metern erreichten sie einen Parkplatz, vor dem ein schmuckloses Steinhaus stand, das sich bei näherem Hinsehen als ein kleines Geschäft für Touristen entpuppte. Verwunderlich, denn der Parkplatz war bis auf drei Autos komplett leer. Vor dem Haus waren Schilder mit Angeboten darauf aufgebaut. Luftmatratzen waren, mit Gummi gesichert, an der Hauswand festgebunden. Offensichtlich hatte der Besitzer des Ladens die Hoffnung auf vorbeifahrende Touristen noch nicht aufgegeben.

Luca verlangsamte das Tempo, bis sie schließlich zum Stehen kamen.

»Da wären wir.«

Er zog sich den Helm vom Kopf und fuhr mit der Hand durch seine Haare. Jools folgte seinem Beispiel.

»Ein Souvenir-Geschäft.« Sie sah ihn verwundert an.

Ein geheimnisvolles Lächeln huschte über sein Gesicht. »Warte einfach ab.«

Jools' Beine fühlten sich vom Sitzen steif an, als sie vom Motorrad stieg. Luca machte sich an den Satteltaschen zu schaffen.

»Kann ich dir behilflich sein?« Die Sonne schien schräg auf sie herab und blendete sie. Schützend legte Jools die Hand vor die Augen.

»Nein, vielen Dank.« Luca löste eine Verschnürung an der Satteltasche.

Interessiert sah sie sich um. Rund um den Parkplatz war alles mit einer grünen Decke aus Gras und Moos überzogen. Weiße Wildblumen wuchsen am Wegesrand. Hinter dem Haus breitete sich das Meer aus. Von der angekündigten Kapelle auf dem Schild keine Spur, nur Meer und Felsen. Ein Pärchen kam auf den Parkplatz geschlendert und nickte ihnen grüßend zu, bevor sie in einen der drei Wagen stiegen.

Luca hatte sich in der Zwischenzeit die Satteltaschen übergeworfen und die Helme verstaut.

»Komm. Es ist nicht weit.« Er ging voraus und führte sie rechts vom Haus zu einem Gatter, hinter dem ein Weg nach unten führte.

»Jetzt bin ich wirklich neugierig geworden«, gestand sie. »Kommen viele Touristen hierher?« Sie deutete auf den kleinen Laden und den Parkplatz.

»Im Hochsommer ist es hier ziemlich voll, aber jetzt wird es immer weniger«, erklärte er ihr.

Sie hatten eine schmale Treppe erreicht, die in den Kalkstein der Felsen gehauen war und steil nach unten zum Strand führte. Rechts hatte man zur Sicherheit ein Geländer angebracht. Nach wenigen

Stufen hatten sie ein kleines Plateau erreicht, von dem es weiter nach unten ging. Sie blieben kurz stehen.

Der Ausblick war einfach atemberaubend. Vor ihren Augen lag die Küste von Pembrokeshire mit ihren imposanten Felsen und winzigen Buchten. Die Sonne fiel schräg auf das Wasser und spiegelte sich auf der Oberfläche in Tausenden goldenen Punkten wider.

»Gott, ist das schön!« Die Luft war so klar, dass sie kilometerweit sehen konnte.

Der Strand zu ihren Füßen war im Gegensatz zu Fleetwood Cove strahlend weiß. Keine Boote, keine Schiffe und keine Besucher.

»Man könnte den Eindruck bekommen, dass wir ganz allein auf der Welt sind, wenn man hier steht.« Sie strich sich eine kitzelnde Strähne hinter das Ohr.

Luca, der dicht hinter ihr stand, nickte. »Als ich nach Fleetwood Cove kam, bin ich in jeder freien Minute aufs Motorrad gestiegen und habe die ganze Küste abgefahren, um mir alles anzusehen. Dieser Platz ist eindeutig mein Lieblingsort.« Der raue Klang seiner Stimme zauberte eine Gänsehaut auf ihre Arme. »Aber noch sind wir nicht da.« Er nahm ihre Hand. »Warte ab, bis du die Kapelle siehst.«

Stumm folgte sie ihm die Stufen weiter nach unten. Die Luft roch herrlich nach Meer. Bis auf das Rauschen der Wellen, unterbrochen durch das Schreien der Seevögel, herrschte absolute Stille. Keine störenden Autogeräusche, keine Stimmen, keine Musik, die aus tragbaren Lautsprechern zu ihnen drang. Sie warf Luca einen verstohlenen Seitenblick zu. Er hatte die Jacke ausgezogen und lässig über die Schultern geworfen. Seine dunklen Haare flatterten wie eine Fahne im Wind.

Völlig unerwartet blieb Luca stehen.

»Ups.« Jools blieb in letzter Sekunde stehen, sonst hätte sie ihn umgerannt.

»Da ist es!« Luca deutete mit der Hand auf eine Felsformation keine hundert Meter von ihnen entfernt. Auf den ersten Blick konnte sie nichts erkennen, erst bei näherem Hinsehen entdeckte sie das Gemäuer inmitten der Kalkfelsen: die Kapelle.

Ein schlichtes Kalksteingebäude mit einem winzigen Fenster zum Meer hin und einem Aufbau auf dem Dach an der Stirnseite, der früher als Aufhängung für die Glocke gedient hatte. Das Dach der Kapelle war mit grauen Schiefersteinplatten bedeckt. Der Eingang im Norden war gerade so breit, dass ein Mensch bequem hindurchgehen konnte.

Um die Kapelle herum wuchsen kleine Grasflächen, wie ein ausgebreiteter Teppich für die Gläubigen. Rechts und links ragten die Kalksteinfelsen meterhoch in die Luft. Obwohl die Kapelle winzig klein war, war es ein unbeschreiblicher Anblick, der Jools die Sprache verschlug.

»Das ist es, was ich dir zeigen wollte: *St Gonvan's Chapel.*« Luca stand dicht neben ihr. Seine Augen leuchteten vor Begeisterung und Ehrfurcht.

Sie nickte, ergriffen von dem Anblick, der sich ihr bot. »Das ist wirklich beeindruckend.«

Tatsächlich verspürte sie etwas, das sich nicht in Worte fassen ließ. Es war, als ob eine seltsame Magie von diesem Ort ausging.

»Ein Mönch namens Saint Gonvan soll im sechsten Jahrhundert in einer Höhle gleich neben der Kapelle gewohnt haben. Der Legende nach hat er den Grundstein für die Kapelle gelegt und ist unter dem Altar an der Ostseite begraben. Der Hauptteil von St Gonvan wurde jedoch im dreizehnten Jahrhundert gebaut. Die Anzahl der Stufen«, Luca deutete auf die Treppe, die sie heruntergekommen waren, »soll angeblich beim Hoch- und Runtergehen unterschiedlich sein. Man sagt, dass das Ergebnis immer anders ist, egal wie oft man die Stufen zählt.« Er lächelte Jools an. »Ich habe es allerdings noch nie selbst probiert.«

»Das ist wirklich unglaublich! Wenn ich so etwas sehe, frage ich mich stets, was einen Menschen dazu bewogen haben könnte, genau an diesem Fleck der Erde, fernab von der Zivilisation, eine Kapelle zu errichten und dort zu leben. Mir wär's ja unheimlich, obwohl es natürlich faszinierend ist.« Ihr Blick glitt über die Mauern der Kapelle bis hin zum Meer.

»Ich persönlich könnte mir auch nicht vorstellen, hier zu leben. Aber ich denke, wenn man ein Mann Gottes ist, ist dies der richtige Platz, um mit seinem Herrn in Verbindung zu treten und Zwiesprache zu halten«, entgegnete Luca, der ihrem Blick gefolgt war.

Jools nickte.

»Wollen wir uns die Kapelle von innen ansehen?« Luca legte die Satteltaschen neben der Kapelle auf dem Boden ab.

»Unbedingt!«

Wie selbstverständlich nahm er ihre Hand und führte sie die winzigen Stufen zur Nordseite, wo sich die Tür befand. Kurz vor dem Eingang ließ er sie wieder los.

Als sie die Kapelle betraten, wurden sie von dem typisch feuchten, modrigen Geruch empfangen, der alten Gemäuern häufig zu eigen war. Aus dem Augenwinkel sah sie, wie Luca cin Kreuz schlug und seine Lippen sich stumm bewegten. Betete er? Er hatte mehrfach erwähnt, dass er streng katholisch erzogen worden war. Sie wandte sich ab, um ihm einen Moment allein zu geben.

Das Gebäude bestand nur aus einem einzigen großen Raum. Der Putz war längst von den Wänden abgeblättert, die nun mit weißen und gelben Flechten und Moos überzogen waren. Die Decke war abgerundet, ohne jegliche Verzierungen oder Bemalungen, wie man sie häufig in kleinen Kapellen fand. Nichts deutete darauf hin, dass dies ein christlicher Ort gewesen war, und doch ging eine geradezu magische Stimmung von dem Raum aus. Das Heulen des Windes durch die Ritzen und Türen des Gebäudes hörte sich fast wie die Klänge einer Orgel an.

»Als ich zum ersten Mal hierhergekommen bin, hatte ich gerade die Stelle bei Millie angenommen«, erzählte Luca leise, als hätte er Angst, die Ruhe zu stören. »Mein Leben verlief seit Jahren endlich wieder in Bahnen, aber ich hatte noch so viele offene Fragen. Hier an diesem Ort habe ich Antworten gefunden.«

Jools nickte stumm. Luca stand keine Handbreit von ihr entfernt.

»Immer wenn mich jetzt etwas beschäftigt oder ich nach Antworten suche oder einfach nur allein sein will, komme ich hierher. Vielleicht findest du es albern, aber ich bin Italiener und wir sind nun mal ein ziemlich gläubiges Völkchen«, sagte er scherzhaft. »Ich bin nie besonders gern in die Kirche gegangen, obwohl ich natürlich streng katholisch erzogen worden bin. Aber hier an diesem Ort habe ich mich Gott zum ersten Mal nahe gefühlt.« Luca holte tief Luft, als wäre ihm eine schwere Last von den Schultern genommen worden.

Jools spürte eine tiefe Ergriffenheit über seine Offenheit ihr gegenüber.

»Ich bin nicht gläubig«, flüsterte sie leise. »Aber ich kann verstehen, was du hier fühlst. Mir geht es ähnlich. Man hat das Gefühl, als würden die Geister der Vergangenheit noch immer hier wohnen.«

Ihr Blick wanderte über die gewölbte Decke zum Fenster, durch das man das Blau des Meeres schimmern sehen konnte. Die Sonne warf ihre Schatten auf den Steinboden der Kapelle. Jools wurde von einer unglaublichen Ruhe erfasst. Sie wusste nicht, wie lange sie so dastand und die Atmosphäre, die um sie herum herrschte, auf sich wirken ließ. Luca war direkt neben ihr, sodass sich ihre Körper fast berührten. Sie konnte seinen Atem hören.

Wie aus dem Nichts ergriff er ihre Hände und zog sie an sich. Überrascht sah sie zu ihm auf. Seine dunklen Augen schienen zu glühen. *Was passiert hier?*, schoss es ihr durch den Kopf. Ihre Fingerspitzen kribbelten, während Luca sie fest umschlossen hielt.

»Jools.« Sein Mund bewegte sich kaum. Sein warmer Atem streifte ihre Wange. »Cara mia«, flüsterte er mit gepresster Stimme.

Jools machte einen tiefen Atemzug. Ihr Herz klopfte so laut, dass sie sicher war, dass er es hören konnte. Sie hatte in ihrer Überraschung die ganze Zeit die Luft angehalten. Ehe sie einen klaren Gedanken fassen konnte, zog er sie an sich. Den Kopf an seine Brust gekuschelt, blieb sie stehen und lauschte seinem Herzschlag. Die unterschiedlichsten Gefühle kamen in ihr hoch. Verwirrung. Zuneigung. Angst.

Unwillkürlich musste sie an Aidan denken. Wenn er in ihrer Nähe war, lag zwischen ihnen eine geradezu spürbare sexuelle Anziehung. Bei Luca fühlte sie sich geborgen.

»Jools …«, fing er erneut an.

»Schsch.« Sie legte ihm den Zeigefinger auf den Mund, aus Angst davor, was er sagen könnte. Verzweifelt suchte sie nach den richtigen Worten. »Ich denke, wir sollten es dabei belassen.«

Ihr Herz schlug ihr bis zum Hals. Mit einem Mal kam ihr die Enge der kleinen Kirche bedrückend vor und ihre Augen suchten den Ausgang.

Luca, der ihren Blick aufgefangen hatte, nahm ihre Hand und führte sie nach draußen. Ein kühler Wind empfing sie.

»Jools, es tut mir leid.« Seine Augen suchten die ihren. »Ich wollte dich nicht überfallen.« Das schlechte Gewissen stand ihm ins Gesicht geschrieben.

»Hey.« Sie strich ihm sanft mit der Hand über die Wange. »Seit ich dich zum ersten Mal gesehen habe, habe ich mich in deiner Gegenwart geborgen gefühlt.«

»So geht es mir auch.«

»Dann bist du nicht in mich verliebt?« Sie sah ihn mit großen Augen an.

»Nein.« Er schüttelte energisch den Kopf. »Ich bin viel mehr als nur das …«

Jools legte in Erwartung dessen, was folgen würde, die Hand auf ihre Brust, dorthin, wo ihr Herz heftig schlug.

»Ich liebe dich«, gestand er ihr. Jools' Herz setzte für einen Wimpernschlag aus. Lucas Augen glitten liebevoll über ihr Gesicht. »Ich liebe dich, wie man seine Schwester liebt. Du bist Familie für mich.«

Jools schlang erleichtert die Arme um Lucas Hals und drückte ihm einen Kuss auf die Wange.

»Wofür war das?« Luca sah sie erstaunt an.

»Ich bin ja so froh! Die ganze Zeit war ich mir nicht sicher, aber jetzt bin ich es. Du und Emily, ihr seid meine Familie. Vom ersten Moment an habe ich mich dir verbunden gefühlt. Du bist ein toller Mann … aber nicht für mich.«

Luca nickte. Um seine Augen hatten sich kleine Lachfältchen gebildet. »Freunde?« Er streckte ihr die Hand entgegen.

»Freunde«, nickte sie.

»Ich finde, das sollten wir feiern«, schlug er vor.

»Feiern?« Sie runzelte die Stirn.

»Si, ich habe da eine Kleinigkeit vorbereitet.« Er deutete auf die prall gefüllten Satteltaschen.

»Jetzt machst du mich neugierig«, lächelte sie erleichtert.

»Nicht weit von hier gibt es ein kleines windgeschütztes Plätzchen, an dem man wunderbar sitzen kann.« Er hob die Satteltaschen vom Boden auf und warf sie sich über die Schultern. »Ich dachte, wir machen dort ein kleines Picknick.«

»Was für eine entzückende Idee!« Sie klatschte begeistert in die Hände.

»Dann komm.« Er reichte ihr die Hand und nur allzu gern schlug sie ein.

Sie folgte ihm einen schmalen Weg hinunter zu einer kleinen Bucht. Luca führte sie zu einer Stelle am Strand, die etwas versetzt lag und somit vom Wind geschützt war. Ein Felsen, dessen Oberseite flach wie die eines Tisches war, lag verloren im Sand. Es herrschte Flut und der Wind hatte etwas aufgefrischt. Rechts und links rollten die Wellen in die Bucht und klatschten geräuschvoll gegen die Felsen. Wasser spritzte in die Höhe und Tropfen flogen wie glitzernde Diamanten durch die Luft.

»Wie gefällt es dir hier?« Er breitete die Arme aus.

Die frische Luft hatte ihm eine leichte Röte auf die Wangen gezaubert und seine Augen leuchteten golden unter den dunklen Wimpern hervor.

»Das ist der perfekte Platz für ein kleines Picknick.«

»Das finde ich auch«, nickte Luca zufrieden.

Er nahm die Satteltaschen von seinen Schultern und öffnete den Verschluss. Als Erstes zog er eine Tischdecke hervor, die er sorgfältig auf dem Felsen ausbreitete, gefolgt von zwei Holzbrettchen, Besteck und Gläsern.

»Du hast wirklich an alles gedacht«, stellte sie erstaunt fest.

Ihr Blick glitt bewundernd über die Käseplatte mit den Feigen. Daneben lag ein frischgebackenes Ciabattabrot auf einem Holzbrett.

Ein Lächeln huschte über sein markantes Gesicht. »Wenn ich meine Chefin schon einmal zum Essen ausführen kann, dann soll es auch etwas Besonderes sein.«

»Wenn du kochst, ist es doch immer etwas Besonderes!«

»Komm, setz dich zu mir!« Er tätschelte mit der Hand die freie Stelle neben sich auf dem Felsen.

»Mhm.« Schüchtern ließ sie sich vor ihm nieder.

»Hast du Hunger?«, fragte er sie sanft.

»Wenn ich das alles sehe, ja!«

Luca brach ihr ein Stück vom Ciabatta ab und tauchte es in eine kleine Schale mit Olivenöl. »Probier mal. Das Olivenöl stammt aus der Region, in der ich geboren bin. In meinen Augen das Beste, was es auf dem Markt gibt.« Er hielt ihr das Brot vor den Mund.

Zaghaft biss sie ein Stück davon ab. Seine Augen beobachteten sie aufmerksam. Sofort hatte sie den fruchtigen Geschmack des Olivenöls im Mund, der sich mit einem Hauch von Schärfe mischte.

»Köstlich.« Ein Lächeln huschte über ihr Gesicht.

»Wir Italiener wissen eben, was gut ist. Zumindest, was das Kochen anbelangt.« Seine Mundwinkel kräuselten sich. »Ein gutes Olivenöl darf kein öliges Gefühl im Mund hinterlassen, sondern muss fast trocken wirken. Schmeckst du eine leichte Bitterkeit?«

Sie nickte kauend.

»Das bedeutet, dass es gut ist!« Sein Gesicht bekam einen schwärmerischen Ausdruck, als er selbst ein Stück in den Mund nahm. »Ein bisschen bitter, aber auch fruchtig.«

Sie lächelte. Seine Begeisterung war ansteckend und sie nahm einen weiteren Bissen.

Luca zückte ein Messer, schnitt ein Stück vom Hartkäse ab und hielt es ihr entgegen. »Und nun probier das.«

Sie öffnete artig den Mund. Der Käse war tatsächlich eine Offenbarung. Ein würziger Geschmack, der ihren ganzen Mund ausfüllte.

»Köstlich«, quetschte sie zwischen zwei Bissen hervor.

Luca lachte amüsiert. »Und jetzt nimm ein Stück von der Feige.« Er reichte ihr die reife lila Frucht. »Du musst sie mit den Fingern aufbrechen«, wies er sie an, als er ihren fragenden Blick sah.

Sie drückte ihre Daumen durch die feste Schale der Feige und teilte sie so in zwei Hälften. Ihr stieg ein Hauch von Vanilleduft in die Nase.

»Die ist perfekt«, kommentierte Luca.

Jools tauchte ihre Zähne in das zarte Fruchtfleisch. Der beerig-fruchtige Geschmack lag auf ihrer Zunge und mischte sich mit dem Vanilleduft. Sie verspürte eine gewisse Euphorie.

»Wahnsinn!«, lachte sie über das ganze Gesicht. »Das ist ja wie Sex – nur mit Essen.«

Fruchtsaft lief ihr über die Finger und den Mund. Plötzlich veränderte sich Lucas Gesichtsausdruck. Fragend sah sie ihn an.

»Wirst du mich vermissen?«

»Was für eine Frage«, entgegnete sie empört. »Natürlich werde ich dich vermissen. Freunde – schon vergessen?«

»Dann habe ich jetzt einen Grund, wieder zurückzukommen.«

Überrascht hob sie die Augenbraue. Es war ihr zu keinem Zeitpunkt in den Sinn gekommen, dass er erwägen könnte, in Italien zu bleiben. Wie dumm sie doch war! Es war seine Heimat. Seine Familie lebte dort und … Sophia. Es gab Millionen Gründe, nicht mehr hierher zurückzukehren.

»Versprich mir, dass du wiederkommst. Ohne dich wäre das *Fleetwood on Sea* nicht dasselbe«, bat sie ihn.

»Ich verspreche es«, sagte er mit rauer Stimme.

»Wenn nicht, hetze ich dir die Mafia auf den Hals«, grinste sie schief.

»Das kann ich auf keinen Fall riskieren. In zehn Tagen bin ich wieder da.«

»Gut«, nickte sie zufrieden. »Bekomme ich noch etwas zu essen oder bin ich die erste Frau, die in der Gegenwart eines Kochs verhungert?«

Lachend reichte er ihr ein Stück Brot.

Es dämmerte bereits, als sie den Weg zurück zum Parkplatz gingen. Von der Sonne war nur noch ein kleiner Punkt übrig, wie eine winzige Flamme, die über dem Wasser zu brennen schien. Das Motorrad stand völlig verlassen auf dem Parkplatz. Der Souvenirladen hatte geschlossen.

»Wie es aussieht, sind wir die Einzigen«, stellte sie fest.

»Es ist ja schon spät. Von den Touristen verirrt sich um diese Uhrzeit keiner mehr hierher.«

Luca bückte sich, um die Satteltaschen wieder sicher am Motorrad anzubringen.

Der Gedanke, dass er morgen fahren würde, schmerzte sie, aber zugleich war sie erleichtert. Der Abstand voneinander würde ihnen beiden nach dem heutigen Tag guttun.

»Bist du so weit?« Luca reichte ihr den Helm.

»Immer, wenn du es bist.« Sie schenkte ihm ein Lächeln, bevor sie den Helm überzog.

Sie warf einen Blick hinunter zum Meer. Die Sonne war verschwunden, lediglich ein roter Schimmer am Horizont erinnerte noch an sie. Das Meer lag dunkel wie ein ausgebreiteter Teppich zwischen den Felsen. Es schmerzte sie, diesen magischen Ort zu verlassen, und sie schwor sich, wiederzukommen.

Seufzend kuschelte sie sich hinter Luca auf die Harley. Jetzt, wo die Fronten zwischen ihnen geklärt waren, fühlte sie sich eigenartig erleichtert, als wäre eine Last von ihren Schultern gefallen.

Der Motor heulte auf und sie machten einen Satz nach vorn. Der Mond war noch nicht aufgegangen. Die Landschaft um sie herum verschwand zu einem konturenlosen Grau. Das gelbe Licht der Scheinwerfer huschte vor ihnen über den Asphalt, begleitet durch das satte Brummen des Motors. Jools schloss die Augen und konzentrierte sich auf ihre Sinne. Sie fühlte seine Muskeln unter ihren Händen und spürte gleichzeitig, wie sich sein Brustkorb hob und senkte. Der Fahrtwind heulte in ihren Ohren. Trotz der Lederjacke, die sie sich übergezogen hatte, fror sie und kuschelte sich noch dichter an seinen warmen Körper.

Als sie die Tür zum Cottage aufschloss, kam ihnen Melee entgegengelaufen.

»Luca, endlich! Mum hat mir erzählt, dass du nach Italien fährst. Nimmst du mich mit?«

Melee presste ihren dünnen Körper gegen Luca, der liebevoll die Arme um sie schloss.

»Kleiner Keks, ich würde dich ja gern mitnehmen, aber du gehst in die Schule und außerdem muss ich einiges regeln.« Väterlich strich er ihr über die roten Locken. Ein Außenstehender hätte die beiden für Vater und Tochter gehalten. Insofern hatte Emily recht.

Die Augen des Teenagers leuchteten. Es war mehr als offensichtlich, dass sie Luca vergötterte.

»Bist du zu meinem Geburtstag wieder zurück?« Melee schob schmollend die Unterlippe vor.

»Natürlich!«, versicherte Luca ihr.

»Gut, weil ohne dich wäre es kein Geburtstag.«

»Niemals würde ich mir das entgehen lassen«, versprach er ihr.

»Da seid ihr ja endlich.« Emily tauchte im Türrahmen auf. Sie trug ein schlichtes grünes Jerseykleid. Ihre Haare fielen in weichen

Locken über ihre Schultern. Der goldene Nasenring blitzte im Licht der Lampen. Sie hatte ein leichtes Make-up aufgelegt, wie Jools feststellte. »Ich habe mir schon Sorgen gemacht.«

»Luca hat mir *St Gonvan's Chapel* gezeigt und anschließend haben wir am Strand gepicknickt«, erzählte Jools.

»*St Gonvan's Chapel.*« Emily zog die Augenbrauen nach oben. »Ein wilder Ort für ein Picknick.«

»Es war einfach magisch«, schwärmte Jools.

Luca stand schweigend neben ihr. Seine Augen ruhten auf Emily.

»Da will ich auch hin! Luca, nimmst du mich mal auf dem Motorrad mit?«, bettelte Melee.

»Auf gar keinen Fall!«, mischte sich Emily ein.

»Ach Mum. Jools ist auch mit Luca mitgefahren und ihr ist nichts passiert.«

»Jools ist erwachsen und für sich selbst verantwortlich. Ich bin deine Mutter und für dich verantwortlich. Und ich werde es auf keinen Fall zulassen, dass du dich auf ein Motorrad setzt«, sagte Emily mit einem Ton, der keine Widerrede zuließ.

Melee verschränkte mürrisch die Arme vor der Brust.

»Vielleicht, wenn du älter bist«, schob Emily versöhnlich hinterher.

»Wirklich?« Melees Augen blitzten hoffnungsvoll auf.

»Wirklich.«

»Oh danke, Mum!« Sie schlang die Arme um Emily. »Du bist die beste Mutter der Welt.«

»Hey, ich habe noch nicht Ja gesagt!« Emily hob lachend die Arme.

»Und ich habe schließlich auch noch ein Wörtchen mitzureden«, grinste Luca. »Übrigens habe ich mit Ned gesprochen. Er kommt morgen Mittag mit der Bahn. Ich habe versprochen, ihn abzuholen.«

»Gut. Ich bin schon sehr gespannt«, gestand Jools.

»Ich will aber keinen neuen Koch. Ich will dich«, sagte Melee.

»Hey, Keks. Ich bin ja nicht für immer weg. Du wirst sehen. Zehn Tage vergehen wie im Flug und ehe du dich versiehst, bin ich wieder zurück.«

Melee nickte traurig.

»Gut. Dann mache ich mich mal auf den Weg.« Luca machte Anstalten, zu gehen.

Das alte Telefon klingelte.

Emily zog verwundert die Augenbraue hoch. »Wer kann das sein?«

Jools schlug sich mit der flachen Hand gegen die Stirn. »Mist, das hatte ich völlig vergessen. Susan wollte mich heute Abend anrufen.« Sie und Susan hatten sich zum Telefonieren verabredet. Das hatte den Vorteil, dass beide Zeit hatten und sie über das Festnetz miteinander sprechen konnten, was deutlich besser war. »Danke für den tollen Nachmittag.« Jools beugte sich nach vorn und gab Luca einen freundschaftlichen Kuss.

»Immer gern«, lächelte er.

Sie eilte die Treppe nach oben.

»Hi, Susan«, sagte sie völlig außer Atem.

»Hi, du Auswanderin, wie geht es dir?«

»Eigentlich ganz gut.«

»Was heißt eigentlich?«, kam die prompte Nachfrage.

»Ich hatte einen wunderschönen Nachmittag mit Luca«, flüsterte sie mit gesenkter Stimme. Sekundenlang kam keine Antwort. »Susan?«

»Ich glaube, ich hatte gerade einen Tinnitus … Du hast Luca gesagt!«

»Ja.« Sie ließ sich auf das Bett fallen. Leise erzählte sie Susan von ihrem Ausflug. »Es war wirklich magisch.«

»Ach so. Ich muss gestehen, dass ich so langsam den Überblick über dein Liebesleben verliere. Ich dachte, du stehst auf den heißen Fischer?«

»Der will ja nichts von mir wissen. Außerdem ist das mit Luca rein platonisch. Wir sind Freunde, mehr nicht. Zumindest haben wir das heute festgestellt.«

»Aha. Platonisch.« Sie konnte förmlich sehen, wie Susan missbilligend das Gesicht verzog. »Trotzdem hast du meine Frage nicht beantwortet.«

»Hach, musst du immer so schrecklich genau sein?«

»So bin ich eben«, hüpfte Susans Stimme fröhlich durch den Hörer. »Also?«

»Na ja, vielleicht ein bisschen.«

»Also findest du ihn jetzt gut oder nicht?«

Jools knabberte an ihrer Unterlippe. Die Frage hatte sie sich selbst bereits gestellt. Sie dachte an Aidan. Wenn er in ihrer Nähe war, schaltete ihr Hirn aus und ihre Hormone übernahmen das Denken.

»Nein – ähm, ja.«

»Na dann bist du doch schon mal einen guten Schritt weiter«, stellte Susan fest. »Du hast mir so von Aidans Kuss vorgeschwärmt. Ich finde ja, es geht nichts über einen guten Kuss! Barron zum Beispiel ist ein exzellenter Küsser, ganz davon abgesehen, dass er ein toller Liebhaber ist.«

»Danke für die Info«, entgegnete sie trocken.

»Mit Vergnügen. Möchtest du noch mehr wissen?« Susan kicherte.

»Lieber nicht.«

»Okay, aber zurück zu deinem Liebesleben. Was ist nun mit dem Fischer?«

»Aidan. Er hat sich nicht mehr gemeldet. Kein Anruf, keine zufällige Begegnung. Rein gar nichts. Der Mann ist wie von der Bildfläche verschwunden.«

»Du meinst, er geht dir aus dem Weg.«

»Keine Ahnung.« Sie strich sich nervös mit den Fingern über die Lippen. »Ist mir auch egal.«

»An deiner Stimme höre ich, dass du lügst. Du stehst auf den Typen. Gib es zu.«

»Nur weil er gut küssen kann, heißt es noch lange nicht, dass ich in ihn verknallt bin.«

»Bist du nicht?«

»Was würde es für einen Unterschied machen?«

»Werde aktiv! Wenn du ihn das nächste Mal siehst, sei selbstbewusst und spiel deine Reize aus. Zuckerbrot und Peitsche! Schlag ihn mit seinen eigenen Mitteln.«

»Hm. Und wenn er nicht anbeißt?«

»Dann weißt du wenigstens, woran du bist!«

»Ach, bei dir klingt immer alles so einfach«, seufzte Jools.

»Blödsinn. Aber manchmal muss man sein Schicksal selbst in die Hand nehmen.«

»Also gut! Du bist schuld, wenn ich mich lächerlich mache«, sagte Jools.

»Wirst du nicht.«

»Jetzt haben wir die ganze Zeit über mich gesprochen. Wie geht es dir?«

»Barron hat letzte Nacht etwas von einem dritten Kind gemurmelt. Ich erwäge ernsthaft, mich in ein Ganzkörperkondom einzuhüllen oder mich sterilisieren zu lassen«, prustete Susan mit gespieltem Entsetzen.

Obwohl ihr nicht zum Lachen zumute war, musste Jools grinsen.

»Lass das bloß nicht Barron wissen.« Sie lachte laut auf.

»Wenn man vom Teufel spricht: Ich muss aufhören, Barron ist gerade nach Hause gekommen. Fühl dich gedrückt und mach dir nicht so viele Sorgen. Ich bin mir sicher, dass sich alles in Wohlgefallen auflösen wird.«

»Dein Wort in Gottes Ohr. Ich wünsche dir einen schönen Abend.«

»Danke, dir auch. Ups. Ich meine natürlich, schlaf gut.«

»Du auch. Ich vermisse dich.«

»Ich dich auch.«

Seufzend legte Jools auf. Sie ließ den Kopf zurück aufs Kopfkissen fallen und starrte durch die Dunkelheit an die Zimmerdecke. Vielleicht hatte Susan recht und es wäre besser, wenn sie sich nicht so viele Sorgen machen würde. Mit einem Lächeln ging sie ins Badezimmer um sich fertig zu machen.

10. Kapitel

»Es war mir eine Freude, Sie als Gäste in unserem Haus zu verwöhnen«, verabschiedete sich Jools freundlich von dem Ehepaar. »Ich hoffe, es war alles zu Ihrer Zufriedenheit und wir dürfen Sie bald wieder einmal bei uns begrüßen.«

»Mit Sicherheit. Ich kann mich nicht erinnern, wann ich das letzte Mal so erholt nach einem Urlaub war. Unsere Freunde haben ja bereits so von *Fleetwood on Sea* geschwärmt. Aber ich muss sagen, sie haben nicht übertreiben. Nicht wahr, Darling?« Der Mann sah zu seiner Frau rüber.

»Ja, absolut. Ich buche für gewöhnlich übers Internet. Ohne den Tipp unserer Freunde hätte ich uns ein Zimmer im Golfhotel in Haverfordwest gebucht. Sie sollten sich wirklich überlegen, ob Sie sich nicht eine vernünftige Internetseite zulegen«, lächelte die Frau Jools an.

»Das stimmt. Glauben sie mir, ich habe schon mehr als einmal darüber nachgedacht. Aber solange wir ein derart schlechtes Internet haben, macht es überhaupt keinen Sinn«, erklärte Jools freundlich. »Auf der anderen Seite hat das Ganze ja auch etwas Positives – unsere Gäste sind gezwungen, für ein paar Tage ohne Internet auszukommen, was vor allen unseren weiblichen Gäste zugutekommt.« Sie zwinkerte der Frau zu.

Die meisten Gäste, die hierherkamen, waren Paare, die sich für ein paar Tage erholen wollten. Oft waren die Männer erfolgreiche Manager oder Geschäftsleute, die den ganzen Tag am Telefon hingen und von einem Termin zum nächsten hetzten. Jools wusste noch aus ihrer Zeit, wie häufig sich die Frauen bei ihr beklagt hatten, dass sie ihre Männer kaum zu Gesicht bekamen. Hier konnten sie sich ganz ihren Ehefrauen widmen.

»Da haben Sie natürlich völlig recht«, entgegnete die Frau mit einem Lächeln und hakte sich bei ihrem Ehemann unter. »Bis bald, Miss Miller.«

»Auf Wiedersehen, und gute Heimfahrt.« Sie begleitete das Ehepaar bis zur Haustür.

Der Mini kam die Einfahrt hochgefahren und zog eine leichte Staubfahne hinter sich her. Luca hatte sich ihren Wagen ausgeliehen, um den neuen Koch vom Bahnhof abzuholen. Neugierig blieb sie stehen und beobachtete, wie Luca den Mini parkte.

Ein kräftig gebauter Mann mit kurzen braunen Haaren und einem markanten Gesicht stieg aus, gefolgt von Luca. Die beiden Männer unterhielten sich angeregt und schienen bestens gelaunt zu sein. Luca lachte sein melodisches Lachen. Als er sie sah, winkte er ihr zu.

Das war also Ned Hayes. Interessiert nahm sie den Koch in Augenschein. Ned trug wie Luca eine schwarze Lederjacke und Jeans. Im Gegensatz zu Luca, der seine heißgeliebten Bikerschuhe trug, hatte sich Ned für dunkelblau Chucks entschieden. Ned hatte einen leichten Undercut, das Deckhaar war länger und mit Gel seitlich zurückgekämmt. Eine Tätowierung blitzte am Hals unter seinem Shirt hervor. Sein Mund war von einem dichten Bart umrandet, der die ausgeprägte Kinnpartie betonte. Die Nase war ein wenig zu groß für Jools' Geschmack. Ein schwarzer Tunnelring zierte sein rechtes Ohr.

Ein Lächeln huschte über Jools' Gesicht. Luca gestikulierte, typisch für einen Italiener, wild mit seinen Händen. Ned lachte laut auf. Es war offensichtlich, dass sich die beiden Männer gut miteinander verstanden. Eine wichtige Voraussetzung, um zusammen in einer Küche zu arbeiten. Ned war knapp einen halben Kopf kleiner als Luca, hatte aber ein breiteres Kreuz und kräftigere Arme.

»Das ist unsere Chefin.« Luca deutete auf Jools. Stolz schwang in seiner Stimme mit.

»Hi«, begrüßte Ned sie mit einem Handschlag. Der Mann hatte Pranken, die so groß waren, dass Jools' Hand komplett darin verschwand. »Ned Hayes, zu ihren Diensten.« Er hatte eine angenehme warme Stimme.

»Hallo, ich bin Jools. Jools Miller. Ich freue mich, dass Sie so schnell eingesprungen sind und uns für die kommenden Wochen aushelfen wollen.«

»Ist doch selbstverständlich, wenn mein Kumpel mich um Hilfe bittet.« Sein Blick fiel auf Jools' Hand, die er noch immer umschlossen hielt. »Fester Händedruck. Gefällt mir.« Er lachte und seine Zähne blitzten.

»Na, da habe ich ja Glück gehabt«, entgegnete sie lächelnd und zog ihre Hand zurück. »Luca hat ziemlich von Ihren Kochkünsten geschwärmt.«

»Yup. Aber mir wäre es lieber, Sie bilden sich Ihr eigenes Urteil, was meine Kochkünste anbelangt«, sagte Ned. »Ich mag es nicht gern, Vorschusslorbeeren zu bekommen. Nachher finden Sie mich scheiße und dann ist keinem von uns beiden ein Gefallen getan.«

Jools konnte nur mit Mühe ein Lachen unterdrücken. Die offene, unverblümte Art des Kochs gefiel ihr.

»Hey, hey. Nun untertreib mal nicht«, meldete sich Luca zu Wort. »Ned Hayes macht das geilste Risotto, das ich jemals außerhalb von Italien gegessen habe. Ich lege meine Hand für Ned ins Feuer.«

»Also Sie müssen gut sein. So habe ich Luca noch nie von einem anderen Koch reden hören«, sagte Jools und schmunzelte. »Aber bitte treten Sie doch ein.« Sie machte eine Handbewegung in Richtung Flur.

»Danke, bin schon mächtig auf die Küche gespannt«, nickte Ned.

»Wie war die Anreise?«, fragte Jools beiläufig.

»Easy. Ich habe mich gefreut, meinen Kumpel hier wiederzusehen.« Ned klopfte Luca kräftig auf die Schulter.

»Ehrensache«, nickte Luca. »Ich bin froh, dass du mir aushilfst.«

»Das hier ist die Rezeption.« Jools deutete auf den Tresen. »Dahinter liegt das Büro.«

Wie auf Kommando tauchte Emilys Kopf im Türrahmen des Büros auf. Jools war sich sicher, dass sie bereits dort gelauert hatte, um den Neuankömmling aus sicherer Entfernung zu inspizieren.

»Wer ist denn diese Schönheit?«, raunte Ned seinem Kumpel zu.

»Das ist Emily, unsere gute Fee und gleichzeitig meine Vertretung im Haus. Sie sollten sich also lieber gut mit ihr stellen«, beantwortete Jools seine Frage.

»Nichts lieber als das«, grinste Ned und seine braunen Augen blitzten.

»Hi.« Emily kam zu ihnen.

»Hi. Ich bin Ned …« Er baute sich wie ein Mahnmal direkt vor Emily auf.

»Ich weiß. Luca spricht schließlich seit zwei Tagen von nichts anderem mehr«, schmunzelte Emily und reichte dem Neuankömmling die Hand. »Freut mich. Emily.«

»Hi, Emily.« Ned fuhr sich mit der Hand durch die Haare. Erst jetzt bemerkte Jools das dunkle Tattoo an seinem Unterarm.

»Hast du schon eine Idee, wo du schlafen wirst, oder soll ich dir ein Zimmer geben?«, fragte Emily höflich. Jools und sie hatten vorher darüber gesprochen.

»Alles schick. Ich schlafe bei meinem Kumpel«, grinste Ned schief, ohne die Augen von Emily zu nehmen.

»Ach!« Jools zog die Augenbraue überrascht hoch.

»Klar. Warum nicht«, zuckte Luca mit den Schultern. »Aidan fand die Idee auch gut. Mein Zimmer steht ja sowieso leer und solange Ned noch nicht weiß, ob er bleibt, braucht er sich nichts anzuschaffen.«

»Ja natürlich. Ich wollte nicht neugierig erscheinen«, sagte Jools entschuldigend.

»Was hältst du davon, wenn ich dir die Küche zeige?«, schlug Luca vor.

»Cool«, sagte Ned, ohne sich einen Millimeter vom Fleck zu bewegen.

»Tja dann bis später«, grinste Emily.

»Ihr entschuldigt uns kurz?«, fragte Luca.

»Natürlich«, nickte Jools.

Die beiden Männer verschwanden im Flur.

»Und? Wie findest du ihn?«, flüsterte Emily aufgeregt.

»Keine Ahnung. Nett.«

»Nett ist die kleine Schwester von Scheiße. Ich finde ihn eigentlich ganz cool«, ahmte sie Neds Tonfall nach.

»Das wird sich zeigen«, kicherte Jools. »Auf den ersten Blick macht er einen ganz ordentlichen Eindruck. Wichtig ist, dass er kochen kann, sonst gehen wir hier sang- und klanglos unter während Lucas Abwesenheit.«

»Wenn er nur halb so gut kochen kann, wie er Sprüche klopft, reicht das«, lachte Emily.

»Da bin ich ganz deiner Meinung«, stimmte Jools ihr zu.

Rose kam schnaubend um die Ecke gebogen. Ihr Gesicht war schneeweiß und sie sah aus, als hätte sie einen Geist gesehen.

»Rose, was ist passiert?«, stürzte Jools ihr entgegen.

»Ich muss mich erst einmal setzen«, verlangte Rose.

Hastig führte Jools sie zur Sitzecke vor dem Kamin. Emily und sie nahmen gegenüber Platz.

»Ich habe gerade einen Anruf von meiner Schwester bekommen. Mein Vater ist ziemlich krank und sie bittet mich, nach Hause zu kommen.«

»Oh Gott, Rose, das tut mir schrecklich leid.« Jools tätschelte unbeholfen die Hand ihrer Hausdame.

»Ja, mir auch«, sagte Rose trüb. »Ausgerechnet jetzt, wo Luca uns bald verlässt und der Neue kommt.«

»Das ist doch völlig egal«, winkte Jools ab. »Alles, was zählt, ist, dass es deinem Vater wieder besser geht und du bei ihm bist.«

»Kann ich dir irgendwie helfen?«, fragte Emily besorgt. »Soll ich dir einen Zug buchen?«

»Aye. Das wäre großartig«, nickte Rose. »Hättest du etwas dagegen, wenn ich so bald wie möglich aufbrechen würde? Morgen?«

»Natürlich nicht«, sagte Jools.

»Gut.« Langsam kehrte die Farbe in Rose‘ Gesicht zurück. Nur die Lippen waren fast weiß. »Dann würde ich gern morgen früh den Zug nach Edinburgh nehmen.«

»Geht klar. Du kannst dich auf mich verlassen.« Emily sprang auf und eilte zur Rezeption.

»Und du kommst wirklich ohne mich aus?« Rose sah Jools fragend an.

»Rose, bitte mach dir um das Hotel keine Sorgen. Ich kann anpacken und außerdem haben wir noch die Zimmermädchen. Wir schaffen das.«

»Ich hätte niemals damit gerechnet, dass mein Vater als Erster geht. Er hatte immer die Gesundheit eines Ochsen«, sagte Rose dumpf.

Jools legte ihr die Hand auf die Schulter. »Noch ist er nicht tot.«

»Nein, aber er hat betont das, er lieber sterben will, als nicht zu arbeiten. Wir Schotten sind ein dickköpfiges Volk. Wenn wir uns etwas in den Kopf gesetzt haben, tun wir es auch.«

»Rose, egal was passiert, ich bin für dich da«, sagte sie sanft.

»Danke, Jools.« Rose sah zu ihr hoch. Ihre Augen schwammen in Tränen. »Das weiß ich und dafür bin ich dir sehr dankbar. Aber da muss ich allein durch.«

Der Gast aus Zimmer 3 kam um die Ecke und musterte die beiden Frauen interessiert.

»Ich kümmere mich um den Gast«, flüsterte Jools ihr zu.

Rose zog ein blütenweißes Taschentuch aus ihrer Tasche, in das sie geräuschvoll schnäuzte.

Es tat Jools schrecklich leid, Rose so unglücklich zu sehen. Immer hatte sie ein Lächeln auf den Lippen, führte den Haushalt gewissenhaft, ohne jemals zu murren. Leider nahm das Schicksal darauf keine Rücksicht. Still nahm sie sich vor, ihre Mutter so bald wie möglich anzurufen.

»Guten Tag, Mister Moore. Wie kann ich Ihnen behilflich sein?«, wandte sie sich dem Gast zu.

»Die arme Rose tut mir wirklich leid«, sagte Jools und ließ sich neben Emily auf dem Stuhl im Wintergarten nieder. Dieser Raum war neben der Küche ihr liebstes Zimmer im ganzen Hotel. Durch das Glasdach schien an schönen Tagen die Sonne warm herab und an kühlen Tagen wie diesen knisterte ein Feuer im Kamin und verbreitete seine kuschelige Wärme. Die hellen Polster der Rattanmöbel und die Olivenbäume gaben dem Zimmer einen mediterranen Touch.

»Ja, ist das nicht furchtbar? Ich habe Rose noch nie so gesehen«, stimmte Emily ihr zu und legte die Serviette auf ihren Schoß.

»Wundert dich das etwa? Ich weiß noch, wie ich mich gefühlt habe, als mein Vater so krank war. Man fühlt sich so hilflos.« Jools sah nachdenklich nach draußen, wo sich dunkle Wolken am Himmel zusammenzogen.

Emily nickte. »Rose hat mir erzählt, dass du sie morgen zum Bahnhof fährst.«

»Ja. Ich möchte sicher sein, dass sie keinen Stress hat. Im Notfall fahre ich sie bis nach Cardiff und setze sie dort ins Flugzeug.« Jools strich sich eine widerspenstige Strähne hinter das Ohr.

»Was meinst du, sollen wir mal in der Küche nach dem Rechten schauen?« Emily sah sie erwartungsvoll an.

»Unbedingt. Ich kann es kaum abwarten, zu sehen, oder besser zu schmecken, was der neue Koch so draufhat.«

»Prima, dann los.« Emily war aus dem Stuhl aufgesprungen.

Sie gingen durch den Aufenthaltsraum.

»Guten Tag, Miss Miller.« Miss Porter aus Zimmer 6 begrüßte Jools freudig. »Guten Tag, Emily.«

»Hi, Miss Porter«, begrüßte Emily sie mit ihrem professionellen Rezeptionisten-Lächeln.

Miss Porter war seit knapp fünf Jahren Dauergast und kam immer um die gleiche Zeit nach Fleetwood Cove. Sie war vierzig und eine erfolgreiche Unternehmerin. Sie besaß mehrere Fitness-Clubs in London und war selbst eine ehemalige Leistungssportlerin, was sich in ihrer Top-Figur niederschlug.

»Hallo, Miss Porter. Ich hoffe, Sie hatten einen angenehmen Morgen?«, fragte Jools höflich.

»Ganz wundervoll sogar«, nickte Miss Porter. »Ich war am Hafen und habe zugeschaut, wie das Fischerboot eingelaufen ist. Also dieser Mann, dem das Boot gehört, ist wirklich ein Adonis.« Ihre mausgrauen Augen leuchteten.

»Sie meinen Aidan Turner?«, fragte Jools.

»Genau den«, bestätigte Miss Porter. »Ich habe mich ein wenig mit ihm unterhalten und muss sagen, dass er nicht nur gut aussieht, sondern auch ziemlich charmant ist. Leider ein bisschen zu jung für mich.« Sie kicherte wie ein Backfisch.

Aidan war also doch nicht verschwunden! Es versetzte ihr einen leichten Stich, dass er sich nicht mehr bei ihr gemeldet hatte.

»Ja, das kann man wohl sagen. Wenn Sie mich entschuldigen würden. Wir haben einen neuen Koch und ich muss zu einer Besprechung in die Küche«, sagte Jools.

»Oh, ein neuer Koch. Verlässt Luca Sie denn?« Ein Ausdruck von Panik lag auf dem Gesicht von Miss Porter.

»Nein, Luca hat Urlaub und das ist seine Vertretung«, wiegelte Jools ab.

»Das ist höchst ärgerlich, wissen Sie?«, schimpfte Miss Porter. »Einer der Gründe, warum ich so gern bei Ihnen bin, ist das gute Essen.«

»Ich versichere Ihnen, dass Mister Hayes Sie ebenfalls kulinarisch verwöhnen wird.« *Hoffentlich!*

»Machen Sie sich keine Sorgen, Miss Porter«, kam Emily ihr zu Hilfe. »Ich hatte bereits das Vergnügen, bei Mister Hayes zu Gast zu sein, und der Mann ist ein Genie.«

»Na dann will ich mich mal auf Ihr Urteil verlassen«, sagte Miss Porter besänftigt.

»Wenn Sie uns jetzt entschuldigen würden.« Jools nickte freundlich. »Einen schönen Tag noch für Sie.«

»Ihnen auch. Danke.« Miss Porter nahm wieder ihr Buch zur Hand.

»Seit wann kennst du Neds Kochkünste?«, raunte Jools.

»Ach, manchmal muss man den Gästen nach dem Mund reden«, zuckte Emily mit den Schultern. »Miss Porter ist nett, aber ziemlich anspruchsvoll. Es wäre doch schade, wenn wir sie als Gast verlieren würden oder sie unzufrieden nach Hause fährt.«

»Da hast du auch wieder recht«, sagte Jools nachdenklich. Aidans Gesicht tanzte vor ihren Augen und eine heimliche Sehnsucht nach ihm befiel sie.

Emily stieß die Küchentür auf. Ein köstlicher Geruch schlug ihnen entgegen. Eine Mischung aus Kräutern und Gebratenem.

Das Erste, was Jools sah, war Luca, der hinter dem Herd stand und eine Pfanne in der Hand hielt. Er hatte sich ein schwarzes Tuch um seinen Kopf gebunden, was ihn wie einen Piraten aussehen ließ. Dicht neben ihm stand Ned. Er hatte seine Lederjacke ausgezogen und gegen ein schwarzes Shirt eingetauscht. Seine muskulösen Arme waren ebenfalls mit dunklen Tätowierungen überzogen, die unter dem T-Shirt verschwanden, um am Hals wieder hervorzukriechen. Er hatte sich eine schwarze Schürze um die Hüfte gewickelt.

»Hallo, ihr zwei«, rief Jools ihnen zu. »Wie ich sehe, seid ihr bei der Arbeit. Sehr schön.«

»Allerdings«, sagte Luca erfreut. »Ihr kommt genau richtig.«

»Wieso?« Emily lehnte sich gegen den Küchentisch.

»Als Testhäschen, quasi.« Neds Gesicht verzog sich zu einem Grinsen. Seine Augen wanderten zu Emily.

»Ich bin gern Testhase«, antwortete Emily und warf lachend den Kopf in den Nacken.

»Das trifft sich gut. Wir haben ein neues Menü kreiert und ihr dürft es als Erste probieren«, erklärte Luca.

»Aha.« Jools stellte sich hinter Luca und schielte über seinen Rücken auf den Herd, um einen Blick auf den Inhalt der Pfanne zu erhaschen.

»Weg hier. Setz dich und lass dich überraschen«, scheuchte Luca sie vom Platz.

»Seit wann lässt du dir denn nicht mehr in die Töpfe schauen?«, murrte Jools.

»Das ist ein Überraschungsmenü«, belehrte Luca sie.

»Ja Mann«, nickte Ned, der gerade dabei war, Knoblauch in hauchdünne Scheiben zu schneiden.

»Komm, setz dich zu mir.« Emily tippte mit der Hand auf den freien Stuhl neben sich. »Lass die Männer mal machen. Was hältst du von einem Glas Wein?«

»Wein?« Neds Kopf schnellte herum. »Auf keinen Fall. Ich würde euch Cider empfehlen.«

»Cider?« Jools konnte sich nicht daran erinnern, wann sie das letzte Mal einen Cider getrunken hatte. Das herbe Apfelweingetränk gehörte nicht zu ihren Favoriten.

»Okay, du bist der Chef!«, zwinkerte Emily Jools zu.

»Seid ihr bereit für den ersten Gang?« Luca stellte den Herd ab und die Gasflamme erlosch.

»Immer her damit«, sagte Jools fröhlich.

Ned stellte sich vor Luca und verteilte das Essen auf die Teller. Luca hatte sich so gestellt, dass sie nicht erkennen konnten, was Ned da vorbereitete.

Er stellte die Teller vor ihnen auf den Tisch. Luca reichte parallel jedem eine Flasche Cider.

»Auf unsere Köche!« Jools hob die Flasche in die Höhe.

»Auf Ned«, grinste Emily.

Jools sah, wie Lucas Augenbraue nach oben schnellte. Sie nahm einen kräftigen Schluck. Tatsächlich schmeckte der Cider besser, als sie ihn in Erinnerung hatte. Angenehm herb, mit einer fruchtig-süßen Note.

»Voilá!« Mit einer gekonnten Bewegung präsentierte Ned ihnen das erste Gericht. Schon allein beim Anblick der Teller lief Jools das Wasser im Mund zusammen. »Garnelen mit gebratener Chorizo und Piri-Piri-Soße auf Zitronenrisotto.«

Jools schnupperte. Der Geruch war himmlisch. Sechs Garnelen waren um jeweils eine dicke Scheibe Chorizo gewickelt, durch deren Mitte ein Holzspieß verlief. Das Ganze lag auf einem dampfenden Berg Risotto. Die Piri-Piri-Soße wurde in einem kleinen weißen Schälchen extra gereicht.

»Eine ziemlich ungewöhnliche Kombination«, lautete Jools' abschließendes Urteil.

Sie liebte den würzigen Geschmack der spanischen Wurst und für ein gutes Risotto würde sie sterben.

Ned und Luca nickten zufrieden.

»Wenn es so schmeckt, wie es aussieht und riecht, bin ich jetzt schon überzeugt«, sagte Emily und schob eine der Garnelen mithilfe der Gabel vom Holzspieß und tauchte sie in die Piri-Piri Soße. Jools folgte ihrem Beispiel unter den wachsamen Augen ihres Küchenchefs. Was als Nächstes in ihrem Mund stattfand, war die reinste Geschmacksexplosion. Das Risotto war cremig zart und al dente, mit einem leicht zitronigen Geschmack, der die perfekte Ergänzung zu dem würzigen Geschmack der Garnele bildete. Jools war begeistert.

»Luca, ich muss dir leider sagen, dass ich mich auf die Zeit freue, wenn du im Urlaub bist«, scherzte Jools. »Das ist das wahrscheinlich leckerste Risottogericht meines Lebens. Wenn Ned noch mehr solche Gerichte draufhat, wirst du es schwer haben, wenn du wiederkommst.«

»So schnell bin ich also austauschbar«, blitzten Lucas Augen angriffslustig.

»Nur als Koch. Nicht als Mensch«, fügte Jools hinzu.

»Dann bin ich beruhigt.« Luca atmete gespielt laut aus. Seit die Sache zwischen ihnen geklärt war, war der Umgangston miteinander salopper geworden. Es war, als ob ihr und Luca eine Last von den Schultern genommen worden war, und mit ihr die Anspannung der letzten Wochen. Einmal mehr war Jools davon überzeugt, das Richtige getan zu haben. Sie mochte Luca von ganzem Herzen – als Freund, nicht als Liebhaber.

»Ich kann mich Jools nur anschließen«, sagte Emily zwischen zwei Bissen. »Das Risotto ist der Knall im All! Und die Garnelen sind genau mein Geschmack. Das müssen wir unbedingt ins Menü aufnehmen. Am besten gleich heute Abend!«

»Geht das?«, fragte Jools.

»Si, wir haben alles da«, nickte Luca sichtlich zufrieden.

»Miss Porter wird begeistert sein.« Jools zwinkerte Emily zu.

»Wer ist Miss Porter?« Ned sah die beiden Frauen fragend an.

»Ein Gast, der sich darüber beschwerte, dass Luca in den Urlaub fährt. Aber ich denke, wenn wir ihr das servieren, brauchen wir uns keine Gedanken mehr zu machen«, lächelte Jools und nahm einen Schluck aus der Flasche. »Übrigens, der Cider ist ausgezeichnet. Den sollten wir mit auf das Menü packen.«

»Wird gemacht, Chefin«, salutierte Luca gespielt.

»Ein Toast auf den neuen und den alten Stern am Kochhimmel des *Fleetwood on Sea*!« Emily hob ihre Flasche in die Luft.

»Auf Luca und Ned.« Jools schenkte Luca ein warmes Lächeln. »Und darauf, dass du heil zu uns zurückkommst.«

11. Kapitel

Jools parkte den Mini vor dem kleinen weißen Cottage, in dem die Hausdame des *Fleetwood on Sea* wohnte. Das Gebäude befand sich gleich hinter dem Hafen, keine fünfhundert Meter von Aidans Haus entfernt.

Beim Aussteigen fiel ihr Blick auf die Hafenmole. Aidans Boot dümpelte träge im Wasser. Der Himmel war von dicken Wolken bedeckt und es sah aus, als ob es jeden Moment anfangen würde, zu regnen. Es war nun knapp zwei Wochen her, dass sie Aidan das letzte Mal gesehen hatte – außer in ihren Träumen. Erst heute Nacht war sie mit klopfendem Herzen aufgewacht, als er sich im Traum über sie gebeugt und sie geküsst hatte.

»Jools«, grüßte eine bekannte Stimme sie.

Überrascht drehte sie sich um. »Ben!«

»Was für eine nette Überraschung.« Aidans Vater gab ihr einen Kuss auf die Wange.

»Ja, das finde ich auch«, lächelte Jools. »Wie geht es dir?«

»Ach, mein Rücken bereitet mir Schwierigkeiten. Vor allem bei diesem Wetter.« Ben deutete zum Himmel. »Meine Mutter sagte immer zu mir: *Älterwerden tut weh*. Leider muss ich sagen, dass sie recht hatte.« Er lachte herzhaft, seine grauen Augen blitzten.

»Das Gleiche hat meine Großmutter auch gesagt«, nickte Jools.

»Was treibt dich hierher?«

»Ich hole unsere Hausdame ab, um sie zum Bahnhof nach Haverfordwest zu fahren.«

»Was für ein Zufall. Aidan ist vor knapp zehn Minuten nach Haverfordwest gefahren, um das Schlosshotel mit frischem Fisch zu versorgen. Da hätte er euch mitnehmen können.« Ben grinste zufrieden.

»Wirklich.« Ihr Herz machte einen Satz bei dem Gedanken, dass Aidan ebenfalls in Haverfordwest war. Auf der anderen Seite war es höchst unwahrscheinlich, dass sie sich über den Weg laufen würden, schließlich war Haverfordwest kein kleines Dorf wie Fleetwood Cove.

In diesem Moment kam Rose aus der Haustür geschneit.

»Dachte ich mir doch, dass ich deine Stimme gehört habe«, grüßte die Hausdame sie mit ernstem Gesicht. Im Gegensatz zu sonst trug sie keine Schürze, stattdessen einen schlichten knielangen blauen Rock und dazu eine weiße Bluse an. Über die Schultern hatte sie sich einen in Blau und Grün karierten Schal gelegt, der ihr bis zur Taille reichte und mit einer silbernen Brosche über der Bluse befestigt war. Ihre Haare waren zu einem lockeren Knoten am Hinterkopf zusammengebunden.

»Wow!«, bemerkte Jools anerkennend. »So kenne ich dich ja gar nicht. Das solltest du öfter tragen.«

»Aye. Das sind die Farben des Mackenzie-Clans.« Der Stolz in ihrer Stimme war nicht zu überhören.

»Da schau mal einer an«, platzte Ben heraus. »Da leben wir seit Jahren in einem Dorf und ich erfahre jetzt erst, dass Rose eine waschechte Schottin ist.«

»Ihr kennt euch nicht?«, fragte Jools verblüfft. Ihr Blick wanderte von Rose zu Ben und wieder zurück.

»Aye, wir haben uns schon gesehen«, entgegnete Rose. »Aber wir haben tatsächlich noch nie ein Wort miteinander gewechselt.«

»Ein Umstand, den ich sehr bedauerlich finde«, sagte Ben zwinkernd. »Dürfte ich Sie zu einem Tee einladen?«

Jools hob überrascht die Augenbraue. Ben schien keine Zeit verlieren zu wollen. Der Apfel fiel nicht weit vom Stamm. Zumindest wusste sie jetzt, woher Aidan seine direkte Art hatte.

Jools sah, wie Rose nach Luft schnappte. »Ich wüsste nicht, wieso ich mit einem wildfremden Mann in seinem Haus Tee trinken sollte.« Sie zupfte einen imaginären Fussel von ihrer Bluse. »Wenn Sie mich also entschuldigen würden.«

Ben sah aus, als hätte man ihm eine Ohrfeige verpasst.

»Rose' Vater ist schwerkrank und ich bringe sie zum Bahnhof«, erklärte Jools, die wusste, wie einsam er zuweilen war.

»Potzblitz.« Ben fuhr sich mit der Hand an den Hinterkopf, um sich ausgiebig zu kratzen. »Das tut mir wirklich leid, Rose.« Aufrichtiges Bedauern spiegelte sich in seinen Augen wider.

»Aye, ich denke, wir sollten los, damit wir pünktlich da sind«, sagte Rose und stapfte davon.

Jools warf einen Blick auf ihre Uhr. Sie hatten noch mehr als eine Stunde Zeit, bevor der Zug abfuhr. Das behielt sie aber für sich.

»Was für ein Weibsbild!« Bens Augen folgten Rose.

»Normalerweise ist sie ganz umgänglich. Die Sache mit ihrem Vater macht ihr ziemlich zu schaffen.«

»Kann ich mir vorstellen. Es ist nie leicht, wenn die Eltern krank sind und man um ihr Leben fürchten muss. Irgendwie bleibt man doch immer ein Kind und Eltern leben in unseren Köpfen unendlich.«

Jools nickte.

»Na dann, eine gute Fahrt, und wenn du Aidan siehst, bitte ihn, mir ein schönes Stück Steak mitzubringen. Mir ist heute nach Fleisch zumute.« Bens Augen glitten liebevoll über sie hinweg.

»Mache ich«, versprach sie. »Bis bald.«

»Bis bald.« Er winkte ihr hinterher.

»Was für ein unverschämter Kerl«, schnaubte Rose.

»Ich mag Ben«, gab sie unumwunden zu. Sie öffnete die Türen des Mini Coopers und verstaute Rose' Gepäck im Kofferraum.

»Woher kennst du ihn überhaupt?«

Sie erzählte Rose von ihrem Treffen mit Aidan und dem gemeinsamen Abendessen bei Ben.

»Wie der Vater so der Sohn! Du solltest dich vor solchen Männern in Acht nehmen.« Rose sah sie mit ernster Miene an. »Die haben nur eines im Kopf.«

»Bens Frau ist vor ein paar Jahren gestorben und ich hatte eher den Eindruck, dass er seitdem einsam ist.« Sie drückte den Startschalter und der Motor des Minis sprang an. Langsam rollte sie aus der Parklücke.

»Oh«, murmelte Rose. Aus dem Augenwinkel sah Jools, wie die Hausdame ihre Hände gefaltet auf ihren Schoß legte. »Das tut mir leid, zu hören.«

Jools drehte den Kopf zur Seite. »Ich weiß, es geht mich eigentlich nichts an, aber warst du schon mal verheiratet?«

»Fast«, nickte Rose und spielte gedankenverloren mit dem schmalen goldenen Ring an ihrer rechten Hand. »Ist eine lange Geschichte.«

»Ich habe Zeit«, entgegnete Jools.

Rose holte tief Luft. »Sein Name war Malcom Macay.«

»Welch klangvoller Name«, bemerkte Jools trocken.

»Aye.« Rose nickte. »Malcom kam als Schäfer nach Dunkeld.«

Jools sah Rose fragend an. Sie hatte den Namen Dunkeld noch nie in ihrem Leben gehört.

»Dunkeld ist das Dorf, in dem ich groß geworden bin. Es liegt in den Highlands am Fluß Tay. Die Shakespeare-Fans kennen es durch *Macbeth*, das unter anderem im Nachbarort Brinam spielt. Das erste Mal bin ich Malcom auf dem Dorffest in der Scheune meiner Eltern begegnet. Er sah einfach unglaublich gut aus. Groß, stattlich gebaut und herrlich blaue Augen.« Rose' Blick wanderte ins Leere. »Jede Frau im Dorf wollte mit ihm tanzen. Dann hat er mich aufgefordert. Mich!« Rose tippte sich auf die Brust. »Die kleine, unscheinbare, mollige Rose. Ich konnte mein Glück gar nicht fassen. Wir haben den ganzen Abend miteinander getanzt und er hat mich mit Komplimenten überschüttet. Und als ich am Ende des Abends gehen wollte, hat er mich geküsst.« Rose seufzte tief. »Es war der beste Kuss meines Lebens und ich konnte die ganze Nacht an nichts anderes denken. Gleich am nächsten Tag hat er uns besucht und mich gefragt, ob ich mit ihm ausgehen würde. Natürlich habe ich Ja gesagt. Es war die aufregendste Zeit in meinem Leben. Er hat mich auf die Weide mitgenommen, zu seinen Schafen. Wir haben unter freiem Himmel geschlafen und uns ausgemalt, wie unser Leben gemeinsam verlaufen würde. Nach knapp drei Monaten hat er mich gefragt, ob ich seine Frau werden würde. Ich war im siebten Himmel. Meine Eltern hatten Bedenken wegen unserer finanziellen Situation. Als Schäfer verdient man nicht gerade viel, aber ich habe mein Leben lang gearbeitet und hatte kein Problem damit. Schließlich haben sie uns ihren Segen gegeben. Die Hochzeit war für das Frühjahr geplant. Das ganze Dorf war eingeladen. Jeder sollte an unserem Glück teilhaben. Als der Tag unserer Hochzeit kam, war ich völlig ruhig, denn ich war im festen Glauben, dass ich das Richtige tat. Dieser Mann war der Mann meines Lebens.«

Jools hielt instinktiv die Luft an. Sie ahnte, was kommen würde, wagte jedoch nicht, etwas zu sagen.

»Als ich in meinem weißen Kleid vor der Kirche stand und auf ihn wartete, war ich mir sicher, dass er aufgehalten worden war und jeden Moment kommen würde. Ich stand noch vor der Kirche, als es anfing zu regnen. Ich war krank vor Sorge. Niemals hätte ich in Erwägung gezogen, dass etwas anderes als ein Unfall ihn aufgehalten hatte.« Rose machte eine lange Pause, als suchte sie nach den richtigen Worten, um das auszudrücken, was nun folgte. »Erst als alle Gäste gegangen waren und der Priester mich ins Haus meiner Eltern begleitete, wusste ich, dass ich an diesem Tag nicht mehr heiraten würde. Ich bin im Hochzeitskleid zu seiner Hütte gelaufen, aber er war nicht da. Seine ganzen persönlichen Sachen waren verschwunden. Auf dem Bett lag ein winziger Zettel, auf den er einen einzigen Satz geschrieben hatte: *Ich bin nicht gut genug für dich.* Seitdem vergeht kein Tag, an dem ich nicht an ihn denke.«

»Hast du jemals wieder etwas von ihm gehört?«, fragte Jools leise. Tränen standen ihr in den Augen.

Rose schüttelte kaum merklich den Kopf. »Nie mehr. Eine Freundin hat behauptet, ihn am Hafen von Leith auf einem der großen Containerschiffe gesehen zu haben. Aber sicher war sie sich nicht.«

»Ist das der Grund, warum du nach Fleetwood Cove gegangen bist?« Jools sah zur Seite.

»Ja. In den Augen meiner Familie und meiner Freunde war ich für ewig die Sitzengelassene. Die verunglückte Hochzeit lag wie ein Makel auf mir. Deshalb habe ich mich irgendwann entschlossen, meiner Heimat den Rücken zu kehren und mein Glück woanders zu suchen. Ich war schon immer geschickt im Haushalt und habe die Farm meiner Eltern in Ordnung gehalten, deshalb lag es nahe, sich als Hausdame in einem Hotel zu bewerben. Als ich Millie von meiner Geschichte erzählte, nahm sie mich in den Arm und meinte, dass sie genau auf einen Menschen wie mich gewartet hätte und ich ab jetzt ihr Glücksbringer wäre.« Ein Lächeln huschte über das runde Gesicht der Hausdame.

»Ja, Millie hatte eine besondere Gabe, den Menschen in die Seele zu schauen«, sagte Jools. Sie setzte den Blinker zur Abfahrt nach Haverfordwest. »Ich bin froh, dass sie es bei dir getan hat.« Sie tätschelte Rose' Hand. »Ich bin mir sicher, dass du dein Glück noch finden wirst. Für die Liebe ist es nie zu spät.«

»Aye. Ich komme auch gut ohne Mann klar. Am Anfang habe ich mit meinem Schicksal gehadert, aber mittlerweile fühle ich mich sehr wohl.«

»Bist du nicht neugierig, was aus Malcom geworden ist?«

»Nein. Man sollte die Dinge aus der Vergangenheit ruhen lassen. Sie belasten einen sonst nur unnötig und verhindern, dass man nach vorn schaut. Vielleicht wären wir gar nicht so glücklich miteinander geworden. Ich habe jedenfalls auch ohne Malcom mein Glück gefunden und hoffe für ihn das Gleiche.«

»Dann hast du ihm verziehen?«

»Aye. Ich möchte keinen alten Groll durch mein Leben tragen.«

Jools bewunderte Rose' Großmut. »Im Prinzip ging es mir ähnlich. Die ganze Zeit, die ich mit Dean zusammen war, dachte ich, dass er meine große Liebe wäre. Ich hatte keinen besonderen

Anspruch. Ich wollte einfach nur einen guten Mann an meiner Seite, mit dem ich eine Familie gründen konnte. Wie sich herausstellte, hatten wir völlig verschiedene Vorstellungen. Wäre ich nicht nach Fleetwood Cove gekommen, würde ich mich noch immer in dem Glauben befinden, dass er der Richtige für mich ist.«

»Das Leben geht manchmal seine eigenen Wege.« Rose lächelte schwach. Es war ihr deutlich anzusehen, dass die Vergangenheit an ihr nagte, auch wenn sie es nicht zugab.

»Das stimmt. Ich hätte es niemals auch nur in Erwägung gezogen, ein Hotel in Wales zu leiten«, lächelte Jools und nahm den Fuß vom Gaspedal.

Sie hatten den Bahnhof von Haverfordwest erreicht. Das rechteckige Gebäude war aus Rotklinker gebaut und befand sich am Ortseingang von Haverfordwest. Ein schlichtes Schild über dem Eingang wies den Besucher darauf hin, dass er sich an einem Bahnhof befand. Es herrschte kaum Betrieb und der Parkplatz war so gut wie leer.

Nachdem Jools das Gepäck aus dem Kofferraum geholt hatte, gingen sie zusammen zum Gleis.

»Wir werden dich vermissen«, gestand Jools.

»Ich euch auch. *Fleetwood on Sea* ist doch mein Zuhause.« Rose stellte den Koffer neben sich ab. »Ich weiß noch genau, wie ich Emily das erste Mal gesehen habe. Ein verängstigtes Ding mit herrlichen roten Haaren, dünnen Beinen und einem übermäßig großen Bauch. Millie und ich haben die Kleine erst einmal aufgepäppelt. War ja nur Haut und Knochen.« Rose schnaubte wie ein Stier. »Ihre Eltern hatten sie verstoßen! Unglaublich. Ich verstehe nicht, wie Eltern ihren Kindern so etwas antun können.«

Jools nickte. Im Stillen dachte sie an all die Jahre, die sie und ihre Mutter kaum miteinander gesprochen hatten. Einmal mehr dankte sie dem Schicksal dafür, dass sie sich versöhnt hatten.

»Ich war bei der Geburt dabei.« Ein Lächeln huschte über Rose' Gesicht. »Als das Baby aus dem Bauch seiner Mutter kam, hat es geschrien wie am Spieß. Ein zorniges rotes Bündel mit einer kräftigen Lunge. Da wusste ich, dass aus dem Mädchen mal was werden würde.« Rose faltete die Hände.

»Das glaube ich auch. Melee ist etwas ganz Besonderes.«

Rose' Blick glitt sichtlich nervös zur Wand hinter Jools' Rücken. »Mein Zug müsste jeden Moment kommen.«

»Ich hoffe, alles wird gut und dein Vater recht schnell wieder gesund.« Sie breitete die Arme aus und drücke Rose an sich. »Pass auf dich auf und komm heil wieder.«

Die Stimme aus dem Lautsprecher kündigte die Einfahrt des Zuges nach Edinburgh an. Rose eilte zum Bahnsteig und stieg ein. Jools sah durch das Fenster, wie sich die Hausdame in eines der Abteile setzte.

»Türen schließen!«, rief ein uniformierter Bahnangestellter.

Jools warf Rose einen Kuss zu. Das Letzte, was sie sah, war das rote Gesicht ihrer Haushälterin hinter der Glasscheibe, dann setzte sich der Zug in Bewegung.

Sie ging zurück zum Auto. Da es im Hotel relativ ruhig war und sie ohnehin nichts vorhatte, nutzte sie die Gelegenheit und fuhr in die Stadt. Bei ihrem ersten Besuch hatte sie eine entzückende kleine Boutique entdeckt, die eine hervorragende Auswahl an Kleidung bereithielt. Die Container mit ihren Sachen waren zwar bereits in Leith eingetroffen, aber noch nicht vom Zoll freigegeben worden. Sie hatte mit dem Zollbeamten gesprochen und so wie er geklungen hatte, hatte sie nicht den Eindruck, dass die Freigabe in den nächsten Tagen stattfinden würde. In den letzten Tagen war die Luft abends deutlich kühler geworden und sie brauchte dringend einen Pullover. Emily hatte angeboten, ihr etwas von ihren Sachen zu geben, aber Jools war fast einen Kopf kleiner als ihre Freundin und Emilys Pullover hing wie ein Sack an ihr herunter.

Gut gelaunt ging sie die Hauptstraße entlang. Es hatte angefangen, leicht zu nieseln. Lächelnd stellte Jools fest, dass das niemanden zu stören schien. In New York hätten die Fußgänger längst ihre Regenschirme gezückt, hier in Haverfordwest unterhielten sich die Frauen weiter, als wäre nichts. Die winzige Boutique lag zwischen zwei Häuser eingequetscht. Neugierig betrachtete Jools das Schaufenster.

Zwei Puppen präsentierten mit ihren steifen Gesichtern die neueste Wintermode. Im Gegensatz zu New York, wo gerade die Achtzigerjahre wieder auflebten, setzte man hier auf klassische Trenchcoats im Burberry-Stil und schwarze Reiterhosen. Schmunzelnd betrat sie den kleinen Laden. Eine Glocke kündigte die neue Kundin an.

Dieselbe Verkäuferin wie bei ihrem letzten Besuch kam auf sie zu. Die Frau stutzte einen Moment, als sie Jools sah.

»Kennen wir uns nicht?« Die Frau beäugte sie interessiert.

»Ich war …«

»Halt, sagen Sie nichts!« Die Frau hob die Hand. »Ich weiß. Sie waren im Sommer schon einmal bei mir.«

»Richtig!«, nickte Jools überrascht.

»Sie haben das Chiffonkleid aus dem Schaufenster gekauft.« Die Frau strahlte sie an, als hätte jemand ein Licht von innen anknipst.

»Sie haben ein phänomenales Gedächtnis«, lobte Jools.

»Wenn man wie ich einen kleinen, exklusiven Laden betreibt, ist es wichtig, dass man seine Kunden kennt«, erklärte die Frau. »Mit was kann ich Ihnen denn diesmal behilflich sein?«

»Ich brauche unbedingt einen Pullover für die kalte Jahreszeit und eine Allwetterjacke. Meine Sachen befinden sich quasi auf dem Weg hierher und ich bin nicht wirklich auf das kühle Wetter eingestellt, und schon gar nicht auf Regen.« Sie deutete auf die dunklen Wolken, die sich am Himmel türmten und noch mehr Regen versprachen.

»Dann will ich mal schauen, was wir für Sie haben. Geben Sie mir einen klitzekleinen Moment. Ich habe da etwas im Sinn, das ich mir ganz entzückend für Sie vorstellen könnte.« Die Frau eilte davon.

Es dauerte nicht lange und sie kam mit einer Auswahl an Mänteln und Pullovern zurück. Wie schon beim ersten Besuch erwies die Frau einen exzellenten Geschmack und es dauerte nicht lange, bis Jools eine Auswahl getroffen hatte. Gut gelaunt und um einige Pfund leichter verließ sie schwer bepackt die Boutique.

Unschlüssig blieb sie stehen. Der Regen hatte aufgehört und die Sonne brach durch die dunklen Wolken. Ein leiser Hunger machte sich bei ihr bemerkbar. Normalerweise wäre sie ins Hotel zurückgefahren und hätte Luca einen Besuch in der Küche abgestattet, um sich etwas vom Mittagessen zu stibitzen. Diese Möglichkeit fiel aus. Das kleine Café kam ihr in den Sinn, in dem sie das letzte Mal gesessen hatte. Der Kaffee war gut und das Essen, das man an ihr vorbeigetragen hatte, hatte lecker ausgesehen. Warum also nicht dorthin gehen?

Mit bestimmtem Schritt machte sie sich auf den Weg, als ihr plötzlich eine hochgewachsene Gestalt entgegenkam, die eine Kiste auf ihren Schultern trug. Sie hätte ihn unter Hunderten an seiner aufrechten Körperhaltung erkannt. Aidan.

Sofort beschleunigte sich ihr Puls und ihr Herz fing an zu rasen. Panisch sah sie sich um. Ihr erster Impuls war es, die Straßenseite zu wechseln. Im gleichen Augenblick hatte er sie entdeckt. Ihre Augen trafen sich und ein Lächeln breitete sich auf seinem Gesicht aus. Sie dachte an Susan und daran, was sie ihr geraten hatte. Jools straffte den Rücken und lächelte zurück.

Mit wenigen Schritten war er bei ihr.

»Jools, was für eine angenehme Überraschung. Was machst du denn hier?«

»Ich habe Rose zum Bahnhof gebracht«, sagte sie betont gleichgültig. Ihre Stimme zitterte leicht. Sie hoffte, dass er es nicht bemerkte.

»Bist du mit ihren Sachen abgehauen?« Er deutete auf die große Tasche mit den Klamotten in ihrer Hand.

»Haha. Sehr witzig. Meine ganzen Klamotten sind immer noch in den Containern und ich habe nicht mehr genug warme Sachen«, erklärte sie spitz. »Und selbst? Hast du jemanden zersägt oder weshalb trägst du eine Kiste mit dir herum?«

»Zumindest hast du deinen Sinn für Humor nicht verloren.« Auf seinem Gesicht lag ein unverschämtes Grinsen. »Nein, da sind Ersatzteile drin, die heute geliefert wurden.«

Eine kurze Pause entstand zwischen ihnen. Sie starrte angestrengt auf ihre Fußspitzen, darum bemüht, ihm nicht in die Augen zu sehen. Er sah so verdammt gut aus. Sie wusste, wenn sie ihm in die Augen sehen würde, würde sie schwach werden.

»Jools.« Der sanfte Klang seiner Stimme ließ sie doch hochschauen. »Es tut mir leid, dass ich mich nicht mehr gemeldet habe, aber –«

»Ist mir gar nicht aufgefallen«, unterbrach sie ihn harsch.

Aidans Augenbraue schnellte missbilligend nach oben. »Ich hatte wahnsinnig viel zu tun. Am Ende der Saison werden die Deals für nächstes Jahr neu verhandelt. Zusätzlich habe ich Lily in der Galerie geholfen und letzte Woche wurde Max ziemlich krank. Ich musste ein paarmal zum Tierarzt fahren«, fuhr er unbeirrt fort.

»Oh, das tut mir leid«, sagte sie, immer noch darum bemüht, ihm in einem ruhigen und rationalen Ton zu antworten, während in ihrem Inneren ein Gefühlschaos tobte. Er hatte Zeit gehabt, Lily zu helfen, aber nicht, sie anzurufen. Am liebsten hätte sie ihm an den Kopf geworfen: *Mich küsst du und meldest dich nicht, aber für deine Exfreundin hast du Zeit.* Stattdessen fragte sie: »Geht es Max wieder besser?«

»Er ist über den Berg, aber noch schwach auf den Beinen. Hat ordentlich an Gewicht verloren. Mein Dad kümmert sich gerade um ihn.« Seine Augen glitten prüfend über sie hinweg. »Und wie geht es dir? Du siehst müde aus.«

»Ehrlich gesagt habe ich auch nicht gut geschlafen«, entgegnete sie, überrascht darüber, dass es ihm aufgefallen war.

»Was sagst du zu dem neuen Koch?«

»Ned? Ach, der ist ganz okay. Kochen kann er jedenfalls.« Sie erzählte ihm von dem gestrigen Probeessen.

»Mhm.« Er räusperte sich. »Jools?«

»Ja?« Sie hob den Kopf und sah geradewegs in seine Augen. In ihrem Magen flatterten winzige Schmetterlinge.

»Sam und Bryan geben heute Abend eine kleine Party. Hast du Lust, mich zu begleiten?« Er sah sie hoffnungsvoll an.

Verwundert registrierte sie, dass er so gar nicht der coole Macker war wie sonst, jetzt, wo sie allein waren. Eine Party bei Sam und Bryan klang verlockend. Sie hatte seit ihrer Begegnung am Strand mehrfach an das reizende Paar gedacht.

»Warum nicht?«, antwortete sie, darum bemüht, ihm nicht zu zeigen, wie sehr sie sich freute. »Ich könnte ein bisschen Abwechslung gebrauchen.«

»Prima. Ich hole dich gegen halb acht ab.«

»Acht Uhr wäre mir lieber«, entgegnete sie rasch. Er sollte wissen, dass sie sich nicht herumkommandieren ließ wie die anderen Frauen, mit denen er ausging.

Aidans Augenbraue schnellte nach oben. Offensichtlich war er nicht einverstanden, ließ sich jedoch nichts anmerken. »Gut, dann acht Uhr.«

Jools konnte nur mit Mühe ein Grinsen unterdrücken. Heute Abend würden sie nach ihren Regeln spielen. Sie würde sich nicht noch einmal das Zepter aus der Hand nehmen lassen.

»Bis später.« Ohne ihn weiter zu beachten, ließ sie ihn stehen und wechselte auf die andere Straßenseite. Sie spürte, wie seine Blicke ihr folgten. Ein Lächeln huschte über ihre Lippen. Mit ihr hatte er seinen Meister gefunden – er wusste es nur noch nicht!

»Und, wie sehe ich aus?« Jools zupfte nervös an ihren Haaren.

Sie hatte die letzten zwei Stunden im Badezimmer zugebracht. Ihre haselnussbraunen Haare fielen sanft auf ihre Schultern und die hellen Reflexe schimmerten golden im Licht. Sie hatte ein leichtes Make-up aufgelegt, das ihre makellose Haut wie Porzellan erscheinen ließ. Die Augen hatte sie mit einem schwarzen Lidstrich betont und die dichten Wimpern schwarz getuscht. Auf ihren Wangen lag ein Hauch von Rouge. Ihre geschwungenen Lippen leuchteten kirschrot. Da sie keine Ahnung hatte, wie der Dresscode war, hatte sie sich eine schwarze Hose angezogen, die ihre weiblichen Formen betonte, und dazu eine Seidenbluse, die ihre gebräunten Schultern preisgab.

»Fantastisch!«, nickte Emily. »Du siehst unglaublich gut aus. Ich bin mir sicher, jeder Mann wird sich nach dir umdrehen.«

»Genau das ist der Plan«, lächelte Jools zufrieden.

»Du willst ihn eifersüchtig machen?«

»Wäre das so schlimm?«

»Ich denke, das wäre sogar ziemlich genial«, grinste Emily. »Es tut Aidan ganz gut, wenn sein übergroßes Ego mal einen kleinen Dämpfer bekommt.«

»So sehe ich das auch«, nickte Jools.

Es hupte draußen.

Jools' Puls schnellte augenblicklich in die Höhe. Verdammt! Wenn sie den Abend überstehen wollte, ohne in Aidans Armen zu landen, musste sie cool bleiben.

Emily trat einen Schritt zurück und schielte aus dem Fenster. »Eines muss man Aidan ja lassen: Er sieht bombe aus.« Ihr Blick wanderte zu Jools, die keine Anstalten machte, nach draußen zu gehen. »Willst du nicht los?«

»Lass ihn ruhig warten. Er soll schließlich nicht denken, dass ich sofort komme, wenn er nur mit dem Finger schnippst.«

»Mann, deine Nerven möchte ich haben.« Emily sah sie bewundernd an.

»Meine Nerven liegen blank. Wenn du mein Herz hören könntest, wüsstest du, dass ich total aufgeregt bin.« Sie grinste. »Aber das muss Aidan ja nicht wissen.«

Sie lachten beide.

Es hupte erneut – energischer als beim ersten Mal. Jools blieb ungerührt stehen.

»Sagt mal, seid ihr taub?« Melee kam zu ihnen in die Küche gerannt.

»Nein, aber wir erteilen Aidan gerade eine Lektion«, schmunzelte Jools. »Das kannst du dir gleich mal für die Zukunft merken: Gib Männern nie das Gefühl, dass du ihnen hinterherläufst, denn dann hast du verloren. Lass sie ein wenig zappeln und sie werden dir zu Füßen liegen.«

»Und woher hast du diese Weisheit?«, wollte Melee wissen.

»Von mir!«, zwinkerte Jools ihr zu.

Melee schielte interessiert durch das Küchenfenster. »Achtung, er kommt.«

»Showtime«, nickte Jools zufrieden und zupfte ein letztes Mal ihre Bluse zurecht. Sekunden später klingelte es an der Haustür.

Mit langen Schritten ging Jools durch den Flur. Emily und Melee folgten ihr.

»Hi, Aidan«, begrüßte sie ihn, als hätte sie nicht mit seinem Auftauchen gerechnet. Sofort hatte sie seinen männlichen Duft in der Nase. Einfach himmlisch.

Er hatte sich schick gemacht. Die dichten Haare fielen mit Gel gebändigt nach hinten, der Bart war frisch gestutzt. Er trug ein weißes eng anliegendes Shirt und dazu eine schwarze Hose. Die Füße steckten in schwarzen Loafers.

»Hi, Jools.« Aidans Augen glitten bewundernd über sie hinweg. »Wow! Du siehst klasse aus.«

»Danke«, antwortete sie knapp, ohne weiter auf ihn einzugehen.

»Hi, Em. Hi, Melee.« Er winkte den beiden Frauen zu.

»Hallo, Aidan«, grüßte Emily ihn vergnügt zurück. Melee stand nur da und grinste breit.

»Bist du so weit?«

»Ich muss nur noch meine Tasche holen«, entgegnete sie und ließ ihn in der Tür stehen.

Sie hatte die Tasche absichtlich in der Küche gelassen. Im Hintergrund hörte sie, wie Emily sich mit Aidan unterhielt. Mit klopfendem Herzen nahm sie die Tasche vom Küchentisch. Sie holte tief Luft, bevor sie zurück zur Haustür ging.

»Da bin ich wieder«, sagte sie fröhlich.

»Gut, dann sollten wir los. Wir sind schon spät dran«, nickte Aidan.

»Viel Spaß!«, verabschiedete sich Emily fröhlich von ihnen.

»Bis später«, lächelte Jools.

Sie gingen ein paar Schritte von der Haustür weg.

»Mist!« Jools schlug sich mit der flachen Hand gegen die Stirn.

»Was?« Aidan sah sie mit hochgezogenen Augenbrauen an.

»Ich habe meinen Lipgloss vergessen.«

Sie hörte ihn entnervt brummen.

»Warte kurz. Ich bin gleich wieder bei dir.« Jools eilte den Flur entlang. Emily folgte ihr.

»Du lässt den armen Kerl ganz schön schwitzen«, wisperte sie ihr auf dem Weg nach oben zu.

»Hast du sein doofes Gesicht gesehen?«, kicherte Jools. »Herrlich.«

Sie blieb auf der Treppenstufe stehen.

»Allerdings.« Emily brach in lautes Lachen aus.

»Pssst! Nicht so laut«, ermahnte Jools ihre Freundin.

»Ihr New Yorkerinnen seid wirklich mit allen Wassern gewaschen.« Bewunderung schwang in Emilys Stimme mit.

»Eigentlich bin ich nicht so, aber ich finde, dass der liebe Aidan eine kleine Lektion verdient hat, nachdem er mich zweimal unerlaubterweise geküsst hat …«

»Wenn man es genau nimmt, war es sogar dreimal«, flüsterte Emily.

»Stimmt!« Sie warf einen Blick auf ihre Armbanduhr. Es war bereits zwanzig nach acht. Sie hatte Aidan lange genug warten lassen.

Sie gab Emily ein Handzeichen, nach unten zu gehen. Als sie zur Tür kamen, stand Aidan lässig gegen den Türrahmen gelehnt.

»Da wären wir.« Jools beugte sich zu Emily und gab ihr einen Kuss. »Bis später.«

»Tschüss, ihr zwei.« Emily winkte ihnen zu.

»Bist du sicher, dass du alles hast?«, fragte Aidan betont liebenswürdig.

»Absolut«, sagte sie und schloss die Haustür hinter sich.

»Jools, wie schön, dich zu sehen.« Sam kam mit fliegenden Fahnen auf sie zu.

Sie sah blendend aus und Jools fand, dass sie die schönste Schwangere war, die sie jemals gesehen hatte.

»Ich hoffe, es ist okay, dass ich mitgekommen bin.« Jools umarmte Sam, so gut es ging, was angesichts des Bauchumfangs nicht so einfach war.

»Natürlich ist es okay. Als Aidan mir erzählt hat, dass du mitkommst, war ich ganz begeistert.« Sam legte ihre Hand auf Jools' Arm. »Du siehst toll aus.« Samatha sah sie bewundernd an.

»Das habe ich ihr auch schon gesagt«, mischte sich Aidan in die Unterhaltung ein.

»Das zählt nicht«, entgegnete Jools zuckersüß. »Das sagst du schließlich jeder Frau.«

Sam kicherte.

Bryan kam mit einer Bierflasche in der Hand auf sie zu. »Da ist ja unser neues Traumpaar.«

»Traum, vielleicht. Paar, nein«, kam Jools Aidan zuvor.

»Oho. Und ich dachte, zwischen euch beiden läuft was.« Bryan zwinkerte Aidan wissend zu.

»Tja, so kann man sich täuschen.« Jools lächelte Bryan breit an. »Aidan und ich sind Freunde, mehr nicht.«

Aidan sah irritiert zu ihr.

»Nett habt ihr es hier.« Jools' Augen glitten über die in zarten Pastelltönen gestrichenen Wände. Die Möbel in dem gemütlichen Wohnzimmer waren ein bunter Mix aus verschiedenen Stilrichtungen. Den Mittelpunkt bildete ein altes Chesterfield-Sofa aus dunkelbraunem Leder, vor dem ein massiver Couchtisch stand. Bunte Kissen waren auf dem Boden verteilt, auf denen es sich einige der Gäste bequem gemacht hatten. Jazzmusik drang aus den riesigen Lautsprechern, die seitlich an der Wand standen.

Ein hochgewachsener, sportlich aussehender Mann stellte sich zu ihnen.

»Hi, Aidan. Wie geht es dir, Alter?« Die Augen des Unbekannten klebten auf Jools.

»Gut, und selbst?« Aidan sah nicht sonderlich erfreut aus.

»Ich kann nicht klagen. Die Firma läuft gut und wir haben expandiert.« Ein Lächeln huschte über das markante Gesicht des Mannes. »Aber willst du mich nicht deiner Begleitung vorstellen?«

»Jools, das ist William, ein alter Freund«, das Wort schien Adain nicht so leicht über die Lippen zu kommen, »von mir.«

»William, ältester Sohn des Earl of Powis. Sehr erfreut, dich kennenzulernen.« William machte eine formvollendete Verbeugung.

»Jools Miller.« Sie reichte ihm die Hand. Der Typ kam ihr gerade recht. Aidan sollte ruhig den Eindruck bekommen, dass er nicht der Einzige war, der sie interessierte. »Ich bin beeindruckt. Ich habe noch nie einen echten Earl kennengelernt.«

»Dann wird es Zeit!« William grinste siegessicher. »Darf ich dich auf einen Drink entführen?«

»Sehr gern!«, antwortete Jools kokett. Aus dem Augenwinkel sah sie, wie Aidans Mund verärgert zuckte. »Wenn ihr uns kurz entschuldigen würdet.« Äußerst selbstbewusst nahm William ihre Hand und zog sie an den anderen vorbei. »Bis später«, rief sie Aidan zu, bevor sie zwischen den Gästen verschwand.

»Ich habe dich noch nie bei Sam und Bryan gesehen«, sagte William.

»Das liegt daran, dass ich noch nie hier war«, erklärte sie fröhlich. »Ich bin erst vor Kurzem nach Fleetwood Cove gezogen.«

»Fleetwood Cove.« William verzog das Gesicht, als hätte er in eine Zitrone gebissen. »In dieses kleine Nest?«

»Sag nichts gegen Fleetwood Cove. Ich habe New York verlassen, um dort leben zu können.«

»Wirklich?« William kratzte sich äußerst unearlhaft am Kinn. »Was war der Grund? Liebeskummer? Lebenskrise? Geld?«

»Ich schätze, ein bisschen von allem«, lachte Jools.

Sie hatten die Küche erreicht. Ein gemütlicher Raum mit einer mintgrün gestrichenen Sitzecke, an der einige der Gäste Platz genommen hatten.

»Was möchtest du trinken?«, fragte William.

»Ein Sekt wäre prima.« Sie deutete auf die Flasche, die in einem Kühler auf dem Tisch stand.

»Sekt!« William schüttelte sich gespielt. »Eine Frau wie du sollte in Champagner baden.«

»Jetzt übertreibst du aber.« Aus dem Augenwinkel sah sie Aidan, der ihnen in die Küche gefolgt war. Er lehnte lässig gegen den Türrahmen und beobachtete sie. »Du bist ein ganz schöner Charmeur«, gurrte sie.

»Ich sage nichts als die Wahrheit.« William reichte ihr ein Glas Sekt.

»Danke.«

Sie stießen an. Williams Augen glitten begehrlich über ihre weiblichen Formen.

Jools leckte sich genüsslich mit der Zunge über die Lippen. So langsam fing der Abend an, ihr Spaß zu machen.

»Wie es aussieht, amüsierst du dich prächtig«, flüsterte Aidan ihr ins Ohr.

Sein warmer Atem streifte ihre Wange. Erschrocken fuhr sie herum. Es war bereits spät und die meisten der Gäste waren bereits gegangen. William war kurz in die Küche geeilt, um ihre Gläser aufzufüllen. Ihr war leicht schwindelig vom Sekt und sie wusste schon jetzt, dass sie es morgen bereuen würde, so viel getrunken zu haben. Aber das war egal! Sie hatte erreicht, was sie hatte erreichen wollen. Aidan war eifersüchtig!

»Allerdings. Der Earl ist ein unterhaltsamer Mann und weiß eine Dame zu respektieren«, entgegnete sie spitz.

»Ach wirklich? Das muss ich unbedingt seinen Exfreundinnen sagen, die er in den letzten Monaten einfach sitzen gelassen hat«, erwiderte Aidan süffisant.

»Das ist doch ganz dein Stil.« Ihr Herz schlug ihr bis zum Hals. Sie drehte sich um und sah ihm direkt in die Augen.

»Richtig. Ich bin ja in deinen Augen auch ein Macho.« Aidan sah sie kühl von oben herab an.

»Wenigstens eine Sache, bei der wir uns einig sind«, nickte sie.

Ihre Augen blieben an seinen wunderbar geschwungenen Lippen hängen, die keine Handbreit von ihr entfernt waren.

»Ich weiß nicht, wie du das siehst, aber ich würde langsam aufbrechen. Ich muss morgen früh raus.«

»Seit wann bist du denn so eine Spaßbremse?«, funkelte sie ihn vergnügt an.

»Bin ich nicht, ich mache mir nur Sorgen um dich.«

War er eifersüchtig?

»Um mich? Ich habe doch deinen Freund an meiner Seite.«

»Er ist nicht mein Freund«, brummte Aidan trotzig wie ein kleiner Junge. Sein Blick verdüsterte sich.

»Macht ja nichts. Ich finde ihn trotzdem ziemlich amüsant. Hast du denn Spaß?« Sie sah ihn mit großen Augen an.

»Ja, ich habe mich lange mit Sam und Bryan unterhalten.«

Er sah sie eindringlich an, als wollte er ihr mithilfe von Telepathie eine Nachricht übermitteln. Ihr wurde ganz heiß und kalt unter seinem Blick. Es war unfassbar. Sobald Aidan in ihrer Nähe war, herrschte in ihrem Kopf Vakuum und sie konnte nur daran denken, wie sich seine Lippen anfühlten. *Verdammter Mist!*

»Ich hatte noch gar keine Zeit, mit den beiden zu quatschen. William hat mich derart in Beschlag genommen«, zwitscherte sie und schenkte ihm ein breites Lächeln.

»Das scheint mir auch so«, nickte Aidan finster.

Er sah aus wie ein sexy Rachegott. Am liebsten wäre sie ihm um den Hals gefallen und hätte ihn geküsst. Es kostete sie ihre ganze Willenskraft, die kleine Scharade weiterzuspielen.

Williams schlanke Gestalt tauchte vor ihr auf. »Da bin ich wieder!« Er hatte zwei volle Gläser in der Hand, wovon er ihr eines reichte.

»Prost!« Sie kippte das Glas mit einem einzigen großen Schluck hinunter.

»Oha, da scheint jemand Durst zu haben«, stellte Aidan mit zynischem Unterton fest.

»Ich wäre dann so weit.« Mit einem Ruck stand sie auf. Ein Kichern entwich ihrer Kehle, als sie seinen verwunderten Blick auffing. Aidan runzelte die Stirn. »Sieh mich nicht so an. Ich dachte, du wolltest gehen.« Sie stellte das leere Glas auf den Tisch. »Dein Wunsch ist mein Befehl!«

»Seit wann denn das?« Aidan musterte sie kritisch.

»Ach, zumindest für den Moment.«

»Ähm …« William sah sie überrascht an. »Habe ich was verpasst?«

»Nein, aber es ist schon spät. Kleine Mädchen müssen jetzt ins Bett, damit sie nicht vom bösen Wolf gefressen werden.« Sie schenkte Aidan einen kurzen Blick. »Vielen Dank für den reizenden Abend.« Sie stellte sich auf die Zehenspitzen und gab William einen flüchtigen Kuss.

Sie wollte den Kopf gerade wieder zurückziehen, als er sie an sich zog und seine Lippen fest auf ihre presste. Normalerweise hätte sie ihm für diese Unverschämtheit eine Ohrfeige verpasst, aber angesichts der Tatsache, dass Aidan neben ihr stand und sie beobachtete, ließ sie ihn gewähren.

Als er sie losließ, spürte sie Aidans Blick auf sich ruhen. Eine heiße Welle überzog ihr Gesicht.

»Tja, das nenne ich mal einen Abschied.« Sie schenkte William einen lasziven Augenaufschlag und wedelte mit der Hand in der Luft.

»Ich würde mich freuen, dich wiederzusehen.« William lächelte Aidan siegessicher an. »Bis bald, Kumpel.«

»Ja, bis bald«, knurrte Aidan.

Gemeinsam gingen sie zur Tür.

»Du bist ja betrunken«, murmelte er.

»Ein klitzekleines bisschen vielleicht«, grinste sie.

»Na, dann möchte ich nicht wissen, wie du bist, wenn du voll bist.«

»Ach, jetzt sei doch nicht so streng mit mir.« Sie fuhr ihm mit der Hand über die Wange und spürte, wie er zusammenzuckte.

»Da bist du ja.« Sam kam auf sie zugeeilt. »Wollt ihr etwa gehen?«

»Jep. Ich muss morgen früh raus«, kam Aidan ihr zuvor.

»Du warst ja ganz schön beschäftigt«, zwinkerte Sam ihr zu.

»Ja, William hat mich den ganzen Abend so in Beschlag genommen, dass ich keine Gelegenheit hatte, in Ruhe mit dir zu quatschen«, bedauerte sie aufrichtig.

»Beim nächsten Mal!« Sam beugte sich vor und gab ihr einen Schmatz auf die Wange. »Vorsicht, William hat es faustdick hinter den Ohren«, flüsterte sie, sodass Aidan sie nicht hören konnte.

Jools nickte kaum merklich.

»Ich hoffe, wir sehen dich bald wieder.« Sams Gesicht war leicht gerötet, ihre Augen glänzten vor Müdigkeit.

»Bestimmt! Und pass gut auf dich und den Krümel auf.« Jools legte die Hand auf Sams geschwollenen Bauch.

»Das mache ich«, versprach Sam. »Ich an deiner Stelle würde mir eine Kopfschmerztablette neben das Bett legen. Ich glaube, die kannst du morgen gebrauchen.« Sie zwinkerte ihr verschwörerisch zu.

»Bitte grüß Bryan von mir«, bat Jools.

»Klar. Kommt gut nach Hause.« Sam gab Aidan einen freundschaftlichen Abschiedskuss.

Sie gingen nach draußen.

»Was für ein schöner Abend«, zwitscherte Jools, als ob sie Aidans schlechte Laune nicht bemerkt hätte.

»Hm.« Schweigend öffnete er ihr die Autotür, dabei streifte sein Arm ihren.

Sofort spürte sie ein leichtes Prickeln, wo er sie berührt hatte. Hastig ließ sie sich auf den weichen Ledersitz fallen. Aidan ließ den Motor kurz aufheulen, dann schoss er die Straße runter in Richtung Fleetwood Cove.

Unter ihren halb geschlossenen Lidern beobachtete sie ihn heimlich. Er hatte seinen Mund zusammengepresst und den Blick fest auf die Straße gerichtet, während seine Hände das Lenkrad fest umklammerten. Selbst im schummrigen Licht sah er unglaublich gut aus. Am liebsten hätte sie sich an seine Brust gekuschelt und die Wärme genossen, die von seinem Körper ausging. Stattdessen sank sie noch tiefer in ihren Sitz und tat so, als würde sie dösen.

Es dauerte nur knapp eine Viertelstunde und sie hatten das *Fleetwood on Sea* erreicht. Aidan hielt auf dem Parkplatz und ließ den Motor laufen. Anscheinend hatte er beschlossen, sie nicht mehr bis zur Tür zu begleiten.

»Danke für den schönen Abend«, verabschiedete sie sich betont gut gelaunt und öffnete die Autotür.

»Jools«, hielt seine Stimme sie zurück.

Sie drehte den Kopf und sah ihm direkt in die Augen. »Was?«

»Ich wollte dir sagen …« Zwischen seinen Augenbrauen hatte sich eine tiefe Falte gebildet. Instinktiv hielt sie die Luft an. »Ach nichts«, winkte er ab. »Schlaf gut.«

»Du auch.« Sie stieg aus dem Wagen.

Was hatte er ihr sagen wollen? Sie würde es wohl nicht erfahren, denn der Rover rollte zur Ausfahrt.

Nachdenklich ging sie zum Cottage. Sie wollte gerade den Schlüssel ins Schloss stecken, als die Haustür aufgerissen wurde und Emily mit völlig zerzausten Haaren vor ihr auftauchte.

»Em! Warum bist du noch wach?«

»Glaubst du, ich kann schlafen, wenn ich weiß, dass du in *Mission Aidan* unterwegs bist?«, schnaubte Emily. Mit festem Griff zog sie Jools ins Haus. »Du kommst nicht ins Bett, bevor ich nicht weiß, wie es gelaufen ist.«

»Oh Mann, du bist echt schlimm«, kicherte Jools und legte ihren Mantel ab. Sie schwankte leicht. Der viele Sekt machte sich bemerkbar und sie hatte Mühe, sich auf den Beinen zu halten.

»Bist du betrunken?«

»Ein winziges bisschen.« Sie flatterte mit den Augendeckeln.

»Das merke ich. Vielleicht sollten wir dir einen Kaffee machen.«

»Kaffee? Bäh!« Jools schüttelte energisch den Kopf.

»Wasser?«

»Wasser klingt besser, wobei mir ein Sekt lieber wäre.«

»Auf keinen Fall!«

Jools verzog das Gesicht.

»Schon gut. Ich hole dir ein Wasser und du erzählst mir, wie der Abend gelaufen ist«, sagte Emily bestimmt.

»Einverstanden.« Sie folgte Emily in die Küche, wo sie sich auf den Stuhl fallen ließ.

Sofort kam Miss Maple angelaufen.

»Da ist ja mein kleiner Tiger.« Mit einem Satz sprang die Katze zu ihr hoch und kuschelte sich auf Jools' Schoß. Emily reichte ihr ein Glas mit Sprudelwasser. Dankbar nahm Jools einen tiefen Schluck.

Emily setzte sich neben sie. »Und nun schieß los!«

»Also …« Mit leiser Stimme fing Jools an, zu erzählen. »Du hättest Aidans blödes Gesicht sehen sollen, als William mich geküsst hat.« Sie lachte. »Damit hat er nicht gerechnet, und ich auch nicht. Dieser William ist ein ganz schöner Draufgänger.«

»Du Tier! Du hast in den Wochen, in denen du hier bist, mehr Männer geküsst als ich in den letzten Jahren.« Emily grinste breit.

»Ich bin eben unwiderstehlich«, gaggerte Jools und umfasste ihre Brüste mit den Händen.

»Der Earl of Powis ruht sich in Wirklichkeit auf seinem Ruf als Earl aus und tut sonst nichts.«

»Aber er hat von seiner Firma erzählt«, protestierte Jools.

»Die seinem Vater gehört und bei der William angestellt ist.«

»Was für ein Angeber!«

»Allerdings. Ich bin paarmal mit ihm ausgegangen, und als ich gemerkt habe, was da läuft, habe ich zugesehen, dass ich Land gewinne.« Emily schmunzelte. »Hübsch anzusehen ist er trotzdem.« Sie machte eine kurze Pause. »Morgen ist Lucas Abreise.«

»Ja, ich weiß. Ich werde ihn ganz schön vermissen.«

»Ich auch, und Melee erst einmal. Der Keks ist ganz unglücklich wegen Luca. Manchmal glaube ich, sie ist ein klein wenig verliebt in ihn. Er ist so etwas wie der Held ihrer Kindheit.«

»Kannst du es ihr verübeln?« Sie dachte daran, wie sie selbst Lucas Charme schon nach kurzer Zeit verfallen war. Luca war der warmherzigste Mann, den sie kannte.

»Nein, natürlich nicht. Aber es macht die ganze Sache nicht leichter. Sie hat mir gestern tatsächlich gesagt, dass sie Ned nicht leiden kann.«

Jools grinste. »Das klingt ganz so, als müsste sich Ned anstrengen, wenn er Melee für sich gewinnen will.«

»Womit du wahrscheinlich recht hast.«

Jools gähnte herzhaft. »Ich glaube, ich muss ins Bett. In meinem Kopf dreht sich alles und ich bin hundemüde.«

»Komm. Ich bringe dich nach oben«, nickte Emily.

»Los, Miss Maple, es wird Zeit.« Sie scheuchte die Katze sanft von ihrem Schoß.

»Ich bin gespannt, wie es mit dir und Aidan weitergeht«, gestand Emily ihr.

»Da sind wir schon zu zweit«, murmelte Jools.

Emily knipste das Licht aus. »Dann bis morgen früh.«

»Fahr vorsichtig. Versprichst du mir das?« Jools schlang die Arme um Lucas Hals und gab ihm einen freundschaftlichen Kuss. Luca hatte seine Motorradkluft angezogen. Die Satteltaschen der Harley waren schwer bepackt mit dem Nötigsten für die Reise.

»Madonna. Ich bin schon öfter mit dem Motorrad quer durch Europa gefahren. Bitte mach dir keine Sorgen. Ich melde mich, sobald ich angekommen bin.« Er strich ihr sanft eine Haarsträhne aus der Stirn. »Aidan hat mir erzählt, dass er dich getroffen hat. Er klang ziemlich wütend, weil du den ganzen Abend mit diesem Earl geflirtet hast.«

»Ach wirklich?« Ein schiefes Grinsen huschte über ihr Gesicht.

»Du führst doch nicht etwa was im Schilde?«, fragte er sie streng.

»Nein, gar nichts.« Eine verräterische Wärme stieg ihr in die Wangen.

»Du bist eine schreckliche Lügnerin«, sagte Luca und sah ihr fest in die Augen.

Jools knabberte nervös an der Unterlippe.

»Aidan ist ein guter Mann. Was seine Frauengeschichten anbelangt, ist er nicht besser als die anderen Männer. Es ist einfach noch nicht die Richtige vorbeigekommen.«

»Seit wann bist du auf Aidans Seite?«

»Seit ich erkannt habe, dass ich nicht der Richtige für dich bin. Aidan ist mein Freund und ich weiß, dass er Gefühle für dich hat.«

»Mhm.«

Luca nahm sie in die Arme. »Pass auf dich auf und denk mehr mit deinem Herzen als mit deinem Verstand.«

Sie erwiderte seine Umarmung. »Bis bald, und untersteh dich, nicht zurückzukommen. Hörst du? Sonst komme ich persönlich und hole dich.«

»Ich verspreche es dir. Piccola sorella.« Seine Augen streichelten sie liebevoll.

»Was heißt das?«

»Kleine Schwester.«

Jools spürte, wie ihr die Tränen in die Augen stiegen. »Wenn du jetzt nicht gleich gehst, fange ich an, zu weinen.«

Emily, die nur wenige Schritte entfernt zusammen mit Melee und Ned gewartet hatte, legte ihr die Hand auf die Schulter. »Er kommt ja wieder.«

Jools wischte sich mit den Fingern die verräterischen Spuren vom Gesicht.

»Ned, pass gut auf meine Frauen auf«, rief Luca ihm lachend zu.

»Ich gebe alles«, grinste Ned.

»Bene – gut.« Lucas Augen wanderten zu Melee, die stumm neben ihrer Mutter stand und aussah, als würde sie jeden Moment in Tränen ausbrechen. »Komm, kleiner Keks. Schenk mir ein Lachen.«

»Luca!« Melee rannte zu Luca und warf sich in seine Arme. »Ich hab dich so lieb.«

»Ich dich auch, meine Kleine.« Er strich ihr sanft über das liebe Gesicht. »Gib auf deine Mutter acht, und auf Jools. Du bist doch die Vernünftige hier.«

Melee nickte unter Tränen.

»So, und nun lass mich los, sonst schaffe ich meine Fähre nicht.« Er löste sich aus Melees Umarmung. Sofort waren Jools und Emily zur Stelle und nahmen Melee in ihre Mitte. Ned kam ebenfalls zu ihnen.

Mit lautem Brummen sprang der Motor an und die Harley rollte die Einfahrt entlang.

»Ich vermisse ihn schon jetzt«, murmelte Emily.

»Ich auch«, sagte Jools. Sie würde ihre gemeinsamen Gespräche in der Küche bei einer Tasse Kaffee vermissen. Aber zehn Tage waren ja schließlich keine Ewigkeit.

12. Kapitel

Zwei Tage waren vergangen, seit Luca abgereist war. Ohne ihn und Rose kam Jools das Hotel schrecklich leer vor. Zwar ging die Arbeit ihren normalen Gang, trotzdem fehlten ihr die beiden. Ned machte sich gut in der Küche und die Gäste lobten ihn und seine Kreationen überschwänglich. Er war innovativ und wurde nicht müde, neue Gerichte auszuprobieren. Jools mochte seine Art zu kochen, obwohl sie Lucas bodenständige Gerichte bevorzugte.

Rose Abwesenheit machte sich in kleinen Dingen bemerkbar. Erst jetzt wurde Jools bewusst, wie viel die Hausdame im Hintergrund erledigt hatte, ohne großes Aufsehen darum zu machen. Die liebevoll gedeckten Tische, die frischen Blumen im Wintergarten, die kleinen Aufmerksamkeiten, die sie in den Gästezimmern verteilte. All diese Dingen fielen ihr jetzt zu und sie wusste oft nicht, woher sie die Zeit nehmen sollte, um allem gerecht zu werden.

Der einzige Vorteil war, es lenkte sie von Aidan ab. Seit der Party hatte sie kein Lebenszeichen mehr von ihm bekommen. Typisch!

Heute jedoch war Wochenende und sie hatte sich vorgenommen, endlich wieder joggen zu gehen. Energiegeladen und in Trainingsklamotten betrat Jools die Küche.

Melee schaufelte sich gerade eine riesige Ladung Cornflakes in den Mund. Auf dem Tisch herrschte wildes Chaos. Überall waren Mehlspuren zu sehen. Eine Schüssel, in der Eier schwammen, stand an der Tischkante. Eine falsche Bewegung und die Eiermasse würde auf dem Boden landen.

Emily stand davor und blickte angestrengt auf das aufgeschlagene Buch in der Mitte des Tisches. Sie hatte sich eine

Kochschürze umgebunden und ihre Hände in einen Berg von Mehl getaucht.

»Was machst du da?« Jools' Blick wanderte erstaunt von Emily zum Tisch und wieder zurück.

»Melees Schule veranstaltet heute einen Basar. Der Erlös ist für die Anschaffung neuer Instrumente für die Big Band bestimmt. Alle Eltern sind eingeladen worden sich daran zu beteiligen und fleißig Spenden zu sammeln.« Emily rollte die Augen.

»Ja, und Mum hat sich freiwillig gemeldet, einen Kuchen für den Verkauf zu backen«, grinste Melee mit vollen Backen.

»Du?« Jools sah Emily verwundert an. Es war allgemein bekannt, dass Emily keine besonders gute Köchin war.

»Ich kann zwar nicht kochen, aber Backen ist eines meiner Hobbys«, erklärte Emily stolz und wischte sich mit dem Handrücken eine imaginäre Haarsträhne aus dem Gesicht. Dabei hinterließ sie eine breite weiße Spur.

»Tatsächlich? Nicht, dass ich dir nicht glaube, aber ich habe dich noch nie backen gesehen.« Jools konnte nur mit Mühe ein Lachen unterdrücken.

»Weil mir schlicht die Zeit dazu fehlt.« Emily machte einen Schmollmund.

»Mum macht den besten Fertigkuchen der Welt.« Melee grinste ihre Mutter breit an.

»Danke. Es freut mich, dass du das auch so siehst.« Emily schenkte ihrer Tochter ein zufriedenes Lächeln.

»Was für ein Kuchen wird es denn, wenn es fertig ist?« Jools deutete auf die undefinierbare Masse zwischen Emilys Fingern.

»Apple Crumble«, erklärte Emily stolz. »Rose meinte, das wäre genauso einfach wie ein Fertigkuchen.«

»Na, da bin ich mal gespannt.« Jools warf einen skeptischen Blick auf die gelbe Eiermasse.

»Und was hast du heute vor?«

»Ich wollte erst eine Runde joggen gehen.« Jools schenkte sich eine Tasse Kaffee aus der Thermoskanne ein, die Emily auf den

Tisch gestellt hatte, und nahm einen Schluck davon. Mit vollem Magen lief es sich erfahrungsgemäß nicht so gut. Sie würde später essen, wenn sie vom Joggen zurückkam. Sie lehnte sich entspannt gegen die Küchenzeile und nippte an ihrem Kaffee.

»Hast du was von Luca gehört?« Emily sah fragend zu ihr rüber.

»Nur ganz kurz gestern Abend. Die Familie war gerade beim Abendessen und ich wollte sie nicht allzu lange stören. Außerdem war die Verbindung eine Katastrophe und ich habe nur die Hälfte von dem verstanden, was er gesagt hat. Parallel hat seine Mutter immer wieder dazwischengerufen.«

Sie seufzte leise bei dem Gedanken an das Gespräch. Zuerst hatte sie eine tiefe italienische Frauenstimme am Apparat gehabt, die wohl die von Lucas Mutter gewesen war, denn er hatte sie kurz beim Namen gerufen.

»Er hat laut seiner Aussage viel zu tun. Die Schäden, die das Erdbeben am Hotel angerichtet hat, sind größer als erwartet.«

»Ja, ich habe die Bilder vom Erdbeben in den Nachrichten gesehen. Es hat mich ohnehin gewundert, dass das Hotel seiner Eltern so wenig Schaden genommen haben sollte«, nickte Emily nachdenklich. »Meinst du, dass er wie versprochen in zehn Tagen zurückkommt?«

»Ich habe keine Ahnung, aber er hat so etwas angedeutet, dass es länger dauern könnte.«

Emily nahm die Schüssel mit den Eiern und kippte sie über das Mehl. Sofort breitete sich die glibberige Masse über den halben Tisch aus. Panisch vermischte Emily die Eier mit dem Mehl.

»Mum, vielleicht wäre es besser, wenn wir bei Betty einen Kuchen kaufen?«, schlug Melee vor.

Es war ihr deutlich anzusehen, dass sie den Backkünsten ihrer Mutter kaum eine Chance einräumte.

»Niemals! Bevor ich das mache, gehe ich lieber mit leeren Händen zum Basar.«

Gelbe Eiermasse tropfte von ihren Fingern und ein Ausdruck der Verzweiflung legte sich auf Emilys Gesicht.

»Gut, dann entferne ich mich mal lieber aus dem Kriegsgebiet und gehe joggen«, grinste Jools.

»Da hat wohl jemand heute Morgen einen Clown verschluckt.« Emilys Augen funkelten angriffslustig.

»Nein, ich bin nur ehrlich.« Sie stellte den leeren Becher ins Spülbecken, wo sich noch das Geschirr des Vortages türmte.

»Na warte!« Emily nahm das Geschirrtuch vom Stuhl und warf es Jools an den Kopf.

Geschickt wich sie aus. »Ich bin schon weg.«

Lachend lief sie nach draußen.

Wie bereits die Tage zuvor, war es auch heute windig und kalt. Der Himmel war wolkenverhangen, die Sonne kam nur gelegentlich durch. Für einen Moment zweifelte sie, ob es so eine gute Idee war, bei diesem Wetter laufen zu gehen. Die dunklen Wolken am Horizont verhießen nichts Gutes. Doch sie schob ihre Zweifel beiseite.

Sie folgte dem schmalen Weg zum hinteren Teil des Grundstücks vorbei am Garten und öffnete das kleine Gatter zum Strandweg. Langsam setzte sie sich in Bewegung. Es dauerte nicht lange und sie hatte ihren Rhythmus gefunden. Seit sie in Fleetwood Cove angekommen war, hatte sich ihre Ausdauer dank des regelmäßigen Joggens deutlich verbessert.

Das Gras raschelte leise, als eine Windbö über das Plateau hinwegfegte. Goldbraune Hasen beobachteten sie aus sicherer Entfernung und wackelten dabei mit ihren Ohren. Mit gleichmäßigen Schritten folgte sie dem Weg bis zur Treppe, die nach unten zum Strand führte. Ohne sich an dem Seil festzuhalten, lief sie die Stufen hinab. Als sie die letzte Stufe erreicht hatte, stieß sie sich ab und landete sicher im weichen Sand.

Es herrschte Flut und die Wellen rollten mit großer Kraft auf den Strand. Dort, wo die Felsen bis ins Meer ragten, spritzte das Wasser meterhoch in die Luft.

Der Strand war menschenleer. Gedankenverloren nahm sie ihren Rhythmus wieder auf und joggte entlang der Wasserlinie in Richtung Fleetwood Cove.

Möwen kreischten in der Ferne. Unzählige Krabben streckten ihre Fühler aus ihren Löchern und huschten über den Sand. Als Jools sich ihnen näherte, zogen sie sich blitzschnell in den Sand zurück. Einige von den Wellen zerfetzte Quallen lagen am Strand, zusammen mit Muscheln und dunkelgrünen Algen. Sie erhöhte ihr Tempo. Ihr Atem ging trotz der Anstrengung ruhig. Entspannt setzte sie einen Schritt vor den anderen und vergaß alles um sich herum. Erst als die ersten Häuser vor ihr auftauchten, verlangsamte sie ihr Tempo.

Das Bellen eines Hundes ließ sie hochschrecken. Jools' Herz machte einen freudigen Hüpfer, als Max schwanzwedelnd auf sie zugelaufen kam. Gleichzeitig hatte sie Angst vor der Begegnung mit Aidan. Seit der Party hatte sie an nichts anderes als ihn gedacht. Hatte sie den Bogen überspannt oder weshalb meldete er sich nicht bei ihr? Sie hatte ihn necken wollen, mehr nicht. Williams Kuss war nicht Teil ihres Plans gewesen.

Lächelnd blieb sie stehen und bückte sich zu Max hinunter. Der Schäferhund hatte seit ihrer letzten Begegnung deutlich an Gewicht verloren. Sie konnte die Rippen unter seinem Fell spüren, als sie ihn streichelte.

»Na, mein Guter.« Sie fuhr ihm über das weiche Fell. »Geht es dir wieder besser?« Ihr Herz trommelte gegen ihre Brust und sie hatte Mühe, ihren Atem zu beruhigen.

Max leckte ihr freudig mit der Zunge über die Wange.

»Ist ja gut.« Sie gab dem Schäferhund einen liebevollen Nasenstüber. »Ich freue mich ja auch, dich zu sehen.«

»Ich mich auch!« Aidans Schuhspitzen kamen in ihr Sichtfeld.

Mit einem Ruck richtete sie sich auf. »Tatsächlich?« Sie runzelte die Stirn.

»Im Gegensatz zu dir, wie mir scheint.«

»Du hättest doch nicht mal bemerkt, wenn ich abgereist wäre.« Ihr ganzer Körper war gespannt wie ein Flitzebogen.

»Glaubst du das wirklich?« Aidan machte ein komisches Gesicht, das sie nicht zu deuten vermochte.

Sie nickte und ihr Pferdeschwanz, den sie sich heute Morgen gebunden hatte, wippte auf und ab.

»Dann sollte ich dir vielleicht das Gegenteil beweisen.« Er schnappte sich ihre Hand und zog sie mit einem Ruck an sich, sodass sie hilflos in seinen Armen landete.

»Nicht …«, protestierte sie schwach. Sie legte ihre Hände auf seine Brust und versuchte, ihn wegzustoßen, aber seine Arme hielten sie fest umschlossen wie ein Schraubstock.

»Verdammt, Jools. Seit ich dich getroffen habe, gehst du mir nicht mehr aus dem Kopf. Du hast mich mit deinen blauen Augen und deinem wunderbaren Mund verhext«, brummte er mit einem wilden Gesichtsausdruck.

Sie schluckte angesichts der unerwarteten Offenbarung.

»Ich habe versucht, dich zu vergessen, als du nach New York zurückgegangen bist. Ehrlich! Und dann kamst du wieder – schöner und atemberaubender denn je.« Er holte tief Luft. »Du hast dich leise wie ein Dieb in meinen Kopf geschlichen, und so sehr ich mich auch bemühe, ich bekomme dich nicht mehr raus. Erst dachte ich, du bist in Luca verliebt, aber als du dann diesen eingebildeten Affen auf der Party geküsst hast, war ich kurz davor, ihn zusammenzuschlagen.«

Ein Sturm unterschiedlichster Gefühle tobte in ihr. Ihr Verstand riet ihr, sich auf der Stelle aus seinen Armen zu befreien, ihr Herz wollte, dass er sie jetzt sofort küsste.

»Jools …« Seine Augen brannten sich in ihre und rissen die Mauer, die sie mühsam aufgebaut hatte, ein. Einen Wimpernschlag später legte er seine Lippen auf die ihren und küsste sie. Seine Lippen waren heiß und als seine Zunge in ihren Mund stieß, hieß sie sie nur allzu gern willkommen. Es war ein zügelloser Kuss, der alle Emotionen freisetzte, die sie so lange unterdrückt hatte. Eine Welle des Glücks durchströmte sie.

Der Duft nach Mann und Meer sickerte in ihre Poren und nahm von ihr Besitz. Ihr Verstand setzte aus und ihr Herz übernahm das Denken. Sie zerfloss wie Wachs in seinen Armen und für einen Moment schien die Welt um sie herum stillzustehen. Dieser Kuss war wie die Erlösung aus all ihren Qualen und sie wünschte sich, dass er nie aufhören würde. Seiner Kehle entfuhr ein leises, raues Stöhnen. Seine Hände packten ihr Hinterteil und pressten sie gegen seinen Unterleib. Sie spürte seine harte Lust unter seiner Jeans. Mit der Hand fuhr sie durch seine Haare und krallte sich an seinem Hals fest, aus Angst, er könnte sich von ihr lösen. Ihre Zungen neckten sich und erforschten den anderen. Der Wind heulte leise in ihren Ohren. Sie hätte noch ewig in seinen Armen liegen können.

Als sie sich voneinander lösten, drehte sich alles um sie herum. Sie schnappte nach Luft.

Mühelos hob er sie hoch und ihre Lippen trafen sich erneut. Wenn es einen Himmel auf Erden gab, dann war es Aidans Kuss. Langsam setzte er sich in Gang, ohne den Kuss zu unterbrechen.

Atemlos vom Kuss kuschelte sie sich an seine Brust. Es dauerte nicht lange und sie standen vor seinem Haus.

Wie in Trance hob sie den Kopf und sah zu ihm hoch, während er sie fest umschlungen hielt. Sie sah in seinen Augen das gleiche Feuer – ein Verlangen, für das es nur eine Erlösung gab.

Sie nickte stumm, als sie die unausgesprochene Frage in seinen Augen las, und ihr Puls schnellte in unbekannte Höhen.

Mit einem Tritt stieß er die Tür auf und trug sie über die Schwelle. Sie legte ihren Kopf auf seine Brust, während er sie durch den Flur in sein Schlafzimmer trug. Max trottete neben ihnen her.

Mithilfe ihres rechten Fußes schob sie unbeholfen ihren linken Turnschuh vom Fuß und wiederholte das Gleiche mit der anderen Seite, ohne dabei ihren Kuss zu unterbrechen. Als sie die Augen aufschlug, saß Max hechelnd vor ihr und hatte einen ihrer Schuhe im Maul. Dabei sah er sie mit vorwurfsvollen dunklen Augen an.

»Das geht nicht«, flüsterte sie leise in Aidans Ohr. »Ich kann nicht, wenn Max dabei zusieht.«

Aidan nickte und um seinen Mund spielte ein Lächeln. Sanft stellte er sie auf dem Fußboden ab und lockte den Schäferhund aus dem Zimmer. Sie hörte, wie er leise auf seinen Hund einredete.

Interessiert sah sie sich um. Aidans Schlafzimmer war groß und hell, mit einem alten Holzofen gegenüber vom Bett. Der Boden war aus dunklem Holz. Das riesige Fenster an der gegenüberliegenden Wand war zum Meer ausgerichtet und selbst im Liegen konnte man es sehen.

Aidan kam zurück. Er hatte in der Zwischenzeit die Schuhe ausgezogen und kam mit nackten Füßen auf sie zugelaufen. Mit wenigen Schritten war er bei ihr und drängte sich an sie. Er küsste sie mehrmals.

Sie sah, wie sich sein Brustkorb hob und senkte, während seine Augen jeden Millimeter ihres Gesichts scannten. Seine Hände schoben sich unter den Saum ihres T-Shirts. Als sie ihre nackte Haut berührten, stöhnte sie leise. Pure Lust durchströmte ihren Körper und sie saugte wild an seinen Lippen. Sekunden später zog er ihr das Shirt über den Kopf. Sie hörte, wie er nach Luft schnappte, als sie nur in BH und Hose vor ihm stand. Seine Augen weiteten sich gierig. Sie folgte seinem Beispiel und schob seinen Pullover nach oben. Seine Brust schimmerte goldbraun im Sonnenlicht, das durch das Fenster fiel. Mit den Augen fuhr sie die feinen Linien seiner Muskeln nach. Aidans Körper hätte locker als Anatomiemodell herhalten können. Muskelstränge liefen über seine Brust und unter der Bauchdecke bildete sich ein perfektes Sixpack ab. Sie schluckte trocken bei seinem Anblick. Ihr Herz klopfte so stark gegen ihre Brust, dass sie Angst hatte, es könnte zerspringen. Sie bedeckte seinen Oberkörper mit winzigen Küssen. Seine Brustwarzen wurden hart und sie knabberte vorsichtig daran. Er stöhnte leise, was ihr Verlangen nach ihm nur noch steigerte.

Sie spürte die federleichte Berührung seiner Fingerspitzen auf ihrem Rücken, als er den Verschluss ihres BH löste und ihre prallen Brüste freilegte. Lautlos glitt der BH zu Boden. Aidan fasste ihr an den Hinterkopf und löste ihr Haargummi. Ihre Haare fielen weich über ihre Schultern und hüllten sie ein.

Seine Hände umschlossen ihre Brust und als er seinen Mund über die Brustwarze legte, um daran zu saugen, war es um ihre Selbstbeherrschung geschehen. Ein herrlich ziehender Strahl schoss ihr durch den Unterleib. Sie stöhnte laut auf, was Aidan mit einem heiseren Lachen quittierte. Jeder Millimeter ihres Körpers brannte. Ihre Muskeln waren zum Zerreißen gespannt.

Aidans rechte Hand massierte ihre Brust und ließ ihr eine köstliche Qual zukommen. Die linke wanderte über ihren Bauch nach unten und verschwand in ihrer Hose. Eine Lustwelle überrollte ihren Körper und sie hatte Mühe sich auf den Beinen zu halten. Hilflos stützte sie sich mit den Händen an der Bettkante ab.

Wie selbstverständlich schob er ihr die Jogginghose von der Hüfte, sodass sie nur im String bekleidet vor ihm stand. Ein wohliger Schauer rieselte ihr über den Rücken. Aidan ging in die Knie und zog ihr den String ohne Hast vom Leib. Sie warf den Kopf stöhnend in den Nacken, als er seinen Mund auf ihre feuchte Scham legte und begann, sie mit seiner Zunge zu verwöhnen. Alle Sorgen waren auf einen Schlag vergessen.

Sie lag auf seiner Brust und lauschte seinen regelmäßigen Atemzügen, während sie noch immer dabei war, ihren Herzschlag zu beruhigen. Sie blähte ihre Nasenflügel. Der Duft nach Sex und Aidans Parfüm hing schwer im Raum und sie wünschte sich im Stillen, sie könnte ihn in einer Flasche für immer konservieren, zusammen mit ihren Gefühlen.

Sie hatten sich geliebt, als gäbe es kein Morgen. Wild, leidenschaftlich und ohne Tabus. Noch nie in ihrem Leben hatte sie sich im Bett eines Mannes so fallen gelassen. Aidan war ein erfahrener Liebhaber und hatte genau gewusst, wie er sie zum

Höhepunkt bringen konnte. Als sie kam, zersprang die Welt in tausend kleine Stücke und die Welle ihrer Lust trug sie zusammen über die Grenzen des Erträglichen. Niemals hätte sie für möglich gehalten, dass der Sex mit einem Mann so verdammt lustvoll sein konnte.

»Erzähl mir von dir«, murmelte sie leise und fuhr mit dem Finger die feinen Linien seiner Muskeln nach.

»Was möchtest du hören?«, brummte er an ihrem Ohr.

»Alles. Deine dunklen Geheimnisse. Alles!«

Aidan lachte heiser. »Meine dunklen Geheimnisse. Also gut – ich höre gern Countrymusik.«

Sie hob abrupt den Kopf. »Du willst mich verarschen, oder?«

»Nein, wirklich.« Seine blonden zerzausten Haare fielen ihm in die Augen und sie strich sie zur Seite. »Wenn ich draußen auf See bin, höre ich Country und singe laut mit. Es beruhigt mich.«

Sie kicherte bei der Vorstellung, wie Aidan hinter dem Steuer stand und laut zu Liedern von LeAnn Rimes mitsang. Es passte so gar nicht zu dem harten Kerl, den er nach außen hin darstellte.

»Was für Musik hörst du gern?«, fragte er. In seinen grünen Augen leuchteten die goldenen Punkte wie Sterne.

»Ich höre eigentlich alles«, zuckte sie mit den Schultern. »Mainstream, nichts Besonderes.«

»Puh, da bin ich aber erleichtert. Ich hatte schon Angst, du wärst eine von diesen Frauen, die Klassik lieben.« Seine Mundwinkel kräuselten sich.

»Sehe ich etwa aus wie eine Frau, die Beethoven oder Mozart hört?« Sie drückte ihren Zeigefinger in seine Brust.

»Na ja.« Das Grinsen in seinem Gesicht wurde breiter. »Bei euch New Yorkerinnen weiß man nie. Schließlich macht ihr immer ganz furchtbar einen auf Kultur. Außerdem trägst du gern spießige Kostüme.«

»Waaaas?« Sie richtete sich im Bett auf. »Ich trage keine spießigen Kostüme!« Jools schnappte sich ein Kissen und warf es ihm an den Kopf. »Mistkerl.«

Mit einer einzigen geschmeidigen Bewegung war er über ihr. Er drückte ihre Arme auf die Matratze und sah ihr direkt ins Gesicht. Seine Augen verdunkelten sich zu einem Moosgrün.

»Es ist mir völlig egal, was du normalerweise anziehst, wenn du so unter mir liegst«, murmelte er. Seine Augen glitten zu ihren Brüsten. »Du bist wunderschön. Alles an dir ist wunderschön.«

Sie atmete tief ein. Sein Atem streichelte ihre Wange, als er sich zu ihr beugte, um sie zu küssen. Sofort durchströmte es sie warm und sie begehrte ihn heftig. Sein Kuss wurde leidenschaftlicher. Ihre Zungen verhakten sich ineinander und sie hatte seinen erregenden Geschmack im Mund. Es war einfach nur himmlisch.

Sie stöhnte leise, als sie spürte, wie er wieder hart wurde. Ihre Hände wanderten seinen Rücken entlang bis zu seinem Po und ihre Finger krallten sich in sein festes Fleisch.

»Verdammt, und ich dachte, ich bin der Einzige, der nicht genug kriegen kann«, raunte er mit seiner sexy Stimme.

»Irgendwann findet jeder mal seinen Meister!« Sie hob den Kopf und leckte ihm mit der Zungenspitze über seine Brust.

»Da habe ich mir ja was Schönes eingebrockt«, grinste Aidan und brachte sie keine Viertelstunde später ein zweites Mal an diesem Tag zum Höhepunkt.

Jools hatte die Ellbogen aufgestützt, ihr Kopf ruhte in ihren Händen. Ihre Augen waren auf Aidan gerichtet, der nackt neben ihr lag. Sein Blick glitt bewundernd über ihren Rücken zu ihrem Po bis zu den Zehenspitzen und wieder zurück.

»Du bist betörend schön.« Er streckte die Hand aus und fuhr mit dem Zeigefinger die sanfte Kurve ihrer Wirbelsäule nach.

»Du bist auch nicht von schlechten Eltern.« Sie wackelte mit den Zehen.

»Es freut mich, dass du das so siehst.« Er schmunzelte und unter seinen Augen bildeten sich winzige Lachfältchen.

»Aidan.« Sie blickte ihm direkt ins Gesicht.

»Mhm?«

»Wie soll es mit uns weitergehen?« Die Frage lag ihr auf der Seele, seit er sie das erste Mal geliebt hatte.

»Wie meinst du das?«

»Na das hier – mit uns. Wie soll es weitergehen?«

»Musst du immer alles genau wissen?« Er stieß einen lang gezogenen Seufzer aus und richtete sich auf.

»Ja. Ich muss wissen, ob du mich wiedersehen willst oder dich wie letztes Mal, als du mich geküsst hast, nicht mehr meldest.«

»Ja.« Er fuhr sich mit der Hand über das Kinn.

»Was soll das heißen?«

»Ja, wir werden uns wiedersehen. Ja, ich werde mich bei dir melden.« Er zog sie an sich und küsste sie sanft auf den Mund.

»Gut«, nickte sie zufrieden, als er sie wieder freigab.

Max, der es sich in der Küche gemütlich gemacht hatte, kam zu ihnen ans Bett getrottet. In seinem Maul trug er einen von Jools' Turnschuhen.

»Hey, alter Junge«, begrüßte Aidan ihn. »Was ist los?«

»Ich glaube, es ist ziemlich offensichtlich«, grinste Jools. »Anscheinend möchte er, dass ich gehe.«

»Blödsinn.« Aidan streckte den Arm aus und bekam den Turnschuh zu fassen. »Los, gib her.«

Mit einem dumpfen Geräusch ging der Schuh zu Boden. Jools hätte schwören können, dass Max grinste.

»Wie spät ist es überhaupt?« Ihr Blick fiel auf ihre Uhr. »Mist!«

Mit einem Satz sprang sie aus dem Bett.

»Was ist los?« Aidan sah sie verwundert an.

»Emily hat bestimmt schon die Polizei alarmiert.« Panisch sah sie sich im Schlafzimmer um. Ihre Klamotten lagen über den ganzen Boden zerstreut. Auf nackten Füßen tappte sie durch das Zimmer und sammelte ihre Sachen ein.

Aidan lag auf dem Bett und machte keine Anstalten aufzustehen.

»Du könntest mir helfen!«

»Womit?« Er lächelte breit und legte seine ebenmäßigen weißen Zähne frei. »Dich anzuziehen? Niemals.«

»Idiot! Mich ins Hotel zu bringen. Ich schaffe es unmöglich, wenn ich laufe. Außerdem muss ich noch duschen.«

»Meine Dusche steht dir jederzeit zur Verfügung.«

»Lieber nicht«, winkte sie ab. »Wie das endet, kann ich mir schon vorstellen, auch wenn der Gedanke sehr verlockend ist.« Sie lächelte ihn an.

Er sah aus wie ein junger Gott, wie er auf dem Bett lag. Sofort spürte sie das Verlangen, ihn zu küssen.

»Ganz wie du möchtest!« Laszi erhob er sich aus dem Bett.

Jools warf ihm seine Jeans an den Kopf. »Los, beeil dich.« Sie schlüpfte in ihre Jogginghose.

»Ich muss sagen, nackt gefällst du mir deutlich besser.«

»Du alter Lüstling«, grinste sie und zog sich das T-Shirt über den Kopf.

Ihre Haare fielen zerzaust über die Schultern. Das Haargummi hatte sie im Eifer des Gefechts verloren. Sie schlüpfte in ihre Turnschuhe. Max beobachtete sie die ganze Zeit mit treuem Hundeblick.

»Hast du Lust, heute Abend mit mir zu essen?«

»Du willst ein Date mit mir«, neckte sie ihn.

»Ich will noch viel mehr als ein Date mit dir.« Mit katzenhaften Bewegungen kam er auf sie zu und zog sie an sich. Sein Mund wanderte zu ihrem Ohr. »Ich will jeden Millimeter deines herrlichen Körpers erkunden und dich lieben, bis du mich um Gnade bittest«, flüsterte er ihr betörend ins Ohr.

»Niemals«, hauchte sie und leckte sich mit der Zungenspitze über die Unterlippe. »Das schaffst du nicht.«

»Wir werden sehen, und jetzt hopp!« Er klatschte ihr mit der flachen Hand auf den Po.

»Hey. Ich bin kein Häschen!« Sie sah ihn mit gespielter Entrüstung an.

»Irgendwie schon, und ein ziemlich sexy Häschen noch dazu.« Sein Blick war anzüglich.

»Sei nett zu mir, sonst verbringst du den Abend allein«, schmunzelte sie.

»Ich an deiner Stelle würde mir das gut überlegen«, brummte er. »Du könntest dich um ein Vergnügen der besonderen Art bringen.«

»Mhm.« Sie spürte, wie ihr warm ums Herz wurde.

Der Gedanke, den Abend mit Aidan zu verbringen, war mehr als verlockend. Sie konnte es kaum noch abwarten, wieder in seinen Armen zu liegen.

Er strich ihr sanft mit der Hand über die Wange. »Ich hole dich gegen sieben ab.«

»Einverstanden. Fahren wir irgendwo hin?«

»Warum fragst du?« Aidan runzelte die Stirn.

»Na, weil ich wissen will, was ich anziehen soll.«

»Dann am besten nackt!«

»Ahhh!« Sie stöhnte. »Hör auf mit dem Machogehabe. Das zieht bei mir nicht.«

»Irgendwie schon. Falls du es vergessen hast: Du hast gerade mit mir geschlafen, und das nicht nur einmal.« Sein Blick blieb an ihren Brüsten hängen. »Und wenn es nach mir geht, auch nicht zum letzen Mal.«

»Du bist ja noch schlimmer, als ich dachte.«

»Noch viel, viel schlimmer«, raunte er.

»Gut. Spar dir das für später auf. Ich muss wirklich los.«

»Ihr Wunsch ist mein Befehl, Mylady.« Aidan nahm sie bei der Hand und Jools' Herz machte einen freudigen Hüpfer.

13. Kapitel

Mit quietschenden Reifen fuhren sie auf den Parkplatz des *Fleetwood on Sea.* Jools öffnete die Tür und sprang aus dem Rover.

»Bis später«, rief sie Aidan zu.

»Halt!«, hielt seine Stimme sie zurück. »Du hast etwas vergessen.« Stirnrunzelnd sah sie ihn an. Er tippte sich mit dem Zeigefinger auf den Mund. »Wie wäre es mit einem Abschiedskuss?«

Sie kam seiner Bitte nur allzu gern nach und beugte sich zu ihm. Seine Arme schlangen sich um ihre Taille und zogen sie in das Innere des Wagens.

»Hey, ein Abschiedskuss – nicht mehr!«, ermahnte sie ihn lachend.

»Wäre es denn so schlimm?« Seine Augen blitzten verheißungsvoll.

Ihr Puls fing an zu rasen und sie spürte, wie sie feucht wurde. Verdammt. Ihr Körper war ein Verräter. Sie beantwortete seine Frage mit einem innigen Kuss.

»Emily hat bestimmt schon eine Vermisstenanzeige aufgegeben«, sagte sie atemlos. »Ich sollte wirklich reingehen.«

»Aber nur, wenn du mir versprichst, dass wir später dort weitermachen, wo wir aufgehört haben«, forderte Aidan mit rauer Stimme.

»Das könnte durchaus passieren«, neckte sie ihn. Ihr war schwindelig vor Glück.

»Versprich es!« Seine Arme hielten sie noch immer fest umschlungen.

»Versprochen.« Sie legte ihren Kopf gegen seine Stirn.

»Ich kann es kaum erwarten«, flüsterte er.

»Bis nachher.« Sie schlüpfte aus dem Rover.

Mit beschwingten Schritten lief sie zum Cottage, dabei sang ihr Herz vor Glück. Es war lange her, dass sie derartig verknallt gewesen war.

Als der Motor von Aidans Rover aufheulte, drehte sie sich kurz um und warf ihm einen Luftkuss zu. Lautes Hupen ertönte, dann entschwand der Wagen aus ihrem Sichtfeld.

Das Erste, was sie bemerkte, als sie das Cottage betrat, war ein starker Rauchgeruch. Emilys hysterische Stimme hallte durch den Flur. Ohne zu überlegen, stürzte Jools in die Küche. Ein Blick genügte und sie hatte die Situation erfasst.

Emily stand mitten im Raum. Ihre Hände steckten in unförmigen Küchenhandschuhen, mit deren Hilfe sie einen schwarzen undefinierbaren Klumpen in einer Backform vor sich hertrug. Kleine Rauchwölkchen stiegen aus der schwarzen Masse hoch. Es roch intensiv nach verbrannten Äpfeln und Zucker. Melee stand keinen Meter von Emily entfernt und hielt sich mit spitzen Fingern die Nase zu.

»Wie ich sehe, seid ihr mit dem Backen fertig.« Jools' Mundwinkel zuckten. Es kostete sie alle Mühe, nicht in lautes Gelächter auszubrechen.

»Haha. Sehr komisch.« Emily schleuderte ihr böse Blicke entgegen.

»Was ist denn hier passiert?« Jools riss beherzt das Küchenfenster auf. Sofort strömte frische Luft hinein.

»Ich war nur kurz im Badezimmer und habe mich fertig gemacht. Als ich wiederkam, war alles verbrannt«, jammerte Emily kläglich.

»Hast du dir denn keinen Wecker gestellt?«

»Nein, hat sie nicht«, antwortete Melee grinsend.

»Meine Großmutter hat immer gesagt: Eine gute Hausfrau arbeitet nach Gefühl.«

»Ich würde sagen, dann stimmt etwas mit deinem Gefühl nicht«, lachte Jools. »Den kannst du getrost wegwerfen.« Sie deutete auf den verbrannten Apfelkuchen.

»Da lässt sich noch was retten!«, entgegnete Emily bestimmt und stellte die Backform neben die Spüle. »Ich könnte den verbrannten Teil abkratzen und etwas Zuckerguss darüber geben. Dann sieht er sicher ganz passabel aus.«

»Apple Crumble mit Zuckerguss!« Jools schüttelte energisch den Kopf. »Ich weiß ja nicht, wie ihr Appel Crumble in Großbritannien backt, aber bei uns kommen da Streusel drauf.«

»Das ist eben ein ganz besonderer Apple Crumble«, murmelte Emily trotzig.

»Ja, genau – ein verbrannter!«, schnaubte Melee und verschränkte die Arme vor der Brust. »Den kann ich unmöglich in die Schule mitnehmen!«

»So schlimm sieht er auch nicht aus«, sagte Emily und schnupperte an dem Kuchen. »Ehrlich, er riecht ganz lecker.«

»Gib mal her!«, forderte Jools und schnappte sich ein Küchenhandtuch. Emily übergab ihr die Kuchenform. »Jetzt zeige ich dir mal, was wir damit machen.«

Entschlossen öffnete sie das Fach unter der Spüle, wo sich der Mülleimer befand. Ohne zu zögern, drehte sie die Kuchenform um und der schwarze Klumpen fiel mit einem dumpfen Geräusch in den Müll.

»Nein!« Emily hatte entsetzt aufgeschrien.

»Doch.« Jools stellte die Kuchenform scheppernd in die Spüle. »Ich werde dir sagen, was wir machen. Sobald ich mich umgezogen habe, fahren wir zu Betty und kaufen den besten, leckersten Kuchen, den sie hat. Ich dulde keine Widerrede.«

»Cool!« Melee klatschte begeistert in die Hände. »Jools, du bist ein Schatz.« Der Teenager drückte ihr einen feuchten Schmatzer auf die Wange. »Ich wusste, auf dich ist Verlass.«

»Aber …« Emily öffnete den Mund und schloss ihn gleich wieder. Ihr Blick fiel auf Jools' Joggingsachen und ihre Augen weiteten sich. »Wo kommst du überhaupt her?«

»Tja, ähm, mir ist etwas dazwischengekommen.« Eine unangenehme Wärme stieg ihr in den Kopf.

»Dazwischengekommen!« Emily musterte sie misstrauisch. »Du hast so ein dämliches Grinsen auf dem Gesicht. Wenn ich es nicht besser wüsste, würde ich behaupten, du hattest wilden Sex.«

Beim letzten Wort drehte sich Melee abrupt zu ihr um.

»Schschsch!« Jools machte eine Kopfbewegung zu Melee. »Hier sind Kinder anwesend.«

»Ha!« Emily lachte. »Wusste ich es doch!«

»Ich bin kein Kind mehr, ich bin schon fast –«

»Sechzehn. Ich weiß«, beendete Jools Melees Satz.

»Melee, Liebes, wolltest du dich nicht für den Basar umziehen?«, kam Emily ihr zu Hilfe.

Danke, formte Jools lautlos mit dem Mund.

»Och, immer wenn es spannend wird, schickst du mich weg.« Melee zog einen Flunsch.

»Ich verspreche dir, wenn du achtzehn bist, darfst du bleiben«, grinste Emily.

»Na toll. Das ist ja noch eine Ewigkeit.« Melee stampfte mit dem Fuß auf den Boden.

»Du wirst sehen, das geht schneller, als du denkst. So, und nun ab in dein Zimmer.« Emily wedelte mit ihren Händen in der Luft und einer der Handschuhe rutschte zu Boden.

»Ihr seid echte Spielverderber. Beide.« Melee stapfte aus dem Zimmer.

»Du erzählst mir jetzt sofort, was passiert ist.« Emily bückte sich, um den Handschuh aufzuheben. »Wer ist es? Bitte sag mir, dass es nicht der Earl of Powis ist!«

»William? Niemals!« Jools schüttelte energisch den Kopf. William hatte sich ihr gegenüber äußerst charmant verhalten, trotzdem war er nicht ihr Typ.

»Wer dann?«

»Du tust gerade so, als ob es in Fleetwood Cove nur so von Männern wimmeln würde, die mit mir ins Bett wollen«, lachte sie.

»Ist doch auch so.« Emily legte den zweiten Handschuh auf den Küchentisch. »Also raus mit der Sprache.«

»Aidan.« Sie sah Emily verträumt an.

»Aidan! Aidan Turner. Der Mann, von dem du behauptest, dass er der größte Macho unter der Sonne ist.« Fassungslosigkeit spiegelte sich in Emilys Gesicht wider.

»Jep. Genau der«, antwortete sie mit einem breiten Grinsen.

»Habe ich es doch geahnt!« Triumphierend schwang sich Emily auf den Küchentisch.

»Blödsinn«, widersprach Jools.

»Na klar. Es war doch mehr als offensichtlich, dass Aidan auf dich steht.«

»Das hast du von Luca auch behauptet.«

»Auch die Besten können sich mal irren.« Emily zuckte mit den Schultern.

»Haha.«

»Also, was genau ist passiert?«

»Ich bin Aidan beim Joggen quasi in die Arme gelaufen«, fing sie an.

»Und da hast du dir gedacht, dann könntest du auch gleich Sex mit ihm haben«, schmunzelte Emily.

»Ganz so war es nicht.« Sie dachte daran, was er gesagt hatte.

»So wie du grinst, muss es ziemlich gut gewesen sein«, stellte Emily fest. Sie hatte sich den Teiglöffel geschnappt und leckte wie ein hungriges Kätzchen die Reste ab. »Mhm. Du hättest den Kuchen nicht wegschmeißen dürfen. Der Teig schmeckt echt lecker.«

»Du meinst dort, wo er nicht verbrannt ist«, korrigierte Jools sie.

»Und, war der Sex gut?«, nahm Emily den Faden wieder auf.

»Es war fantastisch. Der Mann ist der absolute Sexgott«, schwärmte sie.

»Du Glückliche!« Emily fuhr mit der Zunge über den Löffel. »Wie geht es jetzt weiter?«

Nachdenklich legte Jools das Handtuch weg. »Ich habe keine Ahnung. Ich bin noch völlig durcheinander.«

»Das klingt ganz so, als wärst du verliebt.« Emily legte den Teiglöffel beiseite.

»Oh Gott, Emily, ich glaube, du hast recht.« Die Erkenntnis traf sie wie ein Schlag und ein Schwarm Schmetterlinge hob in ihrem Bauch ab.

»Du und Aidan?« Emily schüttelte lachend den Kopf. »Ich kann es gar nicht glauben.«

»Dann sind wir schon zu zweit.«

Bisher hatte sie sich keine Gedanken darüber gemacht, wie es sein könnte, mit Aidan zusammen zu sein. Ihr ganzes Denken war auf das Hotel ausgerichtet gewesen. Und nun ... Aus dem Spiel zwischen ihnen war plötzlich Ernst geworden.

»Hättest du mich noch vor einem Monat gefragt, ich hätte geschworen, dass du und Luca ein Paar werdet.« Emilys Gesicht hatte einen ernsten Ausdruck bekommen.

Jools senkte ihre Stimme und sah Emily fest in die Augen. »Luca und ich sind nur gute Freunde, das ist mir ziemlich schnell klar geworden. Er ist für mich fast wie der große Bruder, den ich nie hatte.«

Emily nickte. »Und wann seht ihr euch wieder?«

»Heute Abend. Aidan holt mich ab.«

»Ich bin gespannt, was Lily dazu sagen wird.« Emily wippte mit den Füßen.

»Lily? Ich wüsste nicht, was Lily das angeht.«

»Das sieht sie vielleicht anders. Lily und Aidan, das ist eine Geschichte für sich. Manchmal habe ich das Gefühl, die beiden können nicht miteinander, aber auch nicht ohneeinander. Wenn man bedenkt, wie lange sie sich schon kennen ... Das ganze Dorf glaubt, dass die beiden einmal heiraten werden.«

Der Gedanke daran, dass Aidan und Lily ein Paar gewesen waren, versetzte Jools einen leichten Stich.

»Blödsinn. Lily und ich sind Freundinnen. Ich kann mir nicht vorstellen, dass sie etwas dagegen hat.«

»Ich wäre mir da nicht so sicher.«

»Außerdem sind Aidan und ich noch gar nicht richtig zusammen. Außer dir weiß es niemand.«

»Und wie nennst du das, was zwischen euch läuft?«, grinste Emily und hüpfte vom Küchentisch.

»Wilden Sex«, grinste Jools zurück.

Emily warf einen Blick auf die Küchenuhr. »Wenn wir pünktlich zum Basar kommen wollen, musst du dich beeilen. Die Abgabe der Kuchen ist in knapp eineinhalb Stunden.«

»Ach du meine Güte.« Jools sah Emily entsetzt an. »Hättest du mir das nicht eher sagen können?«

»Du schaffst das schon.«

»Alles klar. Das merke ich mir.« Jools lief nach oben ins Badezimmer, verfolgt von Emilys fröhlichem Lachen.

Emily und Melee warteten bereits auf sie, als sie nach unten kam. Emily hatte sich eines ihrer geliebten Kleider im Vintage-Stil übergeworfen. Der Stoff schimmerte in einem satten Moosgrün und betonte ihren hellen Teint und die roten Haare auf wunderbare Weise.

Melee trug wie immer eine Jeans. Dazu hatte sie einen blau-weiß gestreiften Ringelpullover angezogen. Die Füße steckten in bequemen ausgelatschten Chucks.

»Wenn man euch so nebeneinander sieht, könnte man euch fast für Schwestern halten«, lächelte Jools.

»Sehr charmant von dir. Du siehst aber auch nicht schlecht aus«, bemerkte Emily trocken.

Jools war in ihre Lieblingsjeans geschlüpft, dazu ein einfaches weißes Shirt und darüber den neuen Pullover, den sie bei ihrem letzten Besuch in Haverfordwest erstanden hatte. Die cremeweiße

Wolle schmeichelte ihrer sonnengebräunten Haut und ließ ihre Augen strahlen.

Da sie keine Ahnung hatte, was Aidan für den heutigen Abend geplant hatte, hatte sie sicherheitshalber flache braune Slipper angezogen. Im Gesicht hatte sie lediglich etwas Wimperntusche und eine leichte getönte Tagescreme aufgetragen. Ihre vollen Lippen glänzten in einem zarten Apricotton. Die Wochen in Fleetwood Cove hatten ihrem Teint gutgetan, die anfängliche Blässe war verschwunden und sie sah aus wie von der Sonne geküsst. Zufrieden machte sie sich auf den Weg.

»Wenn Aidan dich so sieht, fällt er direkt über dich her«, flüsterte Emily ihr ins Ohr, sodass Melee sie nicht hören konnte.

Jools lachte. »Genau das ist der Plan!«

Sie gingen zum Auto. Bei jedem Schritt spürte sie ein herrlich wundes Gefühl zwischen ihren Beinen, das sie auf angenehme Weise an Aidan erinnerte.

Melee zwängte sich auf den Rücksitz und Emily nahm vorn Platz.

»Reisegruppe *Fleetwood on Sea*, anschnallen«, sagte Jools mit der sonoren Stimme eines Eisenbahnschaffners kurz vor der Abfahrt, dann gab sie Gas.

Die Fahrt nach Fleetwood Cove dauerte nicht lange. Die Straßen waren kaum befahren und sie kamen ohne Unterbrechung durch. Jools parkte das Auto direkt vor *Betty's Tearoom.*

Schon von draußen waren die üppigen Auslagen zu sehen und ließen einem das Wasser im Mund zusammenlaufen.

»Also wenn ihr die anderen Mütter in der Schule damit nicht beeindruckt, dann weiß ich auch nicht«, lächelte Jools und deutete auf eine äußerst appetitlich aussehende Apfeltarte, die mit einem feinen Muster aus Blätterteig überzogen war.

Emily grinste schief. »Das würde ich niemals tun!«

Betty kam mit ausgebreiteten Armen auf sie zu. Sie hatte sich eine rosa Schürze umgebunden, auf der mit goldenem Faden ihr Name aufgestickt war. Jools hatte das Gefühl, dass ihre blonden

Haare noch heller leuchteten als gewöhnlich. Bettys Mund war mit einem pinkfarbenen Lippenstift übermalt, wie man ihn sonst nur in alten nachcolorierten Filmen zu sehen bekam.

»Da sind ja meine Lieblingsfrauen«, flötete Betty und drückte jeder von ihnen einen Kuss auf die Wange. Zumindest war der Lippenstift kussecht, denn er hinterließ keine Spuren, wie Jools dankbar feststellte.

Emily, Melee und Jools tauschten vielsagende Blicke.

»Seit wann sind wir denn zu Lieblingsfrauen aufgestiegen?«, wisperte Jools Emily zu.

»Keine Ahnung, aber solange Betty das so sieht, ist es doch gut für uns.« Emily grinste breit.

»Meine Güte, Melee. Ich hätte dich ja fast nicht wiedererkannt, so erwachsen bist du geworden.« Bettys Augenbraue schnellte nach oben.

»Ja, Wahnsinn, was in drei Wochen so alles passieren kann«, säuselte Emily zwinkernd. »Kinder werden erwachsen und die Welt hat sich ein paarmal gedreht.«

Es kostete Jools ihre ganze Beherrschung, nicht in lautes Gelächter auszubrechen. Melee rollte die Augen.

»Was kann ich denn für euch tun?«

»Wir würden gern die Apfeltarte dort kaufen.« Jools deutete auf die Glasscheibe, hinter der sich der Kuchen befand.

»Eine ausgezeichnete Wahl.« Betty eilte hinter den Tresen. »Den habe ich selbst gebacken.«

»Vielleicht sollten wir doch einen anderen Kuchen nehmen«, witzelte Emily leise.

Jools versetzte ihr einen Stoß.

»Autsch.« Emily rieb sich die Seite.

Betty nahm den Kuchen aus der Vitrine. »Jools, ein Vögelchen hat mir gezwitschert, dass du und Luca mit dem Motorrad unterwegs wart. Ein Ausflug?«

Jools wäre angesichts der Frage fast die Kinnlade runtergeklappt. Gab es denn nichts in diesem Ort, was Betty nicht wusste? Sie konnte nur hoffen, dass sie ihr kleines Techtelmechtel mit Aidan am Morgen nicht bemerkt hatte. Ansonsten wüsste spätestens heute Abend die gesamte Nachbarschaft, dass Aidan sie geküsst hatte.

»Ähm, da hat ein Vögelchen recht gehabt. Luca hat mir die Umgebung gezeigt. Bei dem herrlichen Wetter wäre es eine Schande gewesen, mit dem Auto zu fahren«, antwortete sie betont gleichgültig.

Betty nickte, ohne die Augen von Emily zu nehmen. »Ich dachte nur, weil Emily doch mit Sicherheit gern mitgefahren wäre. Schließlich seid du und Luca doch schon seit Jahren miteinander befreundet«, säuselte Betty mit zuckersüßer Stimme. »Luca ist ja fast schon so etwas wie ein Ersatzvater für die Kleine.«

Jools war fassungslos, mit welcher Schamlosigkeit die Besitzerin des Tearooms ihr Gift verspritzte.

»Ich denke, es geht dich gar nichts an«, entgegnete Emily mit ebenso zuckersüßer Stimme, »mit wem meine Freundin ihren Tag verbringt. Ich persönlich freue mich, dass Luca sich die Zeit genommen hat, um Jools ein bisschen die Umgebung zu zeigen, bevor er nach Italien gefahren ist. So, und nachdem wir das geklärt haben, wäre es schön, wenn du uns jetzt den Kuchen einpacken würdest, denn wir haben es eilig.«

Melee kicherte hinter vorgehaltener Hand.

Betty reichte Emily den Karton mit dem Kuchen. »Das macht vierzehn Pfund und fünfzig Pence«, sagte sie mit säuerlicher Miene zu Jools.

Sie zog einen Zwanzig-Pfund-Schein aus ihrer Tasche und legte ihn auf den Tresen. »Der Rest ist für dich.«

Ohne Betty noch eines Blickes zu würdigen, verließen die drei den Tearoom. Kaum dass die Tür hinter ihnen ins Schloss gefallen war, brachen sie in lautes Gelächter aus.

»Hast du Bettys Gesicht gesehen?« Jools schüttelte sich vor Lachen. »Das war besser als jedes Kino!«

»Der hast du es aber gezeigt«, sagte Melee mit unverhohlenem Stolz in der Stimme.

»Ich konnte einfach nicht mehr. Was fällt dieser unverschämten Frau ein, hinter uns herzuschnüffeln?«, schnaubte Emily.

Jools nickte. »Ein Vögelchen hat mir gezwitschert«, ahmte sie Bettys Tonfall nach. »Bei der Frau kann man echt vor nichts sicher sein. Gnade uns Gott, wenn wir tatsächlich mal einen Skandal am Laufen haben! Dann ist Betty die Erste, die es in die Welt hinausposaunt.«

»Ach, du kennst doch den Spruch …« Emily hakte sich bei ihr unter. »Ist der Ruf erst …«

»… ruiniert, lebt es sich ganz ungeniert!«, fielen Melee und Jools fröhlich mit ein.

Lachend gingen sie zum Auto.

Der Nachmittag auf dem Schulbasar war ein voller Erfolg. Sie hatten sich darauf geeinigt, nicht zu erzählen, von wem sie den Kuchen hatten. Jede der anwesendenden Mütter lobte Emilys wunderbaren Apfelkuchen und wollte unbedingt das Rezept wissen. Emily versprach artig, das Rezept beim nächsten Treffen mitzubringen.

»Die sehe ich eh nie wieder«, zwinkerte Emily Jools zu, als diese sie verwundert ansah.

Melee war der Held des Tages, als sie sie ihren Klassenkameraden erzählte, dass Jools die Managerin von Katie Pearce gewesen war.

Katie Pearce war ein angesagtes Popsternchen, an deren Erfolg Jools maßgeblich beteiligt gewesen war, als sie noch für die *Starlight* als PR-Managerin gearbeitet hatte. Zum Ende ihrer Karriere hatte Jools dafür gesorgt, dass Katie sich von ihrem damaligen Manager – einem Blutsauger, der ahnungslosen jungen Künstlern das Geld aus der Tasche zog – getrennt hatte und neue Wege gegangen war.

Einige der Mädchen hatten Jools sogar um ein Autogramm gebeten. Lächelnd war sie der Bitte nachgekommen und hatte fleißig auf Postkarten, Flyern und T-Shirts unterschrieben. Auch wenn es sich zunächst etwas befremdlich angefühlt hatte, hatte sie Spaß dabei gehabt.

Als sie am späten Nachmittag zurück nach Fleetwood Cove fuhren, war die Stimmung bestens und Melee strahlte über das ganze Gesicht.

Während Emily in der Küche das Abendessen vorbereitete, ging Jools nach oben, um ihr Make-up aufzufrischen, bevor Aidan kam, um sie abzuholen. Ihre Augen blickten ihr leuchtend blau im Spiegel entgegen. Nachdenklich fuhr sie sich mit dem Zeigefinger über die vom Küssen leicht geschwollenen Lippen. Augenblicklich spürte sie ein Verlangen, das nur Aidan stillen konnte. Sie sehnte sich nach seiner Zärtlichkeit und ihr Herz schlug bei dem Gedanken an ihn schneller. Leichte Panik überfiel sie. Was, wenn alles nur ein Spiel für ihn gewesen war, so wie bei all den Frauen vor ihr? Was war mit Lily? Unwillkürlich musste sie an Emilys Worte denken: *Das ganze Dorf glaubt, dass die beiden einmal heiraten werden.*

Es klingelte. Vergessen waren ihre Bedenken. Aidan war da und das war alles, was zählte. Eilig packte sie ihr Kosmetiktäschchen in die Handtasche und eilte nach unten. Emily und Melee standen bereits an der Haustür.

»Das ist ja das reinste Empfangskomitee«, sagte Aidan, als er eintrat.

Mit einem Seitenblick auf ihn wünschte sie sich, dass er nicht so unfassbar sexy aussehen würde. Der Anblick seiner leuchtend grünen Augen, der sinnlichen Lippen und seines perfekt gebauten Körpers ließ ihr Herz höherschlagen. Sie hatte nur noch den einen Wunsch: mit ihm zu schlafen.

»Hi, Aidan«, begrüßte Emily ihn.

»Die Topmanagerin des *Fleetwood on Sea* und ihre bezaubernde Tochter.« Aidan zwinkerte Melee zu.

»Du alter Charmeur«, grinste Emily und gab ihm einen freundschaftlichen Kuss auf die Wange. »Schämst du dich eigentlich gar nicht, meinen Boss beim Joggen zu überfallen?«

»Das nennt man Tatsachenverdehung.« Aidans Grinsen wurde noch breiter.

Eine glühende Wärme breitete sich auf Jools' Wangen aus. »Hey, du Mistkerl. Setz hier keine wilden Gerüchte in die Welt.« Sie knuffte ihn in die Seite.

»Ich? Niemals!« Aidan hob die Hände.

»Und was ist der Plan heute?«, fragte Emily.

»Spiel hier nicht die Betty!« Jools warf ihr einen vorwurfsvollen Blick zu.

»Man wird doch fragen dürfen!«

»Lily hat mich angerufen und gefragt, ob wir uns im *Stinky Rose* treffen wollen. Al hat eine Band engagiert, die echt gut sein soll. Ich dachte mir, das könnte lustig werden.« Aidan sah erwartungsvoll in die Runde.

»Klar! Coole Idee«, antwortete Melee grinsend.

»Aidan hat Jools damit gemeint.« Emily sah ihre Tochter mit strengem Blick an. »Also komm gar nicht erst auf die Idee.«

»Du bist so ein Spießer. Ihr trinkt doch auch zu Hause Wein, wenn ich dabei bin. Wo ist also der Unterschied?« Melee sandte Aidan einen hoffnungsvollen Blick zu.

»Ehrlich gesagt habe ich deine Mum und Jools gemeint«, sagte Aidan entschuldigend. »Sorry, Melee, aber für Jugendliche unter achtzehn ist der Eintritt nicht erlaubt und du würdest dich zwischen den ganzen Spießern doch nur langweilen.«

»Alles, was Spaß bringt, ist verboten.« Melee zog eine Schippe.

»Falls es dich tröstet, uns ging es früher genauso. So hast du wenigstens was, auf das du dich freuen kannst.« Aidan tätschelte Melee den Kopf.

»Ich dachte, ihr beide wolltet den Abend miteinander verbringen?« Emily sah fragend zu Jools. »Ich möchte auf keinen Fall stören.«

»Unfug, du störst nicht. Ich würde mich freuen, wenn du mitkommst«, log Jools.

Natürlich war sie enttäuscht. Sie hatte sich auf einen Abend mit Aidan allein gefreut.

»Gut, dann gern. Ich war seit einer Ewigkeit nicht mehr abends weg.« Emily, die sie beobachtet hatte, sah sie fragend an.

Jools zuckte mit den Schultern und setzte ein Lächeln auf. Bei dem Gedanken, Lily zu begegnen, hatte sie ein leicht mulmiges Gefühl im Bauch. Sie wusste nicht, ob Aidan ihr schon von den neusten Entwicklungen zwischen ihnen erzählt hatte. Sie schüttelte sich, als könnte sie den Gedanken so loswerden. Lily hatte selbst gesagt, dass sie und Aidan nur gute Freunde waren. Warum also sich Sorgen machen?

»Na toll!«, murrte Melee aus der Ecke.

»Was hältst du davon, wenn du deine Freundin anrufst und fragst, ob sie rüberkommen will?«, schlug Emily vor. »Ihr könnt im Wohnzimmer einen Film zusammen schauen.«

»Wirklich?« Ein Leuchten breitete sich auf Melees Gesicht aus.

»Na klar. Wir haben noch Chips und Limonade im Kühlschrank«, nickte Emily.

»Cool. Dürfen wir uns auch eine Pizza bestellen?«, säuselte Melee mit zuckersüßer Stimme.

»Du kleine Mistkröte. Kaum gebe ich dir den kleinen Finger, nimmst du die ganze Hand. Von mir aus«, seufzte Emily gespielt. »Aber legt euch eine Decke unter. Ich habe keine Lust, wieder tagelang auf den Krümeln zu sitzen.«

»Meine Güte, du bist aber streng«, grinste Aidan.

»Werde du mal Vater, dann sprechen wir weiter«, entgegnete Emily.

»Eins zu null für Emily.« Jools lachte.

14. Kapitel

Der rote Abendhimmel ging langsam in ein dunkles Blau über, als Aidan das Auto vor dem *Stinky Rose* parkte. Der Pub lag direkt am Ortseingang. Die weiße Fassade des kleinen Hauses schimmerte rosa im Abendlicht. Im Sommer standen auf dem Gehsteig Tische und Stühle, damit die Gäste den Sonnenuntergang bei einem kühlen Bier genießen konnten. Aufgrund des Regens hatte Al die Stühle unter dem Dach zusammengestellt. Eine Gruppe von Männern hatte sich zum Rauchen vor dem Pub versammelt und unterhielt sich lautstark über die Fußballergebnisse des heutigen Spieltages. Als sie Aidan, Emily und Jools kommen sahen, stoppte die Unterhaltung.

»Eine ist wohl nicht genug für dich!«, grölte ein rothaariger Mann mit Knollnase, den Jools noch nie zuvor gesehen hatte.

»Hey Owen, lass das nicht Betty hören«, erwiderte Aidan und legte besitzergreifend seine Arme um Jools' und Emilys Taille.

Jools wäre fast gestolpert. »Ist das Bettys Mann?«, wisperte sie.

Emily nickte. »Unser Herr Bürgermeister, wie er leibt und lebt.«

»Okay, nun kann ich verstehen, warum Betty so vernarrt in Luca ist.« Jools schüttelte ungläubig den Kopf. »Den Mann könntest du mir an den Bauch schmieden und ich würde ihn in mühsamer Kleinarbeit abrosten.«

Emily kicherte.

»Bis später.« Aidan zog sie zum Eingang.

Durch die Tür des Pubs drangen laute Stimmen zu ihnen. Anscheinend hatte die Band noch nicht angefangen, zu spielen. Gut gelaunt trat der kleine Trupp ein.

Das *Stinky Rose* machte seinem Namen alle Ehre. Die Luft war zum Schneiden schwer und es roch nach Essen und Schweiß. So gut wie alle Tische waren besetzt und auch an der Bar war kein Stuhl mehr frei. Die einfachen Steinwände des Pubs waren dicht behangen mit Fotos von Gästen und über dem Tresen hingen die Wimpel der verschiedenen Fußballklubs des Landes. Seitlich vom Eingang war eine provisorische Bühne aufgebaut worden, auf der drei Männer auf Stühlen saßen und ihre Instrumente stimmten.

Hinter dem breiten Tresen stand Al, der Besitzer des Pubs, und zapfte Bier. Alfie Archer war zeit seines Lebens eine Legende in Fleetwood Cove. Sein Vater und dessen Vater zuvor hatten bereits den Pub geführt und Al war der Tradition über Umwege gefolgt. Nachdem er die Schule beendet hatte, war er zunächst ins Ausland gereist und hatte, sehr zum Entsetzen der gesamten Familie, eine Ausbildung zum Yogalehrer absolviert. Als frischgebackener Yoga-Therapeut und mit unzähligen Tattoos geschmückt, war er schließlich zu seinen Wurzeln zurückgekehrt und hatte den Pub übernommen. Wobei er nach wie vor seiner Profession als Yoga-Therapeut nachging und die Einwohner von Fleetwood Cove mit morgendlichen Stunden am Strand erfreute.

»Aidan!«, rief Al gegen den Lärm und winkte sie zu sich.

»Hi, Al.« Die Männer tauschten einen festen Händedruck. »Wie läuft es, Mann?«

»Gut. Der Laden ist voll.« Al machte eine ausladende Handbewegung. »Emily. Jools. Welch Glanz in meiner bescheidenen Hütte.«

»Hi, Al. Nun übertreib mal nicht«, entgegnete Jools fröhlich.

Sie mochte Al, der mit seiner ruhigen Art wirkte, als ob ihn nichts und niemand aus der Ruhe bringen konnte. Sie hatte sich fest vorgenommen, eine von Als Stunden zu besuchen, sobald etwas mehr Ruhe in ihr Leben eingekehrt war.

»Da ist Lily.« Emily deutete auf die schlanke Gestalt mit den langen blonden Haaren, die sich mit einem der Bandmitglieder unterhielt. Überrascht stellte Jools fest, dass Lily sich eine Schürze umgebunden hatte, wie sie die Bedienung trug, was ihrem Aussehen keinen Abbruch tat. Lily war wie immer eine

Erscheinung, was die Bandmitglieder, ihren erfreuten Gesichtern nach zu urteilen, auch bemerkt hatten.

»Außerhalb der Saison hilft Lily am Wochenende bei Al aus«, erklärte Emily, die Jools' Blick aufgefangen hatte. »Die kleine Galerie wirft im Winter nicht genug ab, um ausschließlich davon zu leben.«

Jools nickte, ohne die Augen von Lily zu nehmen. Sie spürte, wie sich ihr ganzer Körper unbewusst versteifte, als Lily auf sie zukam. *Sei nicht albern.* Jools zwang sich zu einem Lächeln.

»Hi.« Lily stand mit dem Tablett in der Hand vor ihnen. Sie trug einen kurzen Jeansrock mit Turnschuhen, dazu ein Wickeltop in einem zarten Pfirsichton. »Was macht ihr denn hier?«

Jools runzelte die Stirn. Hatte Aidan nicht gesagt, dass Lily sie alle eingeladen hatte, zu kommen?

»Aidan hat uns eingeladen. Ich hoffe, das war okay?«, fragte Emily.

»Na klar, ist ja schließlich nicht meine Party«, zuckte Lily gleichgültig mit den Schultern. Sie warf Aidan einen vielsagenden Blick zu, den Jools nicht zu deuten vermochte. »Ihr habt Glück, da hinten sind nochein paar Plätze frei.« Sie deutete auf den einen Tisch in der Mitte des Raumes, der unbesetzt war.

»Großartig.« Aidan ging vor.

Gemeinsam schlängelten sie sich durch die Reihen der Gäste. Der Tisch war geradezu ideal. Weit genug weg von der Band, sodass sie sich unterhalten konnten, ohne sich anschreien zu müssen, und trotzdem nah genug, um alles mitzubekommen.

Jools nahm neben Aidan Platz. Emily setzte sich leicht versetzt zu ihnen.

»Möchtet ihr etwas trinken?« Lily wippte ungeduldig mit den Füßen auf und ab.

Eines der Bandmitglieder begrüßte die Gäste mit einem derben Witz. Hinter ihnen lachte eine Gruppe Männer lautstark darüber.

»Ich nehme eine Weißweinschorle.« Emily fächerte sich mit einem Bierdeckel Luft zu. »Ganz schön warm hier drinnen.«

»Stimmt.« Jools war froh, dass sie ein T-Shirt unter dem Pullover trug und sich im Fall, dass es ihr zu warm wurde, ausziehen konnte.

Lilys Blick wanderte fragend zu ihr.

»Für mich auch eine Weißweinschorle.«

»Ein Bier wie immer.« Aidan lächelte Lily breit an und seine Zähne blitzten weiß hervor.

»Wird sofort erledigt.« Lily hob keck das Kinn und eilte mit einem aufreizenden Hüftschwung davon. Aidans Blick folgte ihr mit mürrischem Gesicht.

Der Gitarrist schlug die ersten Akkorde an. Augenblicklich erstarben die Gespräche und alle Augen waren auf die Bühne gerichtet.

Jools lehnte sich zu Aidan, um sich mit dem Kopf an ihn zu kuscheln.

»Coole Idee von dir, hierherzukommen.« Lächelnd sah sie zu ihm hoch.

»Mhm«, brummte er abwesend.

Lily tauchte mit den Getränken auf.

»Puh, ich bin die Rennerei wirklich nicht mehr gewohnt«, stöhnte sie und ließ sich wie selbstverständlich auf Aidans Schoß nieder. Sie legte ihren Arm um seine Schultern, sodass Jools gezwungen war, etwas abzurücken. Aidan schien sich nicht daran zu stören. Jools versetzte es einen leichten Stich. *Das ist Lily*, beruhigte sie sich selbst. *Entspann dich. Die beiden sind nur gute Freunde*.

»Kann ich mir vorstellen«, sagte Jools, darum bemüht, ein normales Gespräch in Gang zu bringen. »Im Gegensatz zu der Arbeit in der Galerie ist hier ordentlich was los.«

Der Gitarrist schlug die ersten Töne eines Ed-Sheeran-Songs an. Begeisterte Zurufe ertönten aus dem Publikum.

»Die Jungs sind echt gut«, grinste Lily und trommelte im Takt mit den Händen auf Aidans Oberschenkel.

Aidan sagte die ganze Zeit keinen Ton. Jools spürte seine Blicke auf sich ruhen.

Sie drehte ihr Gesicht zur Seite und gab vor, auf die Bühne zu starren. Sie fühlte sich gegenüber Lily zurückgesetzt, was natürlich albern war. Sie hätte locker sein müssen, aber irgendetwas an der Art, wie Lily sich verhielt, war anders als sonst. Aidan schien es auch zu spüren. Seit er sie abgeholt hatte, hatten sie kein persönliches Wort miteinander gesprochen. Stattdessen hatte er sich mit Emily unterhalten und Jools mehr oder weniger unbeachtet gelassen. Kein zärtlicher Blick, keine kleine Geste, die sie daran erinnerte, dass er heute Morgen wilden Sex mit ihr gehabt hatte. Jools verstand die Welt nicht mehr. Was war das für ein Spiel, das er mit ihr spielte? Noch vor wenigen Stunden hatte er beteuert, wie wichtig sie ihm war, und nun schenkte er ihr kaum noch Beachtung. Seine ganze Aufmerksamkeit galt Lily. Eine Woge unvernünftiger Eifersucht kam in ihr hoch.

»Wie war dein Ausflug mit Luca?«, rief Lily ihr zu.

Jools sah, wie Aidans Augenbraue nach oben schnellte. *Verdammt.* Sie hatte vergessen, ihm davon zu erzählen. Anscheinend schien jeder in diesem Dorf zu wissen, was sie tat.

»Toll. Wir haben uns *St Gonvan's Chapel* angesehen. Ich war äußerst beeindruckt.«

»Das kann ich mir vorstellen. Ein sehr romantischer Ort, vor allem für Pärchen.« Lily klang trotzig und reckte beim Sprechen das Kinn vor.

»Mag sein«, murmelte Jools. »Nur dass wir kein Pärchen sind, sondern gute Freunde.«

Sie fühlte sich nicht wohl in ihrer Haut und ihre Wangen glühten. Der Abend nahm einen völlig anderen Verlauf, als sie gehofft hatte.

Emily sah sie verwundert von der Seite an. Jools zuckte kaum merklich mit den Schultern.

Das Lied war zu Ende, alle applaudierten. Der Sänger verneigte sich. Einige der Gäste hoben ihre leeren Gläser in Richtung Bar.

»Ich mach dann mal weiter.« Lily war aufgesprungen. »Wir sehen uns später noch.«

»Ja, bis später.« Aidan lächelte. Anscheinend hatte er nichts von den Schwingungen zwischen ihr und Lily bemerkt oder ignorierte sie geflissentlich.

»Auf den Abend.« Emily hob ihr Glas in die Luft.

»Auf den Abend«, hörte sie sich murmeln.

Aidan folgte ihrem Beispiel. Die Band schlug ein bekanntes Lied an und einige der Gäste sangen lautstark mit. Eine Unterhaltung war so gut wie unmöglich.

Sie sah, wie sich Lilys schlanker Körper geschmeidig zwischen den Gästen bewegte. Als sie den Kopf wieder zurückdrehte, blickte sie geradewegs in das unergründliche Grün von Aidans Augen.

»Alles okay mit dir? Du bist so still.«

»Ja, alles prima«, log sie. »Ich muss kurz für kleine Mädchen.«

Hastig stand sie auf und schlängelte sich zwischen den vollbesetzten Tischen hindurch in den hinteren Teil des Pubs, wo eine Treppe nach unten zu den Toiletten führte.

»Jools.« Eine Hand legte sich wie eine Klammer um ihren Unterarm und zog sie zurück. Überrascht drehte sie sich um.

»Lily«, sagte sie erstaunt. »Was machst du hier? Ich dachte, du musst arbeiten.«

Sie versuchte, ihr den Arm zu entziehen, aber Lily hielt sie weiter fest umklammert.

»Ich muss mit dir reden.« Lilys Blick hatte etwas Entschlossenes. »Komm.«

Jools folgte ihr mit gemischten Gefühlen. Sie traten durch eine kleine Tür ins Freie. Die kalte Abendluft schlug ihnen entgegen. Jools fröstelte. Schützend kreuzte sie die Arme vor der Brust.

»Wahrscheinlich kannst du dir schon denken, worum es geht.« Lily stand breitbeinig wie ein Mahnmal vor ihr.

»Ehrlich gesagt habe ich keine Ahnung«, platzte Jools heraus. »Ich frage mich nur, was dein ganzes Theater da drinnen sollte. War das wirklich nötig, meinen Ausflug mit Luca zu erwähnen?«

»Ich bin deine Freundin, aber noch mehr bin ich Aidans Freundin.« Die Art, wie sie es sagte, brachte Jools' Herz zum Stolpern.

»Was willst du damit sagen?« Jools schluckte.

»Ich kenne Aidan seit der Schulzeit. Er war ein ziemlich schüchterner Junge und so überhaupt nicht der, der er heute ist. Trotzdem, oder vielleicht deshalb, habe ich mich damals unsterblich in ihn verliebt. Er war meine erste große Liebe. Als ich nach Frankreich gegangen bin, hat es ihm das Herz gebrochen.« Lily sah nervös zur Tür. »Ich möchte nicht, dass das noch mal passiert.«

»Aber warum sagst du ausgerechnet mir das?«

»Weil ich glaube, dass er auf dem besten Weg ist, sich wieder zu verlieben.« Lily sah ihr direkt ins Gesicht.

»Und woher weißt du das so genau?«

»Weil er gestern mit mir geschlafen hat«, entgegnete Lily gnadenlos.

Jools zuckte zusammen, als hätte jemand sie mit einem kalten Waschlappen geschlagen. Der Boden unter ihren Füßen wankte. Sie blinzelte hart, um die Tränen aus ihren Augen zu vertreiben.

»Ich dachte, es wäre nur fair, es dich wissen zu lassen.«

Jools nickte mit zusammengepressten Lippen. In ihrem Kopf herrschte eine absolute Leere. Zwar hatte sie die Worte gehört, aber ihr Verstand weigerte sich, sie zu verarbeiten.

»Ich geh dann mal wieder rein.« Lilys Stimme war schneidend scharf wie eine Rasierklinge. »Kann ich dich allein lassen?«

»Ja, kein Problem«, murmelte Jools mit dem letzten bisschen Selbstbeherrschung, das ihr noch geblieben war.

»Es tut mir leid.« Lily legte ihre Hand auf Jools' Schulter. Ihre Augen straften sie Lügen.

Jools' Körper versteifte sich augenblicklich. Lily ließ sofort von ihr ab. Ohne ein weiteres Wort ging sie zum Eingang. Bevor sich die Tür hinter ihr schloss, warf Lily ihr einen letzten Blick zu. Jools zwang sich zu etwas, das wie ein Lächeln wirken sollte.

Wenn es stimmte, was Lily ihr gesagt hatte, dann war nicht sie, sondern Aidan ihr Feind.

Als die Tür hinter Lily ins Schloss fiel, stieß sie einen tiefen Schluchzer aus. Ihre Beine drohten, unter ihr wegzusacken. Um nicht zu fallen, klammerte sie sich an den kaputten Stuhl neben der Tür. Tränen liefen ihr über die Wangen und die Umgebung verschwamm. Sie weinte hemmungslos.

Aidan und Lily.

Aidan hatte mit Lily geschlafen. Gestern.

Aidan und Lily.

Immer wieder wiederholte sie den Satz. Versuchte, sich einzuhämmern, was ihr Verstand nicht begreifen wollte.

Warum hatte er ihr nichts gesagt? Hatte er sie nur benutzt? All die schönen Worte, die er ihr ins Ohr geflüstert hatte, waren Lügen gewesen.

Tränen tropften auf den Boden und der Rotz lief ihr aus der Nase. Sie war völlig durcheinander und wütend. Wütend auf Lily und wütend auf Aidan. Aber vor allem war sie wütend auf sich selbst. Entgegen aller Vernunft war sie auf Aidans Masche reingefallen. Sie hätte es besser wissen müssen. Ein Mann wie Aidan würde nie einer Frau treu bleiben.

Die Band hatte wieder angefangen, zu spielen. Wahrscheinlich fragten sich die anderen schon, wo sie blieb.

Sie konnte unter keinen Umständen zurück in den Pub. Sie wusste, wenn sie auf Aidan traf, würde die Situation eskalieren.

Panisch sah sie sich um. Es würde nicht mehr lange dauern und Emily würde nach ihr suchen. Sie musste weg. Weg von Aidan, der sie so schändlich hinters Licht geführt hatte. Aber sie wollte auf keinen Fall, dass die anderen etwas merkten. Wenn sie ihm jetzt eine Szene machte, würde es sich innerhalb von Stunden im ganzen Dorf herumsprechen. Als Direktorin eines Hotels konnte sie sich diesen Skandal nicht leisten.

Sie holte tief Luft. Sie würde nicht länger weinen. Es brachte nichts und danach fühlte man sich noch schwächer. Immer nach vorn schauen, war die Devise, die sie all die Jahre durchgezogen hatte – beruflich wie privat. Selbst nach der Trennung von Dean hatte sie nicht geweint, sondern war stattdessen nach Hause gefahren und hatte angefangen, ihre Koffer zu packen.

Sie holte erneut tief Luft und streckte den Rücken durch. Niemals Schwäche zeigen. Wer Schwäche zeigte, war angreifbar.

Als sie sich einigermaßen gefangen hatte, drückte sie die Tür auf. Sie wurde von lauter Musik empfangen, als sie mit unsicheren Schritten die Stufen nach unten zur Toilette ging. Sie lehnte sich über das Waschbecken und betrachtete sich skeptisch im Spiegel. Ihre Augen waren gerötet und schwammen in Tränen. Ihre Nase war ebenfalls rot und die Haut fleckig vom Weinen. Sie zog ein Papiertuch aus dem Spender und machte sich daran, die Wimperntusche unter ihren Augen zu entfernen. So würde es gehen.

»Hier bist du!« Emily stand plötzlich im Raum. »Ich hab mir schon Sorgen gemacht. Du warst auf einmal verschwunden.« Sie musterte Jools skeptisch. »Hast du geweint?«

»Nein. Ich habe ziemliche Kopfschmerzen, das ist alles.« Sie zwang sich zu einem Lächeln und fing an, ihre Schläfen mit den Fingerspitzen zu massieren.

»Kann ich irgendwas tun?«, fragte Emily bestürzt.

»Ich glaube, es ist besser, wenn ich gehe. Mit ein bisschen Schlaf ist es morgen wieder vorbei.«

»Dann komme ich mit. Ich hole nur schnell unsere Sachen.«

»Unsinn. Du kannst gern noch bleiben. Ich bin schließlich nicht krank, sondern hab nur Migräne. Ich kann auch allein gehen«, winkte sie schwach ab.

»Spinnst du? Ich lasse dich auf keinen Fall in deinem Zustand allein nach Hause gehen. Ich werde Aidan bitten, uns zu fahren.«

»Nein, tu das nicht!«

Emily sah sie mit verständnisloser Miene an. »Ich bin mir sicher, dass Aidan uns begleiten will.«

»Ich möchte lieber allein gehen«, bat sie kopfschüttelnd. »Die frische Luft wird mir bestimmt guttun.«

»Okay. Ich verstehe dich zwar nicht, aber wenn es dir lieber ist … Aber ich komme mit.«

»Danke.« Jools sah Emily dankbar an.

»Kein Problem.« Emily hakte sich bei unter. »Komm.«

Sie gingen zusammen nach oben. Aus dem Schankraum drang lautes Gelächter zu ihnen. Jools blieb kurz vor der Tür stehen.

»Wenn du nichts dagegen hast, warte ich lieber draußen auf dich. Die Musik und die Luft da drin machen es nur noch schlimmer.«

»Alles klar. Gib mir fünf Minuten, dann bin ich wieder bei dir.« Emily verschwand im Pub.

Mit klopfendem Herzen ließ sich Jools auf dem Stuhl nieder und wartete. Sie fühlte sich, als hätte jemand sie unter Wasser gezogen. Alles um sie herum war dumpf. Ein Sturm widerstreitender Gefühle tobte in ihr. Der Kopf sagte das eine, ihr Herz das andere.

Geh rein und sprich mit ihm, flüsterte ihr Verstand.

Er hat dich belogen, trommelte ihr gebrochenes Herz.

Die Tür ging auf und Jools zuckte erschrocken zusammen. Emily stand mit ihren Jacken unter dem Arm vor ihr.

»Puh. Das war gar nicht so einfach. Aidan wollte unbedingt mitkommen. Lily musste ihre ganze Überzeugungskraft aufbringen, um ihn davon abzuhalten, mir hinterherzulaufen.«

»Wie gut, dass Lily bei ihm ist.« Der sarkastische Unterton in ihrer Stimme war nicht zu überhören.

Emily zog fragend die Augenbraue hoch.

»Vergiss es«, winkte Jools ab und zog sich ihre Jacke über. »War nur ein blöder Spruch.«

Im Gegensatz zum Sommer waren die Nächte bereits empfindlich kalt geworden. Ein kräftiger Wind blies vom Meer zu ihnen rüber, als sie den schmalen Weg hoch zum Cottage gingen.

»Na wenn das mal keinen Sturm gibt in den nächsten Tagen«, brummte Emily neben ihr. »Du hast es ja noch nicht erlebt, aber die Stürme um diese Jahreszeit können wirklich hässlich sein.«

Jools war dankbar, dass ihr Gesicht im Schatten lag und Emily die Tränen nicht sehen konnte, die in ihren Augen glänzten. »Hm«, war alles, was sie zustande brachte.

Ihr Kopf war völlig leer und sie konnte keinen klaren Gedanken fassen. Mechanisch setzte sie einen Fuß vor den anderen. Jeder Knochen in ihrem Körper tat ihr weh und sie fühlte sich ausgebrannt. Es war, als ob sämtliche Lebensgeister aus ihr herausgeflossen wären.

Schon von Weitem waren die gelben Lichter des Cottages zu erkennen. Weißer Rauch stieg aus dem Schornstein in den nachtschwarzen Himmel. Als sie das Cottage endlich erreichten, war Jools bis auf die Knochen durchgefroren. Ihr ganzer Körper fühlte sich taub an und sie sehnte sich nach ihrem Bett.

»Wie geht es dir?«, fragte Emily, als sie die Tür zum Cottage aufschloss. Sie musterte Jools besorgt.

»Ging schon mal besser.« Tatsächlich spürte sie einen stechenden Schmerz hinter ihren Augen.

»Möchtest du eine Tablette haben? Im Badezimmerschrank ist ein Kästchen mit Hausmittelchen. Da müsste auch eine Packung mit Kopfschmerztabletten dabei sein.«

»Danke. Vielleicht sollte ich eine nehmen.«

Sie traten ein.

»Bist du sicher, dass es nur Kopfschmerzen sind?«

Jools schüttelte den Kopf, verzweifelt darum bemüht, nicht in Tränen auszubrechen. Sie wusste, wenn sie jetzt nachgab, würde sie nicht mehr aufhören können.

»Mum?«, drang Melees Stimme aus dem Wohnzimmer zu ihnen. Den Geräuschen nach zu urteilen, hatten es sich die Mädchen vor dem Fernseher gemütlich gemacht.

»Ich komme gleich«, rief Emily. Ihre Augen ruhten noch immer auf Jools.

»Danke, dass du mich begleitet hast.«

»Das ist doch selbstverständlich. Wenn du doch reden möchtest, weißt du, wo du mich finden kannst.« Emilys Stimme war einladend weich und für einen Moment war Jools versucht, ihr das Herz auszuschütten. Aber dann erinnerte sie sich daran, dass Lily auch Emilys Freundin war, und ließ es lieber. Sie hatte kein Recht, sich zwischen die Freundschaft von Emily und Lily zu drängen. »Soll ich dir einen Tee machen?«

»Nein, wirklich nicht. Ich will einfach nur ins Bett.«

»Gute Nacht.« Emily drückte ihre Hand fest.

»Gute Nacht«, erwiderte Jools. Sie wusste schon jetzt, dass sie kein Auge zutun würde.

Mit schleppenden Schritten ging sie die Treppe nach oben.

15. Kapitel

Jools lag da und starrte in die Dunkelheit. Sie war wie tot ins Bett gefallen, aber der erlösende Schlaf wollte sich nicht einstellen. Sie dachte die ganze Zeit an Aidan. Immer wenn sie die Augen schloss, tanzte sein Gesicht durch ihren Kopf.

Sie konnte ihn noch immer spüren.

Hör auf, du dumme Kuh. Er hat dich belogen.

Sie stellte sich vor, wie Aidan und Lily sich küssten. Wie er an ihren Lippen knabberte, so wie er es bei ihr getan hatte, und seine Hände Lilys schlanken Körper ertasteten. Sie hörte seine samtweiche Stimme, die Lily Zärtlichkeiten ins Ohr flüsterte. Wie er sie liebte, so wie er Jools geliebt hatte – voller Leidenschaft. Nur einen Tag zuvor. Allein die Vorstellung brachte sie fast um den Verstand. Ein stechender Schmerz breitete sich in ihrer Brust aus und sie wurde von einer rasenden Eifersucht erfasst.

Warum war sie so naiv gewesen? Warum hatte sie nicht einfach damit zufrieden sein können, das Hotel zu leiten? Warum hatte sie es zugelassen und sich in Aidan verliebt? Sie hätte es besser wissen müssen. Männer wie Aidan blieben keiner Frau treu.

Seufzend warf sie sich zur Seite und schaute durch das Fenster nach draußen. Sie hatte vergessen, die Vorhänge zu schließen, und der Mond schien hell durch ihr Fenster auf den Fußboden. Schwerfällig richtete sie sich auf und tapste mit nackten Füßen über den Boden. Ihr Blick fiel nach draußen. Vor ihr breitete sich das Meer wie ein silberner Spiegel aus. Weiße Wolkenfetzen hingen am Himmel und berührten die Rundungen des Mondes. Die Äste des großen Apfelbaums im Garten peitschten, angetrieben vom Wind, wild durch die Luft. Morgen würden die letzten reifen Früchte auf dem Boden liegen, bereit, eingesammelt zu werden.

Sie hatten Rose vor der Abfahrt versprechen müssen, die Äpfel bis zu ihrer Rückkehr einzulagern, damit sie daraus einen leckeren Kuchen backen konnte.

Sie dachte daran, wie wunderschön die Küste vom Boot aus ausgesehen hatte. Ein Anblick, den sie niemals vergessen würde.

Aidan. Wieder tauchte sein Bild vor ihren Augen auf. Verflixt. Sie musste aufhören, an ihn zu denken.

Das Display ihres Handys leuchtete im Dunkeln auf. Sie nahm ihr Smartphone zur Hand. Aidans Nummer blinkte auf dem Display und die Mailbox sprang an. Ihr erster Impuls war es, das Gespräch anzunehmen. Sie sehnte sich nach seiner Stimme.

Er liebt dich nicht, flüsterte es in ihrem Kopf.

Beherzt drückte sie die Delete-Taste und löschte seine Nachricht, ohne sie abgehört zu haben. Sie legte das Handy zurück auf den Nachttisch.

Ihr Mund fühlte sich wie ausgetrocknet an. Kurz entschlossen ging sie nach unten, um sich ein Glas Wasser zu holen. An Schlaf war ohnehin nicht zu denken.

Die alten Holzdielen knarrten unter ihrer Last, als sie über den Fußboden in die Küche schlich. Im Haus war alles ruhig. Emily und Melee schliefen bestimmt längst.

Leise öffnete sie die Küchentür und ging zum Schrank, um sich ein Glas herauszunehmen. Dann drehte sie den Wasserhahn auf. Gluckernd lief das Wasser in ihr Glas. Jools stellte den Hahn ab und nahm einen kräftigen Schluck. Ein schwaches Miauen ließ sie hochschrecken und fast wäre ihr das Glas aus der Hand geglitten. Miss Maples grüne Augen sahen sie fragend an.

»Du hast mich aber erschreckt«, flüsterte Jools.

Sie stellte das Glas auf den Tisch und ging ein paar Schritte auf die Katze zu. Miss Maple kam mit erhobenem Schwanz auf Samtpfoten zu ihr und schmiegte sich an Jools' nackte Beine. Sie ging in die Knie.

»Na, Kätzchen, was treibst du denn um diese Uhrzeit noch? Habe ich dich geweckt?«

Miss Maple sah sie mit ihren großen grünen Augen an, als würde sie sagen wollen: *Mir geht es gut, aber was ist denn mit dir los?*

Sie strich dem Kätzchen über sein weiches Fell. »Du hast es gut. Fressen, schlafen und gestreichelt werden. Was für ein Leben.«

Miss Maple hob den Kopf und blickte sie vorwurfsvoll an.

»Hast du auch Kummer?«

Sie nahm das Kätzchen in ihre Arme und setzte sich auf den Stuhl. Miss Maple kuschelte sich an Jools' Brust und tippte mit der kalten Nase an ihr Kinn. Eine klare Aufforderung, sie zu kraulen.

Schmunzelnd drückte Jools ihr Gesicht gegen das Köpfchen des Kätzchens und fing an, sie zu streicheln. Ein zufriedenes Schnurren war zu hören. Die Wärme des Katzenkörpers hatte etwas Tröstliches und Jools genoss die Nähe des Tieres. Es war, als ob Miss Maple spürte, dass Jools Kummer hatte. Normalerweise ließ Miss Maple es nur für kurze Zeit zu, dass man sie auf dem Schoß hatte. Meistens sprang sie schon nach ein paar Minuten auf und trollte sich davon.

»Männer sind doch alle Scheißkerle«, schimpfte Jools leise. Das Schnurren stoppte. »Erst machen sie dich verrückt und dann lassen sie dich wie eine heiße Kartoffel fallen.«

Tränen brannten in Jools' Augen. Sie schluckte dagegen an. Miss Maple stieß ein leises Miauen aus.

»Du hast also die gleiche Erfahrung gemacht«, nickte Jools. »Wir Mädels müssen zusammenhalten.«

Das Schnurren setzte wieder ein und Jools' Oberkörper vibrierte leicht, dort, wo Miss Maple lag.

»Weißt du, es tut richtig gut, sich mit dir zu unterhalten«, murmelte Jools und drückte ihr Gesicht gegen Miss Maples Kopf. Sofort leckte ihr das Kätzchen mit seiner rauen Zunge über das Gesicht.

»Ich finde dich auch toll!«, lächelte Jools unter Tränen.

Sie würde es nicht zulassen, dass ein Mann das Glück zerstörte, das sie hier im *Fleetwood on Sea* gefunden hatte. In Zukunft würde sie den Männern aus dem Weg gehen.

»Was machst du denn hier im Dunkeln?«

Das Licht ging an. Emily stand verschlafen im Pyjama in der Küchentür. Ihr Blick fiel auf Jools' tränennasses Gesicht. Ohne ein Wort zu sagen, stürzte Emily nach vorn, breitete die Arme aus und schlang sie um Jools.

Miss Maple protestierte miauend über die plötzliche Enge und hüpfte auf den Boden.

»Wusste ich doch, dass du Kummer hast.« Emily streichelte behutsam ihr Haar.

»Es tut mir so leid, ich wollte es dir sagen, aber …« Jools brach ab. Das Meer von Tränen, das sie die ganze Zeit mühsam zurückgehalten hatte, bahnte sich seinen Weg nach oben, um das miese Gefühl aus ihr herauszuspülen. Sie schluchzte laut auf. »Es tut so weh.«

Sie schlang die Arme um Emilys Hals und barg ihren Kopf an deren Schulter.

»Hey, alles wird gut«, redete Emily besänftigend auf sie ein.

»Nichts wird gut!«, weinte sie. »Er hat mich belogen, er … er …« Sie brach ab, geschüttelt vom Weinen.

»Komm, wein dich erst einmal aus«, flüsterte Emily mit sanfter Stimme. »Ich bin ja jetzt bei dir. Wir kriegen das schon hin, egal was es ist.«

»Lily hat mir alles erzählt …«, schniefte sie. Tränen liefen ihr über die Wangen und tropften auf Emilys Oberteil.

»Was hat Lily dir gesagt?« Emily nahm Jools' Kopf in beide Hände und zwang sie dazu, ihr in die Augen zu schauen.

Jools schüttelte den Kopf, unfähig, zu sprechen. Alles war verschwommen und sie fühlte sich unendlich schwach.

»Was hat Lily dir erzählt?«, wiederholte Emily ihre Frage.

»Sie hat mit Aidan geschlafen.« Jools stieß einen abgrundtiefen Seufzer aus.

Emily stand mit zusammengepressten Lippen vor ihr. Ihr Mund war kaum mehr als ein schmaler Strich und ihre Augen hatten einen harten Ausdruck bekommen.

»Wann hat sie dir das gesagt?«

»Heute Abend im Pub.« Sie fuhr sich mit dem Handrücken über ihr tränennasses Gesicht.

»Weiß Aidan davon?«

»Keine Ahnung.« Jools schüttelte den Kopf.

»Weißt du was, ich mache uns jetzt erst einmal einen Tee.«

Jools zog lautstark die Nase hoch. Wortlos reichte Emily ihr ein Papiertaschentuch.

»Danke.« Eine dicke Träne kullerte über ihre Wange.

Emily holte den Teekessel hervor und hielt ihn unter den Wasserhahn. Anschließend stellte sie ihn auf den Herd und entzündete die Gasflamme mit einem leisen Klick. Dann holte sie zwei Becher aus dem Geschirrschrank und stellte sie vor Jools auf den Tisch.

Minuten später war der Raum erfüllt mit dem leckeren Duft des Kräutertees, den Emily ihnen zubereitet hatte.

»So, und jetzt noch mal der Reihe nach. Was genau ist im Pub passiert?« Emilys Augen musterten sie streng.

Sie schob Jools das Schälchen mit dem Honig zu, in dem ein Löffel steckte.

»Entschuldige«, schniefte Jools und tauchte den Löffel in den Honig. »Ich bin normalerweise nicht so nah am Wasser gebaut.« Der goldbraune Honig tropfte in ihren Becher.

»Hey, mach dir deshalb keine Sorgen.« Emily tätschelte sie sanft. »Du hättest mich mal sehen sollen, als Jay mich verlassen hat. Ich habe wochenlang durchgeweint.«

»Du hattest auch einen Grund, du warst schließlich schwanger.« Sämtliche Farbe wich aus Jools' Gesicht. Ihr Herz fing an, zu rasen, und ihre Handflächen wurden feucht. »Oh Gott …«

»Was?« Emily sah sie verständnislos an.

»Was, wenn ich schwanger bin?« Jools stieß ein Geräusch aus, das halb Schluchzen und halb Lachen war.

»Habt ihr denn kein Kondom benutzt?«

Jools schüttelte den Kopf. »Es ging alles so schnell.« Ihre Wangen brannten vor Scham.

»Mann, Mann, Mann. Ich kann ja verstehen, dass junge Mädchen das Kondom vergessen, aber du als erwachsene Frau … Egal, das ist jetzt nicht das Thema.« Emily nahm einen Schluck aus dem Becher.

Mit leiser Stimme fing Jools an, zu erzählen, was sich im Pub abgespielt hatte. Emily saß die ganze Zeit daneben und sagte kein Wort. Als sie fertig war, sah Emily sie mit zusammengekniffenen Augen an.

»Warum bist du nicht reingekommen und hast Aidan zur Rede gestellt? Es wäre doch ein Leichtes gewesen, die Sache vor Ort zu klären.«

Ja, warum eigentlich nicht? Als Lily ihr erzählt hatte, was zwischen ihr und Aidan passiert war, hatte sie keinen Grund gesehen, den Wahrheitsgehalt von Lilys Aussage zu hinterfragen. Sie hatte sich in einer Art Schockzustand befunden.

»Keine Ahnung. Was hätte es gebracht? Es hätte nichts an der Tatsache geändert, dass Aidan mit Lily geschlafen hat«, zuckte sie mutlos mit den Schultern. »Aidan hat mich belogen und benutzt. Mehr gibt es dazu nicht zu sagen. Ich bin die neue Besitzerin des *Fleetwood on Sea*, ich kann mir keine öffentliche Szene leisten. Stell dir vor, wie sich alle das Maul zerrissen hätten, wenn sie davon erfahren hätten.«

Sie schüttelte energisch den Kopf. In ihrem Hals hatte sich ein Kloß gebildet und so sehr sie auch schluckte, er wollte nicht verschwinden.

»Mhm.« Emily strich sich nachdenklich eine Locke aus dem Gesicht. »Du bist dir sicher, dass Lily dich nicht angelogen hat?«

»Warum sollte sie?«Jools sah Emily mit großen Augen an.

Emily spielte gedankenverloren mit dem Löffel in ihrer Hand. »Na ja, seit Lily Aidan verlassen hat, hatte Aidan nie wieder eine richtige feste Freundin. Kurze Affären mit

Urlaubsbekanntschaften, aber mehr nicht. Er und Lily sind so etwas wie beste Freunde.«

»Du meinst wohl beste Freunde mit Vorzügen!«, sagte Jools finster.

»Nein, und genau das glaube ich eben nicht. Du bist die erste Frau nach Lily, die ihm etwas bedeutet. Wobei man das nicht vergleichen kann. Lily war seine Jugendliebe. Vielleicht hat Lily das auch gespürt oder er hat es ihr sogar gesagt. Und nun ist sie eifersüchtig auf dich. Ich fand von der ersten Minute an, als wir im Pub angekommen sind, dass sie sich komisch benommen hat.«

»Aber das macht doch keinen Sinn. Wieso sollte sie mich belügen? Ich hatte die ganze Zeit das Gefühl, dass Aidan noch in Lily verliebt ist und sie diejenige ist, die sich nicht für ihn interessiert.«

»Ich denke, genau das Gegenteil ist der Fall. Lily ist die treibende Kraft in dieser Sache. Aidan hat mir selbst gesagt, dass Lily und er nur noch gute Freunde sind«, widersprach Emily.

»Das kennt man doch: Tausendmal berührt und tausendmal ist nichts passiert. Und dann macht es plötzlich *Bäm* und du landest mit deinem besten Freund im Bett. *Sex mit dem Ex* ist nicht umsonst ein gängiger Begriff.« Bei dem Gedanken schossen Jools sofort wieder die Tränen in die Augen. Herrgott noch mal, hörte das denn gar nicht auf? »Außerdem, warum sollte Lily mich anlügen, wir sind Freundinnen.«

Emily schwieg für einen kurzen Moment. Miss Maple nutzte die Pause, um wieder auf Jools' Schoß zu hüpfen.

»Ich sage das nicht als deine Freundin, sondern weil es wahr ist. Lily ist keine Heilige, das kann ich dir aus Erfahrung sagen, und durchaus selbstsüchtig, wenn es darum geht, ihre Interessen zu vertreten. Damals hat sie Aidan eiskalt verlassen, um nach Frankreich zu gehen und ihre Träume zu verwirklichen. Aidan war am Boden zerstört. Meine Oma hat immer gesagt: *Im Krieg und in der Liebe ist alles erlaubt.*«

»Dann glaubst du wirklich, dass Lily mich angelogen hat?« Jools knabberte nachdenklich an ihrer Unterlippe.

»Es wäre nicht das erste Mal«, nickte Emily.

Ein Funke Hoffnung, dass doch nicht alles verloren war, breitete sich in ihrem Kopf aus. Ihr Herz raste wie ein Auto auf der Überholspur.

»Zumindest liegt es im Bereich des Möglichen. Aber wissen wirst du es erst, wenn du sie fragst … oder ihn.« Emily sah sie mit durchdringendem Blick an.

»Aber ich kann doch nicht einfach hingehen, frei nach dem Motto: *Kann es sein, dass du mich angelogen hast?*« Jools legte den Kopf leicht schräg.

»Warum nicht? Ich bin immer für klare Ansagen.«

»Hm.« Jools nippte an ihrem Tee und verzog das Gesicht. Der Tee war mittlerweile kalt geworden.

Das leise Heulen des Windes drang zu ihnen. Irgendwo in der Ferne klapperte ein loser Holzbalken.

»Du bist doch sonst eine Kämpferin. Ich verstehe nicht, warum du jetzt so schnell aufgibst. Bedeutet dir Aidan denn so wenig?«

Jools schüttelte den Kopf. »Nein, aber Aidan ist genau das Gegenteil von dem, wie ich mir meinen Traummann vorgestellt habe. Der Mann ist ein Macho, wie er im Buche steht …«

»Deshalb hast du auch heute Morgen ausgesehen, als ob du gerade Sex mit Channing Tatum gehabt hättest«, witzelte Emily.

Jools wusste, dass sie ein totaler Fan des Schauspielers war und sich den Film *Magic Mike* bestimmt schon fünfmal angesehen hatte.

»Hm.«

»Na also. Worauf wartest du noch?« Emily lächelte sie an. »Geh und hol dir, was dir gehört.«

»Jetzt?!« Jools riss die Augen auf.

»Nein, natürlich nicht. Aber ich würde nicht allzu lange warten.«

Jools reichte Emily die Hand. »Danke, dass du zugehört hast, und danke für deinen Rat.«

Emily gab ihr einen Kuss auf die Wange. »Ich bin froh, dass es dir etwas besser geht.«

»Ja, ein bisschen.«

Das hohle Gefühl im Bauch, das sie die ganze Zeit gehabt hatte, war verschwunden und sie konnte wieder klar denken. Mit einem Mal schien alles völlig einfach zu sein.

»Mhm.« Emily gähnte herzhaft. »Ich glaube, ich muss ins Bett, und du solltest auch versuchen, ein bisschen Schlaf zu kriegen.«

»Ja. Ich kann's ja mal versuchen.« Sie stand auf und stellte ihren und Emilys Becher in die Spüle.

Emily nahm ihre Hand. »Ich bin mir sicher, dass du schlafen kannst. Ich finde immer, es hilft, wenn man mit jemandem über seine Sorgen spricht. Das beruhigt irgendwie.«

»Danke. Ich weiß nicht, was ich ohne dich getan hätte.«

»Blödsinn.«

Sie verabschiedeten sich liebevoll.

Miss Maple begleitete sie nach oben. Das Kätzchen schien zu spüren, dass Jools jemanden zum Kuscheln brauchte.

Als sie sich ins Bett legte, sprang das Kätzchen aufs Bett und kuschelte sich zu ihren Füßen auf die Decke. Jools schloss die Augen. *Morgen früh rede ich mit Aidan*, war das Letzte, was sie dachte. Dann war sie eingeschlafen.

16. Kapitel

Das Klappern der Fensterläden weckte sie. Blinzelnd öffnete sie die Augen. Nach ihrem Gespräch mit Emily war sie in einen unruhigen Schlaf gefallen. Immer wieder war sie mit klopfendem Herzen hochgeschreckt. Dementsprechend gerädert fühlte sie sich.

Das Erste, an was sie dachte, war Aidan. Sie würde schnell duschen und sich dann auf den Weg ins Dorf machen, um Lily zur Rede zu stellen. Je nachdem, wie das Gespräch mit Lily ausfiel, würde sie anschließend zu Aidan fahren.

Miss Maple lag zusammengerollt am Fußende und sah sie mit ihren grünen Augen an, als wollte sie fragen, wie es Jools ging.

»Guten Morgen.« Jools beugte sich nach vorn und kraulte das Kätzchen zwischen den Ohren. »Hast du gut geschlafen?«

Ein träges Maunzen war die Antwort.

»Danke, dass du mir die Füße gewärmt und mir Gesellschaft geleistet hast.«

Sie gab Miss Maple einen Kuss auf ihr Fell. Verschlafen schlüpfte sie aus dem Bett und öffnete die Vorhänge. Schwarze Wolken trieben über den Himmel und ballten sich zu gewaltigen Türmen über dem Meer auf. Ganz in der Ferne war das weiße Segel eines Bootes zwischen den Wellenbergen zu erkennen. Der Schiffskörper wurde von der Brandung heftig hin und her geworfen. Wahrscheinlich ein Weltumsegler, der vom schlechten Wetter überrascht worden war.

Der Wind heulte um die Ecken und rüttelte an den Büschen und Bäumen im Garten. Eine Zaunlatte hatte sich aus der Verankerung gelöst und schlug klappernd gegen den Stützpfosten. Es regnete wie aus Eimern und überall bildeten sich tiefe Pfützen auf den Wegen.

Auf den Wiesen, die das Hotel umgaben, lag das Gras platt gegen den Boden gedrückt. Kein Tier war weit und breit zu sehen, selbst die Schafe hatten die Weide verlassen und sich einen Unterschlupf gesucht. Lediglich eine Gruppe Möwen zog kreischend ihre Bahnen, als wollte sie den Regen mit den Schreien vertreiben.

Rasch ging sie ins Badezimmer, um sich fertig zu machen. Von unten drangen die Stimmen von Melee, ihrer Freundin und Emily zu ihr, die gemütlich in der Küche saßen und frühstückten. Wenn sie sich beeilte, könnte sie vielleicht noch einen Kaffee mit den beiden trinken.

Als sie in den Spiegel sah, erschrak sie. Ihre Augen waren rot und verquollen, ihre Haut war rot gefleckt und ihre Nase sah aus, als ob sie über Nacht gewachsen wäre. Der Kummer, der sie plagte, sprang ihr förmlich aus dem Gesicht. Es wurde Zeit, dass sie nach Fleetwood Cove fuhr und diesen Zustand beendete.

Keine halbe Stunde später ging sie die Treppe nach unten zur Küche.

»Guten Morgen, Schlafmütze«, wurde sie von Emily begrüßt.

»Hi.« Melee sah zu ihr hoch. »Was ist denn mit dir passiert?«

»Ich habe schrecklich schlecht geschlafen.« Jools schnappte sich einen Becher aus dem Regal.

»Das sieht man«, entgegnete Melee trocken. Ihre Freundin, die neben ihr saß, grinste breit.

»Vielen Dank, jetzt fühle ich mich gleich viel besser.« Jools funkelte Melee an. »Wer dich als Freundin hat, braucht keine Feinde mehr.«

»Da sagst du etwas Wahres.« Emily scannte sie mit ihrem Röntgenblick. »Wie geht es dir, abgesehen davon, dass du schlecht geschlafen hast?«

»Ich will gleich ins Dorf fahren und Lily einen Besuch abstatten.«

Emily nickte. »Gute Idee.«

»Bei dem Sturm?« Melee deutete mit dem Kopf zum Fenster. »Hast du mal raus geschaut?«

»Sieht nicht gerade einladend aus!« Jools lehnte sich gegen den Küchentresen neben dem Fenster. Der Regen prasselte leise gegen das Glas.

»Das ist der erste richtige Sturm des Jahres«, sagte Emily. »Gott sei Dank hat alles gehalten.«

Sie zeigte nach draußen. Bis auf ein paar abgerissene Äste sah alles ruhig aus. Jools würde später im Hotel nach dem Rechten schauen.

»Noch eine Katastrophe kann ich wirklich nicht gebrauchen. Mir reicht das jetzt schon.« Jools schluckte und ihr Magen machte einen nervösen Hüpfer.

»Soll ich mitkommen?« Emily sah sie fragend an.

»Nein, das schaffe ich schon allein. Kannst du Ned Bescheid sagen, dass er das Menü für die nächste Woche allein zusammenstellen soll?«

»Alles klar. Mache ich.«

Melees Blick wanderte von Emily zu Jools und wieder zurück. »Kann mir einer von euch beiden vielleicht verraten, wovon ihr gerade redet?«

»Du kleiner Naseweis, das geht dich gar nichts an.« Emily knuffte ihre Tochter.

»Immer behandelst du mich wie ein kleines Kind«, protestierte Melee. »Das nervt!«

»Tue ich nicht. Aber das ist Jools' Privatsache«, erwiderte Emily ungewöhnlich streng.

»Sorry, Keks.« Jools warf Melee einen liebevollen Blick zu. »Das ist wirklich nicht böse gemeint, aber hierbei handelt es sich tatsächlich um eine äußerst prekäre Angelegenheit.«

»Mhm«, brummte Melee und biss in ihr Brot.

Wie jeden Morgen hatte sie sich die Erdnussbutter fingerdick auf das Brot aufgetragen und darüber eine ordentliche Ladung Marmelade gestrichen. Schon beim Anblick der fetten Creme zog es Jools den Magen zusammen. Sie verspürte seit gestern Abend keinerlei Appetit. Ihr Magen fühlte sich an wie zugeschnürt.

»Was haltet ihr davon, wenn wir drei es uns vor der Glotze gemütlich machen?«, schlug Emily vor.

Melee sah ihre Freundin fragend an. Ein Leuchten huschte über das schmale Gesicht des jungen Mädchens, was Jools als eindeutiges Ja deutete.

»Prima Idee.« Melee strahlte ihre Mutter an. »Wollen wir uns die neuen Folgen von *Modern Family* anschauen?« Ihre Freundin nickte begeistert.

»Von mir aus«, zuckte Emily mit den Schultern. »Hauptsache, etwas Lustiges. Ich habe keine Lust auf einen tragischen Film.«

»Wir auch nicht«, sagte Melee vergnügt.

»Ich mache mich dann auf den Weg.« Jools holte tief Luft. »Drückt mir die Daumen, dass alles gut geht und du mit deiner Vermutung richtigliegst.«

Emily nahm sie in den Arm. »Alles wird gut.«

»Dein Wort in Gottes Ohr«, flüsterte Jools.

»Ich weiß zwar nicht, worum es geht, aber ich drücke dir auch die Daumen«, rief Melee ihr zu, die zusammen mit ihrer Freundin in der winzigen Vorratskammer gleich neben der Küche verschwand, um die Süßigkeiten zu holen.

»Danke. Das kann ich gebrauchen.«

»Ich drücke dir die Daumen.« Emily lächelte ihr aufmunternd zu.

»Danke. Bis später.«

Jools ging in den Flur und schnappte sich ihre Jacke.

Der Sturm hatte ordentlich an Kraft zugelegt und zerrte an ihren Kleidern. Der Regen peitschte ihr ins Gesicht und ihre Haut prickelte wie von tausend Nadelstichen. Noch nie hatte sie eine derartige Naturgewalt miterlebt. Die Landschaft um sie herum war zu einem tristen Grau verschwommen. Blätter und kleine Äste wirbelten durch die Luft. Das Tosen der Brandung war allgegenwärtig und mischte sich mit weit entferntem Donnergrollen. Am Horizont züngelten Blitze über dem Meer.

Bis sie den Mini erreicht hatte, war sie dort, wohin ihre Jacke nicht reichte, nass bis auf die Knochen. Sie war froh, als sie endlich im Auto saß. Der Regen lief in dicken Schlieren über die Scheibe und die Scheibenwischer leisteten Schwerstarbeit. Die Sicht war so schlecht, dass sie gezwungen war, im Schritttempo zu fahren.

Sie begegnete während der gesamten Fahrt keinem einzigen Wagen. Offenbar hatten sich alle vor dem Wetter in ihre Häuser geflüchtet. Keiner, der nicht musste, war zu diesem Zeitpunkt auf der Straße unterwegs.

Jools atmete erleichtert durch, als die ersten Häuser von Fleetwood Cove vor ihr auftauchten. Auch hier war keine Menschenseele auf der Straße zu sehen. Alle Läden, bis auf den kleinen Gemischtwarenladen, hatten geschlossen. In den meisten Häusern brannte Licht, da es durch die dicken Wolken verhältnismäßig dunkel für diese Uhrzeit war.

Langsam fuhr sie die Hauptstraße entlang, bis zu Lilys Galerie. Von außen war kein Licht zu sehen. Jools stieg aus und eilte über den Gehsteig bis zur schützenden Hauswand. Sie presste ihr Gesicht gegen das Schaufenster, um einen Blick in die Galerie zu werfen. Alles war dunkel, anscheinend war Lily nicht da.

Sie umrundete das Haus bis zu dem kleinen Seiteneingang, der zu Lilys Wohnung im ersten Stock führte. Ihre Hand zitterte, als sie den Klingelknopf drückte. Sie trat einen Schritt zurück und wartete. Nichts passierte. Sie drückte den Knopf ein zweites Mal. Ungeduldig tippelte sie von einem Fuß auf den anderen. Ihr Herz schlug schnell und ihre Handflächen waren feucht vor Aufregung. Sie wollte gerade gehen, als die Tür aufgerissen wurde.

Lilys schlanker Körper tauchte im Türrahmen auf. Sie hatte kein Make-up auf dem Gesicht und sah blass und zerbrechlich aus. Unter ihren Augen lagen dunkle Schatten, als ob sie nicht geschlafen hätte.

»Hi«, sagte Jools mit tonloser Stimme. Sie hatte die Hände ineinander verknotet.

»Was willst du hier?«, fragte Lily schroff.

»Mit dir reden, was sonst?« Jools holte tief Luft. »Ich finde, du bist mir wegen gestern Abend noch eine Erklärung schuldig.«

»Ich wüsste nicht, was es zwischen uns noch zu reden gibt. Von meiner Seite aus ist alles gesagt. Du weißt alles, was du wissen musst.«

Es regnete mit ungebremster Kraft. Wasser lief Jools über das Gesicht und tropfte ihr von der Nase. Lily stand geschützt zwei Schritte entfernt im Eingang.

»Du bist meine Freundin«, leitete Jools ihre kleine Rede ein, die sie sich, während der Autofahrt zurechtgelegt hatte. »Zumindest dachte ich das.« Sie sah, wie Lily bei ihren Worten zusammenzuckte. »Ich habe dir vertraut und tue es immer noch.« Ihre Wangen glühten vor Aufregung und ihre Stimme zitterte leicht. »Ich finde, ich habe ein Recht darauf, die ganze Wahrheit zu erfahren.«

Sie hatte sich vorgenommen, Lily nicht zu beschuldigen. Aus ihrer Erfahrung handelten Menschen, die sich an die Wand gedrängt fühlten, meist irrational und neigten dazu, falsche Aussagen zu machen.

»Hast du mit Aidan gesprochen?« Lily blinzelte nervös.

»Nein, ich wollte zuerst mit dir sprechen.«

Sie hatte tatsächlich überlegt, ob sie erst zu Aidan fahren sollte, sich aber letztendlich dagegen entschieden. Wenn es stimmte, was Emily vermutete, hätte sie Aidan völlig zu Unrecht beschuldigt.

Eine Windbö fegte über den Gehweg und traf Jools mit solcher Kraft, dass sie sich mit ihrem ganzen Körpergewicht dagegen stemmen musste, um nicht zu fallen. Wasserbäche liefen zwischen ihren Füßen den Gehweg hinunter.

»Kann ich kurz reinkommen?«

Es blitzte. Jools zuckte erschrocken zusammen. Schon als Kind hatte sie Angst vor Gewittern gehabt.

Lily nickte knapp und winkte Jools, ihr zu folgen. Im Gehen registrierte sie, dass alles genau so aussah, wie sie es sich vorgestellt hatte. Chaotisch, wild und doch gemütlich. Lily führte sie ins Wohnzimmer. Wie fast alle Häuser in Fleetwood Cove hatte auch Lily einen Kamin, in dem ein munteres Feuer brannte und eine wohlige Wärme verströmte. Das Zimmer war mit einem pinken Sofa, zwei roten Sesseln und einem Couchtisch eingerichtet. An der Wand war ein Regal, in dem die Bücher in Zweierreihen standen.

Jools merkte erst jetzt, dass sie am ganzen Leib zitterte. Wasser tropfte von ihrer Kleidung auf den Boden. Um ihre Füße hatte sich bereits eine Wasserlache gebildet, sodass sie sich wie ein Schneemann vorkam, der zu tauen begann.

»Du bist echt mutig«, sagte Lily schließlich. Sie stand gegen die Rückwand des Sofas gelehnt. Etwas an ihrer Körperhaltung hatte sich verändert. War sie zuvor ablehnend gewesen, wirkte sie jetzt unsicher.

»Ich möchte einfach die Wahrheit wissen.«

Lilys Unterlippe bebte.

»Hast du wirklich mit Aidan geschlafen?« Jools reckte ihren Hals und sah Lily direkt in die Augen.

Eine minutenlange Stille entstand zwischen ihnen. Jools hielt Lily mit ihren Augen gefangen. Sie würde nicht gehen, bevor sie nicht die Wahrheit wusste.

»Nein«, presste Lily hervor. Ihre Schultern sackten nach unten.

»Nein?!«, wiederholte Jools argwöhnisch. Sie wurde von einer unglaublichen Erleichterung erfasst. *Aidan hat dich nicht belogen*, jubelte es in ihrem Kopf.

»Nein«, sagte Lily fast trotzig.

Es dauerte einen Moment, bis Jools die Nachricht verarbeitet hatte.

»Warum hast du mich angelogen? Du musst doch gewusst haben, dass ich mich in Aidan verliebt habe.« Es war das erste Mal, dass sie es offen zugab.

Lily nickte wie in Zeitlupe. Ihre Pupillen zogen sich zusammen. »Aidan und ich sind seit unserer Schulzeit die besten Freunde und waren eine Zeit lang sogar mehr. Bis du kamst …« Lily brach ab.

»Was soll das heißen, bis ich kam?«

»Du bist die erste Frau, an der Aidan ernsthaftes Interesse gezeigt hat. Bereits bei deinem ersten Besuch hat er nicht aufgehört, über dich zu reden. Jools hier, Jools da. Ich dachte erst, das wäre sein üblicher Jagdinstinkt. Aber nachdem du wieder nach New York abgereist bist, war er ganz anders als sonst. Still und zurückgezogen. Als ich ihn darauf angesprochen habe, wollte er nicht mit mir darüber reden. Da wusste ich, dass er in dich verliebt ist. Normalerweise sprechen wir über alles.«

»Du bist tatsächlich eifersüchtig!«, stellte Jools fassungslos fest. So unglaublich es auch war, aber Emily hatte mit ihrer Vermutung richtiggelegen.

»Aidan ist mein bester Freund. Wir teilen alles miteinander …« Tränen schwammen in Lilys Augen. »Du hast ihn mir weggenommen.«

Jools schwieg. In ihrem Kopf wirbelten die Gedanken durcheinander. Sie überlegte, wie sie mit der Situation umgehen sollte. Sie mochte Lily, auch wenn es nicht in Ordnung war, was sie getan hatte.

Im Krieg und in der Liebe ist alles erlaubt. Die Worte von Emilys Großmutter kamen ihr wieder in den Sinn. Lily liebte Aidan und hatte Angst, ihren besten Freund zu verlieren.

Jools dachte daran, wie sie gestern Abend abgehauen war, ohne Aidan eine Chance zu geben, sich zu rechtfertigen. Sie hatte ihn aufgrund seiner Vorgeschichte verurteilt. Ein Riesenfehler, wie sich jetzt herausstellte. Er hatte sogar versucht, sie zu erreichen, und sie hatte seinen Anruf einfach gelöscht.

Ganz in der Nähe knallte es laut. Scheppernd ging ein Glas zu Bruch. Beide zuckten erschrocken zusammen.

»Weiß Aidan, was du gemacht hast?« Jools schaute Lily an, die noch blasser geworden war. Diese schüttelte kaum merklich den

Kopf. »Was ist passiert, nachdem ich gestern gegangen bin?« Sie packte Lily an den Schultern. »Sag schon, das bist du mir schuldig.«

In diesem Moment verlor Lily die Fassung und fing an, schrecklich zu schluchzen. Fassungslos starrte Jools sie an. Die selbstbewusste, fröhliche Lily verwandelte sich vor ihren Augen in ein Häufchen Elend.

Mitleid keimte in ihr auf. Tief in ihrem Inneren wusste Jools, dass Lily ihr nicht hatte wehtun wollen, sondern aus Verzweiflung gehandelt hatte.

Sie holte tief Luft und gab sich einen Ruck. »Hey, so schlimm kann es doch nicht sein.« Sie strich ihr sanft über das Haar.

»Es tut mir so leid …«, schluchzte Lily. Dicke Tränen kullerten ihr über die Wangen. »Ich wollte dir nicht wehtun.« Sie heulte auf. »Aidan ist mein bester Freund. Ich habe außer ihn niemanden.«

»Aber ich will dir Aidan doch gar nicht wegnehmen«, sagte Jools mit samtweicher Stimme. Sie legte die Hand unter Lilys Kinn und zwang sie dazu, ihr in die Augen zu sehen.

»Wirklich?« Lily sah sie mit tränennassem Gesicht an.

»Wirklich. Ich lüge dich nicht an. Aidan ist dein bester Freund und das wird er auch bleiben. Ich weiß ja noch nicht einmal, ob er mich will. Es ist alles noch ganz frisch.«

»Und du bist nicht sauer auf mich?«, schniefte Lily sichtlich erleichtert.

»Natürlich bin ich sauer auf dich – ziemlich sogar«, gestand sie. »Du hast mir mit deiner Aktion verdammt wehgetan und es wird eine Weile dauern, bis ich dir wieder vertrauen kann.«

»Ich weiß«, nickte Lily kleinlaut.

»Aber jeder hat eine zweite Chance verdient.«

Es blitzte und der Raum war taghell erleuchtet. Das Unwetter musste sich unmittelbar über der Bucht befinden.

»Trotzdem muss ich wissen, was du Aidan gestern Abend erzählt hast.«

Lily ließ den Kopf sinken. »Ich habe ihm gesagt, dass ich dich beim Klo getroffen habe und du mir im Vertrauen gesagt hast, dass du nicht in ihn, sondern in Luca verknallt bist und dass ihr beide eine Affäre miteinander habt. «

Jools' Magen zog sich zusammen und um ihr Herz legte sich eine eiserne Klammer.

»Wenn du etwas machst, dann machst du es richtig!«, presste sie mühsam hervor.

»Es tut mir leid.« Lily nahm ihre Hand. »Ich mache es wieder gut, ich verspreche es dir. Sobald Aidan wieder zurück ist, rede ich mit ihm und sage ihm, dass alles mein Fehler war.«

»Aidan ist weg?« Sie schüttelte ungläubig den Kopf.

»Ja, er ist noch in der Nacht mit dem Boot rausgefahren.« Das schlechte Gewissen sprang Lily förmlich aus dem Gesicht.

»Bei diesem Unwetter?«

»Er war stinksauer, als ich ihm die Lüge aufgetischt habe. Hat getobt wie ein Wilder und ist nach draußen gelaufen. Ich wollte hinterher, aber Al hat mich nicht gelassen. Er meinte, Aidan würde sich schon beruhigen. Ich bin gleich nach dem Dienst zu ihm nach Hause gegangen, aber da war er schon weg.«

»Weiß irgendeiner der Männer, dass Aidan da draußen ist?« Sie deutete auf den schwarz verhangenen Himmel vor dem Fenster.

»Ben hat heute Morgen angerufen und mich gefragt, ob ich wüsste, wann Aidan rausgefahren ist.«

Jools' Herz sackte nach unten. Aidan war bei dem Unwetter aufs Meer hinausgefahren. Die weißen Segel heute Morgen am Horizont mussten die von Aidans Boot gewesen sein. Niemand sonst würde sich bei diesem Unwetter hinauswagen.

Panik breitete sich in ihr aus und sie hatte das Gefühl, dass Eiswasser durch ihre Adern floss. Auch wenn sie keine Ahnung von der Seefahrt hatte, war klar, dass ein Sturm wie dieser gefährlich war. Sie musste zum Hafen, so schnell sie konnte, um zu schauen, ob Aidan zurückgekehrt war.

Ohne Lily weiter zu beachten, machte sie auf den Hacken kehrt.

»Wo willst du hin?«, rief Lily ihr hinterher.

»Zum Hafen. Ich muss wissen, was mit Aidan ist.« Das Blut rauschte in ihren Ohren. Aidan war da draußen – ganz allein und auf sich gestellt. Warum hatte sie seinen Anruf nicht angenommen? Vielleicht hätte sie so verhindern können, dass er rausfuhr. Aber dazu war es nun zu spät!

»Warte. Ich komme mit«, sagte Lily und rannte los.

In Jools' Kopf herrschte völliges Chaos. Hoffnung, Angst, Wut.

»Fertig!« Lily stand in Regenjacke, Gummistiefeln und Jeans bekleidet vor ihr.

»Gut.«

Sie liefen nach draußen. Am Himmel zuckten die Blitze und sekundenlang war es taghell. Dicht aneinandergedrängt rannten sie über den Gehsteig zum Hafen. Das Szenario, das sich ihnen bot, hatte eine bedrohliche Schönheit. Der Himmel war tintenblau bis tiefschwarz. Dazwischen flammten die gelben Blitze am Horizont.

Wellen türmten sich meterhoch in der Bucht auf und klatschten donnernd gegen die glänzenden Felsen. Der Wind hatte noch einmal zugelegt. Jools hatte Mühe, sich auf den Beinen zu halten. Sie musste sich mit ganzer Kraft gegen den Wind stemmen, um vorwärtszukommen. Der Regen peitschte ihr ins Gesicht.

Mühsam kämpften sie sich die Straße hoch bis zum Hafen. Die wenigen Boote, die in der Mole vor Anker lagen, tänzelten nervös auf den Wellen. Die Schwimmer seitlich der Bordwand schlugen gegen die Hafenmauer. Die Luft war erfüllt von der Gischt und machte das Atmen schwer.

»Die *Sea Gull* ist noch immer nicht an ihrem Ankerplatz«, schrie Lily gegen den Wind.

Jools nickte, die Lippen fest aufeinandergepresst. Ihr Magen zog sich zusammen und ihr ganzer Körper war angespannt. Sie deutete auf das Licht im Haus von Aidans Vater.

»Lass uns zu Ben gehen.«

Lily nickte wortlos. Gemeinsam kämpften sie sich bis zu dem Steinhaus vor. Dicke Regenbäche stürzten von der Straße ins Meer und schwemmten Äste, Blätter und Unrat mit sich.

Jools zog den Mantel enger um sich, während der Regen hineinsickerte. Ihre Haare waren unter der Kapuze hervorgerutscht und klebten nass um ihren Kopf.

Es gab keine Klingel, deshalb klopfte sie mit der Faust kräftig gegen die Haustür. Es dauerte nicht lange und die Tür wurde aufgerissen. Ben stand vor ihnen und sah sie mit sorgenvoller Miene an.

»Hast du Aidan gesehen?«, fragte Jools mit brüchiger Stimme.

»Nein, aber kommt rein«, winkte er sie ohne Umschweife in die Küche.

Dankbar folgten sie ihm. Es war mollig warm und roch angenehm nach brennendem Holz. Max lag auf einer Decke vor dem Kamin. Als er die Schritte hörte, hob er den Kopf und sah sie mit traurigen Augen an. Ahnte er das sein Herrchen verschwunden war?

Zitternd vor Kälte legte Jools ihre Jacke ab. Lily folgte ihrem Beispiel.

»Max mein Guter.« Sie ging in die Knie und streichelte Max über das Fell.

»Ich mache mir solche Sorgen.« Jools sah hoch zu Ben in dessen grüne Augen, die sie so schmerzhaft an Aidan erinnerten.

Ben schüttelte den Kopf. »Ich wünschte, ich könnte dir eine bessere Nachricht geben, aber ich habe das letzte Mal vor drei Stunden mit ihm gesprochen. Seitdem habe ich kein Wort mehr von meinem Jungen gehört«, sagte Ben mit düsterer Miene. »Es sieht dem Jungen überhaupt nicht ähnlich, bei solchem Wetter hinauszufahren.«

Zumindest hatte er die Nacht heil überstanden. Drei Stunden! Das bedeutete, dass Aidan seit dem frühen Morgen keinen Kontakt zur Außenwelt gehabt hatte.

»Hat er gesagt, wie es ihm geht? War er gesund?« Jools' Stimme überschlug sich. Max raue Zunge leckte über ihre Hand.

»Dem Jungen ging es gut. Hatte Probleme mit dem Motor«, antwortete Ben mit unheilvoller Stimme. »Konnte ihn kaum verstehen. Die Verbindung war so schlecht.«

Für einen Augenblick hatte sie das Gefühl, als ob ihr jemand den Boden unter den Füßen weggezogen hätte und sie sich in einem Zustand der Schwerelosigkeit befinden würde. Vollkommen unfähig, sich zu bewegen, während ihr Hirn noch immer dabei war, die Information zu verarbeiten.

Der Motor war ausgefallen. Das hieß im Klartext, Aidan war so gut wie manövrierunfähig und dem Meer hilflos ausgeliefert. Sie konnte nur ahnen, was das bei diesem Wetter bedeutete.

»Mein Gott!«, stieß Lily aus und ließ sich auf den Stuhl fallen.

Sämtliche Farbe war aus ihrem Gesicht gewichen. Ein Zeichen dafür, dass sie die Situation genauso gefährlich einschätzte wie Jools.

Es klingelte. Erwartungsvoll richtete sich Jools auf. Max war ebenfalls aufgesprungen. Ben eilte aus der Küche in den Flur. Kurz darauf war seine melodische Stimme zu hören. Offensichtlich sprach er mit jemandem am Telefon. Gespannt lauschte sie, konnte aber nichts verstehen, da er sehr leise sprach.

Lily und sie schauten einander an. Endlich kam Ben zurück. Die Zuversicht war aus seinem Gesicht verschwunden und hatte einem Ausdruck der Angst Platz gemacht.

»Das war die Küstenwache.«

Jools' Herz setzte einen Schlag aus. Sie merkte, dass sie unbewusst den Atem anhielt.

»Sie haben einen Notruf empfangen, den Aidan vor knapp zwei Stunden abgesetzt hat«, sagte Ben mit tonloser Stimme. Er deutete auf den altertümlich wirkenden Apparat auf dem Küchentisch, von dem ein leises Rauschen ausging. Jools hatte Ähnliches schon in einem alten Spielfilm gesehen – ein Funkgerät.

»Und?«, fragte sie ängstlich. »Haben sie ihn gefunden? Gibt es Neuigkeiten? Irgendwas?«, stieß sie hervor.

»Der Sturm ist zu stark. Sie können im Moment nichts tun«, sagte Ben resigniert.

»Das heißt, sie warten an Land, bis der Sturm vorbei ist, um dann nach Aidan zu suchen?« Fassungslos starrte sie ihn an.

»Es wäre zu gefährlich für die Männer, bei diesem Wetter rauszufahren.«

»Aber wie kannst du dabei so ruhig bleiben?« Jools schrie. Tränen füllten ihre Augen und sie zitterte am ganzen Leib. »Aidan ist da draußen – ganz auf sich allein gestellt.«

»Aidan ist ein erfahrener Seemann. Wenn es jemand schafft, dann mein Sohn.« Ben drückte ihr tröstend die Hand.

»Aber wie soll ein Mensch da draußen diesen Sturm überstehen?« Sie wurde von einer Welle der Panik erfasst. »Können die ihn nicht auf dem Radar sehen? Es muss doch in der modernen Zeit möglich sein, ein Boot ausfindig zu machen!«

»Die Küstenwache kann nichts tun, genauso wenig wie wir. Die *Sea Gull* ist ein zuverlässiges Boot, das schon so manchen Sturm überstanden hat«, versuchte er, sie zu beruhigen. »Es hat kein Leck, das ist die Hauptsache.«

Sie hatte sich letztes Jahr zusammen mit Dean den Film *All Is Lost* mit Robert Redford als Hauptdarsteller angesehen. Der Film handelte von einem Mann, der mit seinem Boot in Seenot geriet, und zeigte seinen Kampf ums Überleben. Allein bei dem Gedanken, dass Aidan da draußen gerade das Gleiche erlebte, wurde ihr ganz schlecht. Sie umklammerte die Rückenlehne des Stuhls so stark, dass ihre Knöchel weiß hervortraten.

Jetzt kamen ihr die Tränen und liefen ihr über das Gesicht. Sie schluchzte leise.

»Und was machen wir jetzt? Ich meine, wir können doch nicht einfach hier rumsitzen und darauf warten, dass etwas passiert!« Sie hob verzweifelt die Arme.

»Doch, genau das müssen wir«, sagte Ben ruhig. »Ab jetzt liegt sein Schicksal in Gottes Hand. Niemand sonst kann ihm helfen.« Er tätschelte Jools' Arm. »Setz dich. Ich mache uns einen Tee.«

Mutlos sackte Jools in sich zusammen. Heiße Tränen rannen ihr über das Gesicht und tropften vom Kinn. Verdammt! Sie hatte eigentlich gedacht, dass ihr Vorrat an Tränen aufgebraucht war, aber anscheinend gab es noch einen Rest.

Sie dachte daran, wie sie traurig und wütend zugleich im Bett gelegen hatte, während Aidan mit den Naturgewalten gekämpft hatte. Warum hatte sie nichts gespürt? Man sagte doch immer, dass man spüren würde, wenn einem geliebten Menschen etwas passierte. Außer tiefer Enttäuschung war da nichts gewesen.

Der typische Gasgeruch erfüllte die Luft, als Ben den Herd anschaltete, um das Wasser aufzusetzen. Max hatte sich wieder auf die Decke gelegt.

Jools' Blick fiel auf das alte Transistorradio auf dem Küchentresen. »Hat jemand von euch die Wettervorhersage gehört?«

Ben nickte. »Es hieß, der Sturm würde gegen Nachmittag weiterziehen.«

Das bedeutete, dass er noch Stunden weiter so wüten würde.

»Hier, trinkt eine Tasse Tee. Das beruhigt die Nerven und wärmt von innen.« Ben reichte ihr den dampfenden Becher. Dankbar nahm Jools einen winzigen Schluck. Ben hatte Zucker hineingetan und die Süße füllte ihren Mund aus.

»Lily, was ist mit dir? Du bist so still. So kenne ich dich sonst gar nicht!« Ben fuhr ihr mit der Hand über den Kopf.

»Das ist alles meine Schuld«, murmelte Lily.

»Was redest du da?« Ben sah sie verständnislos an.

»Wäre ich nicht gewesen, wäre Aidan nicht da draußen«, erklärte Lily mit tonloser Stimme.

Ben stieß einen tiefen Seufzer aus. »Was hast du nun wieder gemacht, meine Kleine?«

Mit brüchiger Stimme erzählte Lily von gestern Abend.

»Warum bist du nicht zu mir gekommen?« Ben drückte Lilys Hand. Mit tränenverschleiertem Blick sah sie hoch. »Ich hätte dir gesagt, dass du keine Angst haben brauchst. Aidan liebt dich wie seine Schwester.«

»Es tut mir so leid, Ben. Das Letzte, was ich wollte, war, Aidan in Gefahr zu bringen.« Tränen rannen ihr über das Gesicht. Sanft wischte Ben sie weg und ging in die Knie, um mit ihr auf Augenhöhe zu sein.

»Ich weiß, meine Kleine.« Ben lächelte ihr aufmunternd zu. »Ich bin mir sicher, alles wird sich zum Guten wenden.«

»Oh Ben. Es tut mir so leid. Ich war egoistisch und dumm.« Schluchzend schlang Lily die Arme um seinen Hals.

Jools bewunderte im Stillen Bens innere Kraft. Sein Sohn befand sich inmitten eines Sturms auf hoher See und er blieb ruhig. Mehr noch, er verzieh dem Menschen, der ihn in diese Lage gebracht hatte. Sie konnte nur hoffen, dass Ben am Ende recht behalten würde und Aidan wohlbehalten wieder zurückkam.

Sanft löste sich Ben aus Lilys Umarmung. »Jetzt weiß ich wenigstens, warum der Junge so unvernünftig war.«

Lily stand auf.

»Wo willst du hin?«, fragte Jools.

»Kurz auf Klo.«

Jools nickte.

»Hast du gewusst, was Lily getan hat?«, fragte Ben, als Lily außer Hörweite war.

»Sie hat es mir erzählt«, nickte Jools und wischte sich mit den Fingern die Tränen aus dem Gesicht.

»Du hast ein großes Herz, Jools«, nickte Ben wohlwollend. »Das habe ich gleich gesehen, und der Junge auch.«

»Andere würden es vielleicht als dumm bezeichnen«, entgegnete sie schmerzhaft lächelnd.

Ben zog ein Taschentuch aus seiner Hosentasche und reichte es ihr. »Hier, putz dir erst einmal die Nase. Du willst doch nicht, dass Aidan dich so sieht.«

Jools lachte unter Tränen. »Glaubst du wirklich, dass ihm nichts passiert ist?«, fragte sie ängstlich.

»Natürlich glaube ich das«, sagte Ben mit Überzeugung in der Stimme. »Der Junge ist aus ganz besonderem Holz geschnitzt. Den bringt so schnell nichts um.«

»Ich habe mich in Aidan verliebt«, flüsterte Jools und sah Ben fest in die Augen.

»Der Junge spricht nicht viel, aber von dir hat er erstaunlich viel erzählt.« Die grünen Augen des älteren Mannes funkelten. »Schätze, ihm geht es ähnlich. Allerdings ist er zu stolz, um es zu sagen.«

Ein Lächeln huschte über Jools' Lippen.

Ben nahm das Mikrofon des Funkgerätes zur Hand. »Es wird Zeit, dass ich mich wieder melde.«

Jools nickte. Nervös beobachtete sie, wie Ben an einem der Knöpfe drehte. Sofort wurde das Rauschen stärker.

»*Sea Gull. Sea Gull.* Bitte melden«, sagte Ben mit sonorer Stimme. Die Nadel auf der Anzeige schlug nach rechts. Lautes Rauschen war zu hören. Ben hielt das Ohr an den Lautsprecher des Gerätes und lauschte. »*Sea Gull.* Aidan, melde dich.«

Jools merkte, wie sie die Luft anhielt. Keine Antwort.

»*Sea Gull*, bitte melden«, wiederholte Ben seinen Ruf.

Wieder keine Antwort. Nur monotones Rauschen, begleitet von einem leisen Knacken.

Seufzend legte Ben das Mikrofon beiseite.

»Und nun?«, fragte Jools.

»Jetzt warten wir.«

Jools' Blick fiel nervös auf die Wanduhr. Es war bereits spät am Nachmittag und immer noch kein Zeichen von Aidan. Lily spielte gedankenverloren mit einer Haarsträhne. Ben war in dumpfes Schweigen verfallen. Alle halbe Stunde nahm er das Mikrofon in die Hand und versuchte, Kontakt mit Aidan aufzunehmen.

Bisher ohne Erfolg.

»Ich halte es nicht mehr aus!« Jools stöhnte. »Diese Warterei macht mich noch ganz wahnsinnig.«

Entschlossen stand sie auf und ging zum Fenster. Entgegen aller Vorhersagen tobte der Sturm noch immer mit ungebremster Kraft. Der Strand war mittlerweile komplett von Wasser geflutet und die Wellen klatschten gegen die kleine Ufermauer. Am Horizont zuckten die Blitze gespenstisch. Das alte Cottage ächzte unter der Last des Sturms.

Es klopfte an der Haustür. Ben machte Anstalten, aufzustehen, aber Jools kam ihm zuvor.

»Ich gehe schon.«

Sie eilte durch den Flur und riss die Tür mit einem Ruck auf. Sofort blies ihr der kalte Wind ins Gesicht.

Emily und Melee standen Hand in Hand vor ihr. Beide trugen dicke Regenjacken und Gummistiefel. Die roten Haare waren unter Kapuzen versteckt. Wasser tropfte ihnen von der Nase.

»Kommt rein.« Sie winkte die beiden ins Haus.

»Wir haben uns langsam Sorgen gemacht und sind ins Dorf gefahren«, erklärte Emily mit forschendem Blick. »Alles okay?«

Jools schüttelte betrübt den Kopf und versuchte, die Tränen herunterzuschlucken, die sich in ihrem Hals sammelten. »Aidan ist verschwunden.«

»Was?« Emily und Melee sahen sie mit großen Augen an.

»Das ist eine lange Geschichte. Aber um es kurz zu machen: Lily hat ihm erzählt, dass Luca und ich eine Affäre miteinander hätten. Daraufhin ist er abgehauen und, wie wir jetzt wissen, mit der *Sea Gull* rausgefahren.«

»Ach du Scheiße.« Emily hielt sich erschrocken die Hand vor den Mund. Melee war mit einem Schlag blass geworden und ihre Sommersprossen leuchteten noch stärker als sonst. »Und wo ist er jetzt?« Emily schielte hinter Jools' Rücken, als könnte sich Aidan dort versteckt haben.

»Irgendwo da draußen«, entgegnete Jools trüb.

»Geht es ihm gut?«

»Wir wissen es nicht«, flüsterte Jools mit tonloser Stimme. »Ben hatte das letzte Mal heute Morgen mit ihm Kontakt. Die Küstenwache hat einen Notruf von Aidan empfangen, aber bei dem Sturm können sie nicht raus.« Dicke Tränen kullerten ihr über die Wange. »Sorry. Scheint langsam zur Gewohnheit zu werden«, schniefte sie.

»Emily.« Bens Schritte näherten sich. »Was treibt dich bei diesem scheußlichen Wetter hierher?« Er umarmte sie. »Und dich, junge Dame, habe ich auch schon lange nicht mehr gesehen.«

»Es tut mir so leid wegen Aidan«, sagte Emily und gab Ben einen Kuss.

»Ja, ich weiß. Schätze, ich muss mich einmal mehr in Geduld üben. Als ob der Junge mir nicht schon genug Sorgen gemacht hätte.«

Bens Blick fiel auf Melee, die steif neben ihrer Mutter stand und aussah, als würde sie jeden Moment in Tränen ausbrechen.

»Hey, hey, hey.« Ben strich Melee mit der Hand übers Gesicht. »Nicht weinen. Noch ist nichts passiert. Wir dürfen die Hoffnung nicht aufgeben.«

»Jools«, hielt Emily sie zurück, als sie Melee und Ben folgen wollte. »Was ist mit Lily?«

»Die sitzt bei Ben in der Küche. Wir sind zusammen hierhergelaufen«, erklärte Jools mit gesenkter Stimme.

»Dann habe ich mit meiner Vermutung falschgelegen?« Emily legte den Kopf leicht schräg.

»Ganz im Gegenteil. Es war genau so, wie du gesagt hast. Ich mache mir so Vorwürfe, dass ich seinen Anruf nicht angenommen habe. Dann wäre das alles nicht passiert.«

»Blödsinn. Du warst sauer und konntest schließlich nicht wissen, dass Lily dich und Aidan angelogen hat. Jede Frau hätte wie du gehandelt und wäre abgehauen.«

»Mhm. Trotzdem hätte ich ihm eine Chance geben müssen.«

»Hör auf, dich mit Selbstvorwürfen zu zerfleischen. Dich trifft keine Schuld. Lily ist diejenige, die sich Gedanken machen sollte«, schimpfte Emily.

»Sei nicht zu hart zu Lily, die Arme ist völlig fertig.«

»Ich wäre nicht so nett zu ihr wie du. Aber gut, ich werde nichts sagen.«

»Danke. Sie hat sich bei mir entschuldigt.«

»Und, hast du ihr verziehen?«

»Ja. Zumindest teilweise. Wenn ich ehrlich bin, hatte ich noch gar nicht die Gelegenheit, mir groß Gedanken darüber zu machen.«

»Aidan war also die ganze Nacht da draußen?« Emily machte ein unheilvolles Gesicht.

»Ja.«

»Mann, Mann, Mann. Das klingt gar nicht gut.«

»Danke, jetzt fühle ich mich gleich besser«, murmelte Jools mit weinerlicher Stimme. Sie hatte schon wieder einen Kloß im Hals und schluckte verzweifelt dagegen an, aber das Engegefühl im Hals wollte nicht verschwinden.

»Entschuldige, das war dumm von mir.« Emily legte die Hand auf Jools' Brust. »Was spürst du da drin?«

Jools schloss die Augen und lauschte, aber außer dem Schlagen ihres Herzens spürte sie nichts.

»Nichts! Ich spüre nichts.« Sie schlug die Augen wieder auf.

»Gut. Dann brauchst du dir auch keine allzu großen Sorgen zu machen«, lächelte Emily ihr aufmunternd zu.

Jools nickte. Ben rief aus der Küche nach ihnen.

»Ich bin froh, dass es dich gibt.« Jools nahm die Hand ihrer Freundin.

»Geht mir genauso.«

Gemeinsam gingen sie in die Küche.

17. Kapitel

Blinzelnd öffnete Jools die Augen. Das fahle Tageslicht fiel durch das Fenster. Das Erste, was ihr auffiel, war die Stille, die um sie herum herrschte. Der Wind hatte aufgehört, zu heulen. Abrupt richtete sie sich auf.

Ein stechender Schmerz machte sich in ihrem Nacken bemerkbar. Die ungesunde Haltung auf dem Stuhl forderte ihren Tribut. Jeder Muskel im Körper tat ihr weh und ihre Gelenke waren steif vom langen Sitzen. Langsam streckte sie sich, um das Blut zurück in ihre Glieder zu bringen.

Ben stand am Herd und setzte frisches Wasser auf. Den dunklen Augenringen nach zu urteilen, hatte er ebenfalls nicht geschlafen. Sie hatte ihn im Halbschlaf mehrfach murmeln gehört.

Lily lag mit dem Kopf auf der Tischplatte und schlief. Ein Speichelfaden hing von ihrer Lippe herab auf den Tisch. Ihr Gesicht war ungewöhnlich blass, die Augenhöhlen wirkten eingefallen.

Emily und Melee hatten es sich im Wohnzimmer auf dem Sofa gemütlich gemacht und schliefen vermutlich noch.

Keiner von ihnen hatte es gewagt, nach Hause zu gehen, ohne zu wissen, was mit Aidan war. Mitten in der Nacht hatte Emily ihre Tochter mithilfe von Ben ins Wohnzimmer getragen und dort auf das Sofa gelegt Jools konnte sich nicht mehr daran erinnern, wann Emily zu Melee gegangen war. Ihr waren die Augen zugefallen und sie war in einen unruhigen Schlaf gefallen.

Jools' Blick fiel auf die Küchenuhr. Es war bereits kurz nach sieben. Max war in eine Art Starre verfallen und lag regungslos mit offenen Augen auf seiner Decke.

»Guten Morgen«, begrüßte Ben sie, als er bemerkte, dass sie wach war. »Kaffee?« Er deutete auf die Thermoskanne neben sich.

Jools nickte. Neben ihr regte sich Lily im Schlaf.

»Gibt es Neuigkeiten?« Eine sinnlose Frage. Sie wusste, dass Ben sie sofort geweckt hätte, wenn es Neuigkeiten gegeben hätte.

Ben schüttelte stumm den Kopf und füllte den dampfenden Kaffee in den Becher.

Jools sackte in sich zusammen. Noch immer kein Wort. Aidan wurde seit nunmehr vierundzwanzig Stunden vermisst. Sie spürte, wie ihr die Angst den Hals zuschnürte.

»Das ist nichts Unnormales«, versuchte Ben, sie zu beruhigen.

Sie konnte ihre eigene Angst in seinen Augen sehen.

»Oh Gott.« Lily sprang schlaftrunken aus dem Stuhl hoch. »Ist was passiert?«

»Nein, alles beim Alten.« Jools legte ihr beruhigend die Hand auf die Schulter.

»Ich muss eingeschlafen sein«, murmelte Lily schuldbewusst.

»Ich bin auch erst seit ein paar Minuten wach«, nickte Jools.

»Kaffee?« Ben hielt einen Becher in die Höhe.

»Gern.« Lily rekelte sich geräuschvoll. Plötzlich hielt sie inne. »Es hat aufgehört zu stürmen.«

Ben reichte ihnen jeweils einen Becher Kaffee. Er war herrlich stark. Jools spürte die angenehme Wärme im Bauch.

»Sollten wir nicht sicherheitshalber die Küstenwache anrufen?«, fragte Jools und nahm noch einen kräftigen Schluck.

»Ja. Wollte ich gerade machen.« Ben schlurfte mit schweren Schritten zum Telefon.

»Ich bin auf dem Klo.« Lily stand auf und ging aus der Küche.

»Hast du etwas dagegen, wenn ich kurz ein wenig an die frische Luft gehe?«

Sie hatte das Gefühl, in der kleinen Küche nicht mehr atmen zu können. Die Sorge um Aidan lastete schwer auf ihr.

»Nein, natürlich nicht. Ich mache uns gleich eine Kleinigkeit zum Frühstück, wenn ich mit der Küstenwache gesprochen habe.

Magst du Porridge? Aidan isst das immer so gern.« Er verzog traurig das Gesicht.

»Ich glaube, ich kriege sowieso nichts runter.« Ihr Magen fühlte sich an wie zugeschnürt und sie verspürte keinerlei Hunger.

»Du musst aber eine Kleinigkeit essen.« Die väterliche Fürsorge kam zum Vorschein.

»Nur ein bisschen, okay.« Sie lächelte ihn an. »Ich bin nicht lange weg.«

»Ich bleibe hier«, nickte Ben und machte sich daran, die Tüte mit dem Porridge aus dem Schrank zu holen.

Leise ging sie nach draußen, um die anderen nicht zu wecken.

Es war noch immer verhältnismäßig kühl, aber der Regen hatte aufgehört. Der Himmel war grau und dicke Wolken trieben träge über den Horizont. Das Meer war stark aufgewühlt und durch die weißen Katzenköpfe sah es aus, als hätte es auf die Wellen geschneit. Sie kniff die Augen zusammen, in der Hoffnung, ein Lebenszeichen von Aidan zu entdecken. Aber außer ein paar Seemöwen war weit und breit kein Lebewesen zu sehen.

Mit hängenden Schultern, die Hände in den Hosentaschen, stapfte sie durch das aufgeweichte Gras in Richtung Strand. Überall waren riesige Pfützen und sie musste mehrfach einen Bogen schlagen, um nicht mit den Schuhen im Schlamm zu versinken.

Ein großer Ast lag mitten auf dem Weg und sie musste darüber krabbeln, als sie aus dem Augenwinkel eine hochgewachsene Gestalt bemerkte.

Sie blieb abrupt stehen. Ihr Herz setzte einen Schlag aus, als die einsame Gestalt näher kam. Konnte es sein oder spielte ihr der Verstand einen Streich?

»Aidan!« Ihr Ruf durchschnitt die Stille.

Er war blass und sein Dreitagebart umrandete seinen Mund wie ein Schatten. Seine Augen lagen in tiefen Höhlen und er sah aus, als hätte er nächtelang nicht geschlafen. Aber er lebte!

Ihre Augen fanden sich und ein Lächeln huschte über sein müdes Gesicht. Sie holte tief Luft, dann rannte sie, so schnell sie konnte, zu ihm.

»Du lebst!«

Mit klopfendem Herzen blieb sie vor ihm stehen und fiel ihm in die Arme. Sie bedeckte sein Gesicht mit winzigen Küssen, als wollte sie sich davon überzeugen, dass er wirklich echt war. Seine Bartstoppeln kratzten auf ihrer Wange und sie schmeckte das Salz auf seiner Haut. Sie weinte hemmungslos in seinen Armen.

Aidan sagte kein Wort, sondern hielt sie einfach stumm fest. Als sie sich etwas beruhigt hatte, legte er seine Hand unter ihr Kinn und hob ihren Kopf, sodass sich ihre Augen trafen.

»Hey. Warum weinst du? Ich bin doch da.«

»Aber ich dachte, du wärst tot. Ich habe mir solche Gedanken gemacht«, schluchzte sie. »Es tut mir so leid, dass ich deinen Anruf nicht angenommen habe. Aber ich war so sauer, weil du angeblich mit Lily geschlafen hast …«, sprudelte es aus ihr heraus.

»Wie? Hat sie das behauptet?« Aidans Augen zogen sich zusammen wie die einer Raubkatze.

Jools nickte mit zusammengepressten Lippen.

»Hast du mich deshalb sitzen gelassen?«

Sie nickte. »Ich war schrecklich enttäuscht. Ich weiß, ich hätte mit dir reden sollen, aber ich war verletzt und habe nicht mehr rational gehandelt.« Sie berichtete ihm von ihrem Gespräch mit Lily. »Als ich sie zur Rede gestellt habe, hat sie mir sofort die Wahrheit erzählt. Sie muss ziemlich verzweifelt gewesen sein.«

»Das ist keine Entschuldigung.« Um Aidans Mund lag ein harter Zug.

»Aidan.« Sie stellte sich auf die Zehenspitzen und küsste ihn. »Die Hauptsache ist doch, dass wir uns gefunden haben. Alles andere ist egal.«

»Und was ist mit Luca?«

»Zwischen ihm und mir ist nichts. Luca ist für mich wie Familie,« entgegnete sie heftiger, als sie wollte. »Ich bin in dich verliebt. Seit ich dich das erste Mal gesehen habe, mit deiner überheblichen Macho-Art, war ich in dich verliebt. Dein Kuss war der beste meines Lebens und in New York musste ich immer nur daran denken.«

Sie wartete voller Angst, was er antworten würde. Doch statt zu antworten, nahm er ihren Kopf zwischen seine Hände.

»Und ich in dich, seit dem ersten Moment, in dem ich dich gesehen habe.«

Aidan beugte sich zu ihr und einen Wimpernschlag später lagen seine Lippen auf ihrem Mund. Herrlich weich und hart zugleich. Seine Arme hielten sie fest umschlossen, als hätte er Angst, sie könnte ihm entweichen. Sie sog seinen Duft in sich ein. Der Salzgeruch des Meeres hing in seinen Haaren und lag auf seiner Haut. Sie spürte die Wärme, die von seinem Körper ausging und die Kälte vertrieb, die sie seit gestern gespürt hatte.

Er strich ihr zärtlich mit der Hand über die Wange. »Du wunderbare Frau. Die ganze Zeit da draußen habe ich nur an dich gedacht. Dein Lächeln hat mich gewärmt.« Er bedeckte ihre Augenlider mit zarten Küssen. »Mach das nie wieder mit mir. Hörst du? Lauf nie wieder weg, ohne mir zu sagen, warum.«

»Ich verspreche es.« Sie lächelte ihn selig an.

Die winzigen Salzkristalle auf seinen dunklen Wimpern glitzerten im Licht wie Diamantensplitter und das Grün seiner Augen war noch intensiver als sonst. Trotz der Anstrengungen, die hinter ihm lagen, sah er unverschämt gut aus und sie hätte ihn auf der Stelle vernaschen können. Dieser Mann war alles, was sie jemals gewollt hatte.

Lachend hob er sie hoch und wirbelte sie im Kreis herum. Als er sie wieder absetzte, war sie außer Atem und ihr Herz schlug wie verrückt gegen ihre Brust.

Er legte den Arm um ihre Schultern und zog sie an sich. »Komm, lass uns zu den anderen gehen. Ich möchte nicht, dass mein Vater sich länger Sorgen macht.«

Sie nickte glücklich.

»Mein Junge, ich bin ja so froh, dass du heil wieder da bist.« Ben klopfte seinem Sohn auf die Schultern, seine Augen schimmerten feucht.

»Das bin ich auch, Dad.« Aidans Blick glitt über die freudigen Gesichter am Tisch. »Zumindest warst du nicht allein. Die hübschesten Frauen von Fleetwood Cove haben sich um dich gekümmert. Irgendwas musst du richtig machen.«

Aidans herrlich melodisches Lachen stahl sich direkt in Jools' Herz.

»Das kann man wohl sagen«, nickte Ben. »Brauchst trotzdem nicht auf die Idee zu kommen, das öfter zu tun. Mir ist es lieber, ich lade euch alle zum Kaffee ein.«

Alle am Tisch lachten.

»Aber du hast uns immer noch nicht erzählt, was da draußen passiert ist.« Melee sah Aidan fragend an. Ihre roten Locken waren wild zerzaust und sie hatte Schlaf in den Augen.

»Na ja, nachdem ich erfahren habe, dass Luca mit Jools zusammen ist …«

»Aber das stimmt doch gar nicht!«, protestierte Melee. »Luca ist für Mum bestimmt.«

In der kleinen Küche herrschte betretenes Schweigen. Alle Blicke waren auf Emily gerichtet.

»Das war ein Scherz«, versuchte Emily, die Situation zu retten.

»Stimmt doch gar nicht. Du hast mir selbst schon mal gesagt, dass du Luca gut findest«, widersprach Melee.

Emily blinzelte nervös und ihre Wangen waren ungewöhnlich rot. »Natürlich finde ich Luca gut. Er ist schließlich ein Freund – ein guter Freund.«

Melee verzog das Gesicht, sagte jedoch nichts.

»Auf jeden Fall bin ich aufs Boot und losgefahren. Zu dem Zeitpunkt war es schon ordentlich windig, aber noch kein Problem. Ich habe mir ein paar Biere gegönnt und bin irgendwann eingeschlafen. Gegen Morgen bin ich durch den starken Seegang aufgewacht. Ich habe sofort Kurs zum Hafen gesetzt und mit Dad gefunkt.« Aidan machte eine Kopfbewegung in Richtung seines Vaters. »Da war der Motor schon ausgefallen. Schuld war das Netz, das sich durch den Sturm aus seiner Verankerung gelöst und in der Ruderanlage verheddert hat. Ich hab's gerade noch geschafft, den Notruf abzusenden. Dann hat der Blitz eingeschlagen und die Funkanlage lahmgelegt.«

»Du hast verdammtes Glück gehabt, dass du es wieder zurück geschafft hast, mein Junge!« Ben legte seine Hand auf Aidans Oberarm. »Verdammtes Glück.«

Jools wurde ganz schlecht bei dem Gedanken, dass Aidan sich in Lebensgefahr befunden hatte. Fast hätte sie ihn verloren, wo sie sich doch gerade erst gefunden hatten.

»Hat dich die Küstenwache gerettet?«, fragte Lily leise.

Sie hatte sich mit Aidan ausgesprochen und er hatte ihr verziehen. So wie Jools ihn gebeten hatte. Es würde eine Weile dauern, bis der Riss in ihrer Freundschaft gekittet war, aber Jools war zuversichtlich.

»Nein. Ich habe es selbst geschafft, die Ruderanlage wieder in Gang zu setzen. War ein hartes Stück Arbeit, aber es hat funktioniert.« Der Stolz in seiner Stimme war nicht zu überhören. »Daher stammt auch die Schramme auf meinem Rücken.«

»Du bist verletzt?« Jools sah ihn erschrocken an.

»Ach, nicht der Rede wert. Ein kleiner Schnitt. Die Ärztin im Krankenhaus hat ihn mit ein paar Stichen genäht.«

»Du warst im Krankenhaus!«, quietschte sie aufgescheucht.

»Alles okay. Nur ein paar Kratzer, nichts Ernstes.« Aidan beugte sich zu ihr und gab ihr vor versammelter Mannschaft einen Kuss.

»Ist ja peinlich.« Melee drehte ihren Kopf zur Seite.

»So möchte ich auch mal geküsst werden«, schmunzelte Emily.

»Das hat der Junge von mir!«, grinste Ben.

»Küssen wird völlig überbewertet«, winkte Lily gleichgültig ab.

»Und was sagst du dazu?«, lachte Aidan.

»Ich kann gar nicht genug davon bekommen.« Jools schlang die Arme um Aidans Hals und zog ihn erneut zu sich, um ihn zu küssen.

Epilog

Fünf Wochen später

»Wann wollte Luca hier sein?« Melee lief zum hundertsten Mal an diesem Tag zum Fenster.

»Gegen Mittag.« Emily rollte die Augen. »Am besten, du gehst auf dein Zimmer und räumst das Chaos auf. Das lenkt dich ab.«

»Tolle Idee«, sagte Melee. »Wenn du sie so super findest, kannst du es ja aufräumen.« Melee schnitt eine Grimasse.

»Das ist ein Befehl und keine Diskussionsgrundlage«, entgegnete Emily. »Also ab mit dir. Ich rufe dich, wenn er da ist.«

»Du bist schon den ganzen Tag so aufgeregt. Lass deinen Stress lieber an jemand anderem aus«, maulte Melee und ging nach oben.

»Du Spießer«, neckte Jools sie.

»Sehr witzig. Ich kann sie dir gern mal leihen. Dann wirst du ja sehen, wie es ist, einen rebellischen Teenager großzuziehen«, seufzte Emily.

»Nein danke. Mir reicht es, wenn ich mir Melee ab und zu mal ausleihen darf – natürlich nur, wenn sie gute Laune hat.« Jools grinste ihre Freundin breit an.

Sie saßen zusammen in der Küche und tranken Kaffee.

»Meinst du, dass er diesmal wirklich kommt?«, fragte Emily. Ihre Augen wanderten unruhig zum Fenster.

»Zumindest hat er das gesagt«, zuckte Jools mit den Schultern.

Lucas Abreise aus Italien hatte sich immer wieder verzögert. Erst waren es die Arbeiten am Hotel seiner Eltern gewesen, dann die Gesundheit seiner Mutter und später eine Familienangelegenheit, über die er sich nicht näher ausgelassen hatte. Lucas Anrufe waren im Laufe der Wochen immer seltener geworden und Jools hatte bereits den Verdacht gehegt, er würde entgegen seines Versprechens in Italien bleiben. Selbst Ned hatte seine Zweifel gehabt. Dass Luca gestern angerufen hatte, um ihr mitzuteilen, dass er heute kommen würde, hatte nicht nur Jools überrascht.

Emily war seitdem völlig aus dem Häuschen. Melee hüpfte wie ein Flummi umher und plapperte den ganzen Tag von Luca. Ned hatte sich in der Küche verschanzt und hörte lautstark Musik. Auch Jools verspürte eine leichte Unruhe – schließlich gab es noch immer eine offene Sache zwischen ihnen zu klären. Sie hatte Luca noch nicht von ihrer Verbindung mit Aidan erzählt.

Es klopfte an der Haustür. Trampelnd rannte Melee den Flur entlang.

»Mum und Jools sitzen in der Küche«, hörte sie Melee sagen.

Keine zwei Minuten später tauchte das rosige Gesicht der Hausdame im Türrahmen auf. Rose war bereits seit zwei Wochen wieder zurück. Nach ihrer Ankunft war sie noch schweigsamer gewesen als sonst. Wie sich herausgestellte hatte, hatte Rose' Vater einen Schlaganfall erlitten und war seither einseitig gelähmt. Man hatte eine Pflegerin eingestellt, die Rose' Mutter und Schwester zur Hand ging. Offensichtlich hatte die Familie erwartet, dass Rose diese Aufgabe übernehmen würde. Mehr hatte Rose nicht erzählt und Jools konnte nur erahnen, welchen inneren Kampf Rose mit sich führte und wie viel Kraft es sie gekostet haben musste, sich gegen die Familie zu stellen.

»Guten Tag.« Rose legte ihren Schal ab, den sie sich gegen die Kälte, die draußen herrschte, umgelegt hatte. »Sieht nach Schnee aus, wenn mich meine Nase nicht irrt.« Sie rieb die Handflächen aneinander.

Es war bitterkalt geworden in Fleetwood Cove. Eine ganz neue Erfahrung für Jools, die den Ort bisher nur im Sommer kannte. Ein eiskalter, feuchter Wind blies vom Meer her und überzog die gesamte Landschaft mit einer dünnen Decke aus glitzerndem Raureif. Der Himmel war an den meisten Tagen kristallklar und wolkenlos. Die Sonne stand längst nicht so hoch wie im Sommer und hatte ihre wärmende Wirkung verloren.

Emily hatte den Kamin entfacht und in der Küche herrschte eine mollige Wärme. Kleine Eiskristalle funkelten an den Fenstern.

»In den Nachrichten haben sie gutes Wetter vorhergesagt«, sagte Jools.

»Aye. Jedes Mal, wenn die was sagen, trifft genau das Gegenteil ein«, schimpfte Rose und stellte den Korb, den sie mitgebracht hatte, auf den Tisch.

»Was ist denn das?«, fragte Emily neugierig.

»Ich habe Scones gebacken.« Rose holte eine Schüssel aus dem Korb. »Dazu habe ich uns Clotted Creme und Marmelade eingepackt.«

Sie öffnete den Deckel des Gefäßes. Sofort stieg Jools der Geruch des Gebäcks in die Nase.

»Mhm, das riecht ja toll.« Sie schielte in die Schüssel. »Wenn die so schmecken, wie sie aussehen, möchte ich zwei. Darf ich einen probieren?« Sie streckte die Hand aus.

»Auf keinen Fall.« Rose legte den Deckel wieder auf die Schüssel. »Erst wenn Luca da ist.«

»Ach, die hast du gar nicht unseretwegen gebacken, sondern wegen Luca«, bemerkte Emily.

»Aye. Was hast du denn gedacht?« Rose' Augen funkelten angriffslustig.

Es klingelte erneut an der Haustür.

»Das muss Ned sein.« Emily eilte zur Tür.

»Hi, Ned«, begrüßte Jools ihn, als er zusammen mit Emily die Küche betrat.

»Hi, Chefin.« Ned grinste. »Na, alle schon aufgeregt?«

»Ziemlich«, gestand Emily. »Ich bin gespannt, was er so zu erzählen hat. Fünf Wochen sind eine verdammt lange Zeit.«

»Yup. Ich hoffe, er hat eine gute Erklärung«, sagte Jools streng.

Eine warme Stimme drang zu ihnen in die Küche.

»Aidan!«, rief Jools freudig. Sie hätte seine Stimme überall erkannt.

Aidans hochgewachsene Gestalt kam durch die Tür.

»Hi.« Er blieb stehen. Seine Augen streiften durch die Runde. »Da sieh mal einer an. Alle meine Lieblingsfrauen in einem Raum versammelt. Entschuldige, Ned. Du natürlich ausgeschlossen.«

»Ist schon klar, Alter.« Ned klopfte Aidan auf die Schulter. »Solange du mir ein paar übrig lässt, bin ich zufrieden.«

»Hey, ich bin vom Markt, wie du weißt.« Er legte seinen Arm um Jools' Taille.

»Schon gemerkt.« Neds Augen wanderten zu Emily, die stumm neben Jools stand.

»Hallo, Lieblingsmann.« Jools gab ihm einen langen Begrüßungskuss. »Schön, dass du auch gekommen bist.«

In Momenten wie diesen konnte sie es immer noch nicht fassen, dass dieser wunderbare Mann zu ihr gehörte. Seit dem Zwischenfall waren sie so gut wie unzertrennlich und verbrachten jede freie Minute miteinander. Sobald sie sein Boot am Horizont sah, machte sie sich auf den Weg zum Hafen, um ihn zusammen mit Ben in Empfang zu nehmen. Das gemeinsame Mittagessen bei Aidans Vater war zu einem Ritual geworden, dem sie nur allzu gern nachkam. Sie hatte den liebevollen, raubeinigen Mann ins Herz geschlossen. Nach dem Mittagessen räumten Aidan und Jools für gewöhnlich die Küche auf, während sich Ben zu einem Mittagsschläfchen ins Wohnzimmer auf das Sofa legte.

Die Nachmittage waren angefüllt mit Spaziergängen und kleinen Ausflügen, zu denen sie gelegentlich Emily und Melee, aber auch Lily begleiteten. Die Lage mit Lily hatte sich deutlich entspannt und die beiden Frauen hatten sich wieder einander angenähert.

Jools gab sich alle Mühe, Lily nicht das Gefühl zu geben, ausgeschlossen zu sein. Lily wiederum bemühte sich, dem jungen Paar den Freiraum zu geben, den es brauchte.

Abends hingen sie häufig bei Al im Pub ab. Die Nächte jedoch gehörten nur Jools und Aidan. Oft lagen sie an Deck der *Sea Gull*, eingemummelt in dicke Decken, und betrachteten den nächtlichen Sternenhimmel, bis die Kälte sie nach drinnen zwang. Dann zogen sie sich in die gemütliche kleine Kajüte zurück und liebten sich bis zum Morgengrauen. Aidan war ein zärtlicher Liebhaber, der Sex mit ihm war unglaublich schön. Aufregend, wild, leidenschaftlich und voller Liebe. Manchmal fragte sie sich, wie sie all die Jahre ohne ihn hatte leben können. Auf einmal erschien ihr Leben ausgefüllt zu sein und sie hatte das Gefühl, angekommen zu sein.

»Hallo, ihr zwei, hier sind noch Kinder anwesend!«, unterbrach Melee ihr kleines Liebesgeplänkel.

»Daran solltest du dich doch langsam gewöhnt haben«, zwinkerte Jools ihr zu.

»Wie geht es unserer schottischen Rose?« Aidan umarmte die Hausdame des *Fleetwood on Sea* herzlich.

»Aye. Gut.« Rose strich mit der Hand über ihre Bluse, als wollte sie sie glatt bügeln.

»Wie sieht es aus? Bekomme ich einen Kaffee oder muss ich mir selbst einen machen?«, fragte Aidan.

»Ich mache dir einen«, lächelte Jools und gab ihm einen Kuss. Sie konnte gar nicht genug von seinen Küssen bekommen.

In diesem Moment klingelte es an der Haustür.

»Luca ist da!«, schrie Melee und rannte los.

»Manchmal denke ich, dass sie glaubt, dass Luca ihr Vater ist«, murmelte Emily leise.

»Wäre das denn so schlimm?«, fragte Jools und sah ihrer Freundin tief in die Augen.

Sie hatte längst erkannt, dass Emily eine Schwäche für den Koch hatte, auch wenn sie es stets verneinte und nicht müde wurde, zu betonen, dass sie und Luca nur gute Freunde waren. Jools wusste es besser – Emily war in Luca verliebt. Sie hatte den gleichen Glanz in ihren Augen wie sie, wenn sie Aidan sah.

Gespannt hielt sie die Luft an.

»Melee!« Lucas samtene Stimme hallte über den Flur zu ihnen.

»Was ist denn da passiert?« Jools runzelte verwundert die Stirn.

Sie hatte damit gerechnet, dass Melee freudestrahlend mit Luca an der Hand in die Küche kommen würde. Doch das passierte nicht.

Emily zuckte mit den Schultern.

Sekunden später hörten sie Schritte.

»Ciao tutti!« Lucas brauner Haarschopf tauchte in der Tür auf. Er hatte die Haare geschnitten und der Bart war verschwunden, wie sie überrascht feststellte. Sein Gesicht war dank der italienischen Sonne mit einem goldbraunen Ton überzogen. Er trug seine geliebte schwarze Lederjacke und Jeans. Die Füße steckten in neuen Bikerstiefeln. Irgendetwas hatte sich an ihm verändert. Die Art, wie er stand, war anders, stellte sie verwundert fest. Sie war gespannt, was es war.

»Luca!« Jools strahlte ihn an. Sie war einfach froh, ihn wiederzusehen. Aidan hielt sie noch immer im Arm. Lucas Blick wanderte von Jools zu Aidan und wieder zurück.

»Hi, Aidan.« Luca lächelte seinen Freund an.

»Kumpel. Schön, dich zu sehen.« Aidan streckte ihm seine Hand entgegen.

Für einen winzigen Moment glaubte sie, ein Zögern bei Luca zu erkennen, doch dann schlug er ein und zog Aidan freundschaftlich an sich.

»Ich bin auch froh, euch zu sehen.«

»Herzlich willkommen!« Emily lief zu ihm und gab ihm einen Kuss auf die Wange. »Endlich bist du wieder da. Ich hatte schon Angst, du würdest in Italien bleiben.«

»Ehrlich gesagt war ich kurz davor.«

Augenblicklich herrschte Stille im Zimmer. Sie hörte, wie Emily laut nach Luft schnappte. Rose sah aus, als hätte sie ein Gespenst gesehen, und Melee hatte die Augen weit aufgerissen. Alle Blicke waren auf Luca gerichtet.

»Du machst Witze«, sagte Jools schließlich, die als Erste die Sprache wiedergefunden hatte.

»Nein, keineswegs. Es sind paar Dinge passiert, mit denen ich nicht gerechnet habe.« Unterschiedliche Emotionen huschten über sein Gesicht. Sein Blick fiel auf Aidan, der noch immer den Arm um Jools' Taille gelegt hatte. »Hier auch, wie mir scheint.«

Jools fiel auf, dass sein italienischer Akzent wieder stärker war. Eine verräterische Wärme breitete sich auf ihren Wangen aus.

»Luca, ich und Aidan …«, fing sie an.

»Wir wollten es dir persönlich sagen«, kam Aidan ihr zu Hilfe.

»Es ist einfach passiert«, sagte Jools mit heiserer Stimme.

Luca nickte und seine Augen wurden einen Ton dunkler. Eine unbequeme Stille breitete sich zwischen ihnen aus.

»Ich freue mich für euch«, sagte Luca schließlich. »Wirklich.« Mit ausgebreiteten Armen kam er auf Jools und Aidan zu. »Ihr seid meine Freunde. Was könnte ich anderes tun, als euch Glück zu wünschen. Außerdem habe ich schon geahnt, dass ihr gut zusammenpassen würdet.«

Er drückte sie fest an sich. Sofort hatte Jools den vertrauten Geruch nach Leder und Luca in der Nase. Für einen winzigen Moment hielt sie inne und horchte in sich, aber außer einem tiefen Gefühl der Freundschaft war da nichts, was Aidan seinen Platz in ihrem Herzen streitig machen könnte, wie sie erleichtert feststellte.

»Aber ich habe euch auch etwas mitzuteilen«, sagte Luca. Ein geheimnisvolles Lächeln legte sich auf sein Gesicht.

»Was?« Jools sah Luca verblüfft an.

»Ich bin nicht allein gekommen«, strahlte er.

»Bist du nicht?« Emilys Augen weiteten sich.

»Ich habe jemanden mitgebracht und hoffe, ihr nehmt sie genauso herzlich auf wie mich. Moment!«

Luca verschwand durch die Tür. Jools, Aidan, Emily und Rose tauschten verwunderte Blicke.

»Hat er ›sie‹ gesagt?«, wisperte Emily.

Jools nickte, noch immer sprachlos über Lucas Enthüllung. Was war passiert?

Leise Schritte huschten über den Flur. Sie hörte eine weibliche Stimme flüstern. Gespannt hielt Jools den Atem an. Alle Augen waren auf die Küchentür gerichtet.

Luca hielt die Hand einer zierlichen Frau mit langen schwarzen Haaren und dem Gesicht einer Madonna.

»Darf ich euch vorstellen …« Lucas Augen lagen liebevoll auf der Frau. »Das ist Sophia Moreno.«

Jools' Kinnlade sauste nach unten. Die Sophia! Sie traute ihren Ohren nicht. Wollte er sie auf den Arm nehmen? War das einer seiner schrägen Scherze?

Sie und Aidan tauschten fassungslose Blicke.

Emily bewegte sich keinen Millimeter. Ihre Augen waren starr auf Luca gerichtet Es hätte Jools nicht gewundert, wenn sie auf der Stelle zur Salzsäule erstarrt wäre.

»Alter, du weißt wirklich, wie man eine Party startet«, sagte Ned unbeeindruckt und reichte Sophia die Hand. »Herzlich willkommen im *Fleetwood on Sea.*«

»Danke. Ich freue mir sehr, hier zu sein. Luca hat so viel mir von euch erzählt.« Sophia kuschelte sich an Luca. Sie hatte einen starken italienischen Akzent und ihr Englisch war fehlerhaft.

Jools räusperte sich. »Herzlich willkommen in *Fleetwood on Sea*, Sophia. Ich bin Jools.« Sie zwang sich zu einem Lächeln, während ihr Hirn noch dabei war, die Neuigkeiten zu verarbeiten. Das war also der Grund, warum Luca kaum noch angerufen hatte. Jetzt wurde ihr einiges klar.

Jools' Blick wanderte zu Emily. Sämtliche Farbe war aus ihrem Gesicht gewichen und die Sommersprossen traten noch stärker als sonst hervor.

»Das ist Emily und die junge Frau daneben ist Melee, ihre Tochter«, kam sie ihrer Freundin zu Hilfe.

»Sehr erfreut«, schnurrte Sophia wie eine Katze. »Luca hat viel von ihnen erzählt.«

Jools sah, wie Emily kaum merklich zusammenzuckte. »Ja, ganz meinerseits.«

Melee sagte kein Wort.

»Melee, willst du Sophia nicht begrüßen?«, fragte Luca mit samtweicher Stimme.

»Ich hasse dich!«, schleuderte Melee ihm entgegen und stürmte aus dem Zimmer.

»Melee! Entschuldigt mich.« Emily rannte aus der Tür.

Aidan und Jools tauschten kurze Blicke.

»Ich fürchte, es liegen aufregende Zeiten vor uns«, murmelte Aidan.

Jools nickte. »Als ob wir nicht schon genug davon hatten.« Sie konnte nur hoffen, dass sich alles zum Guten wenden würde.

Danksagung

Ich werde oft gefragt, ob der Ort Fleetwood Cove wirklich existiert. Jein.

Es gibt ein bezauberndes Örtchen mit dem Namen Little Haven, das ich bereits für meinen Roman *Liebeswind* als Kulisse verwendet habe. In *Fleetwood Kisses* musste ich allerdings einiges an den Örtlichkeiten ändern und auch hinzufügen, wie zum Beispiel den Hafen und Lilys Galerie. Deshalb habe ich mir einen neuen Namen ausgesucht, der auch nicht von ungefähr kommt.

Mein Mann und ich haben unsere Flitterwochen in einem damals noch kleinen Ort in Südafrika verbracht, der Fleetwood heißt, was so viel wie „Treibholz“ bedeutet. Ich verbinde nur schöne Erinnerungen mit diesem Fleckchen Erde und dachte mir, dass ich dieses gute Gefühl in meine Geschichte einfließen lasse.

Ich finde es großartig, wie viele Mails mich erreichen, in denen ihr mir schreibt, wie gut euch die Geschichte und die Landschaft gefallen. Das bestärkt mich weiterzumachen auf meinem Weg.

Ihr seid die allerbesten Leser auf der ganzen Welt und ich schätze mich glücklich, euch an meiner Seite zu haben. Eure Begeisterung ist meine Motivation und treibt mich an, meine Worte zu Papier zu bringen. Dafür möchte ich mich bei euch von Herzen bedanken.

Ich hoffe, dass ich euch auch mit diesem Buch wieder unterhalten habe und ihr für ein paar Stunden alles um euch herum vergessen konntet.

Bevor ich meine Bücher veröffentliche, gibt es eine Menge Menschen die mich dabei unterstützen und bei denen ich mich bedanken möchte:

Einmal ist da meine grandiose Lektorin Sandra Nyklasz, die es schafft, in mein Chaos aus Ideen etwas mehr Struktur reinzubringen.

Und natürlich meine absolut hammermäßige Korrektorin Martina König, ohne die mein Buch vor Kommafehlern nur so wimmeln würde.

Meine lustige und begabte Pixel-Fee Catrin Sommer, die meinen Büchern die wunderschönen Cover verpasst.

Und dann sind da noch meine fantastischen WG-Mädels der ersten Stunde. Claudia, Gundy, Andrea und Ulla, ich liebe unseren Schlagabtausch im Chat! Was würde ich nur ohne euch machen? Eure Anmerkungen und Vorschläge geben meinen Büchern den letzten Schliff.

Außerdem meinen Testlesern Caroline, Werner, Anja, Julia, Christa, Verena, Bea, Petra, Nicole Theresa und Sonja. Ich kann euch gar nicht genug danken für eure Unterstützung. Ihr seid eine tolle Truppe und es macht Spaß mit euch.

Neu hinzugekommen und eine echte Bereicherung für mich sind Marlene, Anja, Mone, Lena, Rhonda, Carmen, Brigitte, Marion Lisbeth, Susi, Lily, Alexandra, Simone, Susi, Petra und Simone.

Ich bin ein absoluter Familienmensch und dankbar, dass ich meinen Traummann gefunden habe, der mit mir durch dick und dünn geht und mich mit seiner Liebe einhüllt.

Kay, ich liebe dich.

Lisa und Maximilian, meine wundervollen Kinder. Wenn ich in eure Gesichter schaue, dann ist mein Leben perfekt.

Ich liebe euch.

Weitere Bücher der Autorin:

Ein Hotel zum Verlieben – Fleetwood Kisses Band 1

In Jools‘ Leben läuft alles perfekt. Sie arbeitet als PR-Managerin in New York und ist mit dem erfolgreichen Geschäftsmann Dean zusammen.

Eine unerwartete Erbschaft bringt ihr Leben auf einen Schlag ganz schön durcheinander. Die uneheliche Halbschwester ihres Vaters hat ihr ein Hotel in einem winzigen Ferienort in England vermacht. Jools will verkaufen, doch das Erbe ist an eine Bedingung geknüpft: Sie muss nach England fliegen.

Dort angekommen hält Jools an ihren Plänen fest, obwohl das Hotel ein Traum und seine Managerin Emily ihr von Anfang an sympathisch ist. Doch dann lernt sie den Koch Luca kennen, der nicht nur den besten Kaffee kocht, sondern sie auch durch seine einfühlsame Art in seinen Bann zieht. Eine Begegnung mit dem attraktiven Fischer Aidan bringt Jools' Gefühlswelt völlig ins Wanken.

Plötzlich stellt sich die Frage: Was im Leben ist wirklich wichtig?

"Ein Hotel zum Verlieben" ist der Auftakt zu der neuen Reihe Fleetwood Kisses.

Jeder Band ist in sich abgeschlossen und kann unabhängig voneinander gelesen werden.

Liebe kommt im Schottenrock – Portobello Girls Band 1

Die Klatschreporterin Cassie Devinmoore hat ihr Leben im Griff. Zusammen mit ihren Freundinnen Emily, Taylor und Olive lebt sie in einer schicken WG im angesagten Londoner Viertel Portobello. Als sie jedoch den Shootingstar der Serie "Highlander Kisses" interviewen soll, ist sie nicht sonderlich erfreut, denn der gutaussehende Sam MacLeod verkörpert alles, was Cassie nicht mag: Schottland und Schauspieler.

Missmutig bricht sie nach Applecross, einem kleinen Dorf im Norden Schottlands, auf. Dummerweise ist Sam Mac-Leod ebenfalls nicht begeistert darüber, dass ausgerechnet die Reporterin ein Interview mit ihm führen soll, die ihn in ihrer Kolumne vor knapp einem Jahr bereits bloßgestellt hat.

Doch dann läuft Cassie ein Schaf über den Weg und plötzlich kommt alles anders als geplant ...

"Liebe im Schottenrock" ist der Auftakt der "Portobello Girls-Reihe". Alle Bücher können unabhängig voneinander gelesen werden und sind in sich abgeschlossen.

Liebe stand nicht im Vertrag – Portobello Girls Band 2

Die chaotische Taylor Young ist eine angesehene Nanny des berühmten Norland College und betreut die Kinder reicher Londoner Familien. Zusammen mit ihren Freundinnen Holly, Emily und Olive wohnt sie im angesagten Portobello in einer schicken kleinen WG. Die neue Anstellung in der Familie von Professor Johnson stellt eine echte Herausforderung für die toughe Nanny dar. Die Mutter der Kinder ist vor einem Jahr gestorben und hat einen ziemlichen Scherbenhaufen hinterlassen. Die zickige Tante macht die Sache nicht leichter, und dann taucht auch noch der attraktive Vater der Kinder auf. Er wirbelt Taylors Gefühlswelt ganz schön durcheinander! Aber Taylor hält an der goldenen Regel des Norland College fest: Verliebe dich nie in deinen Boss!

Als die Familie in den Weihnachtsferien nach Haworth abreist, ist Taylor erleichtert. Endlich hat sie Zeit, ihre Gefühlswelt wieder in Ordnung zu bringen.

Doch dann wird die Tante der Kinder überraschend krank, und Professor Johnson bittet Taylor, ihm zu helfen – ausgerechnet an Weihnachten!

Und plötzlich ist alles anders …

Jetlag oder Liebe
Portobello Girls Band 3

Die Flugbegleiterin Emily Walters ist attraktiv, selbstbewusst und Single. Zusammen mit ihren Freundinnen Olive, Abby und Holly lebt sie in einem Apartment im Herzen von Portobello-London.
Als sie dem smarten Unternehmer Ethan Morris das erste Mal begegnet, fliegen die Fetzen. Trotzdem ist Ethan ziemlich schnell klar, dass er Emily näher kennenlernen möchte. Doch Emily weist ihn ab und beginnt stattdessen eine heiße Affäre mit seinem Bruder Jacob.
Der Zufall bringt eine Wahrheit zu Tage, welche Emilys ganzes Leben verändert und plötzlich erscheinen Jacob und Ethan in einem ganz anderen Licht. Hat Emily sich in den beiden Männern getäuscht?

Liebe auf den ersten Blitz
Portobello Girls Band 4

Die lebenslustige Holly Summers wohnt zusammen mit ihren Freundinnen in einer kleinen WG im angesagten Portobello.

Die bekennende Fashionista liebt ihren Job als Moderedakteurin bei einem Lifestyle-Magazin. Für die Produktion einer Sonderausgabe auf der schottischen Isle of Skye bekommt sie den Fotografen Jay Alexander an die Seite gestellt, wovon Holly alles andere als begeistert ist. Der gutaussehende Macho ist es gewohnt, seinen Willen durchzusetzen, doch Holly bietet ihm die Stirn und zwingt ihn zur Zusammenarbeit. Einmal auf der malerischen Isle of Skye angekommen, knistert es gewaltig zwischen den beiden. Doch Jay scheint etwas zu verbergen und Holly ist entschlossen, hinter sein Geheimnis zu kommen …

Ein Roman über die Liebe, Freundschaft und gegenseitiges Vertrauen.

Holunderküsschen

Die 29 jährige Julia steckt mitten in den Hochzeitsvorbereitungen, als sie ihren Verlobten Johann im Bett mit einer Kollegin erwischt. Völlig am Boden zerstört, betrinkt sich Julia und beschließt Hals über Kopf zu ihrer Freundin Katja nach Hamburg zu flüchten. Im Nachtzug nach Hamburg lernt sie Benni kennen, dem sie sturzbetrunken all ihre kleinen und großen Geheimnisse anvertraut, während sie sich ein Abteil im Schlafwagen teilen. Am nächsten Morgen in Hamburg sind nicht nur ihre Erinnerungen weg, sondern auch Benni! Ein Neuanfang muss her! Ein neuer Job, eine neue Wohnung und keine Männer. Zu dumm nur, dass ausgerechnet Benni erneut in ihr Leben platzt und Julias Gefühlswelt durcheinander wirbelt. Ein Katz-und-Maus-Spiel beginnt. Als dann noch Johann auftaucht, scheint die Katastrophe unausweichlich …

Ein Buch über die Suche nach der großen Liebe und dem Glück …

Champagnerküsschen

Die unabhängige Fortsetzung des Bestsellers "Holunderküsschen".

Eigentlich müsste Julia glücklich sein. Seit knapp einem Jahr sind sie und Traummann Benni nun ein Paar. Wäre da nicht Bennis Job und seine Mutter. Julia fühlt sich vernachlässigt. Ist Benni doch nicht der Traummann, für den sie ihn gehalten hat?

Parallel wirbelt ein Jobangebot innerhalb des Verlages Julias Zukunftspläne durcheinander und beschert ihr einen Fernsehauftritt. Dort lernt sie Andreas Neumann, den attraktiven Fernsehmoderator kennen. Julias Zweifel an Bennis Liebe zu ihr werden größer. Besonders als ihr Benni bei ihrem romantischen Essen verkündet, dass er beruflich nach München ziehen muss. Es kommt zu einem Streit mit Folgen. Zwischen Benni und Julia herrscht Funkstille. Und dann taucht plötzlich eine neue Frau an Bennis Seite auf. Julias beste Freundin Katja, ist auch keine Hilfe, denn die verhält sich in letzter Zeit so komisch. Und Harald, Julias schwuler Freund tummelt sich auf Internetplattformen um einen neuen Freund zu finden, anstatt sich um Julia zu kümmern. Also muss Julia alleine eine Entscheidung treffen. Ein Spiel mit dem Feuer beginnt. Hat die Liebe zwischen Benni und Julia noch eine Chance?

Ein Roman über die Liebe und die Wege, die sie manchmal geht ...

Liebe auf Reisen

Was, wenn das Leben nicht mehr nach Plan läuft und alles aus den Fugen gerät?

Die Karrierefrau Kate Miller hat ihr Leben fest im Griff. Dazu gehören ein schickes Apartment im Herzen von New York, ihr Job als Maklerin und Kollege Greg, mit dem sie ein Verhältnis hat. Als sie dann auch noch befördert wird, schwebt Kate endgültig im 7. Maklerhimmel.

Doch als ihr Chef alle Mitarbeiter zu einer exklusiven Feier einlädt und dort gleichzeitig die Verlobung seiner Tochter Laura bekannt gibt, stürzt Kates bisher so wohlgeordnetes Leben wie ein Kartenhaus zusammen: Der zukünftige Bräutigam ist kein Geringerer als Greg.

Gerade als Kate denkt, dass es nicht mehr schlimmer kommen kann, sorgt Greg mit einer infamen Lüge dafür, dass ihr Leben endgültig aus den Fugen gerät. Vollkommen überstürzt nimmt sie ein Jobangebot in England an.

Ausgerechnet ein einfaches Bed&Breakfast bringt eine unerwartete Wendung in das Leben der erfolgsverwöhnten Kate …

Eine Liebeserklärung an das Leben und die Überraschungen des Lebens, die auf jeden von uns warten.

Liebeswind - Sehnsucht nach dir

Was, wenn das Leben dir übel mitspielt und du gezwungen bist, neue Wege zu gehen?

Das Leben der erfolgreichen Londoner Galeristin Lily Rose Bloom ist nahezu perfekt, bis zu dem Tag, an dem ihr Verlobter Andrew ihren Glauben an die Liebe in einer Nacht zerstört. Lily flüchtet von London in den verschlafenen Küstenort Little Haven, um dort in Rose Garden Cottage, dem Haus ihrer verstorbenen Großmutter, einen Neuanfang zu starten.

Drei Jahre später. Lily hat sich mittlerweile in dem kleinen Küstenort eingelebt und den Schrecken von damals überwunden. Als der attraktive Amerikaner Ian in Little Haven mit seinem Segelboot vor Anker geht, kommt es zu einer schicksalhaften Begegnung zwischen den beiden, die Lilys Leben erneut durcheinanderwirbelt ...

Eine zufällige Liebe

Was, wenn das Schicksal dir eine zweite Chance gibt?

Die junge Tess Parker lebt zusammen mit ihrer Tochter Hazel in Brooklyn, wo sie in einer kleinen Bäckerei arbeitet.

Das Leben der alleinerziehenden Mutter ist nicht leicht und Geldsorgen bestimmen ihren Alltag. Doch mit der Unterstützung ihrer besten Freundinnen, ihrer Mutter und ihrer heimlichen Leidenschaft für Macarons macht sie das Beste aus ihrem Leben.

Als sie völlig überraschend in einem Kreuzworträtsel eine Reise nach Paris gewinnt, kann sie ihr Glück kaum fassen.

Voller Hoffnung und mit sieben Briefen von ihren Freundinnen im Gepäck begibt sich Tess auf die Reise. Ihr Plan: eine Woche lang ihre Sorgen hinter sich lassen und das Leben in vollen Zügen genießen!

Als sie den charmanten Franzosen Léon kennenlernt, scheint ihr Glück zunächst perfekt. Doch dann passiert etwas, das ihr Leben erneut von Grund auf verändert.

"Wer weiß, welche Überraschungen das Schicksal noch für dich bereithält."

"Ich glaube nicht an Schicksal. Das Einzige, woran ich glaube, sind Zufälle."

Dein Herz in mir

Worauf kommt es im Leben wirklich an und wie viel ist ein Mensch bereit zu geben?

Die Zwillinge Piper und Daisy Moore verbringen einen letzten gemeinsamen Sommer auf Martha‘s Vineyard, bevor Piper als Ärztin am Boston General Hospital anfangen und Daisy als Köchin nach Paris gehen wird.

Begleitet werden die beiden von Pipers Freund, dem Footballstar Brandon Rogers, und Daisys Chef Ben, mit dem sie eine heiße Affäre hat.

Daisy und Piper verbringen unbeschwerte Tage im Cottage ihrer Großeltern, bis ein furchtbarer Unfall das Schicksal der Zwillinge auf untrennbare Weise mit dem des erfolgsverwöhnten Investmentbankers Luke Redmond aus New York verknüpft.

Ein Liebesroman, der das Unmögliche zeigt und Ihr Herz berühren wird.

Seesterne küssen nicht – Sieben Sommersünden 2

Im Leben von Mia läuft alles perfekt. Mit ihrer Hochzeit in Neapel geht ein langgehegter Traum in Erfüllung. Als sie jedoch ihren Verlobten einen Tag vor der Hochzeit im Bett mit ihrer besten Freundin erwischt, läuft Mia davon.

Im Hafen trifft sie auf einen Offizier, dessen Kreuzfahrtschiff gerade in Neapel vor Anker liegt, und betrinkt sich mit ihm in einer Bar.

Der Abend nimmt eine unerwartete Wendung. Als Mia am nächsten Morgen aufwacht, befindet sie sich auf hoher See auf dem Kreuzfahrtschiff Sonnenglück – als blinder Passagier, und kein Hafen ist in Sicht ...

"Wenn ich schon sündige, dann aber richtig und ohne schlechtes Gewissen.

Eine heitere Liebeskomödie über eine unfreiwillige Kreuzfahrt und die Suche nach der großen Liebe vor der malerischen Kulisse des Mittelmeers.

"Seesterne küssen nicht" ist Band 2 der Buchreihe "Sieben Sommersünden". Jedes Buch ist jedoch in sich abgeschlossen und kann unabhängig voneinander gelesen werden.

Alles nur (k)ein Mann

Alles nur kein Mann – das ist der feste Vorsatz, mit dem Greta und Marie eine Nachmieterin für das freigewordene WG Zimmer suchen.

Diesen Vorsatz werfen sie allerdings schnell wieder über Bord, als plötzlich Tim vor der Tür steht.

Tim ist gutaussehend, witzig, ein begnadeter Koch und … schwul. Der ideale Mitbewohner also. Er darf einziehen und bringt schnell frischen Wind in die WG. Bald sind die drei ein eingespieltes Team.

Aber dann passiert etwas, das die Wohngemeinschaft völlig durcheinander wirbelt und die Frauenfreundschaft auf eine harte Probe stellt. Plötzlich ist nichts mehr so wie es scheint …

"Alles nur (k)ein Mann" ist der erste gemeinsame Liebesroman des Autorenduos Martina Gercke und Katja Schneidt.

Dünenglück

Mia ist frustriert! Anstatt die Bestsellerlisten zu stürmen, verdient sie ihr Geld mit dem Schreiben von Groschenromanen. Auch auf der Suche nach Mister Right erlebt sie einen Reinfall nach dem anderen. Als ihr dann bei einem Familientreffen eine unbedachte Äußerung rausrutscht, die für einige Tränen sorgt, packt sie kurzentschlossen ihren Koffer. Auf Sylt in einer kleinen Pension mit dem malerischen Namen *Dünenglück* will Mia ihr Leben neu ordnen und endlich ihren Erfolgsroman schreiben.

Als Lena erfährt, dass ihr Mann sie wegen einer anderen Frau verlässt, bricht für die Hausfrau und zweifache Mutter eine Welt zusammen. Keinen Mann und keine Aussicht auf einen Job. Wie soll es mit ihrem Leben nun weitergehen? Lenas Freundinnen schenken ihr kurzerhand einen Traumurlaub auf Sylt. Lena findet sich in der kleinen Pension *Dünenglück* wieder.

Die Pensionswirtin Henriette Hansen hat alle Hände voll zu tun, ihren Alltag mit Baby Jonathan und die Leitung der Pension *Dünenglück* zu meistern. Was als Lebenstraum gedacht war, entwickelt sich seit dem Tod ihres Mannes zu einem anstrengenden Vollzeitjob.

Als die drei unterschiedlichen Frauen im *Dünenglück* aufeinandertreffen, sieht es zunächst nicht so aus, als ob sich zwischen ihnen eine Freundschaft entwickeln würde. Aber dann überschlagen sich die Ereignisse und plötzlich ist nichts mehr, wie es war …

Dünenglück ist ein Roman über einen Neuanfang und den Beginn einer großen Freundschaft.

Zwei Autorinnen, eine Geschichte ...

Küss mich, Kaktus

Der attraktive Tim Benkelberg ist ein notorischer Frauenheld, der seine Unabhängigkeit liebt. An seinem fünfunddreißigsten Geburtstag beschließt Tim, sein Leben zu ändern und endlich sesshaft zu werden. Aber vorher will er es auf seiner Geburtstagsparty noch einmal richtig krachen lassen.

Greta Marquardt ist intelligent, hübsch und sehr sexy. Ihr Leben ist nahezu perfekt, wäre da nicht der klitzekleine Fehler, dass sie noch immer Single ist. Ihr zur Seite stehen ihre besten Freunde Nick und Jeanette. Als Nicks alter Freund Tim Benkelberg eine Geburtstagsparty gibt, nehmen die beiden Freunde Greta einfach mit.

Greta und der attraktive Frauenheld treffen aufeinander. Es funkt gewaltig zwischen beiden, wäre da nicht die hübsche Brünette, die sich Tim an den Hals wirft und vor Gretas Augen leidenschaftlich küsst ...

Ein Roman um das erste Date und die Liebe ...

"Küss mich, Kaktus" ist der erste gemeinsame Roman des Autorenduos Martina Gercke und Simon Winters.

Bezaubernd verliebt

In Saras Leben läuft alles perfekt. Sie hat ein schickes Appartement, einen guten Job und ihren Traummann Florian. Als jedoch nach einer durchzechten Nacht plötzlich ein halb nackter Mann in ihrem Wohnzimmer steht, gerät alles aus den Fugen. Denn Sara hat einen Filmriss und kann sich an Nichts erinnern. Gerade als sie den sexy Fremden aus der Wohnung schmeißen will, taucht Florian unangekündigt auf. Kurzerhand erklärt sie den Fremden zu ihrem schwulen Mitbewohner und das Chaos nimmt seinen Lauf ...

Eine warmherzige und herrlich verrückte Liebesgeschichte, die Sie ins weihnachtliche Hamburg entführt.

Die Erstausgabe dieses Romans erschien 2014 unter dem Titel „Glücksstern mit Schwips“.

27905807R00188

Printed in Poland
by Amazon Fulfillment
Poland Sp. z o.o., Wrocław